教育部人文社会科学研究青年基金项目资助

项目批准号：18YJC751049

"YELU XUEPAI"PIPING SHIJIAN
YU PIPING LILUN YANJIU

"耶鲁学派"批评实践 与批评理论研究

王月/著

天津社会科学院出版社

图书在版编目（CIP）数据

"耶鲁学派"批评实践与批评理论研究 / 王月著.
天津：天津社会科学院出版社，2024. 6. -- ISBN 978
-7-5563-0979-5

Ⅰ．I712.095

中国国家版本馆 CIP 数据核字第 2024BN1030 号

"耶鲁学派"批评实践与批评理论研究
"YELU XUEPAI" PIPING SHIJIAN YU PIPING LILUN YANJIU
选题策划：吴　琼
责任编辑：刘美麟
装帧设计：高馨月
出版发行：天津社会科学院出版社
地　　址：天津市南开区迎水道 7 号
邮　　编：300191
电　　话：（022）23360165
印　　刷：高教社（天津）印务有限公司
开　　本：710×1000　　1/16
印　　张：19.25
字　　数：265 千字
版　　次：2024 年 6 月第 1 版　　2024 年 6 月第 1 次印刷
定　　价：78.00 元

序

曾繁仁

保罗·德·曼、杰弗里·哈特曼、哈罗德·布鲁姆和 J. 希利斯·米勒是当代美国重要的文艺理论家与批评家。由于四人都曾在耶鲁大学从事教学与研究,学界把这四人称之为"耶鲁学派"。他们的观点和主张受到广泛关注,塞尔登、伊瑟尔、伊格尔顿、兰特里夏、里奇、卡勒、乔纳森·阿拉克等人的文学理论著作都用相当篇幅对他们的研究加以论述。我国对"耶鲁学派"的研究始于 20 世纪 80 年代,王宁、王逢振、盛宁等学者陆续发文介绍解构主义。20 世纪 90 年代起,马新国、朱立元等学者在各自主编的西方文论史中专章评述"耶鲁批评家"的理论。进入新千年后,不时有一些价值颇高的研究"耶鲁学派"的相关论著问世。然而,国内学界从整体上研究"耶鲁学派"的著作并不多见。原因在于,他们四人笔耕不辍,他们在文艺理论和文艺批评上不断提出新的观点,他们的著述无论时间上还是研究内容上都有很大跨度。从整体上对"耶鲁学派"展开研究并不那么容易;然而,鉴于"耶鲁学派"文艺理论与文艺批评在文论领域有巨大的影响,从整体上对"耶鲁学派"进行研究是必要的。在一定程度上,本书就是这样一种尝试:试图从整体上,从诗歌、小说、戏剧、文化等各个角度,对"耶鲁学派"的文艺理论和文艺批评展开分析和研究。

《"耶鲁学派"批评实践与批评理论研究》是王月博士在该领域完成的第二部专著。王月的博士学位论文聚焦于 J. 希利斯·米勒的言语行为理论,该书则更进一步,从整体上研究"耶鲁批评家"的理论与实践。本著作值得肯定的有如下三方面:一是内容扎实,参考资料丰富。作者认真研读"耶鲁批评家"的相关著作,将中译本与英文原著参照阅读,并将

1

相关内容里没有英译本的著作全部翻译成了中文,的确下了功夫。二是本书侧重"耶鲁批评家"对诗歌、小说、戏剧各个体裁所展开的文学批评,尤其对他们共同关注的莎士比亚、华兹华斯、普鲁斯特等大师的作品进行对比研究,客观地呈现他们理论与批评的共性与差异。三是本书在介绍"耶鲁学派"研究成果的基础上,试图将他们研究中尚未引起足够重视的文学伦理学、文学地志、文学地图等与中国文学批评结合起来。

虽然该书已经成形,不过还有很大可完善的空间,例如在研究内容上还可以增加哈特曼最新的关于文学的未来与文化研究的思考;从研究深度上,对自我、意识、寓言等问题还可以进一步深入探索。"耶鲁批评家"广泛借助康德、黑格尔、胡塞尔、海德格尔、德里达等哲学家的理论阐释自己在文学批评上的主张和观点;要想更深入地研究"耶鲁学派"的文学理论和文学批评,对海德格尔等著名西方哲学家相关理论有深入的了解是不可或缺的。希望王月可以继续夯实哲学素养,积极进取,在已有的研究领域和新的领域不断收获丰硕的成果。

目　录

第一章 "耶鲁学派"缘起

第一节 "耶鲁学派"的交流

"耶鲁学派"也称"耶鲁批评家",其主要成员为保罗·德·曼(Paul de Man,1919—1983)、杰弗里·哈特曼(Geoffrey Hartman,1929—2016)、哈罗德·布鲁姆(Harold Bloom,1930—2019)和希利斯·米勒(J. Hillis Miller,1928—2021)。学界对"耶鲁学派"是否可以称为学派大体有两种观点:第一种观点认为,严格意义上来说,不应该称他们为"耶鲁学派",因为他们没有发表共同的声明,而且学术观点也存在差异。第二种观点则认为可以称为"耶鲁学派",因为学界从总体上已接受这种说法,而且他们有密切的学术交流、共同的理论背景和相似的学术观点。笔者基本认同第二种说法,因此本章从"耶鲁学派"的交流、相似的学术背景以及共同的学术关注点这三方面介绍他们之间的联系。

(一)相聚耶鲁

"耶鲁学派"之所以被称为"耶鲁学派",是因为保罗·德·曼、杰弗里·哈特曼、哈罗德·布鲁姆和希利斯·米勒四人都曾在耶鲁大学教书,而且他们的任教时间有交集,在学术观点上有许多交流和共振。保罗·德·曼于1970年到1983年在耶鲁大学担任比较文学系和法语系教授。杰弗里·哈特曼1949年起在耶鲁大学研究生院比较文学专业学习,1955年起在耶鲁大学任教。哈罗德·布鲁姆于1955到2019年在耶鲁大学任教。希利斯·米勒则是 1972 到 1986 年在耶鲁大学任教。他们在耶鲁大学共同任教时与雅克·德里达(Jacques Derrida)共同出版论文集《解构与批评》(*Deconstruction and Criticism*),此书收录了哈罗德·布鲁姆的《形式的破坏》(*The Breaking of Form*),保罗·德·曼的《面目全非的雪莱》(*Shelley Disfigured*),杰弗里·哈特曼的《词语、希望、价值:华兹华斯》(*Words, Wish, Worth: Wordsworth*),希利斯·米勒的《作为寄主的批评家》(*The Critic as Host*)以及雅克·德里达的《活在边界线上》(*Living On Border Lines*)。哈特曼在访谈中说:"我们将德里达当成我们的一分子,我们的第五号重要成员。正如我在《解构与批评》一书前言中指出的:这一组织内部分成两组。一组是德·曼、米勒和德里达,另一组是哈罗德·布鲁姆和我。即便是布鲁姆和我又可进一步分为布鲁姆、我两组。"①从哈特曼的谈话可以了解他们本身都明确了解彼此的相似、差异与影响。米勒在自述中说:"我在耶鲁的那些年中最重要的方面之一是我与杰弗里·哈特曼、哈罗德·布鲁姆、保罗·德·曼、德里达与我自己所组成的所谓"耶鲁学派"的联系。《解构与批评》收集了我们五个人的论文。这本书是这个团体的宣言,并且还在被印刷出版。"②米勒在访谈中也说:"这群批评家的共同点,是对以往的批评模式都抱持某种不敬的态度,都尝试以某种方式来创新——不只在批评理论上创新,也在阅读方式上创新。"③因为同在耶鲁大学教书,他们之间有很多交流的机会,例如米勒每周一次与德·曼共进午餐,偶尔到布鲁姆家喝茶。米勒坦诚地说他佩服他们对文学与哲学著作的解读才能。哈特曼在自传中提及德里达与德·曼和米勒的关系很好。

---

① 罗选民、杨小滨:《超越批评的批评——杰弗里·哈特曼教授访谈录(下)》,《中国比较文学》1998 年第 1 期。

② J. 希利斯·米勒:《我与半个世纪以来的美国文学批评》,载易晓明编《土著与数码冲浪者——米勒中国演讲集》,吉林人民出版社,2011,第 176 页。

③ 米勒:《米勒访谈录》,载单德兴编译《跨越边界:翻译·文学·批评》,高雄书林出版有限公司,1995,第 133 页。

(二)学术交流

哈特曼、德·曼、布鲁姆和米勒不仅有很多私人交流而且也都关注彼此的研究。哈特曼在访谈、专著和文章中多次谈及布鲁姆、德·曼、米勒。哈特曼表示:布鲁姆坚定地为文学正典辩护非常有价值,我们需要理解文学正典的重要性;布鲁姆建立的文学经典的内容从整体上让人信服;布鲁姆关于威廉·华兹华斯(William Wordsworth)的评述让他心服口服。哈特曼对布鲁姆研究的关注还体现在《阅读的命运和其他论文》(The Fate of Reading and Other Essays)中对《影响的焦虑》(The Anxiety of Influence)的评论,以及对布鲁姆莎剧评价的引用。哈特曼对德·曼的关注体现在其写的《回顾保罗·德·曼》(Looking Back on Paul de Man)和《评判保罗·德·曼》(Judging Paul de Man)等评论文章。哈特曼在访谈中说:"对德·曼来说,哲学在其研究中起了一定的作用,对我和布鲁姆来说,在某种程度上也是如此。但这里所说的是浪漫主义哲学,即黑格尔、席勒等人的哲学。哲学在我的研究中占据一个较为重要的位置……对德·曼来说更是如此。德·曼和我都持一个观点,认为应该以阅读文学文本的方式来阅读哲学文本,同时也应以阅读哲学文本的方式来阅读文学文本。尽管我不曾采用任何哲学手段从事文学阅读,仍坚持认为像哲学家们所倡导的阅读哲学文本那样仔细阅读文学文本是必不可少的。"[1]对于德·曼战时写的通讯稿,哈特曼并没有贬斥,而是努力把这个问题想彻底。哈特曼这种公允的态度,虽然遭到部分犹太裔同事的反对,但赢得了米勒等学者的佩服。哈特曼在其著作中也论及米勒的《作为寄主的批评家》等文章[2]。

---

[1] 罗选民、杨小滨:《超越批评的批评——杰弗里·哈特曼教授访谈录(下)》,《中国比较文学》,1998年第1期。

[2] 杰弗里·哈特曼:《荒野中的批评:关于当代文学的研究》,张德兴译,天津人民出版社,2007,第205页。

布鲁姆在自己的著作中多次引用哈特曼的观点。布鲁姆对哈特曼的引用主要集中在两方面,一方面是哈特曼对华兹华斯的研究,例如在《史诗》(*The Epic*)中布鲁姆五次引用哈特曼的观点;另一方面是哈特曼对权威(authority)的研究。布鲁姆在《史诗》中称德·曼为出类拔萃的作家,并提到德·曼的反讽理论、对修辞的重视以及对普鲁斯特的研究。布鲁姆在《西方正典》(*The West Canon*)《神圣真理的毁灭》(*Ruin the Sacred Truth*)《影响的剖析》(*The Anatomy of Influence*)等著作中承认德·曼是他的密友,但他们经常就德·曼的观点展开争论。布鲁姆的著作也反映了对德·曼修辞理论的借鉴。布鲁姆在其著作《小说家与小说》(*Novelists and Novels*)中几次提到希利斯·米勒对《苔丝》(*Tess of D' Urbervilles*)的分析,在《诗人与诗歌》(*Poets and Poems*)中提到米勒对斯蒂文斯(Stevens)的分析。布鲁姆在其编辑的不同著作中,收录了米勒评价斯蒂文斯、乔治·艾略特(George Eliot)与沃尔特·佩特(Walter Pater)作品的相关文章,由此可以看出布鲁姆对米勒学术能力的认可。

米勒深受德·曼的影响,这主要体现在三方面:首先,几乎米勒的所有著作都会提及德·曼及其观点;其次,米勒撰写了很多关于德·曼的论著,例如《保罗·德·曼的战时著作》(*Paul de Man's Wartime Writings*)《对部分〈阅读的寓言〉的阅读》(*Reading Part of a Paragraph of Allegories of Reading*);再次,运用德·曼的方法分析文学作品。米勒对布鲁姆与哈特曼的关注主要体现在对他们观点的引用与评价。米勒在《阅读的永恒性》(*Reading for Our Time*)中表明自己与布鲁姆对艺术的观点一致[①]。米勒在《小说与重复》(*Fiction and Repetition*)中引用布鲁姆《误读图示》(*A Map of Misreading*)中所说的内容,认同哈代深受雪莱(Percy Bysshe Shelley)影响这一观点[②]。米勒在访谈中说他钦佩布鲁姆对罗斯金(John Ruskin)、佩特、王尔德(Oscar Wilde)的了解与感受,并表示正是其热情感染

---

① J. Hillis Miller, *Reading for Our Time*, Edinburgh: Edinburgh University Press Ltd, 2012, p. 114.

② J. 希利斯·米勒:《小说与重复》,王宏图译,天津人民出版社,2008,第168页。

自己去欣赏维多利亚后期的作家。①米勒在《小说与重复》中至少 3 次引用哈特曼的论述,且基本认可哈特曼的观点,例如伍尔夫(Adeline Virginia Woolf)本质上说是肯定性的作家,不过关于伍尔夫心灵活动这部分,米勒认为哈特曼所说的插入(interpolation)不如推断更合适②;此外,米勒欣赏哈特曼对华兹华斯的研究,肯定哈特曼对大屠杀研究和犹太文化研究的贡献。米勒说他和哈特曼都做了一些文化研究,也都同情文化研究,只不过米勒不确定他们同情的程度是否相同。

德·曼对布鲁姆的关注主要体现在以下方面:第一,比较认可《影响的焦虑》,并发表评论说文本的意义就是六种误读方式的相互关系;第二,关注其浪漫主义研究,并发表论文《一种新的生机论:哈罗德·布鲁姆》(A New Vitalism:Harold Bloom)。德·曼对哈特曼的关注主要体现在:德·曼以发言稿《华兹华斯诗学中的时间与历史》(Time and History in Wordsworth)回应哈特曼的著作《华兹华斯的诗歌 1787—1814》(Wordsworth's Poetry 1787—1814),并在这篇文章中高度赞扬哈特曼。德·曼对米勒的关注体现在其文章《空间批评:希利斯·米勒和约瑟夫·福兰克》(Spacecritics:J. Hillis Miller and Joseph Frank)中。

哈特曼、德·曼、布鲁姆和米勒不仅关注彼此的学术成果,而且发表论著分析对方的著作与文章、开展学术争鸣,并经常在自己的著作中引用对方观点和理论进行文学批评。由此可以看出,他们在学术上志同道合,不失为一个"学派"。

第二节　相似的理论背景

德·曼、哈特曼、布鲁姆和米勒都受过良好的学术训练,掌握多种语

---

① 米勒:《米勒访谈录》,载单德兴编译《跨越边界:翻译·文学·批评》,高雄书林出版有限公司,1995,第 135 页。

② J. 希利斯·米勒:《小说与重复》,第 239 页。

言,而且受到英美与欧陆哲学的双重影响。德·曼出生于比利时,能熟练运用自己的母语弗兰芒语以及法语、德语和英语。德·曼于1948年去美国,1949年开始参加哈佛比较文学系研究生讲座,1960年在哈佛大学获得博士学位,其博士论文为《马拉美、叶芝和后浪漫主义的困境》。从德·曼发表的文章可以看出德·曼深受海德格尔(Martin Heidegger)、荷尔德林(Hölderlin)、布朗肖(Maurice Blanchot)、尼采(Friedrich Wilhelm Nietzsche)、黑格尔(Hegel)、拉康(Jacques Lacan)的影响。杰弗里·哈特曼出生于德国法兰克福,1939年到英国,1945年到美国,在纽约皇后学院学习西班牙语、希腊语和意大利语,1951年到1952年在法国做过一年访问学者,1957年学习希伯来语。从哈特曼的著作中可以看出,哈特曼受现象学哲学、形式主义、存在主义、莫里斯·布朗肖、德里达与精神分析的影响。米勒读书期间在欧柏林学院(Oberlin College)对新批评接触较多;在哈佛读研期间,除了阅读布鲁克斯(Cleanth Brooks)、兰色姆(John Crowe Ransom)和退特(Allen Tate)的作品外,认为瑞恰慈(I. A. Richards)、威廉·燕卜荪(William Empson)、威尔逊·奈克(G. Wilson Knight)、布莱克默尔(R. P. Blackmur)、埃兹拉·庞德(Ezra Pound)、康尼斯·柏克(Kenneth Burke)等人的理论既有趣又重要①。米勒工作后受乔治·普莱(George Poulet)、德里达与德·曼影响较大,并通过自学法语能够阅读普莱、让·保罗·萨特(Jean-Paul Sartre)、保尔·瓦莱里(Paul Valery)、加斯东·巴什拉(Gaston Bachelard)、布朗肖、梅洛·庞蒂(Merleau Ponty)、伊曼纽尔·列维纳斯(Emmanuel Levinas)、海德格尔与胡塞尔(Edmund Husserl)等人的著述。鉴于德·曼的理论在第二章会有论述,所以本部分主要论述德·曼、哈特曼、布鲁姆、米勒对佩特、新批评、现象学、德里达的继承与发展。

---

① J. 希利斯·米勒:《我与半个世纪以来的美国文学批评》,载易晓明编《土著与数码冲浪者——米勒中国演讲集》,吉林人民出版社,2011,第171页。

（一）佩特

英国人沃尔特·佩特（1839-1894）既是作家又是批评家，其代表作有《享乐主义者马利乌斯》（*Marius the Epicurean*）《文艺复兴：艺术与诗的研究》（*The Renaissance：Studies in Art and Poetry*）《想象的肖像》（*Imaginary Portraits*）《鉴赏》（*Appreciations，with an Essay on Style*）《柏拉图和柏拉图主义》（*Plato and Platonism*）《希腊研究》（*Greek Studies*）。佩特在我国学界引起关注的主要观点是"为艺术而艺术"（the love of art for its own sake）①。为了更好地理解此观点，需要回到佩特几次提到此观点的语境。佩特在《文艺复兴：艺术与诗的研究》的结论中表达的是，我们应该为艺术本身的缘故而爱艺术，因为艺术所能提供的仅仅是高品质的时光。之所以高品质是因为在审美体验中物质与形式可以结为一体。佩特在《鉴赏》中对艺术的论述更加充分：沉思是高层次的道德，很多优秀作品体现了沉思的艺术，例如华兹华斯的作品引导读者不只关注物质，而是以适当的情绪面对人类生存的壮观景象②。

布鲁姆在《诗人与诗歌》等著作中多次表明如下观点：（1）佩特是文学批评的大家，是未来诗歌的先知；（2）文学批评的功能主要是鉴赏，即佩特式的融合分析与评估的鉴赏；（3）佩特的"为艺术而艺术"包括劳伦斯（*David Herbert Lawrence*）的"为人生而艺术"；（4）佩特说"文字的艺术家"能发现词汇的"独特光芒"，这里所说的光芒"指词语的词源（etymological）或原始意义（original meaning）"③；（5）布莱克对佩特有影响，佩特对霍普金斯（Hopkins）、叶芝（Yeats）、斯蒂文斯有影响；（6）佩特的《柯勒

---

① Walter Pater，*The Renaissance：Studies in Art and Poetry*，London and Glasgow：Collins Clear-Type Press，1961，p. 224.

② 钟良明：《"为艺术而艺术"的再思索》，《外国文学评论》1994年第2期。

③ Harold Bloom，*Poets and Poems*，Chelsea：Chelsea House Publishers，2005，pp. 40-41.

律治的创作》(*Coleridge's Writings*)是关于柯勒律治的杰出短评;(7)佩特成功地阐述了陌生性与美感的结合;(8)佩特反感绝对性和"有机体"类比原则。

哈特曼对佩特的评论主要论及以下方面:(1)佩特的散文是哲思文学(philosophical literature),涉及名称、事物、怀疑论、空想、存在等内容①;(2)艺术中古希腊式的纯正(Hellenic "purity" in art)在乔治·摩尔(George Moore)的著作中有所延续②;(3)卢卡奇(Lukács)对于"辩证法"与随笔关系的理解是由佩特作为媒介,不过佩特认为论文(treatise)与随笔不同③;(4)佩特从哲学家手中拯救了"辩证法",并赋予它一种迂回的形式④;(5)佩特对华兹华斯的论述是有趣的散文,是英国文学的一部分⑤。

米勒除了在著作中提及佩特外,还曾发表论文《沃尔特·佩特:局部肖像》(*Walter Pater: A Partial Portrait*),并为《霍普金斯文学理论与批评指南》(*The Johns Hopkins Guide to Literary Theory & Criticism*)撰写了其中关于佩特的部分。在这本书里,米勒主要谈论了如下方面:首先论述佩特对当代的新批评、现象学、本雅明(Walter Benjamin)和德·曼都有影响;其次分析佩特与其先驱和后继者的复杂关系;精神生活开启于个体的经验时刻,每个人需专注于每一时刻;佩特以水流和编织为隐喻来论述象征、比喻、语言和神话等关键词⑥。

---

① 杰弗里·哈特曼:《荒野中的批评:关于当代文学的研究》,第53页。
② 杰弗里·哈特曼:《荒野中的批评:关于当代文学的研究》,第134页。
③ 杰弗里·哈特曼:《荒野中的批评:关于当代文学的研究》,第219-220页。
④ 杰弗里·哈特曼:《荒野中的批评:关于当代文学的研究》,第223页。
⑤ 杰弗里·哈特曼:《荒野中的批评:关于当代文学的研究》,第224页。
⑥ 迈克尔·格洛登、马丁·克雷斯沃斯、伊莫瑞·济曼主编《霍普金斯文学理论与批评指南》,王逢振等译,外语教学与研究出版社,2011,第1115-1118页。

(二) 现象学

现象学(Phenomenology)兴起于 20 世纪初,大致经历了相互交融的四个阶段:第一阶段代表人物是创始人胡塞尔,他为后续的研究提供了现象学方法和理论。第二个阶段代表人物是茵加登(Roman Ingarden)和杜夫海纳(Mikel Dufrenne)。茵加登运用胡塞尔现象学方法研究文学,提出"文学作品是一个纯粹意向性构成"①,文学作品有四个异质层次结构,阅读是对作品层次结构的具体化和再创造,审美经验可具化为三阶段,作品的艺术价值是客观的,等重要观点②。杜夫海纳对审美经验现象学颇有贡献,提出审美知觉的三个阶段。第三个阶段代表人物是海德格尔、萨特与梅洛·庞蒂。第四个阶段代表人物较多,且分散在不同的国家,其中普莱是非常有影响力的。

哈特曼在博士读书期间便是"业余的现象学家"③,哈特曼说自己"通过哲学,尤其是胡塞尔和黑格尔的著作来引导自己的理论方向"④,哈特曼的《未经调解的视像》"可被视为对现代文学经验进行本质直观(Wesensschau)的一种尝试,这种经验摒弃传统,且拒绝以之作为起点"⑤,这部著作除了本质直观也思索了现象学的中介问题。

米勒对现象学的了解主要来自于乔治·普莱。米勒 1953 年到霍普金斯大学任教时,读到乔治·普莱的一篇论文,觉得很精彩,后惊喜地发现普莱是其同事,于是米勒和普莱、瓦塞尔曼(Wasserman)经常一起吃午

① 茵加登:《对文学的艺术作品的认识》,陈燕谷译,中国文联出版公司,1988,第 12 页。

② 马新国主编《西方文论史》,高等教育出版社,2008,第 402-407 页。

③ Geoffrey H. Hartman, *A Scholar's Tale*, New York: Fordham University Press, 2007, p. 10.

④ Geoffrey H. Hartman, *A Critic's Journey Literary: Reflections*, 1958—1998, New Haven and London: Yale University Press, 1999, p. xiv.

⑤ Geoffrey H. Hartman, *A Critic's Journey Literary: Reflections*, 1958—1998, p. xv.

餐,并且至少一周一次讨论如何阐释文学。米勒说自己的前三本书《查尔斯·狄更斯:他的小说世界》(*Charles Dickens：The World of His Novels*)、《上帝的消失:五位十九世纪作家》(*The Disappearance of God：Five Nineteenth-Century Writers*)与《现实的诗人:六位二十世纪作家》(*Poets of Reality：Six Twentieth-Century Writers*)都是现象学批评著作①。此外,米勒发表过四篇论文论述普莱的现象学方法,即:《乔治·普莱的文学批评》(*The Literary Criticism of Georges Poulet*)、《日内瓦学派:马塞尔·雷蒙德、阿尔伯特·贝甘、乔治·普莱、让·鲁塞、让-皮埃尔·理查德和让·斯塔罗宾斯基的批评》(*The Geneva School：The Criticism of Marcel Raymond，Albert Beguin，Georges Poulet，Jean Rousset，Jean-Pierre Richard，and Jean Starobinski*)、《日内瓦还是巴黎? 乔治·普莱的近期作品》(*Geneva or Paris？The Recent Work of Georges Poulet*)、《乔治·普莱的身份批评》(*Georges Poulet's Criticism of Identification*)。

德·曼关于现象学的论文是《作为起源的文学自我:乔治·普莱的著作》(*The Literary Self as Origin：the Work of George Poulet*),此外德·曼在自己的著述中也多次引用普莱的观点,例如《文论选集:1953—1978》(*Critical Writings 1953—1978*)中有至少 20 处提及了普莱。

(三) 新批评

"新批评"(The New Criticism)一词出自兰色姆的专著《新批评》。之所以称为"新批评"是为了与俄国形式主义批评相区别。学界普遍认可的"新批评"代表人物包括瑞恰慈、燕卜荪、兰色姆、布鲁克斯、退特、沃伦(R. P. Warren)、维姆萨特(W. K. Wimsatt)、比尔兹利(Beardsley)、韦勒克

---

① J. 希利斯·米勒:《我与半个世纪以来的美国文学批评》,载易晓明编《土著与数码冲浪者——米勒中国演讲集》,吉林人民出版社,2011,第 173 页。

（Rene Wellek），①代表性术语有"有机性""张力""反讽""细读"等。布鲁克斯在《反讽和反讽性诗歌》中说"我们时代在批评上的发现之一就是一首诗的各个部分之间有一个有机的联系"②，并在《精致的瓮》中强调，为了这种体验的整体性，哪怕牺牲多样性为代价③。瑞恰慈在《文学批评原理》中区分了作品的能指含义（signifying）和意义（meaning）。瑞恰慈意识到语言包含空间和时间维度，语言与现实本质一致的观点被称为能指形式理论（a theory of signifying form）。燕卜荪认为诗歌符号引发了不指示任何特殊物体的想象行为，隐喻的意义在于它不意味任何特定的行为。燕卜荪重视第一种和第七种含混，认为诗歌的含混性在可控制的范围内。20 世纪 40 年代布鲁克斯、维姆萨特、沃伦和韦勒克在耶鲁大学执教，耶鲁大学因此成为新批评研究的重要阵地。哈特曼、德·曼、布鲁姆和米勒都曾在著作与论文中评析"新批评"。

布鲁姆对新批评的论述主要包括如下方面：（1）像朗基努斯（Longinus）那样的批评家意味着无视"新批评"的基本原则。（2）新批评的特征是忠诚于形式，忠诚于作品本身，不考虑作者生平和读者反应；维姆萨特把情感谬误与意图谬误追溯到朗基努斯和塞缪尔·约翰逊（Samuel Johnson）是不妥的。（3）布鲁姆不赞成新批评家对美学价值所做的评判，认为这不是批评家和学者的任务。④ （4）布鲁姆认为新批评主义存在一些教条，这些教条"通常是乔装了的新基督教和社会道德观"⑤。（5）新批评主义者对诗的评判有缺陷，被新批评主义者批评的诗作中也不乏有杰

---

① 支宇：《复义——新批评的核心术语》，《湘潭大学学报（哲学社会科学版）》2005年第 1 期。

② C. Brooks，"Irony and Ironic Poetry"，College *English*，Vol. 9，No. 5（1948），pp. 231-237.

③ C. Brooks，*The Well Wrought Urn*，New York：Reynal &Hitchcock，1947，pp. 194-195.

④ 哈罗德·布鲁姆：《影响的剖析：文学作为生活方式》，金雯译，译林出版社，2016，第 19-20 页。

⑤ 哈罗德·布鲁姆：《影响的剖析：文学作为生活方式》，第 315 页。

作,例如克兰(Hart Crane)的《桥》(Bridge)。

德·曼 1956 年曾用法文发表《形式主义文学批评的终结》(*Impasse de la Critique Formaliste*),后来被翻译为英文同名文章(*The Dead-End of Formalist Criticism*)并被收入《盲目与洞见》;一同收入此书的还有《美国新批评的形式与意向》(*Form and Intent in the American New Criticism*)。德·曼对新批评的探讨主要包括如下方面:(1)在某种程度上新批评"细读"策略有助于把握文学语言。(2)维姆萨特的假定是对意向性(intentionality)本质的误解,文本的意向性本质上是结构性的。(3)批评家误把进入的阐释循环当成有机循环。(4)新批评的整体化原则与文学语言的特殊结构相抵牾。(5)新批评派因反对意向性而没能以"连贯的文学形式理论来整合他们的创见"[1]。

米勒在专著和文章中多处评析新批评。(1)米勒认可新批评对每一细节都有意义的假定,但强调作品中不协调的成分并非是缺陷、没有价值[2]。(2)米勒认为瑞恰慈暗示掌握一套有多重意义的关键词就近乎掌握西方文学是不妥当的。首先,西方语言中不存在固定的关键词语,有的只是这类无穷无尽的、具有对立的或不可调和意义的词语;其次,任何诗人的词汇都有特异性,无法成为其他词的等同物或替代物,每个词都有自己的法则,无法作为普遍法则;再次,诗人的词汇不是封闭系统,而是疏离、发散的[3]。(3)米勒认为新批评是近年来称为"审美意识形态"的一种形式。一些新批评代表人物承认某些有普遍性的文化价值观,但却宣扬与这些文化价值观矛盾的超历史的、技术化的阅读形式,细读成了瓦解

---

[1] 保罗·德·曼:《美国新批评的形式与意向》,周颖译,《外国文学》2001 年第 2 期。

[2] J. 希利斯·米勒:《小说与重复》,第 22 页。

[3] J. 希利斯·米勒:《大地·岩石·深渊·治疗——一个解构主义批评的文本》,载易晓明编《土著与数码冲浪者——米勒中国演讲集》,吉林人民出版社,2011,第 153–154 页。

"大学是永恒文化价值的传播者这种传统看法的一个阶段"①。(4)文学批评或文学研究不是一种科学知识方式,而应体现对政治与历史的关注。(5)我们虽然不该认为背景可以解释一切,但应最大限度获得作品的背景知识。

(四) 德里达

雅克·德里达是著名的法国哲学家,其代表作有《论文字学》(*Of Grammatology*)、《书写与差异》(*Writing and Difference*)、《散播》(*Dissemination*)、《丧钟》(*Glas*)、《文学行动》(*Acts of Literature*)。德里达著作等身,但如下方面论述对文论界影响更大:首先,他批判逻各斯中心主义与索绪尔语言学;其次,论述解构文学和传统哲学的对立;再次,表明文学根植于隐喻中,文本意义始终处于"延异"中②。1966 年,德里达在霍普金斯大学举办的"批评的语言与人的科学"的会议上做了《结构、符号与人文科学话语中的嬉戏》的演讲,后每年都到耶鲁大学讲学,与德·曼、哈特曼和米勒都关系紧密,米勒更是参加了德里达的每次研讨班。

米勒深受德里达影响,除了在演讲和访谈中提到德里达,还发表过专著《献给德里达》(*For Derrida*);除了专著中的文章外,又发表过至少 14 篇文章,其中比较著名的有《德里达的地志学》(*Derrida's Topographies*)、《德里达的他者》(*Derrida's Others*)、《德里达与文学》(*Derrida and Literature*)、《从主权与无条件性看德里达的"整体性他者"》(*Analyzing Jacques Derrida's 'Wholly Other' from Sovereignty and Unconditionality*)。米勒对德里达的研究内容丰富,其中对我国学者影响较大的是:(1)德里达与

---

① J.希利斯·米勒:《美国的文学研究新动向》,载易晓明编《土著与数码冲浪者——米勒中国演讲集》,吉林人民出版社,2011,第 140 页。
② 马新国主编《西方文论史》,第 510-514 页。

德·曼以人文研究和文学理论介入历史与政治。[①]（2）米勒同意德里达对解构的解释，即解构是立场的选择，解构一贯关注语言的"另一面"[②]。

哈特曼写有专著《拯救文本：文学/德里达/哲学》（*Saving the Text：Literature/Derrida/Philosophy*）；哈特曼在访谈中也多次提到德里达，例如在与谢琼的访谈中，提到他非常喜欢读德里达的《丧钟》并对此著作加以介绍。

德·曼除了著作中的评析，也专门写过关于德里达的文章，例如《盲目的修辞：雅克·德里达对卢梭的解读》（*The Rhetoric of Blindness：Jacques Derrida's Reading of Rousseau*）、《雅克·德里达：论文字学》（*Jacques Derrida，Of Grammatology*）。

第三节　共同的学术关注点

纵观德·曼、哈特曼、布鲁姆与米勒的研究，不难发现他们至少在如下七方面具有共性。（1）他们都热爱文学，尤其是经典，他们的研究都属于文本方向的研究（text-oriented）；（2）相似的阅读策略；（3）关注误读；（4）关注读者；（5）关注政治与历史；（6）关注文学理论与批评的关系；（7）思考人文学科。

（一）阅读经典的愉悦

德·曼、哈特曼、布鲁姆和米勒都热爱文学。德·曼曾说过，"（我）

---

① J. 希利斯·米勒：《永远的修辞性阅读》，载易晓明编《土著与数码冲浪者——米勒中国演讲集》，吉林人民出版社，2011，第190页。

② J. 希利斯·米勒：《美国的文学研究新动向》，载易晓明编《土著与数码冲浪者——米勒中国演讲集》，吉林人民出版社，2011，第141页。

对于批评的兴趣远不及对于原始文学文本的兴趣"①。纵观德·曼的学术成果,相当一部分内容都与文学批评相关。德·曼主要研究以下作家的经典作品,即:济慈(Keats)、叶芝、华兹华斯、雪莱、荷尔德林、卢梭(Jean-Jacques Rousseau)、萨特、纪德(André Gide)、普鲁斯特(Marcel Proust)、里尔克(Rainer Maria Rilke)和博尔赫斯(Jorge Luis Borges)。

哈特曼在访谈中谈及自己热爱阅读,尤其热爱华兹华斯的作品。除了华兹华斯的作品,哈特曼所写文学评论还涉及:莎士比亚、布莱克(William Blake)、柯勒律治(Samuel Taylor Coleridge)、劳伦斯(David Herbert Lawrence)、歌德(Johann Wolfgang von Goethe)、博尔赫斯。哈特曼虽然也关注神秘小说、希区柯克的电影和电影《辛德勒名单》(*Schindler's List*),不过其阅读的大部分内容还是经典作品。哈特曼在访谈中也谈到建立文学典律非常有价值,自己基本信服布鲁姆所罗列的文学典律,只是觉得布鲁姆罗列的典律不全面,且不赞同布鲁姆将所有抉择绝对化②。

布鲁姆一生致力于经典阅读,《西方正典》一书是布鲁姆致敬经典的明证。在此书的中文版序言中,布鲁姆在首段便怀念自己7岁到15岁去公共图书馆阅读的美好时光。布鲁姆说自己小时候便喜欢阅读克兰、布莱克、雪莱、斯蒂文斯、叶芝、弥尔顿(John Milton)、莎士比亚等作家的作品。布鲁姆在《影响的剖析》中专列一节"文学之爱",并在此节的第一段说:莎士比亚赋予自己"自由的感受,让我身心释放,品尝到一种原始的狂喜"③。布鲁姆表示自己年老了依然喜欢阅读诗歌,不过由于时间短暂,不想阅读非经典的书籍。

米勒在著作与访谈中也多次谈及自己与文学结缘的历程。米勒说自己读书废寝忘食,5岁就能读《瑞士家庭罗宾逊》(*The Swiss Family Rob-*

---

① Paul de Man, *Blindness and Insight: Essays in the Rhetoric of Contemporary Criticism*, Minneapolis: University of Minnesota Press, 1983, foreword Ⅷ.

② 罗选民、杨小滨:《超越批评的批评——杰弗里·哈特曼教授访谈录(下)》,《中国比较文学》1998年第1期。

③ 哈罗德·布鲁姆:《影响的剖析:文学作为生活方式》,第5页。

inson）、《柳林中的风》(*The Wind in the Willows*)、《爱丽丝在仙境》(*Alice's Adventures in Wonderland*)；自己大二时感受到了一种召唤，觉得自己一生必须"阅读文学、教文学和围绕文学而写作"①。米勒的一生也的确是如此度过的，他从 1958 年出版第一本专著《查尔斯·狄更斯：他的小说世界》到 2012 年出版《阅读的永恒性》(*Reading for Our Time*)，四十多年笔耕不辍，而米勒所读的著作也皆为经典。

（二）互文性阅读与修辞性阅读

德·曼、哈特曼、布鲁姆和米勒都采取互文性阅读的策略。布鲁姆几乎在所有文章中都会谈及作家之间的相互传承。德·曼的著作也经常分析作品间的渊源，例如《新爱洛伊丝》(*La Nouvelle Heloise New Heloise*)与卢梭喜欢的作品《鲁滨逊漂流记》(*Robinson Crusoe*)的关系以及《鲁滨逊漂流记》对《玫瑰传奇》(*Roman de la rose*)的影射②。米勒的重复理论，在某种程度上也是互文性阅读。

德·曼、哈特曼、布鲁姆和米勒对文学作品中语言的分析贯穿此书的所有章节。德·曼在《抵制理论》中提到阅读应该注重语言的修辞性。哈特曼在其著作中经常使用反讽、隐喻等修辞领域的术语。布鲁姆在《如何读，为什么读》中写道恢复阅读的五个原则，其中最具操作性的便是寻回反讽，而且布鲁姆在具体的文本分析中也经常提到隐喻等修辞方式。米勒最初由物理系转到文学系便是被语言的奇异性所吸引，米勒在缓慢地阅读中提到修辞性阅读包括关注作品中呼语法（prosopopeia）、错格、比喻、寓言等。

---

① J. 希利斯·米勒：《我与半个世纪以来的美国文学批评》，载易晓明编《土著与数码冲浪者——米勒中国演讲集》，吉林人民出版社，2011，第 169-170 页。

② Paul de Man, *Blindness and Insight：Essays in the Rhetoric of Contemporary Criticism*, p. 202.

（三）关于误读

"误读"在解构批评兴起之前，通常被理解为读者对作品的错误理解，然而布鲁姆、德·曼、米勒赋予"误读"新的内涵。"误读"是布鲁姆诗学的核心术语，《影响的焦虑》《误读图示》是布鲁姆早期阐释"误读"理论的经典著作。布鲁姆的"误读"指的是后辈诗人面对前辈诗人创作产生焦虑，决定通过各种方式创造出不同于前辈的具有原创性的作品。正是后辈诗人与前辈的竞争才有可能不断产生杰作，因此布鲁姆认为"误读"是必要的，强劲诗人必须被"误读"。

对于"误读"，德·曼也有很多思考，他在《盲目与洞见》一书中便指出我们应该反思误读，也许正是误读说明了文学应该如何。德·曼也曾在自己的著述中谈及对布鲁姆"误读"理论的评价。关于"误读"，德·曼有以下主要观点：(1)因为文学语言自身的含混性与不确定性，所以误读是不可避免的；(2)我们应该关注"误读"的结构模式。

米勒的观点与德·曼相似。因为语言的奇异性、重复性与修辞性，即使是精湛的批评家也很少敢说自己的理解就是正确的、权威的。米勒认为文学文本，尤其是诗歌，具有奇异性，这种奇异性非常难以理解，我们只有通过层层追问，将作品放入整个文学、文化语境中去理解。每个文学作品都不是孤立的，其中在意象、情节等很多方面都体现了对以往作品的重复，就这样在从一个文本到一个文本再到另一个文本的追溯中，很难确定文本具有唯一正确的理解。作品本身必然具有的修辞性更凸显了词语的意义并非其本意，而且是如燕卜荪所言有着多种意义。

（四）关注读者

德·曼、哈特曼、布鲁姆与米勒都关注读者。米勒言语行为研究体现了对读者的关注，米勒在 2018 年已为新书《当我阅读、观看或游戏时会发生什么》(*What Happens When I Read, Watch, or Play*)写好纲要,并开始创作,从此书的纲要中可以看到米勒对读者的关注增加①。哈特曼专门论述读者的文章则有:《从普通读者到非普通读者》(*From Common to Uncommon Reader*)。鉴于蒂博代在《六说文学批评》中将批评分为自发的批评、大师的批评和职业的批评,那么也可以将读者分为普通读者、专家读者与文学评论家。德·曼、哈特曼、布鲁姆与米勒在解读文学作品时都会关注对此作品已有的评价,尤其是专业的学术批评,由此可以看出他们更关注专家读者。

然而在共同点的基础上,他们每个人的关注也存在差异。布鲁姆很多时候并非以批评家自居,他常常说出自己的感受,在说出自己感受时,他常常认为自己的感受是读者的共识;而且布鲁姆在赏析时经常批驳他所反对的"憎恨学派"。米勒对读者的关注侧重于作品对读者产生的影响。米勒在自己的著述中经常谈到作品对自己的影响,而且这种影响不仅体现在学术领域,也体现在他的个人生活中;所以米勒认为即使我们不确定作品会产生怎样的影响,但作者要为作品负责。

(五) 关注政治与历史

有些学者认为解构批评只是复杂的理论、无关政治与社会,米勒则说自己一直关注伦理、政治、历史,对阅读伦理(the ethics of reading)的探讨和对叙事伦理(the ethics of narration)的探讨凸显了他对这些方面的关注。② 米勒借鉴德·曼的观点,将意识形态定义为"语言现实和现象现实的混淆"(the confusion of linguistic and phenomenal reality)③。米勒在其访

---

① 承蒙米勒教授惠赠书稿纲要。
② 米勒:《米勒访谈录》,载单德兴编译《跨越边界:翻译·文学·批评》,高雄书林出版有限公司,1995,第144页。
③ 米勒:《米勒访谈录》,载单德兴编译《跨越边界:翻译·文学·批评》,高雄书林出版有限公司,1995,第143页。

谈中说解构批评是教导所谓的"意识形态批评"（critique of ideology），也就是说意识到意识形态的形成，因而有能力在真实生活中抗拒它①。

米勒不仅说自己如此，而且说德里达与德·曼也是如此，德·曼"关注文学研究体制化了的意识形态错误所造成的社会影响，他想另外提出一种能积极介入历史的形式。"②德·曼的作品中到处都反映了他对历史、政治与意识形态的兴趣。③德·曼在回答斯特法罗·洛叟（Stefano Rosso）的访谈时说"我从来不认为我与意识形态和政治这类问题无关，它们向来是我优先考虑的"④。

（六）理论与批评

哈特曼在《荒野中的批评》（*Criticism in the Wilderness*）一书序言中阐述了自己思索的问题：面对当今理论与实践的分裂，是否可以找到成熟的、非隶属的、不怕理论的批评，并说整本书的章节都是围绕着这个话题而展开。哈特曼的文学批评观在第二章有所概述。

布鲁姆关于文学的社会作用似乎持矛盾的态度。布鲁姆一方面称赞王尔德在《道连·格雷的画像》（*The Picture of Dorian Gray*）序言中提出的艺术无用说；一方面也说"莎士比亚可以代表最高造诣的最良善效用：倘若真正地理解了，它能够治愈每个社会所固有的一些暴力……阅读惠特曼（Walt Whitman），真正地理解惠特曼，能够使你学会自助，学会治愈你

---

① 米勒：《米勒访谈录》，载单德兴编译《跨越边界：翻译·文学·批评》，高雄书林出版有限公司，1995，第142-143页。

② J. 希利斯·米勒：《美国的文学研究新动向》，载易晓明编《土著与数码冲浪者——米勒中国演讲集》，吉林人民出版社，2011，第141页。

③ 米勒：《米勒访谈录》，载单德兴编译《跨越边界：翻译·文学·批评》，高雄书林出版有限公司，1995，第145页。

④ Paul de Man, *The Resistance to Theory*, London：University of Minnesota Press, 2002, p. 121.

的意识创伤。"①布鲁姆在文学批评上持以下观点:(1)文学批评的功能是鉴赏,沃尔特·佩特意义上融合分析与评估的鉴赏;(2)文学批评是个人的行动,也是与公众接触的行动;(3)批评家的文章给人以启迪,使人学会如何从他人思想中学习。布鲁姆提到的批评家包括约翰逊、柯勒律治、莱辛、歌德、哈兹里特(William Hazlitt)、圣伯夫(Charles A. Sainte - Beuve)、佩特、库尔提乌斯(Ernst Robert Curtius)、瓦莱里、弗莱(Northrop Frye)、燕卜荪、康尼斯·柏克。

　　米勒关于理论与阅读的如下观点值得我们思考:(1)真正的阅读总是找到理论没有预测到的事物。米勒发现阅读与理论之间存在失衡,任何阅读都暗含某种理论的预设,无论这些预设多么简单或多么隐晦。②米勒欣赏的理论预设是让读者可以在文本中看出别人看不出的东西。(2)理论是促进良好阅读的工具。米勒倾向于将理论当成工具,来促进更好地阅读,使学生、学者与一般人都能更好地接纳文学作品。③(3)阅读的能力需要学习。面对大众普遍认为的每个人都有阅读文学的能力,米勒解释说如《李尔王》(King Lear)、《荒凉山庄》(Bleak House)、《白鲸》(Moby Dick)等作品是很难被理解的,所以我们需要提高阅读的能力,而学校需要教阅读,让学生有能力以批判的方式阅读文学作品、报纸、广告和政治文件等。(4)批评具有肇始性。米勒认为阅读具有双重性,一方面是对作品加诸读者身上的义务的回应,即忠实于作品;另一方面,文学批评是新事情,批评者需要为此负责,因为批评也会引发其他事情。对于理论和批评的作用,米勒总结说:尤其是在当今科技高速发展的时代,批评和理论有深远的公民作用,批评和理论使我们从阅读中得到的知性喜

---

① 哈罗德·布鲁姆:《短篇小说家与作品》,童燕萍译,译林出版社,2016,第2-3页。

② 米勒:《米勒访谈录》,载单德兴编译《跨越边界:翻译·文学·批评》,高雄书林出版有限公司,1995,第131页。

③ 米勒:《米勒访谈录》,载单德兴编译《跨越边界:翻译·文学·批评》,高雄书林出版有限公司,1995,第131-134页。

悦,更有鉴识力,让我们可以抗拒有些语言和符号能对我们所做的坏事。①

(七)人文学科

米勒非常关注文学研究,尤其是全球化时代的文学研究,他所发表的文章《跨国型大学里的文学研究》以及在我国所做的四次演讲可见一斑。米勒这四次演讲的题目分别是《全球化时代文学研究还会继续存在吗?》《全球化对文学研究的影响》《作为全球区域化的文学研究》以及《全球化和新的电信时代文学研究的未来》。哈特曼曾发表文章《千禧年的高等教育》(Higher Education at the Millennium)、《社会科学与人文科学》(Social Science and the Humanities)、《人文科学、读写能力与传播》(The Humanities, Literacy and Communication),并在著作中谈论过人文学科与文学研究;例如,"文学研究的训练必须与人文学科重新结合起来。它必须成为它所希望应当成为的东西:在最严格的意义上的个人判断力训练,这种训练使学生经历解释方面的猛烈批评,并使他不仅面对狭义想象的文学,而且也面对着哲学、历史、宗教、人类学等等的重要文本。"②

---

① 米勒:《米勒访谈录》,载单德兴编译《跨越边界:翻译·文学·批评》,高雄书林出版有限公司,1995,第 151 页。

② 杰弗里·哈特曼:《荒野中的批评:关于当代文学的研究》,第 331–332 页。

第二章 "耶鲁学派"的批评理论

德·曼、哈特曼、布鲁姆、米勒的批评理论都非常丰富,想要在一本著作中做出全面系统的阐述并非易事。因此本部分对"耶鲁学派"批评理论的研究侧重两方面:首先关注他们的共性,进而分析为什么有这些共性,这种共性的意义何在;其次关注他们研究中尚未引起学界足够重视的内容,拓宽研究领域。

第一节 保罗·德·曼的反讽观

反讽是文学批评领域的重要术语。奥古斯特·威廉·施莱格尔(August Wilhelm Schlegel)、弗里德里希·索尔格(Friedrich Solger)、黑格尔、克尔凯郭尔(Kierkegaard)都曾论述过反讽,他们在自己的论著中都认为前人对反讽的理解不精准。

德·曼认为定义反讽很困难。反讽是一种修辞手法吗?反讽似乎涵盖了所有的转义手法(trope),那么似乎无法将其作为一种转义手法。诺斯罗普·弗莱认为反讽是一种偏离直接陈述或偏离自身明显含义的语言模式,这种看法肯定了反讽的传统定义,即表面说某事,实际另有意味。人们通常认为与提喻、隐喻或转喻等普通比喻相比,反讽的转向涉及更多、更彻底的否定。德·曼认为反讽包括所有比喻,或者说是比喻中的比喻(the trope of tropes),可这并不等同于定义,由此可见通过定义达到概念化非常困难,几乎是不可能的。虽然很难定义反讽,德·曼还是在《时间性修辞学》(*The Rhetoric of Tempority*)中论及反讽,并专门写了篇文章《反讽的概念》(*The Concept of Irony*)。德·曼对反讽的论述主要通过对布斯(Wayne Booth)、施莱格尔、费希特(Johann Gottlieb Fichte)等人观点的评析展开。

无法定义反讽,那么如何研究反讽? 德·曼认为韦恩·布斯的著作《反讽修辞》(*A Rhetoric of Irony*)提供了一种途径,即不涉及定义或理论,从实际批评中的问题出发,例如,如何知道面前的文本是否是反讽? 是否有什么标记(marker)、方法(device)、指示(indication)、信号(signal)等帮助我们确定某文本是反讽? 如何看待我们做出的反讽判断被质疑? 布斯在书中区分了稳定或确定的反讽(stable or definite irony)与不稳定反讽。德·曼认为如果我们不想陷入许多人声称的无限的否定倒退(infinite regress of negations),就需要讽刺的修辞(a rhetoric of irony)①。停止反讽无限蔓延的方式是理解什么是反讽和理解反讽的过程,而要想解决这个问题离不开德国传统,离不开蒂克(Tieck)、诺瓦利斯(Novalis)、索尔格(Solger)、亚当·米勒(Adam Miller)、克莱斯特(Kleist)、让·保罗(Jean Paul)、黑格尔、克尔凯郭尔、尼采等人的观点,尤其是施莱格尔的观点。

思想家们对施莱格尔的态度不尽相同。以黑格尔、克尔凯郭尔为代表的很多哲学家回避和抵制施莱格尔及其创作的小说《路清德》(*Lucinde*);卢卡奇、沃尔特·本雅明、彼得·松迪(Peter Szondi)等学者则为施莱格尔辩护,称其为严肃的作家,不过却也回避其小说《路清德》。根据德·曼的分析,思想家们排斥这部小说可能是因为小说中有一章用哲学的语言反思性交中涉及的身体问题,而这个特殊话题不值得用哲学语言加以描述,此种描述打破了人们对文本该是什么样的假设。德·曼指出施莱格尔通过三种彼此相关而非独立的策略来应对讽刺,化解压力。第一,将反讽简化为一种美学实践或艺术手段,旨在增强或丰富文本的审美吸引力,例如德国作家英格丽德·斯特罗施奈德-科尔斯(Ingrid Strohschneider-Kohrs)便运用席勒(Schiller)的"作为自由游戏的审美"

---

① Paul de Man, *Aesthetic Ideology*, Minneapolis /London: University of Minnesota Press, 1997, p. 166.

(aesthetic as free play)来解释反讽①。第二,将其还原为作为反射结构的自我辩证法(a dialectic of the self as a reflexive structure)。施莱格尔引起争议的那章被称为"单一反射",与意识的反射模式(reflexive patterns)有关。反讽是自我复制(duplications of a self),是自我内部的镜面结构(specular structures),自我隔着一定距离观察自身,它建立了反身结构,反讽被描述为自我辩证法(a dialectic of the self)中的一个时刻②。第三,将讽刺时刻(ironic moments)或讽刺结构(ironic structures)插入历史辩证法(a dialectic of history)中。德·曼说,在某种意义上黑格尔和克尔凯郭尔关心的是历史的辩证模式,此模式与自我辩证模式相对应。反讽可以在历史辩证模式(a dialectical pattern of history)、历史辩证法(dialectics of history)中得到解释和吸收③。

德·曼所建议的阅读在某种程度上对这三种可能性提出疑问,而且是通过阅读施莱格尔《路清德》的两个段落提出疑问。第一个是片段37,此处看起来是在美学的问题域内探讨反讽,即如何写得好,"为了能够写好某个主题,一个人必须不再对它那么感兴趣……自我约束不能过分夸大"④。此段看起来非常有美感,探讨某种在实际写作中热情与控制的经历,也被称为古典克制与浪漫放纵的混合。通常对此段的阅读是将其放置在德国古典文学与德国浪漫文学间的关系上考量。然而在德·曼看来涉及得越多风险越大。施莱格尔深受哲学家约翰·戈特利布·费希特(Johann Gottlieb Fichte)影响,他认为费希特《哲学原理》(*Grundlage der Gesamten Wissenschaftslehre*)的出版、法国大革命以及歌德《威廉·麦斯特》(*Wilhelm Meister*)的出版是那个世纪最重要的三件事。施莱格尔从费希特那借用了如自我创造(Selbstschopfung)、自我毁灭(Selbstvernich-

---

① Paul de Man, *Aesthetic Ideology*, p. 169.

② Paul de Man, *Aesthetic Ideology*, p. 169.

③ Paul de Man, *Aesthetic Ideology*, p. 170.

④ Friedrich Schlegel, *Friedrich Schlegel's Lucinde and the Fragments*, trans. Peter Firchow Minneapolis/London: University of Minnesota Press, 1971, p. 147.

tung）、自我约束（Selbstbeschrankung）、自我限制或自我定义等哲学术语。

费希特是重要的辩证法理论家,其辩证法重要的三个时刻是自我创造（self-creation）、自我毁灭（self-destruction）和自我限制（self-limitation）或自我定义（self-definition）。很多人认为费希特是自我哲学家（philosopher of the self）,属于自我现象学传统（phenomenology of the self）。但是,德·曼认为此种理解并不正确。首先,费希特的自我概念不是一个辩证概念,但却是任何辩证发展的条件;其次,费希特将自我视为语言的一种属性,语言从根本上设定了自我与主体;再次,自我是逻辑发展的开始,而逻辑的发展与任何形式的经验（experiential）自我或现象学自我（phenomenological self）无关。而且,从语言如此设定自我的那一刻起,它可以而且必须设定相反的自我,即自我的否定;所以从费希特所说的通过否定在某种程度上悬置部分关于自我与非自我的现实可知,判断行为涉及自我①。判断行为（acts of judgment）要么按照综合判断（synthetic judgments）,要么以分析判断（analytical judgments）的模式进行。综合判断涉及相似性,分析判断涉及差异性,不过每个综合判断总是假设一个分析判断,例如说某物像某物,其中暗示差异。当作判断,对事物进行比较时,不同实体间的属性得以交换,这便是隐喻的结构,需要强调的是此结构首先是施为性的。反讽明显具有施为功能（performative function）,可以执行各种施为性语言功能,例如安慰、承诺、道歉等。这看起来和转义领域无关,却又有紧密联系。

德·曼关心的另一个片段是第 42 节。第 42 节主要内容为:"哲学是反讽的真正家园,其可以被定义为逻辑美（logical beauty）:因为无论人们如何在口头或书面对话中进行哲学思考,只要它们不是完全系统的,就应该产生和假设反讽……有些古代和现代诗歌的整体和每一个细节都充满了反讽的神圣气息……它们的外部形式渗透着普通意大利人的戏剧风格,叙事幻觉的瓦解。"②对于此种幻觉的瓦解,施莱格尔所用的修辞上的

---

① Paul de Man, *Aesthetic Ideology*, pp. 171–173.

② Friedrich Schlegel, *Friedrich Schlegel's Lucinde and the Fragments*, p. 147.

术语是插叙(parabasis),指通过修辞语域(rhetorical register)的变化来打断话语。德·曼认为这也可以用错格(anacoluthon)解释,错格常用于比喻句法模式或圆周句(periodic sentences),其中期待的句法(syntax of a sentence)被打断,得到的是完全不同的句法。插叙与错格都打断了叙事线条(narrative line)①。德·曼解释说,第 42 节便是错格或插叙,是费希特精心设计的中断;施莱格尔认为讽刺不仅是中断,是所有方面的永久插叙(permanent parabasis),例如当哲学论证对应着与哲学论证无关的事件时,哲学论证在任何时候都会被残酷的打断,这种打断扰乱了内在情绪,也瓦解了叙事线条,而此种叙事线条由比喻系统产生。德·曼考虑将反讽理解为比喻寓言的永久插叙(irony is the permanent parabasis of the allegory of tropes),比喻寓言有自己的叙事连贯性、系统性;不过反讽打断、破坏了这种连贯性、系统性。德·曼还总结说反讽总与叙事理论相关,可反讽导致无法实现一致的叙事理论②。

施莱格尔也思考真实的语言(authentic language),施莱格尔认为智慧在神话中的存在方式与在浪漫主义诗歌中的存在方式一样。因为语言具有流通性,货币也具有流通性,施莱格尔将货币与语言相类比。巴尔扎克笔下的货币是错误、疯狂、愚蠢和所有其他邪恶的根源,那么真正的语言是否是疯狂、错误和愚蠢的呢?就如同原本写的是哲学论证,但可能会被理解为性描写。没有反身性,没有辩证法就没有叙述,可根据施莱格尔的说法,反讽破坏的恰恰是辩证法和反身性。反身性和辩证法是比喻系统,而这正是反讽所消除的③。德·曼认可彼得·松迪(Peter Szondi)对施莱格尔作品反身结构的论述,但反对其将喜剧理论与反讽理论相混淆。本雅明的《德国浪漫派的艺术批评概念》也提及插叙的破坏力量与否定力

① Paul de Man, *Aesthetic Ideology*, p. 178.
② Paul de Man, *Aesthetic Ideology*, p. 179.
③ Paul de Man, *Aesthetic Ideology*, p. 181.

量,"形式的反讽在于对形式的故意破坏"①。本雅明认为,对于不受限制的反讽,"要谈论的不是主观主义和游戏,而是有限的作品对绝对物的接近,是作品的以消亡为代价的完全客观化"②,由此可以看出"批判行为"(the critical act)通过分析来消除形式,通过去神秘化来破坏形式。德·曼对此表示认可,并认为克尔凯郭尔以同样的方式解释反讽,只不过克尔凯郭尔为了评价,不得不考虑历史运动。德·曼最后总结说"很难想象某种史学、历史体系可以避免反讽。反讽与历史奇妙地联系在一起,只有当我们彻底解决施为性修辞的复杂性后,我们才能解决反讽与历史的问题"③。

第二节 理论、文学、作为文学的文学批评
——哈特曼的批评理论

对批评的热爱贯穿哈特曼的学习与教学生涯,正是这份热爱使哈特曼一直关注文学批评。面对学界一派人抨击大学教师热衷于解释文学作品这种批评实践,另一派人则抨击理论反思(theoretical reflection)的深奥(abstruseness)与非人性化术语(dehumanized terminology),哈特曼由此思索理论和实践的划分是如何产生的,为什么哲学的批评和实用的批评之间存在鸿沟,不同的批评传统是如何发展起来的,是否有可能调和这些不同批评的差异,是否可以创建一种与文学共生的理解性的批评。本章主要跟随哈特曼的思路,对上述问题进行思考。

---

① 瓦尔特·本雅明:《德国浪漫派的艺术批评概念》,王炳钧、杨劲译,北京师范大学出版社,2014,第103–104页。

② 瓦尔特·本雅明:《德国浪漫派的艺术批评概念》,第105页。

③ Paul de Man, *Aesthetic Ideology*, p. 184.

(一) 理论与批评

哈特曼发现凡·维克·布鲁克斯在 1915 年的《美国正在成熟》(A-mericas Coming-of-Age)便谴责了理论与实践之间的分裂,然而布鲁克斯的观点并没有引起重视,所以哈特曼将此作为《荒野中的批评》的一个课题。为了将此论题说透彻,哈特曼首先追溯了文学批评的发展历程。哈特曼从 16、17 世纪的文学批评开始探讨,此时的批评重视对古代文本的阐释,以及翻译者本原和自然的见解①。学界将从屈莱顿(Dryden)到燕卜荪的批评,称为描述性批评,乔治·华生(George Watson)在《文学批评家——英国描述性批评研究》(The Literary Critics:A study of English Descriptive Criticism)(1962)中也提及英国批评对文本的偏离、回归与对欧洲术语的借用。在英美的学术传统中,洛克(John Locke)等人的经验主义传统一直占主流,所以英美很少有如黑格尔、德里达这般哲学家的评论。哈特曼经常提到实用批评(practical criticism)与实用批评的开创者瑞恰慈。瑞恰慈在 1929 年出版的专著《实用批评》中明确提出实用批评的目标,其中便有提供一种新技巧帮读者明白对诗歌和其他认知事物的看法以及培养对所闻和所读事物的判断力②;为实现此目标所采取的方式从意义(sense)、情感(feeling)、语气(tone)和意图(intention)等方面来理解作品。利维斯(F. R. Leavis)扬弃瑞恰慈的实用批评,开展"实践中的批评"(criticism in practice)。"实践中的批评"有:"具体(concrete)原则、评判和分析(judgement and analysis)、第三领域(the Third Realm)以及问答式批评思路等。"③哈特曼认为实用批评被构成理论(composition theory)与解释理论所挫败,并在访谈中解释说"构成理论则是一种特殊的理论

---

① 杰弗里·哈特曼:《荒野中的批评:关于当代文学的研究》,第 257-258 页。

② I. A. Richards, *Practical Criticism:A Study of Literary Judgment*, London:Routledge,2001,p. 13.

③ 熊净雅:《利维斯"实践中的批评"之渊源与内涵》,《国外文学》2018 年第 3 期。

或者说是一种特殊的区域性阐释学"①。

与英美相比则是欧陆的传统。哈特曼提及了结构主义、海德格尔与德里达。以结构主义为例,哈特曼从两方面评价结构主义,一方面结构主义有助于提供超越哲学、语言学、社会学和精神分析学的界限,促进文学作品与批评原则的自主性②;另一方则有可能约束读者的冒险主义或主观主义。因为理论具有总体性,可以避免片面化;可以使人看清现实和意识形态,所以文学批评应与理论相结合。

(二) 与文学共生的批评

世人通常将批评看成完全不同于创作的一种阅读形式,是文学作品的附属。一些学者也认为文学批评是文学的附属。如果追溯重视文学批评的前辈,则会想到佩特与王尔德。王尔德曾论述过"作为艺术家的批评家",此后某些关于王尔德批评著作的文章也冠以作为艺术家的批评家或作为批评家的艺术家之类的名字。佩特与王尔德的理论遭到追求科学研究方法的新批评与形式主义以及利维斯的反对。不过卢卡奇在佩特之后继续思考文学形式与哲学的关系。

事实上,文学与文学批评具有共性,这种共性体现在如下方面:(1)文学作品和文学批评都是无目的的。这种无目的便是康德所说的无目的。(2)文学与文学批评都是潜在的自由的展示。(3)文学与文学批评都具有创造性、想象性与批判性。从想象性看,文学作品,尤其是小说,用虚构的内容吸引我们,我们在推测中获得一种宣泄作用;而文学批评试着解释作品中让人迷惑的内容,我们评判批评文章的解答也会获得宣泄作用。(4)文学作品中的语言与文学批评的语言都具有调节性(mediation)。(5)文学和文学批评都可以使读者感受到一种较高的理性,例如

---

① 罗选民、杨小滨:《超越批评的批评——杰弗里·哈特曼教授访谈录(上)》,《中国比较文学》1997 年第 3 期。

② 杰弗里·哈特曼:《荒野中的批评:关于当代文学的研究》,第 273 页。

荷尔德林的诗与海德格尔的著作《荷尔德林诗的阐释》。荷尔德林的诗与海德格尔对荷尔德林诗所作的文学批评都"指出了某种并不真正地被一种关于现存(presence)和存在(Being)的哲学包含的东西……无论它是直接地回答了存在的'召唤'还是作为'存在的居所'的诗的召唤"[1]。

在哈特曼看来,纳博科夫(Nabokov)的《黑暗的火焰》(*Pale Fire*)(1962)、诺曼·O.布朗(Norman O. Brown)的《封闭的岁月》(*Closing Time*)(1973)、布鲁姆的《影响的焦虑》(1973)、莫里斯·布朗肖的《超越障碍》(*Lapas au-delà*)(1973)、德里达的《丧钟》(1974)、罗兰·巴特(Roland Barthes)的《一个热恋者的演说》(*A Lover's Discourse*)(1977)[2]都既是文学作品也是优秀的评论。

(三)批评与随笔结合

哈特曼认为开展好的批评是对文学批评的辩护,那么什么是好的批评呢?批评有哪些类型,这些类型各有怎样的利弊?批评适合什么样的风格呢?哈特曼认为文学批评应该具有如下特点:(1)通过自己的表达方式来理解作品。(2)创造性地再思考,审视生活与文学研究中虚构的存在(the presence of the fictive)和存在的虚构(the fiction of presence)中的方方面面。(3)尊重多样性,牢记研究内容的奇特性。

批评的风格通常有职业化规范化的学术风格,也有完全凭主观感觉的散文风格,对于这两种截然不同的风格,前者容易缺乏读者,缺乏生气,后者有可能内容空洞。哈特曼尤其反对乏味的浮夸的风格,并认为浮夸的风格很容易过时,而简洁的风格则比较适宜。哈特曼评价说简洁的风格与路德维希·刘易森(Ludwig Lewisohn)的《现代批评书》(*A Modern Book of Criticism*)相符合。如果批评家只是模仿评论的规则和更神圣的模式,虽然可以获得愉悦,但获得的愉悦是有限的。哈特曼在其不同的著

---

① 杰弗里·哈特曼:《荒野中的批评:关于当代文学的研究》,第192页。
② 杰弗里·哈特曼:《荒野中的批评:关于当代文学的研究》,第22页。

作中多次提到,也许我们可以从历史的批评风格中获得借鉴,可以采取佩特、罗斯金、哈兹里特、柯勒律治那种随笔风格。批评与随笔联系紧密,可使自由适用于各种用途①。

第三节　寻回反讽——布鲁姆阅读理论研究

读书的重要性不言而喻,那如何读呢?哈罗德·布鲁姆在《如何读,为什么读》一书前言中明确提出阅读的五个原则:清除空话(Clear your mind of cant);不试图通过自己的阅读改善邻居或社区;"一个学者是一个蜡烛,所有人的爱和愿望会点燃它"(可理解为:根据自己的兴趣阅读经典);创造性阅读(One must be an inventor to read well,Creative reading)与寻回反讽(recovery of the ironic)②。在这五个原则中,布鲁姆论述讨论最多的是寻回反讽,并认为反讽有助于实现第一个原则——清除头脑中的套话,帮助实现第三个原则——帮助我们像蜡烛似的学者燃烧起来。在前言中,布鲁姆从四方面论述反讽。首先是反讽的重要性,"反讽的丧失即是阅读的死亡,也是我们天性中的宝贵教养的死亡"③;其次是简述重要的反讽作家,如莎士比亚、爱默生(Ralph Waldo Emerson)、狄金森(Emily Dickinson)、托马斯·曼(Thomas Mann);再次是反讽要求专注度(a certain attention span)和维持对立想法(sustain antithetical ideas)的能力;最后倡导我们寻找贴近自己的东西,以及可以用来权衡和考虑的东西,因为这些有可能是反讽。布鲁姆不仅提倡寻回反讽,而且在作品鉴赏中经常提到反讽。本节主要通过梳理布鲁姆对反讽的赏析,探究如何通过反讽进行文学批评。

---

① 杰弗里·哈特曼:《荒野中的批评:关于当代文学的研究》,第265页。

② 哈罗德·布鲁姆:《如何读,为什么读》,黄灿然译,译林出版社,2015,第5-14页。

③ 哈罗德·布鲁姆:《如何读,为什么读》,第10页。

（一）古典主义反讽、浪漫主义反讽、圣经式反讽

从布鲁姆在论及反讽时引用施莱格尔和克尔凯郭尔的观点可知，他们是布鲁姆反讽理论的重要来源。布鲁姆在《小说家与小说》中提到古典主义反讽（classical）、浪漫主义反讽（Romantic）与圣经式反讽（Biblical），并指出"古典主义反讽有赖于所说的话语与表达的意义之间的反差，浪漫主义反讽则是寓于期望与实现的落差之中。但是《圣经》式反讽生发于极度不协调的因素之间的冲突：极不相称的耶和华，与男人、女人及其毫无意义的幻想并置"①。布鲁姆虽然列出了这三种反讽模式，但在实际文学作品的分析中，具体指出属于哪一类反讽的比较少，仅说斯威夫特（Jonathan Swift）攻击宗教狂热的文字显示了古典主义反讽，哈代与福克纳（William Faulkner）的反讽不是古典主义与浪漫主义的，而是圣经式的。本部分主要结合布鲁姆的例证探讨布鲁姆对此三种类型反讽的理解。

古典主义反讽也称古典反讽，主要包括两方面：一是突出佯装的"苏格拉底式"反讽，二是突出言意对立的"罗马式反讽"。反讽（irony）一词源于古希腊语"Eironeia"。此词最早出自柏拉图的《苏格拉底的申辩》（*The Apology of Socrates*），一个被苏格拉底嘲笑的人以此词形容苏格拉底。苏格拉底想知道如何理解神谕所言他是最聪明的人，便找各行各业被公认为聪明的人聊天，苏格拉底在聊天时总是以无知的姿态询问对方一些看起来简单的问题，然而随着他不断地追问，对方暴露出对此问题并不真正理解。后世便将这种以佯装无知愚笨但言语精辟最后达到目的的方式称为"苏格拉底式反讽"。罗马时期，西塞罗和昆体良将"inonia"作为一种修辞手段，指与本意相反的内容、言在此而意在彼。斯威夫特《格列佛游记》（*Gulliver's Travels*）中的叙述者是佯装者角色，他在第一卷游历

---

① 哈罗德·布鲁姆：《小说家与小说》，石平萍、刘戈译，译林出版社，2018，第197页。

小人国是"无知的佯装者",在第二卷游历大人国是"夸耀式佯装者",叙事者嘲讽大人国的法律以及公民的遵纪守法。叙述者的第三次旅行到达飞岛国,此部分既有对柏拉图学派的戏仿,又有对英国皇家学会的嘲讽;第四次旅行到达了慧骃国。布鲁姆认为野胡与慧嘶马让人难以理解,因为野胡既是又不是我们的代表,慧嘶马既让人敬佩,又不那么敬佩。

浪漫主义反讽理论主要代表人物为 F. 施莱格尔和 A. W. 施莱格尔。浪漫主义反讽包括两方面:一方面是在幻象与感受到的现实差异间找到平衡,一方面是作家认识到自己在创作,并在作品中写有关于人物和事件的评论或提到此书的创作和整个文学创作①。浪漫反讽的作家在创作中持有客观、超然的态度。浪漫主义反讽有助于欣赏海涅(Heinrich Heine)的诗歌,霍夫曼(E. T. A. Hoffmann)、托马斯·曼的小说,以及蒂克的剧本。

圣经式反讽出自布鲁姆。布鲁姆认为哈代的《苔丝》、福克纳的作品以及伊萨克·巴别尔(Isaac Babel)的部分作品充溢着圣经式反讽。哈代并不是信徒,不过他创作的《苔丝》却充满圣经语境和先知型反讽模式。布鲁姆对《苔丝》的分析主要集中在小说的第 11 章和结尾。小说第 11 章描述纯洁的苔丝被粗俗鄙野的德伯占为己有,其中提到"提斯比人"。此处的提斯比人是虔诚信仰耶和华的先知以利亚。此章论述提斯比人的文字显然是转化了以利亚曾对巴力的司祭说的话。布鲁姆认为哈代借此想强调的是:"无论是上帝启示的宗教模式,还是自然形成的宗教模式,没有哪一种能够保护苔丝免受一个多元决定系统的伤害;在这个系统里,唯一的物自体便是贪婪的生存意志,在某种程度上,这种意志便是耶和华对饥渴的一代人的诅咒。"②布鲁姆非常赞同莱昂内尔·约翰逊(Lionel Johnson)的观点,认为其解读带来了"对立共存的雪莱式精神与罗马天主教精神"③。福克纳的《我弥留之际》(As I Lay Dying)讲述了安斯带着孩

---

① D. C. 米克:《论反讽》,周发祥译,昆仑出版社,1992,第 114 页。
② 哈罗德·布鲁姆:《小说家与小说》,第 199 页。
③ 哈罗德·布鲁姆:《小说家与小说》,第 199 页。

子将孩子们的母亲艾迪的遗体运回家乡安葬的历程。以艾迪为例,艾迪认为活着的理由就是为死亡做准备,她在现实生活中没有履行好自己的责任,她不爱孩子,也活得没有希望。所以布鲁姆说福克纳的反讽"在于将不能比较的现实并置:自我与他者之间、父母与孩子之间、过去与将来之间"[1]。布鲁姆认为巴别尔的《拉比》(*The Rabbi*)与《拉比的儿子》(*The Rabbi's Son*)是《圣经》式反讽,因为在这两个短篇小说中,没有值得期待的内容,而非常突出的特征是不相称的并置产生的反讽。

(二)言语反讽、情境反讽、总体反讽

言语反讽作为一种修辞格,指反讽者有意正话反说或运用矛盾修辞法。布鲁姆没有用言语反讽一词,但提到的例子有很多是言语反讽。以矛盾修辞法为例,A. E. 豪斯曼(A. E. Housman)的《西罗普郡少年》(*A Shropshire Lad*)第四十首的第一句是"一股屠杀的空气从远方"(Into my heart an air that kills)[2],空气本是生命所必需的条件,而在此处却用了破坏生命的屠杀一词来修饰,加重了悲哀的氛围。威廉·布莱克的诗歌《病玫瑰》(*The Sick Rose*)描述了玫瑰的凋零,且可以多角度解读,布鲁姆认为"黑暗的秘密的爱"(And his dark secret love)[3]是形容秘密情欲关系及其连带的毁灭。狄金森所有的诗的任何部分似乎都不能只按字面意义理解。布鲁姆在《西方正典》一书中论及了狄金森的八首诗,其中第 258 首与第 1153 首便是言语反讽的代表。第 1153 首诗中"耐心的欣喜""荒凉的欣喜""滞重的祝福"和"死亡的垂青"[4]都是矛盾修辞法,用以表达深度绝望。在这 36 个词的诗中"这般"出现了三次,布鲁姆认为"这般"

---

① 哈罗德·布鲁姆:《小说家与小说》,第 342 页。

② 豪斯曼:《豪斯曼诗选》,周煦良译,外语教学与研究出版社,2014,第 114 页。

③ William Blake, *The Complete Poetry and Prose of William Blake*, New York:Anchor Books a division of Random House, Inc. 1988, p. 23.

④ 狄金森:《狄金森全集》,蒲隆译,上海译文出版社,2014,第 415 页。

有四层含义：第一层显示接受某种荒芜，第二层类似于将死之际的感受，第三层接近死亡，第四层表示生命的残存，活着的死亡①。第 258 首诗中"天堂的伤害"与"庄严的苦恼"②也属于矛盾修辞，"伤害"和"苦恼"表达痛苦，"天堂"与"庄严"却表达赞叹。布鲁姆认为斜光可以产生如下理解：发现"内在的差异"形成的差别；斜光是"绝望的印痕"③，暗示失落的忧伤；斜光是意识中某特殊倾向的比喻；而"斜"字又暗示真理可能被偏斜地表达④。

情境反讽需要借助于语境，通过语境我们发现某人自信的内容是有问题的。布鲁姆虽然没有运用情境反讽一词，但却分析了不少此类的例子。例如海明威（Ernest Miller Hermingway）《乞力马扎罗的雪》（The Snow of Kilimanjaro）的开篇说"接近西高峰处有一具风干冻僵了的猎豹尸骸。猎豹到这样的高度到底要寻求什么，尚无人做出过解释"⑤。布鲁姆认为猎豹在雪山上很怪异，可以把其与哈里徒劳的历险相联系，哈里的历险是想恢复作为乞力马扎罗作家的身份，可是他因坏疽死于打猎营地，加深这个反讽的是海明威自己在快到六十二岁时在爱达荷州的群山中自杀了。简·奥斯汀（Jane Austen）的作品也充满情境反讽，例如在《傲慢与偏见》（Pride and Prejudice）中，柯林斯自以为自己向伊丽莎白求婚会成功，还有傲慢的达西第一次向伊丽莎白求婚也没想到会遭到拒绝，然而伊丽莎白却拒绝了这两次求婚；再比如《劝导》（Persuasion）中，温特沃斯因为自己的妒忌心而疏远了安妮，且并不知道安妮一直在等他，直到旁听了安妮与哈维尔舰长的聊天才明白；还有《爱玛》（Emma）中的爱玛自认为有洞察力，她以为埃尔顿牧师的意中人是哈丽特，可没想到是自己，她和弗兰克猜测简·费尔法克斯的爱慕者却没发现弗兰克与简·费尔法克斯早已订

---

① 哈罗德·布鲁姆：《西方正典》，江宁康译，译林出版社，2011，第 243-244 页。
② 狄金森：《狄金森全集》，第 178-179 页。
③ 狄金森：《狄金森全集》，第 178 页。
④ 哈罗德·布鲁姆：《西方正典》，第 246-247 页。
⑤ Ernest Hemingway，The Snows of Kilimanjaro and Other Stories，New York：Scribner，2002，p. 8.

婚,她直到最后才明白自己对奈特利的感情。

总体反讽又被称为世界反讽(World Irony)、哲理反讽(Philosophical Irony)或宇宙反讽(Cosmic Irony),主要针对不能解决的根本性矛盾、某一时代和某一情势下整个特定的现实,而非个别存在。布鲁姆多次所说的"一个时代的反讽绝少也是另一个时代的反讽"①便是总体反讽。以乔叟(Geoffrey Chaucer)为例,布鲁姆赞同 G. K. 切斯特顿(G. K. Chesterton)对乔叟反讽的评价,认为乔叟的作品暗示宽广的思想,联系现实的本质,包含哲学问题。布鲁姆对乔叟作品反讽的分析主要包括如下方面:首先,乔叟式反讽针对的是但丁式以先知自居的傲慢姿态,使读者无法进行道德判断;其次,乔叟的反讽充满人性,例如每个朝圣者都不是真心朝圣,堕落的赎罪券商被称为"温和的赎罪券商";再次,反讽涉及方方面面,如关于时间的反讽,对教会的指责,对失衡社会秩序的感慨等;另外,还有视角主义与反讽的插话;以及反讽的反讽。读者面对被反讽的反讽摧毁的固定意义,找不到最终解决方案,便只有接纳。布鲁姆赞赏简·奥斯汀的反讽是让人敬畏的社会和道德反讽,可以用来改善人的某些方面,认为普鲁斯特的总体反讽反映了其对自我与他者以及死亡等问题的思考,以及促使读者思考意识的各个维度。

第四节　布鲁姆的崇高美学

从 20 世纪 70 年代起直到布鲁姆的最后一部著作《记忆附体》(*Possessed by Memory：The Inward Light of Criticism*),崇高一直是布鲁姆理论与批评的核心词。几乎布鲁姆的所有著作都将崇高作为衡量作家与作品的标准。布鲁姆的崇高理论以朗基努斯为基础,吸收借鉴了伯克、康德、席勒、佩特与巴菲尔德的观点。

---

① 　哈罗德·布鲁姆:《如何读,为什么读》,第 207 页。

　　崇高作为文学术语最初由朗基努斯提出。朗基努斯认为崇高使人惊叹、不可抗拒、富有启发作用并长久占据我们的记忆。朗基努斯认为崇高来源于五个方面:最重要的是庄严伟大的思想,其次是强烈而激动的情感,接下来是藻饰的技术、高雅的措辞与整个结构的堂皇①。朗基努斯认为即使不是天才,也可以通过模仿过去伟大的诗人和作家而走向崇高。布鲁姆深受朗基努斯影响,并承认自己进行了将近六十年的朗基努斯式批评。布鲁姆认为像朗基努斯一样"批评就意味着将'崇高'奉为最高美学特质"②。布鲁姆认为崇高是壮观与复杂性情感的结合,复杂性情感体现为痛苦与欢愉的悖论性结合。朗基努斯侧重壮观与高高在上(lofty),认为只有如尼罗河、多瑙河、莱茵河、大海、星光、火山爆发此类的非凡之物才会引起我们的惊叹,不过他也暗示美好的东西也有可能让人有一丝惊恐的感觉。

　　伯克(Edmund Burke)崇高理论核心的内容主要有:(1)"惊惧是崇高的最高效果"③,并解释说崇高占据我们心神,具有不可抗拒的力量,以致来不及理性分析④。(2)崇高的来源是"那些以某种表现令人恐惧的,或者那些与恐怖的事物相关的,又或者以类似恐怖的方式发挥作用的事物"⑤,其中恐怖的事物不一定尺寸巨大,但却具有模糊性、不确定性、无限性。(3)伯克将所有感官的反应都纳入崇高的分析中,例如光、色彩、声音、气味、味道。(4)强调崇高的事物是力量的某种变体,"力量、暴力、痛苦和恐怖"⑥通常混杂着被同时感受到。(5)苦恼、折磨等情感比身体痛苦更容易促发崇高感⑦。

---

　　① 亚里士多德等:《缪灵珠美学译文集》第1卷,缪灵珠译、章安祺编订,中国人民大学出版社,1998,第83页。
　　② 哈罗德·布鲁姆:《影响的剖析:文学作为生活方式》,第19页。
　　③ 埃德蒙·伯克:《关于我们崇高与美观念之根源的哲学探讨》,郭飞译,大象出版社,2010,第50页。
　　④ 埃德蒙·伯克:《关于我们崇高与美观念之根源的哲学探讨》,第50页。
　　⑤ 埃德蒙·伯克:《关于我们崇高与美观念之根源的哲学探讨》,第36页。
　　⑥ 埃德蒙·伯克:《关于我们崇高与美观念之根源的哲学探讨》,第56–57页。
　　⑦ 埃德蒙·伯克:《关于我们崇高与美观念之根源的哲学探讨》,第76页。

康德的崇高理论分为两个时期,早期受伯克影响,沿用了崇高与优美的两分,不过将崇高分为恐怖的崇高、高尚的崇高和华丽的崇高。康德后期的崇高理论主要有如下方面:(1)美和崇高令人愉快,愉快源于普遍有效和无利害,两者的判断以合乎反省判断为前提;(2)因为崇高的无形式,可以将崇高分为数学的崇高与力学的崇高;(3)真正的崇高不在对象里,而在评判者的内心中;(4)崇高感觉判断对象时是经由想象力连系认识能力或连系意欲能力来加以判断①。

席勒的崇高理论是对康德思想的发挥,席勒同样强调了想象、理性,如席勒在《关于各种审美对象的断想》中指出:"没有一定强度的想象,巨大的对象就完全不会成为审美的对象,相反没有一定强度的理性,审美的对象也不会成为崇高的对象。"②除此之外,席勒谈到自由时强调了人的自由意志,尤其是在实践领域。通过借鉴伯克、康德、席勒与雪莱的观点,布鲁姆将十八世纪的"崇高"概括为"自然和艺术中可见的高高在上,包括力量、自由、野性、强度,以及恐怖的可能性等方面"③。

布鲁姆对崇高的理解,除了借鉴十八世纪的理论,也借鉴了十九世纪沃尔特·佩特与欧文·巴菲尔德(Owen Barfield)对于奇异性的理解。布鲁姆既赞同佩特将浪漫主义概括为给美注入奇异性,也赞同巴菲尔德对佩特的补充。巴菲尔德认为"奇异性一定是指意义的奇异性。美中的奇异性元素来自我们与不同意识的接触,尽管不同但并非完全无法理解。奇异性可以激起惊叹,当我们无法理解时;而在我们理解时,则赋予我们审美想象"④。以莎士比亚作品中的奇异性为例,莎士比亚作品中哈姆雷特、李尔王、伊阿古、福斯塔夫等人物的意识,扩展了我们的意识,使我们能走出自我、迎接更广阔的意识,经历从惊叹到富于想象的理解(imaginative understanding)。正因此,布鲁姆将"奇异性"看作经典的特质和崇高

---

① 康德:《判断力批判》,宗白华译,商务印书馆,1996,第83–106页。
② 席勒:《席勒美学文集》,张玉能编译,人民出版社,2011,第109页。
③ 哈罗德·布鲁姆:《如何读,为什么读》,第127页。
④ 哈罗德·布鲁姆:《影响的剖析:文学作为生活方式》,第23页。

文学的标记。

布鲁姆所言作为美学特质的崇高包含以下相互联系的各个方面:崇高与一定的情感和认知反应相关联,无论是自然界中的非凡之物还是文学艺术作品,都可能引起我们痛苦与欢愉相结合的情感;作品本身的奇异性则有助于同情感一起扩展读者的灵魂;作家恰到好处的真情有助于读者情感的投入;此外还有一种竞争性的崇高,或称影响的焦虑。

<h2 style="text-align:center">第五节 重复、错格、反讽
——米勒的修辞性批评</h2>

米勒对"修辞性阅读"的解释是"关注语言的修辞性维度,关注修辞格在文学作品中的功能。我们有意扩大比喻的基本外延,使其不只包括隐喻、转喻,而且还能包括反讽、词的越位(catachresis)、寓言、进喻(metalepsis)等等"①。米勒将这一原则贯彻到作品赏析中,尤其重视作品中的重复、反讽。

(一)重复

米勒 1982 年出版的《小说与重复》无论在美国还是中国都影响深远。在这部作品中,米勒既梳理了重复思想的发展,从理论上探讨了重复的意义、重复的形式,又对七部小说进行了文学批评。米勒将重复的源头追溯到圣经、荷马史诗以及前苏格拉底哲学和柏拉图的哲学。米勒认为,维科(Giambattista Vico)、黑格尔、德国浪漫派、克尔凯郭尔、马克思、尼采、弗洛伊德(Sigmund Freud)、乔伊斯(James Joyce)、拉康(Jacques Lacan)、德里达、德勒兹(Deleuze)等哲学家都有助于重复思想的发展。

---

① 米勒:《永远的修辞性阅读——关于解构主义与文化研究的访谈对话》,载易晓明编《土著与数码冲浪者:米勒中国演讲集》,吉林人民出版社,2010,第 187 页。

米勒认为重复的意义主要体现在两方面:一方面是重复决定了作品与各种外部因素复杂的关系,例如与作品开场前的时间、作者的生活与精神、同作者其他作品、历史与社会、其他作家作品、神话传说中的主题等关系①。另一方面是有助于阐释作品,解释意义是如何产生的。关于重复的形式,米勒认为既有宏观层面,也有微观层面。宏观层面包括三种情况:(1)某一事件、场景或情节在同一作品中反复出现;(2)某一人物重复其前辈或历史与神话传说中的人物;(3)同样的动机、主题、人物与事件反复出现在某作家的不同作品中。微观层面既有公开的言语成分的重复,也有隐蔽的精妙地以隐喻方式出现的重复。米勒对每部文学作品中重复的分析都非常灵活,具有各自的特色。

米勒认为《吉姆爷》(*Lord Jim*)是颠覆有机形式的重复,这主要体现在三方面:(1)采用多重叙述者。小说中没有可信赖的叙述者,任何一个视角都不是完全可靠的,充满了种种不同却相互联系的见解。(2)时间转换纷繁复杂,同样的时间由不同的叙述者讲述时经历了重新组合,偏离了事件实际发生的年代与顺序。(3)小说充满语词、意象等虽有关联却并不相同的因素之间的相互作用。小说拥有明与暗的意象网,可这不仅没有为读者理解小说提供稳固的基础,反而提供了大量不相容的解释。

对于《呼啸山庄》(*Wuthering Heights*),米勒更关注重复带来的神秘。这种神秘主要源于如下四方面:(1)小说中有很多明显具有丰富言外之意的段落,这些段落吸引人们加以解释。(2)文中有一系列的解释和解释中的解释,例如洛克乌德是天真不可靠的叙述者,作为符号的解读者,他总是出现种种差错。(3)小说表面上微不足道的事物却与深处隐秘的事物保持联系。(4)小说不断出现新的标记,以及同时出现很多对立的符号。这些符号相互矛盾,让人无法构成整体。例如很多符号都标志凯瑟琳的生存,可无论是否毁灭,希斯克利夫都无法与凯瑟琳融为一体。此外还有空白的墙等空白的痕迹,每一段既独一无二又意味其他文字,且与

---

① J. 希利斯·米勒:《小说与重复》,第7页。

其他段不协调。

对于《亨利·艾斯芒德》(*The History of Henry Esmond*),米勒侧重分析其中重复中套重复,以及重复和反讽的关系。(1)此书含糊地重复现实生活,即"以某种转换变异了的形式重现了萨克雷本人生活中经历的种种人事沧桑,重现了他和他的家庭、和布鲁克菲尔德夫人的关系"[1],也重复了18世纪以来很多历史人物与事件。(2)重复出现的诸多意象,例如"肖像、光亮、太阳、月亮、眼睛、星体、宝石、细长的蜡烛、红色"[2],它们与主题密切相关。(3)主题的重复,以爱为例,亨利对瑞切尔女儿的爱重复着他对瑞切尔的爱;以政治和家族模型为例,谁被赋予价值的源头,成为他人的楷模?维持帝王统治真正的源泉是什么?这些主题与《俄狄浦斯王》《旧约》《埃涅阿斯》《哈姆雷特》(*Hamlet*)等前辈文本相关。(4)此小说中的反讽主要采取两种方式,一种是"将一些因素不加解释地并列在一起,造成一种复杂的共鸣效果"[3]。另一种是反讽性的比喻,以亨利形象为例,画中的亨利充满诗意,现实中的亨利矮小难看;而且亨利还是个伪君子,他没有意识到自己对如同父亲的人的死负有责任,这一点与作为文学隐喻的俄狄浦斯相似。

对于《德伯家的苔丝》,米勒侧重分析作为内在构思的重复,这主要体现在三方面:(1)标记与修辞的结合。一个物体因被留下印记或刻上东西而发生变化,不再是自身,而是缺失的事物的标记,例如红色的事物是藏在事件背后兼具创造性和毁灭性的内在意志的标记。(2)小说正文与标题、副标题、卷首引语以及前后相关的四篇序言构成重复。(3)苔丝受侵害是对白鹿被杀和德伯家杀人传说的重复。

对于《心爱的》(*The Well-beloved*),米勒关注被迫中止重复。(1)这部作品不仅与《苔丝》《无名的裘德》(*Jude the Obscure*)在主题、措辞、人物描绘、戏剧性的结构上有许多相似之处,而且与雪莱的作品也有很多相

---

① J.希利斯·米勒:《小说与重复》,第82页。
② J.希利斯·米勒:《小说与重复》,第84页。
③ J.希利斯·米勒:《小说与重复》,第98页。

似之处,并直接引用雪莱的长诗《伊斯兰的起义》(The Revolt of Islam)《解放了的普罗米修斯》(Prometheus Unbound)和《心灵之诗》(Epipsychidion)等。鉴于此,这部小说中止了哈代自身的小说体系。(2)这部小说对以往小说中毋庸置疑的假定提出挑战,使得维多利亚时期散文体小说趋于终结。传统小说的形式具有固定的开端,符合因果律的顺序与明确的结尾,而《心爱的》具有双重结局,两个开端,且无法定出开端和结尾。(3)主题的含糊性。小说中有两个主题,分别是艺术创造和性爱的吸引;这两个主题,每个主题都是其他主题的媒介物,其关系显出温和的反讽意味。小说中"微妙的意愿"与近亲通婚相矛盾。"微妙的意愿"是柏拉图主义在性爱上的表现,其相信尘世女性是神圣原型的体现。意愿建立在某种已失去的基础上,意愿的目标是找回失去的东西,达到完美的境界,并填补缺口。近亲通婚是找回失去的整体性、追溯导致生活发生分化的路途的尝试。小说中男人的意愿是发挥才能,并通过自己和异性情人的结合来完善自身。由此,心爱的人是女神、母亲、姐妹、情人,是镜中反射出来的互补者,是附在异性身上的幽灵。乔瑟琳必须去获取他缺少的东西,才能成为自我;可他的生存状态是空缺,一旦补上,便不再是自己,他既不能行动,又不能不行动,结果只有一系列的扩展,任何行动都无法使这一系列中止。

《达罗卫太太》(Mrs Dalloway)侧重使死者复生的重复。故事讲述的是过去在人物与叙述者记忆中的重复。这部小说探索不同心灵间的细微差别,而叙述语态被看成心灵间关系问题的特例;而且"小说中叙述语态的处理与人类时间或人类历史的主题紧密联系在一起"①。小说中能回忆一切的叙述者以过去时态转述当下出现在各个人物头脑思绪的间接引语。叙述者重新用语言展现过去时光的方式无疑是重复的。鉴于人物心灵是普遍心灵的一部分,那么对个体心灵有了解,便有可能触及普遍的心灵。米勒认为小说似乎建立在个性与普遍性不可调和的冲突上,每个人

---

① J.希利斯·米勒:《小说与重复》,第201页。

作为有意识的存在从整体中分离出来,每个人感到不完整,渴望与总体相结合,而融合的王国是消散、黑暗、模糊不清的领域,是睡梦和死亡的地带。米勒认为《达罗卫太太》的主要人物都想"创造一种使现在和过去、人与人、人与自身内心深处通常所具有的隐秘的连续性得以公开化的社会格局,而且这一意愿是小说内在精神力量的一种动力"[1],然而这一努力在某种程度上失败了。《达罗卫太太》最根本的意旨在于人们在积聚、创立的同时毁灭了"实在"(reality)。《幕间》(Between the Acts)吸引米勒的是作为推断的重复。推断(extrapolation)是如何突入已知和未知的震动地带,拓展趋近他预设的那种普遍性的心灵的界域。伍尔夫的兴趣在推断,未出现的将来,仅仅作出推测性、假设性的回答。这两种修辞手段事实上包含相类似的不确定性。《幕间》在意义的种种不同可能性之间来回摆动。另外,伍尔夫的创作活动和读者解释《幕间》的活动也是一种推断。

(二) 错格

错格,指前后矛盾。错格既有口头上的,也有书面上的。米勒认为口头上的错格通常不会引起注意,因为我们听到结尾,常常忘了开头;而书写下来的错格,则会被细心的读者留意到。错格可以包含小中大各种规模。错格可以只是一个单一的单词,例如"Ariachness",阿尔贝蒂娜是一个微型错格是因为这个名字以雄性开头,以雌性结尾,是雌雄同体或性别上模棱两可的名字。错格可以是一个句子,"即句法上不一致(例如句中从第一人称向第三人称的转化)产生出一根前后矛盾的故事线条。"[2]错格可以是前后不连贯的陈述,例如《吉姆爷》中叙述者的转换,《养老院院长》(The Warden)和《克兰福德镇》(Cranford)中的间接引语,《匹克威克外传》(The Pickwick Papers)中主要情节和与其不合拍的小插曲。

---

① J. 希利斯·米勒:《小说与重复》,第219页。
② J. 希利斯·米勒:《解读叙事》,第148页。

中等规模的错格充满着《追忆似水年华》(*Remembrance of Things Past*)。例如,小说中的"我"不知道阿尔贝蒂娜在认识他之前和之后做了什么,但又想了解,便只有通过阿尔贝蒂娜的话语来分析。可"我"在她的话语中经常发现一些前后矛盾的地方,每当这时,阿尔贝蒂娜便会变化立场,采用突然违背句法规则的方式说话。例如,她先说"我记得",接着便会在短暂的停顿后,突然把"我"变成"她",好像自己是清白的,什么也没有做,只是旁观者。小说中的"我"明确指出阿尔贝蒂娜采用的这种手段很像被语法学家称为"错格"一类的修辞手段。米勒列举的另一个例子是阿尔贝蒂娜撒谎让马赛尔相信她和贝戈特聊了会儿天,可实际上贝戈特已经去世。当马赛尔发现后,此段文字由第三人称变成了第一人称复数,"我们用完全不同的词语说出来的谎言,那种完美的谎言……这种谎言是世上难能可贵的一把钥匙,能打开门户,让我们看到一个新的未知世界。它唤醒我们沉睡的感觉,来静观这个只有这些谎言才能开启的世界"①。

人的大脑想建构连贯的统一体,可作品中总会出现某种错格,例如难以记住的情节。大脑时而会试图忘记某类细节,或撒谎。米勒认为这种自己对自己撒谎是为了从目前的角度来理解过去的经历。可事实是我们哪怕觉察到错格的存在也难看清真实面目,例如特罗洛普《艾雅娜的天使》(*Ayala's Angel*)中艾雅娜向塔布斯坦承认自己爱上了他,且对他是一见钟情,可回过头看他们第一次见面,艾雅娜对斯塔布斯充满厌恶和反感。

(三)反讽

反讽是西方文学领域非常重要的概念,米勒非常关注作品中的反讽。《间接引语与反讽》一章体现了米勒的反讽观。米勒通过伊丽莎白·盖

---

① Marcel Proust,*Remembrance of Things Past*,vol2,trans. ,C. K. Scott Moncrieff ,New York:Random House,1934,p. 530.

斯凯尔(Elizabeth Gaskell)的《克兰福德镇》、特罗洛普的《养老院院长》和狄更斯的《匹克威克外传》这三部作品的节选来观察反讽的不同性质。米勒认为就其选的这三个片段而言,读者在每个片段中都可以发现间接引语,也都可以通过人称代词、动词单复数、时态变化、引号等识别叙述者与人物的转化。如果读者把一切视为理所当然就不会有问题;可当读者思考谁在说话、在什么地方说话、和谁说话、语言风格、人物语言和叙述者的语言如何交接,以及这种转换有什么意义时就会有问题。

《克兰福德镇》的叙述者是玛丽·史密斯,30岁的未婚女士。在米勒列出的4段引文中,第一段的"我们"指的是镇上所有女士,第二段出现"我们""她"与"福雷斯特太太"的频繁转换。她是福雷斯特太太,她的父亲和丈夫都是军人。此段在关于夜间防范的比喻后,出现了"她往往会这样想";此后,则是"我们必须相信""她对于波尔小姐的冒险经历自有看法";再然后是"福雷斯特太太越说越激昂,我们……她……我们……";第三段则有"我不知道……但当时我认为……""马蒂小姐绝望地放弃努力……她现在真的相信"①。米勒认为这种"我们""她""我""她"反映了聚焦范围不断变化,以及自我分裂为两部、多部,回归单部,又再度分裂。这种贯穿整部小说的循环往复让我们找不到连贯的意识,无法回答作者对各类人物的态度。米勒总结说间接引语内在的反讽悬置了、分裂了叙事线条。

《养老院院长》看起来有叙述者和哈丁先生两种语言,可特罗洛普暗示养老院院长也许没用清晰的语言表达自己的想法,可能只是叙述者对养老院院长的语言进行了模仿,而这种模仿具有反讽的意味。米勒认为读者无法区分叙述者与养老院院长的语言体现了人物与叙述者的相互依赖,体现了"对话性",体现了反讽对于话语表层稳定性的颠覆。米勒认为在自身之外寻求自身的本质会造成双重的权威,哈丁与大提琴的关系构成这种毁灭性的双重寓言式表达。这一关系也象征着"意识"与"良

---

① Elizabeth Gaskell, *Cranford*, Oxford: Oxford University Press, 1998, pp. 81-91.

心"的双重。哈丁只能通过大提琴表达自己的良知,而大提琴只有在哈丁弹奏时才能表达。这种关系也类似叙述者的语言与人物语言的关系,评论语言与评论文本的关系,也就是"在每种情况下,都出现了一种附加的反讽性置换,它使缺乏中心的双重性语言再度双重化"①。

《匹克威克外传》处处涉及反讽与戏仿的混合。第一种戏仿,是叙述者对编辑的戏仿。叙述者是书面文件的编辑,这是17、18世纪小说的一个创作惯例,只不过狄更斯对这一手法进行了反讽性戏仿。《匹克威克外传》中的编辑声称依据手中真实的资料,然而他并没有履行这一承诺。小说的开头是编辑用第三人称说自己会专心致志的引用原文,可在下一节中却出现了"会议秘书还加上了下面这番描述,使我们受益匪浅"②,我们很难确定"我们"指的是谁,会议秘书、编辑、博兹、狄更斯,都有可能。第二种戏仿是对奉承式传记文体的戏仿,例如,小说的开篇"一道光亮划破黑暗,带着耀眼的光明,揭示出永垂不朽的匹克威克从事公务的早期经历"③,我们无法推测出这句话是谁说的。第三种戏仿是对各种说话和讲故事的戏仿,包括"流浪汉小说的语言,新闻、科技、政治、感伤、耸人听闻或卡莱尔式的语言,旅游文学的语言"④等等。

米勒通过阅读特罗洛普、伊丽莎白、盖斯凯尔和狄更斯的作品发现这些作品都成为无限的双重,自我不是发出语言的单一意识,而自我形象的增值不可避免地破坏自我的概念,自我因此变得具有反讽性。文学文本源自单一的意识,巴赫金的"对话"挑战了这一观点,用两个声音或者意识来代替一个,用椭圆来替代圆。米勒认为当其中有匿名的叙事力量时,椭圆会失去焦点,成为双曲线。米勒认为"双曲线是一个声音在模仿另一个声音时所带有的反讽性超越。在通常对话中,一个意识对另一个意

---

① J.希利斯·米勒:《解读叙事》,申丹译,北京大学出版社,2002,第165页。

② Charles Dickens, *Pickwick Papers*, New York: Dell Publishing Co. , Inc. 1964, p. 40.

③ Charles Dickens, *Pickwick Papers*, p. 39.

④ J.希利斯·米勒:《解读叙事》,第167页。

识的镜像式注视,对某种不在场的注视。"①米勒认为:"反讽不仅悬置意义线条,而且悬置任何意义中心,甚至包括无穷远处的中心。反讽无法用任何几何图形来形容,在反讽的作用下,主体性和主体间性均不复存在。反讽不属于任何单一或者双重的声音。反讽性语言机械地运作,不受任何中心的控制。"②

第六节 希利斯·米勒的阅读伦理观

什么是阅读伦理(the ethics of reading)?此术语可能引起不同的理解,例如:阅读书籍中的道德内容,阅读产生的道德行为模式(a mode of ethical action),阅读行为具有道德意义等。为了避免误解,希利斯·米勒首先对阅读伦理加以阐释。

对于伦理(ethics)一词,米勒的理解沿袭了亚里士多德以来的含义,即"如何正确行动与正确选择"③。米勒认为"在阅读行为(act of reading)中,有一个必要的伦理时刻(ethical moment),这个时刻既不是认知的,也不是政治的、社会的、人际的,而只是恰当且独立的道德时刻。"④米勒随即解释这种道德时刻面向的两个方向与涉及的四个维度。这两个方向是:"第一,它是对某事的回应,对它负责,对它做出反应,尊重它。在任何伦理时刻,都有一种命令'我必须'或'我不能'。我必须这样做,我别无选择。第二,阅读中的伦理时刻会导致行为,会进入社会、制度和政治领域。"⑤从米勒的表述可知米勒强调的是读者需要尊重文本,将文本的

---

① J.希利斯·米勒:《解读叙事》,第170页。

② J.希利斯·米勒:《解读叙事》,第170页。

③ Ranjan Ghosh and J. Hillis Miller, *Thinking Literature across Continents*, Durham and London:Duke University Press,2016,p.233.

④ J. Hillis Miller, *The Ethics of Reading*, New York:Columbia University Press,1987, p.1.

⑤ J. Hillis Miller, *The Ethics of Reading*, p.4.

法则当成读者的法则;以及阅读、教学和文学研究中的伦理时刻是独特的、个体的,是政治或认知行为的来源而不是附属①。

米勒所说的伦理时刻涉及的四个维度是:作者,小说中讲述故事的叙述者,在故事中做出重要决策的人物,以及对作品做出反应的读者、教师或批评家。首先,作者对读者具有伦理责任(ethical responsibility),创作文学作品和其他事一样,是一种伦理行为(ethical act)。其次,叙述者或诗歌中的说话者对其想象的人物或预期的读者(projected readers)具有伦理义务(ethical obligations)。以小说为例,叙述者有义务讲述人物的真实故事。再者,作品中人物的伦理选择或行为也构成了作品内在的伦理维度②。以上三个维度可以统称为作品的伦理维度。最后一个维度是读者,读者必须将文本看成是独一无二的,并对其进行综合全面的细读,而读者的评论或教学等同样会产生影响。米勒以特罗洛普的《弗莱姆利教区》(Framley Parsonage)与《自传》(An Autobiography)为例加以阐释。

《弗莱姆利教区》是特罗洛普巴塞特郡小说的第四部,于1860年1月到1861年4月在《康希尔杂志》(Cornhill Magazine)连载,后于1861年由出版商艾德·史密斯(Elder Smith)以三卷本形式出版。米勒所说的作品对读者的权威(ethical authority)包括两方面内容:一方面是语言的施为性运用(performative use)使读者相信并进入作品呈现出的虚拟现实(virtual reality)。米勒讲述了他读小说时呈现在他眼前的想象的世界,其中有巴塞特郡的地形,各个房间的布置,诸多人物相聚的场景,以及各个人物的形象。除了视觉,米勒发现自己能听到叙述者的声音以及人物内心的声音,因此米勒觉得他似乎对这些人物的了解比对朋友的了解都多。另一方面是作品对读者的伦理行为(ethical acts)和伦理决策(judgments)有影响。虽然有人认为维多利亚时代离我们较远,他们的故事对我们没有影响,不过米勒认为这些人物正确和不正确的伦理行为至少对自己的伦理行为和伦理决策是有影响的。

---

① J. Hillis Miller, *The Ethics of Reading*, pp. 4–5.
② Ranjan Ghosh and J. Hillis Miller, *Thinking Literature Across Continents*, p. 233.

关于作者的伦理责任。特罗洛普写于 1875 至 1876 年,但却在死后出版的《自传》有助于我们了解以下三方面内容:一是特罗洛普想象中的自我形象是高度伦理化的人,例如"我心地善良、乐于助人且举止高雅,我鄙视低俗的事情,是非常好的伙伴"①;二是特罗洛普的小说起源于希望具有伦理中的善,例如"我确信我所写完的这部作品是我所能写出的呈现了最好的真实和最高贵的灵魂的作品"②;三是其目的是改进读者的道德,例如"我想我可能成功地使读者相信诚实是最好的策略。当虚伪失败时,真诚则胜出。一个纯洁、甜美、无私的女孩将被人爱恋。一个真诚、诚实、勇敢的男人则受人尊敬。用卑劣手段做成的事是丑陋和可憎的,用高尚的方式达成的事则是美好和优雅的"③。特罗洛普在《自传》中说露西拥有好女孩的品质,洛弗登勋爵诚实、高尚、温柔。米勒觉得作品呈现的和读者相像或有可能相像的人物,有助于培养读者真实、高贵、温柔的灵魂。

关于叙述者的伦理义务。在小说中,叙述者的伦理维度是讲述人物的真实故事。叙述者要极为精确地记录人物的言语、思想、感受和行动。当叙述者自称为"我"时,我们很容易假设叙述者就是作者自己,很容易相信小说讲述的是真实的历史事件和真实的人物故事。叙述者运用怎样的讲故事技巧和话语形式来实现伦理责任呢?米勒认为有四种方式,而且这些方式相互重叠,常常一段中会用到多种方式。第一种方式是对话,即小说中大部分内容由对话构成,由众多的"他说"和"她说"构成,而且对话并不局限在两个人物之间。第二种方式是叙事干预,叙述者时不时地发表一些描述性或反思性的话语,例如评论特罗洛普时代英国的议会政治。由此可见,特罗洛普的叙述者并不是客观的或超然的。第三种方式是自由间接引语,也就是叙述者进入一个人物的思维、情感、内心独白和身体感觉中。叙述者以第三人称过去式表达本该由第一人称讲述的话

---

① Anthony Trollope, *An Autobiography*, London: Oxford University Press, 1961, p. 37.

② Anthony Trollope, *An Autobiography*, p. 151.

③ Anthony Trollope, *An Autobiography*, p. 126.

语。第四种是借叙述者对人物的本性、行为和选择进行明确的伦理分析，例如，他或她的选择与行为正确吗？而且叙述者也对人物所想和所为加以伦理评判。[①] 米勒发现虽然这四种方式被维多利亚时代小说家所常用，不过特罗洛普的特点是使每种方式都受讽刺的影响。

关于人物的选择或行为。在《弗莱姆利教区》中，小说用了很多篇幅描写洛弗登勋爵与露西的求婚和结婚。在小说的第16章，洛弗登勋爵首次向露西求婚，可露西拒绝了他，并说"我不能爱你"，而实际上露西已深深爱上了他。在第21章，露西向她的嫂子坦白她的爱以及对他的欺骗。当洛弗登勋爵想再次向露西求婚时，露西又拒绝了这次拜访。在第35章，露西告诉洛弗登母亲说尽管自己深爱着洛弗登，但只有在她希望自己嫁给她儿子时，自己才会答应他的求婚。在小说的第46章，洛弗登的母亲同意露西成为他儿子的妻子。在第48章，他们结婚并有两个孩子并幸福地生活在一起。露西在结婚前拒绝向洛弗登承认她曾说过谎。米勒对露西故事中多种言语行为感兴趣，例如洛弗登的反复求婚是一种言语行为，这迫使露西加以回应。露西的说谎是一种言语行为，其导致洛弗登失望沮丧地离开。露西对洛弗登妈妈说的话也是一种言语行为，迫使其不得不以接受或拒绝加以回应。露西说"好"更是一种言语行为，促成了结婚这一小说中重要的内容。米勒发现这部小说在不同的情节中都强调讲真话的重要性，例如邵尔比是个骗子，结果被惩罚。那么露西说谎是有理的吗？小说中这样描述露西说谎后的心情："为什么她说了这么一句假话呢？她说这句谎话有什么站得住脚的理由吗？——这难道不是一句假话……可是她怎么能原谅自己的这句谎话啊！"[②]我们知道露西说谎是因为自尊，她不想被别人以为是诡计多端有心机的女子。他人不会谴责露西的说谎也不会提出任何解决方案，露西只有自己面对这份愧疚。可以有正当理由说谎吗？对康德而言，没有任何正当理由说谎，哪怕讲真话会导致躲在你家里的逃犯被杀或被捕，可露西的谎言确是出于高尚和自我

---

① Ranjan Ghosh and J. Hillis Miller, *Thinking Literature across Continents*, p. 244.
② A. 特罗洛普：《弗莱姆利教区》，周定之译，南方出版社，2001，第174页。

牺牲的目的,米勒认为特罗洛普和小说的叙述者将这个问题留给读者来回答。

米勒不确定该对露西说谎持什么态度,但觉得露西说谎事件塑造了露西温顺、谦恭、智慧和有坚定意志的形象。露西的智慧体现在她将决定权交给洛弗登的妈妈。洛弗登知道自己的妈妈非常爱自己,会为自己而妥协,很可能露西也了解洛弗登女士的这点,并预料到她会同意。米勒认为这个故事具有双重意义:一方面,这是典型的维多利亚式浪漫爱情故事,谦恭的女孩最终嫁给了所爱的人,提升了自己的阶层,而当时的社会也因此实现自我更新。另一方面则是特罗洛普反对这种惯常情节背后的意识形态假设,这种反对体现在叙述者旁观讽刺的语调。米勒在《文学与伦理:〈弗莱姆利教区〉中的真相与谎言》(*Literature and Ethics:Truth and Lie in Framley Parsonage*)一文的结尾对自己是否展现了小说中的真相以及文学伦理起了哪些作用并不确定,米勒觉得这种不确定同所有伦理责任、决定和行为领域的情形一样。

米勒的阅读伦理观内容丰富,既具有哲学基础又密切结合文学作品,不过却也存在四个具有争议的内容。首先,对于阅读伦理的四个方面,其著作与文章《文学与伦理:〈弗莱姆利教区〉中的真相与谎言》存在矛盾。其次,对于作者的伦理责任,米勒的阐释并不严密,因为并不是所有作者都想培养读者良好的伦理品质。再次,关于作品的施为作用,米勒一方面认为作品的施为作用难以预测,一方面又认为特罗洛普的读者会因读其小说而谦虚。最后,关于叙述者是由作者决定还是有其自主性在学术领域依然是有争议的,《自传》中声称的作者对自己的作品没有太多思考,甚至放弃思考,用狭窄的情节线索,让手中的笔去解决问题并不全面。

第七节 希利斯·米勒的文学地志观

20世纪末美国著名文学理论与批评家希利斯·米勒出版《地志》

(*Topographies*)一书,此书包含米勒曾公开发表的文章《〈还乡〉中的地志》(*Topograph in The Return of the Native*)《地志的伦理观:论斯蒂文斯〈基韦斯的秩序理念〉》(*The Ethics of Topography:Wallace Stevens's 'The Idea of Order at Key West'*)《时间的地志:丁尼生的眼泪》(*Temporal Topograpies:Tennyson's Tears*)《福克纳〈押沙龙,押沙龙!〉中的意识形态与地志》(*Ideology and Topography in Faulkner's Absalom,Absalom*)《德里达的地志学》。地志与文学作品和文学批评有怎样的关系呢?

"地志"(topography)一词结合了希腊文的地方(topos)与书写(graphein),从词源上指对一个地方的书写。该词在英语中具有三种含义:对特定地点的表述;以地图或图表(charts)形式详细描绘某地方或区域自然特征的地形学;包含溪流、湖泊、道路、城市等位置的地形、地貌。如今地志的第三种含义最为普遍,而对地形的描述则通常既包括图形也包括普通名词和专有名词。米勒关注的是:什么是地志的组成部分(topographical component)? 小说、诗歌和哲学文本中的地志描述有何作用? 地志描述(topographical delineations)如何发挥寓言(parable or allegory)的作用? 拟人(personification)与环境(landscape)的关系如何? 地志是否具有超越单纯的背景(setting)与超越隐喻(metaphorical adornment)的功能?

米勒的文学地志观理论涉及多领域:(1)文学批评领域。加斯东·巴什拉(Gaston Bachelard)、乔治·普莱(Georges Poulet)和让-皮埃尔·理查(Jean-Pierre Richard)对文学作品中环境本身的关注。理查在《文学与感觉》(*Literature and Sensation*)中表明高山、流水这些对象体现了主人公对对象的欲望与追求。乔治·普莱的《内部距离》(*The Interior Distance*)和加斯东·巴什拉的《空间的诗学》(*The Poetics of Space*)都关注隐喻。(2)除了文学批评领域,米勒也关注传统修辞学中的地点(topoi)研究;现代地理学中人类对环境的心理映射;数学拓扑学(topology)中的位置研究与扭结理论(the theory of knots);人类学中的人类空间(human space)与图腾结构(totemic structures)、亲属禁忌(kinship taboos)和系谱(genealogical lines)的关系;哲学领域中海德格尔对人类与环境的论述以及心理学领域拉康对自我(self)和他者(Other)的论述。米勒将这些理论成果融汇到文学作品分析中。

米勒对《还乡》中环境的探讨主要集中在以下方面:从整体上看有爱敦荒原和荒原周围村落的布局,从局部看有静女店、雨冢、日月、飞蛾、火花等。哈代对爱敦荒原如此描述:"这片荒原,才好像慢慢醒来,悄悄静听。它那泰坦一般的形体,每天夜里老仿佛在那儿等候什么东西似的。"①此处将荒原拟人化为巨大的不分雌雄的生物,只在黑夜降临和曙光欲来时才显露真面。米勒由此思考哈代或叙述者是否相信荒原是一个人?这种拟人的理由是什么?米勒对荒原的理解包括四方面:首先,荒原孤独的面孔表达了"悲剧的种种可能"(tragical possibilities),这种悲剧的可能性在小说中成为现实,出现在诸多人物的生活中。米勒由此推测也许这些悲剧人物便是荒原的化身②,环境与人物可以相互位移(reciprocal displacement)。其次,荒原的特征象征着人际关系。米勒发现《还乡》并不主要集中在一个角色上,而是有多个焦点,如同点缀在黑暗中的多个火焰。再次,荒原拟人化的阴沉的脸促使我们每个人去寻找我们所缺乏的东西,只是这种追求注定失败。再有就是人格化的荒原具有耐心和广阔的视野,将所有事物简化为同样的平等。

《还乡》1878 年的首版有故事发生地的地形图,此图中央是古冢(Black Barrow,后改为雨冢 Rainbarrow),东边是河流及沙得洼水堰(Shadwater Weir);水堰的南边是静女店(Quiet Woman Inn);在静女店的西南,地图的最南边是克林·姚伯(Clym Yeobright)居住的布露恩(Blooms-End);布露恩的西北是斐伊老舰长(Captain Vye)和游苔莎(Eustacia)居住的迷雾岗(Mistover Knap);而地图的最北是东爱敦(East Egdon)。米勒认为这张地图就像格式塔图画(Gestaltist drawing)一样,内与外、凹与凸交替变化。而且这些专有名词也是一种编码。对此,米勒总结说:"'Egdon'中的'eg'与一些专有名称的部分组成一个系列(EG 〉 eu 〉 yeo

---

① 托马斯·哈代:《还乡》,张谷若译,商务印书馆,2022,第 4 页。

② J. Hillis Miller, *Topographies*, Stanford: Stanford University Press, 1995, p. 27.

〉Vye［eye］〉Egg〉［sun］)。哈代《还乡》中的地形是对多塞特郡(Dorsetshire)实际地形的改排,此种改排聚集了分散的特征,扭曲了整体。米勒认为古墓、古墓外围的人物的住所、各种道路与小径(例如罗马路以及与罗马路交叉的路)构成了一种原始的迷宫。小说中的人物反复遇到的十字路口或岔路口,便如同穿越生命迷宫旅程中的交叉口,有力地象征着选择的时刻①。每个地名都在角色的行程中标记了一些拓扑,这些行程与太阳每日和每年的行程相匹配。迷雾岗体现笼罩在薄雾中与薄雾之上("knap"是一座小山);Blooms-End 是"还乡"的另一种说法,花期结束,花又回到原来生长的地方;雨冢或古冢都意味着黑暗与深度,死亡的黑暗与深度。雨冢的雨将古坟与游苔莎死亡那天的暴雨相联系。人物在荒原上的移动对应着河流的流动,游苔莎的欲望如水流般时常被阻塞。

　　静女客店前脸对着荒原和雨冢,后面是庭园,庭园后是静深的夫露姆河,河流外是草场。静女客店的招牌上画着一个妇人,把头挟在腋下,这暗示此妇人是被杀头的。此招牌源于本地的传说,即一个妇人因为话太多而被割头。有人猜测这是因为客店人多,所以画这个招牌来警戒大家不要吵闹。米勒认为静女客店是一种阉割(emasculation)的象征,唯一安静的女子是被割头的女子,此女子使男人不会被"繁殖"(breed)一词所掩盖的性暴力诱惑②。对于雨冢,米勒认为雨冢一层层灰烬下面是隐藏的"父亲",这个父亲是未知的 X,只能在比喻中显现或命名,因此总是被阉割、损毁(disfigured)或替换(displaced)。新的灰烬隐藏覆盖旧的灰烬意味着小说的文本是一个或一系列覆盖物(coverings),是对原始的无法言说之物的转换③。对于从古冢中挖掘出来的骨灰瓮,米勒认为这来自地表之下的东西,同样代表着缺席的父亲或阳刚的太阳的力量④。

　　米勒除了关注地貌,也关注自然环境中的太阳与月亮。关于太阳,米

---

① J. Hillis Miller, *Topographies*, pp. 25-26.

② J. Hillis Miller, *Topographies*, p. 34.

③ J. Hillis Miller, *Topographies*, p. 36.

④ J. Hillis Miller, *Topographies*, p. 38.

勒提到如下方面:一,米勒认为太阳如同狄俄尼索斯或太阳的黑暗兄弟,或荒原,既阳刚又阴柔。作为阳刚之气的代表,太阳是男性的典范,是延续种族的力量,但其像嫉妒的父亲一样会惩罚那些试图侵占这种力量的人。克林与姚伯太太都受到此惩罚,克林是因为试图与太阳竞争而失明,米勒将此看成象征性的阉割(symbolic castration)。米勒根据小说中所说的姚伯太太经受太阳的炙烤以及在太阳落山时死去而认为姚伯太太被太阳的热量和黑暗杀死,其背后的深层原因是她拥有其他角色所缺乏的广阔视野。另一方面,太阳作为柔弱(effeminate)的代表,是女性超然和广阔视野的典范。阳光使人柔弱,且不宣称自己拥有任何权利。二,被太阳照亮的每一物体或人都像太阳的替代物一样轮流发光。三,太阳意象的网状系统定义了游苔莎与韦狄(Wildeve)、克林、德格·文恩(Diggory Venn)不断变化的关系。四,太阳是"它"(it)或"东西"(thing)的一个比喻,此种说法被米勒反复强调。关于月亮,米勒提到没有月亮就没有人,月光的反射形式为新生儿阳刚之气所必须,月亮的表面特征如同荒原地形。米勒同样关注构成环境的微小之物,例如飞蛾、其他昆虫、火花等。米勒认为飞蛾是韦狄回归游苔莎的预言象征。昆虫被视为生命短暂的象征,它们在阳光下闪耀,蕴含太阳的一些生命力,然而短暂的停留后却被太阳毁灭。人类生活则如同火花(sparks of fire),升起、舞动、熄灭,留下死灰作为痕迹①。

　　米勒对《还乡》地志学的研究可以总结为四个方面:第一个方面是"他者"。米勒发现,对行动空间设计的研究导致关于异位性(atopical)或无地点(placeless)的假设,真正的基础(ground)则是既无所不见又无处可寻的"它"(it)。"它"无法在地图上找到,"它"隐藏在叙事线条中。这个无法定位的地方(placeless place)总是被损毁,没有面孔,既激发了环境地图,同时又加以破坏,但"它"却是地形系统中最重要的内容②。第二个方面是"活现法"(prosopopoeia)与"词语误用"(catachresis)具有亲密

---

① J. Hillis Miller, *Topographies*, p. 42.

② J. Hillis Miller, *Topographies*, p. 52.

关系。米勒断言比喻总是词语误用,例如《还乡》中的双重交叉拟人——将荒原拟人为巨大的生物和通过人物来表现荒原,这些无疑是词语误用,而这些词语误用都是为了表现"它"。至于"它"是语言的效果,还是语言受到"它"的影响永远无法确定①。第三个方面是分裂与不和谐。米勒认为哈代自己知道并且通过小说表明:即使在乡村文化中,表面上的统一也会被分裂和不和谐所撕裂;即使在相对稳定和统一的社会中,人类的困境最终也是孤独的②。第四个方面是米勒觉得哈代的风景具有强烈的性化(sexualized)甚至是色情化(eroticized)特征。

由此可以发现凭借地志(包括自然环境与社会环境)解释小说具有令人惊讶的效果;地志通过与人物相关联而发挥寓言的作用;对环境的拟人描写有助于把握小说隐含的意义;地志具有超越背景的功能。米勒对《还乡》中地志的赏析值得我们借鉴的地方主要有两方面:首先是对作品中环境的细读有助于完整地阐释作品,其次是关注环境与比喻的关系,关注环境的比喻意义。然而米勒的解读也有两方面容易引起争议:首先是小说的阐释结果只是证明了自己的理论预设,即小说的阐释没有离开一贯关注的内容和热衷的术语,如"活现""词语误用"以及"他者"等。其次是对某些环境比喻意义的论证并不充分,例如"阉割"、太阳的阴柔性以及姚伯太太去世的原因。

第八节　哈罗德·布鲁姆的文学地图说

文学地图作为文学地理学研究的一种跨学科批评模式经历了原始、附属和独立形态三个阶段③。哈罗德·布鲁姆主编的"布鲁姆的文学地图"书系便属于第三个阶段。此书系由美国著名文学批评家哈罗德·布

---

① J. Hillis Miller, *Topographies*, pp. 52-53.
② J. Hillis Miller, *Topographies*, p. 55.
③ 梅新林、葛永海:《文学地理学原理》,中国社会科学出版社,2017,第878页。

鲁姆于 2005 年主编,其中包括《罗马文学地图》(Rome)《伦敦文学地图》(London)《都柏林文学地图》(Dublin)《纽约文学地图》(New York)《巴黎文学地图》(Paris)《圣彼得堡文学地图》(Saint Petersburg)。从布鲁姆为此书写的总序和每本的序言可以了解布鲁姆的文学地图说主要包括如下三个大的方面:城市对作家的影响,文学作品中的城市主题,以及不同文学名城的共性与差异。

(一) 文化名城对作家的影响

从布鲁姆书系的命名可以发现,布鲁姆更关注城市,尤其是文化名城对作家的影响。布鲁姆在序言中明确地谈到城市对作家的四个主要影响:城市景观激发作者的创作激情;城市推动作家的文学想象;城市是作家交往的必备条件;城市集中了大量的读者。

第一,城市能够激发作者的创作激情。对此,布鲁姆以布鲁克林渡口和布鲁克林大桥为例加以说明。1883 年建成的布鲁克林大桥在当时是世界上最长的悬索桥。布鲁克林大桥连接布鲁克林与曼哈顿,站在桥上能看到纽约、曼哈顿、自由女神像与摩天大厦等。布鲁克林大桥的重要性使其经常出现在文学作品中。在诗歌中,最有影响力的无疑是惠特曼的《横过布鲁克林渡口》(Crossing Brooklyn Ferry)与克莱恩(Hart Crane)的《致布鲁克林大桥》(To Brooklyn Bridge)。惠特曼的诗共九节,布鲁姆将前两节完整收录在其序中,在此诗中惠特曼思索城市所囊括的喧嚣以及我与乘客以及多年后从此岸到彼岸的"你们"。克莱恩把纽约城当成"美国的缩影,他是连接过去与未来、旧世界与新世界、诗人的志向与绝望、创伤与神圣希望之间的桥梁。寻找美国上帝的精神之旅"①,但这个上帝不是美国的耶稣。

第二,文化名城助益作家的文学想象。这主要是因为文化名城具有

---

① 哈罗德·布鲁姆:《纽约文学地图·序言》,载杰西·祖巴《纽约文学地图》,薛玉凤、康天峰译,上海交通大学出版社,2017,"序言"第 V 页。

深厚的文化底蕴,是精神和心灵之城,是思想的集散地,对此,布鲁姆以亚历山大城为例加以说明。布鲁姆在总序中高度评价了亚历山大城,认为亚历山大城具有重要的文化地位。(1)亚历山大城融合了古希腊文化与希伯来文化,考古学发现显示从公元前19、18世纪,便有大量的犹太人在埃及生活;亚历山大大帝在世时,希腊文化是主流;亚历山大大帝去世后,托勒密王朝时期希腊文化与埃及文化融合。(2)在亚历山大城的希腊文化成就中,布鲁姆着重提出普罗提诺创始的新柏拉图主义与忒奥克里托斯(Theocritus)。布鲁姆认为但丁依赖新柏拉图派对荷马的阐释而了解荷马。忒奥克里托斯早年曾跟随亚历山大城的诗人菲莱塔斯和阿斯克莱阿得斯学习,是西方牧歌的创始人,其牧歌风格对维吉尔有深远影响,而维吉尔又影响了但丁。爱德华·摩根·福斯特(Edward Morgan Forster)曾在亚历山大港为红十字会工作,所以福斯特写有《亚历山大港:历史与导览》(Alexandria:A History and A Guide),并且在《印度之行》(A Passage to India)等作品中也提及了亚历山大城,布鲁姆由此认为福斯特对亚历山大的介绍凸显了该城重要的文化地位。布鲁姆指出从公元前3世纪到公元3世纪的中期,亚历山大城是精神和心灵之城,其催生了一种可称为"现代主义"的新意识,而宫廷诗人卡利马科斯是第一个现代主义者,塞缪尔·约翰逊、布瓦诺(Boileau)、圣伯夫(Charles A. Sainte-Beuve)、莱辛、柯勒律治、瑞恰慈、燕卜荪、伯克都是其信徒[1]。(3)除以上作家外,布鲁姆认为莎士比亚、乔伊斯、普鲁斯特、福楼拜、歌德都分享了亚历山大城兼收并蓄的遗产[2]。

第三,城市是作家交往的必备条件。布鲁姆所说城市为文学家提供交往的机会主要有两种:一种是俱乐部性质的,例如塞缪尔·约翰逊与雷诺兹文学俱乐部,其成员有鲍斯威尔(James Boswell)、戈德史密斯(Oliver

---

① 哈罗德·布鲁姆:《伦敦文学地图序言》,载唐娜·戴利、约翰·汤米迪《伦敦文学地图》,张玉红、杨朝军译,上海交通大学出版社,2017,"总序"第Ⅱ页。
② 哈罗德·布鲁姆:《伦敦文学地图序言》,载唐娜·戴利、约翰·汤米迪《伦敦文学地图》,张玉红、杨朝军译,上海交通大学出版社,2017,"总序"第Ⅰ页。

Goldsmith)、伯克等。再比如布鲁姆斯伯里团体,其成员有伍尔夫、福斯特、利顿·斯特雷奇(Lytton Strachey)、赫胥黎(Aldous Huxley)等。第二种是偶然的相聚,例如海明威和菲茨杰拉德(Fitzgerald)20世纪20年代都曾在巴黎居住,拜伦(Byron)和雪莱都曾到意大利,艾略特(T. S. Eliot)和庞德长期在伦敦。布鲁姆认为即使在当今电子媒介时代,地域相近同样是文学家建立友好关系的必要条件。

第四,城市集中大量的读者。这主要有如下原因:首先与文学的生产方式有关,"西方文学属于印刷书籍以及其他印刷形式(如报纸、杂志、各种报刊)的时代"[1],而现代传媒在都市比较发达,这使得书籍与期刊在城市流通便利。其次城市的教育普及程度较高并有较多的研究性大学,初等学校教育使城市拥有大量识字的人,而研究性高校学者多,且培养了很多评论家。再次城市居民的收入水平和休闲时间也为其阅读提供了条件。就此而言,布鲁姆说蒙田(Michel de Montaigne)的读者多是巴黎居民。

(二)文学作品中的城市主题

城市是文学作品必不可少的主题。文学作品中的城市大致有两类:第一类是作者围绕某城市创作作品并重塑某城市形象;第二类是以虚幻的城市名影射作者真实生活的地区。对于第一类,布鲁姆提到的典型是狄更斯笔下的伦敦与华莱士·斯蒂文斯笔下的哈特福德(Hartford)市。以狄更斯为例,狄更斯9岁后的大部分时光都在伦敦度过,且其作品也多以伦敦为背景,这其中有泰晤士河、大街小巷等各种景观,有伦敦不同阶层不同职业的各种人物,有各种或欢喜或悲伤的世故人情。

对于第二类,布鲁姆提到的典型是莎士比亚与福克纳。布鲁姆认为莎士比亚的地理是虚幻的,虽然"剧本的背景都设在意大利、法国、苏格

---

① J. 希利斯·米勒:《文学死了吗》,秦立彦译,广西师范大学出版社,2007,第9页。

兰或希腊,但是实质上这些故事的发生地就是莎士比亚所了解的狭小世界,即伦敦、斯特拉特福及两者之间的地区"①,例如《安东尼和克里奥佩特拉》(*Antony and Cleopatra*)的埃及朝廷是詹姆斯一世腐朽王朝的反讽再现;《仲夏夜之梦》(*A Midsummer Night's Dream*)中的雅典人波特姆、彼得奎斯等更像是英国的乡下人;威尼斯人夏洛克和埃古则是伦敦人;丹麦宫廷的哈姆雷特更像是威腾堡大学的学生;《一报还一报》(*Measure for Measure*)中的维也纳仿佛伦敦妓院②。布鲁姆的此种观点既有合理性也有争议。福克纳笔下虚构的发生在约克纳帕塔法县的故事实际上反映了密西西比州牛津镇及周边的生活。

(三) 文学名城的差异

文学名城的共性在于这些城市大多具有丰富的文化底蕴,能够激发作者的想象力与创作激情,是作者乐于停留以及拥有众多读者的地方。那么文学名城之间是否有差异呢?布鲁姆说,"巴黎文学最重要的主题是想象与现实之间的社会异化,或曰心理距离。在我看来,莎士比亚笔下的伦敦和惠特曼笔下的纽约似乎不是这样"③,由此可知布鲁姆认为各文学名城之间是有差异的。那么,各个文学名城有哪些不同之处?

巴黎优秀文学家很多,不过布鲁姆尤其欣赏巴尔扎克、维克多·雨果、波德莱尔和左拉笔下的巴黎。他们笔下的巴黎充满活力,也充斥着社会动荡和堕落,左拉复活了巴黎公社的精神,巴尔扎克再现又创造了社会现实,而波德莱尔则创造了现代巴黎的审美情趣。

伦敦的特点是具有丰富的文学遗产以及莎士比亚的光辉。伦敦的形

---

① 哈罗德·布鲁姆:《伦敦文学地图序言》,载唐娜·戴利、约翰·汤米迪《伦敦文学地图》,张玉红、杨朝军译,上海交通大学出版社,2017,"总序"第Ⅱ页。

② 哈罗德·布鲁姆:《伦敦文学地图序言》,载唐娜·戴利、约翰·汤米迪《伦敦文学地图》,张玉红、杨朝军译:上海交通大学出版社,2017,"序言"第Ⅱ页。

③ 哈罗德·布鲁姆:《巴黎文学地图序言》,载迈克·杰拉德:《巴黎文学地图》,齐林涛、王森译,上海交通大学出版社,2017,"序言"第Ⅱ页。

象呈现在本·琼森(Ben Jonson)、卡鲁(Carew)、莎士比亚、杰弗里·乔叟、威廉·布莱克、查尔斯·狄更斯、塞缪尔·约翰逊等人的作品中。在这些作品中,布鲁姆格外看重狄更斯的《匹克威克外传》《大卫·科波菲尔》《荒凉山庄》以及未完成的《爱德温·德鲁德之谜》。狄更斯笔下的伦敦广阔而热闹,广阔到足以容纳种种人物与社会生活,而热闹的街道则为作者提供灵感与慰藉,让作品中的人物充满活力。

纽约的特点是充满国际化大都市的生机与活力,永恒的神话创造力与想象力,没有衰败的迹象。惠特曼、麦尔维尔(Melville)、詹姆斯兄弟、菲利普·罗斯(Philip Roth)、品钦(Pynchon)、德里罗(Delillo)等作家都描绘过纽约,托尼·库什纳(Tony Kushner)史诗剧《美国天使》(*Angels in America*),约翰·阿什伯利(John Ashbery)后期诗作,唐·德里罗《地下世界》(*Underworld*),菲利浦·罗斯(Philip Roth)的《安息日剧院》(*Sabbath's Theater*)则展现了"世界级城市的生机与活力"[1]。《白色楼群》(*White Buildings*)《桥》《横渡布鲁克林渡口》(*Crossing Brooklyn Ferry*)展现了"城市永恒的神话创造力"[2]。

都柏林的特点包括两方面:第一,都柏林是众多英裔爱尔兰作家的出生地,却不是这些作家的主要活动地,例如塞缪尔·贝克特(Samuel Beckett)出生于都柏林,却从 32 岁时定居巴黎,其主要作品也是在巴黎完成的。第二,给人以深刻印象的乔伊斯作品中的都柏林形象是瘫痪的,是自然主义与象征主义结合的产物。乔伊斯因《都柏林人》(*Dubliners*)《一位青年艺术家的画像》(*A Portrait of the Artist as a Young Man*)《尤利西斯》(*Ulysses*)《芬尼根守灵夜》(*Finnegans Wake*)等著作而成为都柏林的代表[3]。在乔伊斯笔下,都柏林公共空间中的人与人之间缺乏情感交流,个

---

① 哈罗德·布鲁姆:《纽约文学地图·序言》,载杰西·祖巴《纽约文学地图》,薛玉凤、康天峰译:上海交通大学出版社,2017,"序言"第 I 页。

② 哈罗德·布鲁姆:《纽约文学地图·序言》,载杰西·祖巴《纽约文学地图》,薛玉凤、康天峰译,上海交通大学出版社,2017,"序言"第 II 页。

③ 哈罗德·布鲁姆:《都柏林文学地图·序言》,载约翰·唐麦迪《都柏林文学地图》,白玉杰、豆红丽译,上海交通大学出版社,2017,"序言"第 II 页。

人空间则是琐碎、迷茫与荒诞的,再加上其曾被大雨淹没、大雪覆盖,这暗示都柏林的压抑与乏味,可以说乔伊斯"创造了都柏林又拒绝接受都柏林"[①]。

罗马的特点则包括三方面:第一,能够给来自不同国家的作家以灵感,却无法推动本地作家创作杰作,例如,法国人杜·贝莱在罗马创作了诗集《罗马怀古》和描写当代罗马的十四行诗诗集《悔恨集》,然而自称古罗马人苗裔的但丁不是在罗马而是在流放期间开始创作《神曲》。第二,意大利的精神风貌是不安宁的城邦联盟,"意大利文学想象力以民主和世俗为主线"[②],而这并没有在罗马城得以体现。第三,蒙田、亨利·詹姆斯、拜伦发现古罗马广场透着虚假的繁荣与衰败迹象。

圣彼得堡的特点是哺育出不同类型的文学巨匠、滋养了多样的圣彼得堡形象。果戈里 19 岁来到彼得堡生活,26 岁发表短篇小说集《彼得堡故事》。在果戈里笔下的圣彼得堡任何事情都有可能发生,例如理发师伊万·雅柯夫列维奇在吃烤面包时发现切开的面包中有个鼻子,所以果戈里笔下的圣彼得堡被称为"荒诞之都"。陀思妥耶夫斯基中学毕业后来到圣彼得堡工作,其作品《罪与罚》描绘了圣彼得堡中两种截然不同的环境,一种金碧辉煌,一种阴暗污浊。布鲁姆认为此城融合了"崇高审美情趣和可怕毁灭原则"[③]。

综上所述,布鲁姆文学地图系列具有三方面意义:一方面是唤醒我们对文学名城的记忆。如今城市面貌不断改变,不同国家的都市也有趋同倾向,高楼林立,商业发达。不过通过阅读文学作品,文学名城的形象则可在读者头脑中复活。另一方面则是提醒读者重视长久不衰、战胜生活

---

① 哈罗德·布鲁姆:《都柏林文学地图·序言》,载约翰·唐麦迪《都柏林文学地图》,白玉杰、豆红丽译,上海交通大学出版社,2017,"序言"第 Ⅱ 页。
② 哈罗德·布鲁姆:《罗马文学地图·序言》,载布雷特·福斯特、哈尔·马尔科维茨《罗马文学地图》,郭尚兴、刘沛译,上海交通大学出版社,2017,"序言"第 Ⅲ 页。
③ 哈罗德·布鲁姆:《圣彼得堡文学地图·序言》,载布拉德利·伍德沃思、康斯坦斯·理查兹《圣彼得堡文学地图》,李巧慧、王志坚译,上海交通大学出版社,2017,"序言"第 Ⅳ 页。

的艺术,以及容易被忽视的文学作品的形式美,并借此保持内在心灵的敏感。第三方面是布鲁姆关于都市对作家的影响以及作品中城市形象的研究对文学地理学的发展具有重要意义。

第三章　耶鲁学派的诗歌批评

德·曼、哈特曼、布鲁姆与米勒虽然侧重的文学体裁不同,但都发表了很多关于诗歌批评的著作与文章。哈特曼除了研究华兹华斯,也写过与弥尔顿、布莱克、柯勒律治、济慈、里尔克、瓦莱里和美国诗歌有关的评论。德·曼关注的诗人主要有华兹华斯、济慈、叶芝、荷尔德林、马拉美。布鲁姆对于诗歌的批评主要体现在《史诗》《诗人与诗歌》《天才》(*Genius*)《神圣真理的毁灭》《如何读、为什么读》《西方正典》等著作中,且基本涵盖欧美重要诗人。米勒所关注的诗人主要包括雪莱、叶芝、丁尼生(Tennyson)、T. S. 艾略特、哈代、斯蒂文斯、威廉·卡洛斯·威廉斯(William Carlos Williams)和杰拉德·曼利·霍普金斯。

第一节　自然意识、自我意识、想象力
——哈特曼的华兹华斯诗歌批评

哈特曼深受华兹华斯影响,他不仅在访谈中多次谈及华兹华斯,而且发表了一系列关于华兹华斯的著作与论文,例如《华兹华斯的诗歌——1787—1814》(*Wordsworth's Poetry 1787–1814*)《平凡的华兹华斯》(*The Unremarkable Wordsworth*)。纵观这些研究,我们发现"自然意识"(consciousness of nature)、"自我意识"(self–consciousness, consciousness of self)与想象力是哈特曼华兹华斯研究的关键词,哈特曼认为自己对"自我意识"的研究非常有意义。

（一）自然意识

华兹华斯经常谈论"意识"，不过其诗作中却没有出现过"自我意识"。在哈特曼之前，威拉德·斯佩里（Willard Sperry）等少数学者也曾论述过华兹华斯的"自我意识"；不过在哈特曼看来，鉴于学界对"自我意识"与"想象力"的理解不同，因此这方面的研究并不深入。哈特曼于此领域思索的理论资源主要源于黑格尔以及以海德格尔为代表的现象学。鉴于厘清术语非常困难，哈特曼避开了概念的探究而是立足于华兹华斯的作品来展开。哈特曼认为华兹华斯意识的发展经历了自然意识、自我意识和想象力三个阶段。

在华兹华斯看来，自然是非常好的导师，自然虽然并非有意识地呈现在孩子面前，然而其对孩子的塑造却同样深刻，大自然既培育又改变着孩子不断增长的意识。孩子走向自然意识是心灵成长的早期步骤。《有一个男孩》（*There Was a Boy*）至少有六个版本，第一个版本创作于 1798 年；第二个版本出现在 1799 年《抒情歌谣集》（*Lyrical Ballads*）第二版中，此诗是《序曲》（*Prelude*）第五章的一部分。《有一个男孩》讲述了一个男孩经常在威南德湖（Winander）周围玩耍，他经常傍晚在湖边用手做成"口笛"，模仿猫头鹰的叫声，招引猫头鹰回声。男孩的口笛与猫头鹰的叫声在山谷中回荡形成欢乐的合唱；而当猫头鹰不回应，周围一片寂静时，男孩则受到震动，无论是远处山洪的声音，还是近处山岩、林木、湖面的景色都印刻在他心上。这些展现了男孩对大自然的感受。华兹华斯在此诗中提到震惊（shock），震惊通常被认为是自然唯一和主要的手段，不过在此诗中，即使是震惊也是不知不觉地呈现。哈特曼认为此诗显示了威南德男孩感受到了大自然的生命，具有了自然意识。哈特曼认为第一段暗示借助于自然意识，有可能达到自我意识，只是男孩在自我意识还未觉醒之前便死去了。诗中并没有关于男孩因何而死的暗示，哈特曼说他的死如同睡美人一般进入自然的温和连续体和准不朽中（the gentler continuum and quasi immortality of nature），如此一来，他不会体验到间断（discontinuity）与连根拔起（uprooting），这样也许好于体验自我与自我的对抗。此诗不仅与露西组诗创作于同一时间，而且它们共同讲述了神秘的死亡[1]。与《有一个男孩》相似，露西也是在自我意识完全显现出来之前便死去了。《沉睡封住了我的精神》（A Slumber Did My Spirit Seal）从第一节的"她已对一切失去了感觉/又何惧岁月的欺凌"到第二节的"她已全无声息，一动不动"[2]显示了一种不稳定的过渡，显然自然在心灵的成长中发挥了自我超越的作用。

（二）自我意识

哈特曼有时也称自我意识为意识的意识（consciousness of consciousness），当一个人的思想不仅仅依附在自然身上，也意识到内在的东西（what is within），并能将想象与自然分开时，他就会从无意识转变为自我意识。当一个人有自我意识后，他会意识到自己的内在力量和脆弱性，他可能既害怕孤立，又为自主而感到高兴。哈特曼以华兹华斯《孤独的割麦女》为例加以阐释。华兹华斯没有解释他为什么对高地收麦女孩有如此强烈的反应，只是表达了被感动的事实，让情感拥有自己的生命，并为新的思想和感觉感到高兴。华兹华斯对自己哪怕随意地反应都会给予细致的关注，而且比对自然的关注还精细。华兹华斯不断地细述自己的精神状态，当华兹华斯描绘一个物体时，也在描绘他自己，描绘关于自己的真相，一种自我获得的启示。华兹华斯对某些景物或经历的反应有时会延迟，甚至延迟很长时间，例如《孤独的割麦女》（The Solitary Reaper）便写

---

[1]　Geoffrey H. Hartman, *Wordsworth's Poetry*, *1787—1814*, New Haven and London: Yale University Press, 1971, pp. 28-29.

[2]　华兹华斯等：《英国湖畔三诗人选集》，顾子欣译，湖南人民出版社，1986，第25页。

于二年后。这首诗的开头"看她，独自一人在田里"①之所以令人惊讶是因为割麦虽是平凡的景象，但因女子独自一人这个不寻常的环境而改变。此句作为第一个祈使句，对象很可能是读者。随后第二个祈使句"停下来，或悄悄走过！"②则既是对读者而言，也是诗人对自己而言，诗人由此进入反思意识（the reflexive consciousness），停下，倾听，反思。苏格兰高原少女一边独自割麦、捆麦，一边唱着忧郁的歌曲。紧接着便是第三个祈使句"听！听整个谷地弥漫着的歌声"③。"弥漫"暗示着强烈的情感，既然整个山谷都为之感动，更何况过路人呢。虽然割麦女的歌是唱给自己听的，然而最后一句"我把歌声记在心上，哪怕久已听不见声响"④的字面意义和引申意义都表达了回应（response）、影响（repercussion）和溢于言表的情感（overflow）⑤。诗人情感的流溢，以及他在每一种新的情绪或思想中所获得的愉悦，都是有迹可循的。在诗的第二节，诗人超越了眼前的场景，想到阿拉伯沙漠中的商队，赫伯里底群岛的杜鹃。此诗第三节第一句"谁能告诉我此歌吟唱了什么"⑥既揭示了歌声的吸引力，也以和读者说话的方式融合了外在感情（outward-directed feeling）与内在的思想（inward-going thought）。紧接着此句是诗人的两个推测，推测歌唱的内容是古老的不幸，还是当今日常的事故。这首歌连接的不仅是过去和现在，也许还有未来。在最后一节，诗人停止猜测，再次回到割麦女孩的形象上。诗人由孤独的女孩，回到孤独的自己，并在此节用了四个"我"（I）和一个"我的"（my）。华兹华斯在强烈情感的影响下，既尊重所看到的，也尊重自己的猜测，而猜测同时又加强了他的情绪。再次回到此诗的最后一句，孤独的割麦女忧郁的歌声流动着，弥漫着，超越自我的有限性和自我意识

----

① 华兹华斯：《华兹华斯诗选》，杨德豫译，外语教学与研究出版社，2016，第 239 页。

② 华兹华斯：《华兹华斯诗选》，第 239 页。

③ 华兹华斯：《华兹华斯诗选》，第 239 页。

④ 华兹华斯：《华兹华斯诗选》，第 242 页。

⑤ Geoffrey H. Hartman, *Wordsworth's Poetry, 1787—1814*, p. 20.

⑥ 华兹华斯：《华兹华斯诗选》，第 242 页。

的固定性。哈特曼总结说:(1)华兹华斯的推测有一个模式,即由孤独走向社会、由静止走向运动,并且可以互换,一切都支持这种流动性;这种流动性还体现在音节,"也许,或"的表达,以及收割和捆绑,收割与歌唱,事物与战争等方面;(2)华兹华斯允许突然的情感侵入并更新他的思想,不想通过思想行为减少情感;(3)华兹华斯明白自然与自己的关系不可预测,无论自己最初是否回应自然,也无论是否充分回应,每次相遇都可能会在以后闪现并更新自己的感情①。

(三)作为最高自我意识的想象力

哈特曼在专著中多次提到想象力是最高的自我意识②。关于想象力,哈特曼主要论述了如下方面:华兹华斯对想象力的理解,想象力的自主性,想象力与地方和时间意识。诗人对想象力的认识与心智的成长是同步的,诗人仿佛出于自己的选择开始思考和感觉,并趋向与外部刺激分离,与自然分离。华兹华斯在《序曲》第六卷第593—617行探讨了想象力。在第六卷,华兹华斯描述了1790年他与朋友因走错路不经意间便翻过了阿尔卑斯山的经历;那时华兹华斯感觉到一种敬畏的力量,但是这种力量难以琢磨、让他迷茫,所以便只有将其比喻为"无根的云雾"③。1792年,诗人创作完成了《素描集》(*Descriptive Sketches*),这显示诗人逐渐意识到想象力的自主性与超自然的活力,而此时诗人的想象力也越来越回归自身。1793年英国向法国宣战,1793年夏天和1794年,诗人创作《索尔兹伯里平原》(*Salisbury Plain*)。此时,诗人更好地认识了自我意识的含义,并认识到想象力的自主性。此后华兹华斯诗中分裂、裂痕、连根拔起等意象增多,这些意象暗示着与自然或自然意识脱离。1798年,诗人创

---

① Geoffrey H. Hartman, *Wordsworth's Poetry*, *1787—1814*, p. 20.

② Geoffrey H. Hartman, *Wordsworth's Poetry*, *1787—1814*, p. 18.

③ 华兹华斯:《序曲或一位诗人心灵的成长》,丁宏为译,北京大学出版社,2017,第167页。

作《彼得·贝尔》(*Peter Bell*),并在评论此诗时说,想象力的运用不需要超自然的干预,即使日常生活中最卑微的部分也会调动起想象力,并达到快乐的结果。1804年,当诗人回忆并再次写1790年阿尔卑斯山旅行的意识状态时,诗人说自己认识到了想象的辉煌。

华兹华斯的诗显示了想象力具有独立于感觉和环境的力量,想象力可以让人更有生机与活力。哈特曼总结说:(1)当灵魂确定内在、独立的力量源于想象力时,想象的效应最后会影响到自然。(2)华兹华斯称之为想象力的是提高到天启(apocalyptic)的自我意识。(3)"想象力"的效果总是一样的:停顿的时刻,正常的生命连续体被打断;诗人与熟悉的自然的分离;关于自然秩序的想法被逆转或被重新评判;某种孤独、失落或分离的感觉,所有这些效果并非同时存在,有些是间接存在的。

第二节　自然、象征、时间
——论德·曼对华兹华斯的解读

华兹华斯是英国重要的诗人,是研究英国浪漫主义不可回避的人物。华兹华斯的好友柯勒律治在其《政治家手册》(*Statesman's Manual*)中对寓言与象征加以区分,指出象征优于寓言;艾布拉姆斯(Abrams)也认为浪漫主义通过推崇象征来克服主客体的分裂,然而德·曼并不同意他们的观点。德·曼的观点体现在解读华兹华斯的如下文章中,如《华兹华斯与叶芝的象征景观》(*Symbolic Landscape in Wordsworth and Yeats*)、《华兹华斯与荷尔德林》(*Wordsworth and Holderlin*)、《华兹华斯与维多利亚人》(*Wordsworth and the Victorians*)、《浪漫意象的国际结构》(*International Structure of the Romantic Image*)以及《华兹华斯的时间和历史》(*Time and History in Wordsworth*)。除了上述文章,德·曼在论述卢梭语言时引用华兹华斯的《论墓志铭》(*Essay upon Epitaphs*);在论述路得维希·宾斯万格(Ludwig Binswanger)时提到华兹华斯的纯想象行为;在《失去原貌的自传》(*Autobiography As De-Facement*)中,德·曼以华兹华斯的《序曲》(*The Prelude*)和《论墓志铭》来阐述自传研究中两重运动的维谷。从这些文章可以看到,德·曼对华兹华斯诗歌中的主客体、想象、时间与历史、自然、寓言、意识等多方面都有思考。

(一) 自然与想象

华兹华斯的作品充满大量的自然描写,是否可以认为华兹华斯与画家相似,只是华兹华斯用语言记录和模仿感官知觉?德·曼认为对自然题材的关注只是华兹华斯的起点,华兹华斯更欣赏眼睛和物体相遇时所发生的复杂性[1]。德·曼对华兹华斯十四行诗《赋于格拉斯米尔湖畔》(*Composed by the Side of Grasmere Lake*)的分析便包括自然与想象。

德·曼对《赋于格拉斯米尔湖畔》的分析从诗中的"平静"(tranquility)开始。德·曼认为平静是此诗的诗旨,于是进一步思考华兹华斯的平静如何产生?诗人为什么选择这个风景?潘神(Pan)为什么暗示平静在此?鉴于此诗在不同地方可以体验到不同的静谧,德·曼首先分析了诗中不同层次的宁静:(1)此诗的第三句"无风的天气"(breezeless air)[2]给我们留下第一个宁静的印象;(2)由于无风,平静的湖面上反射出明亮的诸星带给我们的平静;(3)由人间的战争,想到宇宙秩序井然,处于和平宁静之中;(4)死亡带来的平静,战争中的人所不得不接受的命运;(5)最终的宁静既不存在于"冥界"也不存在于天堂,而是就在地球上的这个地方,为能听到它声音的诗人而存在。[3]

德·曼认为此诗中想象力循序渐进地发挥作用。诗第 3 行"By breezeless air to smoothest polish, yield"中的"yield"与第 4 行"A vivid repe-

---

① Paul de Man, *The Rhetoric of Romanticism*, New York: Columbia University Press, 1984, p. 125.

② 华兹华斯:《华兹华斯抒情诗选》,谢耀文译,1991,第 223 页。

③ Paul de Man, *The Rhetoric of Romanticism*, pp. 125-143.

tition of the stars"①中的"repetition"表明想象在视觉描写中发挥着积极作用,只是这种想象力还没有突破事物的表象。此诗第 5 行中的木星(Jove)、金星(Venus)、火星(Mars)可能是诗人在某个特定的时间和地点中观察到的真实的行星;可当诗人用肉眼看它们的倒影时,神话意义变得更加明显。金星与火星代表爱情和战争,它们在人类历史上发挥重要作用。诗的第 6 行到第 8 行将天空的宁静与人间残酷战争带来的悲惨呻吟相对比。在第 9 行前,诗人都是用肉眼直接观察,景观与诗人是观察与被观察的关系,相应的语言也是描述性的。德·曼认为诗的第 9 行,"它是明镜?——抑或是冥境/敞开一览深渊,在深渊,她滋养/她自己平静的火焰"②包含着转折,湖水不仅像一面镜子,深渊与"冥境"提供了另一个选择。湖面完全不透明、深不可见,那么光线可能并非来自行星,而是来自深埋于地表下的另一个星球燃烧的火焰。这个湖也许是通往地狱的大门,神秘莫测,足以被称为"深渊"。德·曼进一步解释说,"火"具有某种地狱般的品质,隐约暗示着越过安全的界限,但却不意味着道德上的折磨和地狱的惩罚。华兹华斯的"地狱"似乎是异教地狱和基督教地狱之间的奇怪综合体;华兹华斯的潘神,相当于华兹华斯的上帝,包含超验的维度。德·曼认为华兹华斯诗中此种弥尔顿式措辞表明想象强度的提高。正是因为诗人拥有的双重视觉,使他既能够把风景视为物体,也能将自然视为通向不可见世界的大门。"宁静"似乎是字面和象征视觉之间的平衡,这种平衡反映在诗歌措辞中模仿语言和象征语言之间的和谐。③

(二) 自然、意识、想象

从华兹华斯的《抒情歌谣集·序言》(*Preface to the Lyrical Ballads*)可

---

① Wordsworth, *The Collected Poems of William Wordsworth*, London: Wordsworth Editions Ltd, 2006, p. 373.

② 华兹华斯:《华兹华斯抒情诗选》,第 223 页。

③ Paul de Man, *The Rhetoric of Romanticism*, pp. 125-143.

以了解华兹华斯非常重视想象。华兹华斯在《抒情歌谣集》中明确列有想象的诗(Poems of the Imagination),在想象的诗的名下,华兹华斯列了15首诗。这15首诗的第一首是《有一个男孩》,这首诗还被华兹华斯写入《序曲》,由此可知此诗对华兹华斯有特殊的意义。《有一个男孩》讲述了住在威南德湖附近的一个男孩时常独自在树下吹模仿猫头鹰叫的"口笛",猫头鹰也常对他的呼喊做出回应;然而当猫头鹰不再应和、只有寂静时,男孩便聆听远处山洪奔泻的音响和观照眼前庄严的图像。这个男孩在不满12岁的时候去世,葬在村庄的墓地。这首诗体现的自然、意识与想象吸引德·曼多次评析。

此诗开头的两句便是"有一个男孩,是你们熟悉的伙伴/你们——威南德湖的峭壁与岛屿"[①]。小男孩被称为自然景物的伙伴是因为小男孩在傍晚经常来湖边,而且还会通过模仿猫头鹰的叫声来招惹它们回应。实际上猫头鹰也时常回应并和小男孩的口笛一起组成欢乐嘈杂的合唱,由此可以看出人与自然间并不存在不可逾越的鸿沟,两者可以有亲密的接触,可以无障碍地交流。德·曼认为,这首诗首先带领读者进入一个田园诗般的世界,其中自然和意识(consciousness)与声音(voice)和回声(echo)相对应。人与自然之间的类比对应非常完美,恰如华兹华斯曾承认的,人与自然本质上相互适应,人的心灵是自然最公平、最有趣的属性的镜子。

不过德·曼发现在这首诗中,与这种类比相对应的还有另一个维度。另一个维度主要体现在三方面:寂静、不稳定和"悬"。首先,寂静体现在"有时候,它们不叫了,沉默了/仿佛他的口技不灵了;一片寂静里/他侧身倾听,不由得微微一震"[②]。从这三句诗行可以看出小男孩早先处于和自然融合的无我的状态,而侧身倾听、眼前的景色印入其脑海表现了小男孩听觉和视觉上的感知,"微微一震"凸显了心灵的主体意识。在西方文

---

① 华兹华斯、柯尔律治:《华兹华斯、柯尔律治诗选》,杨德豫译,人民文学出版社,2001,第77页。

② 华兹华斯、柯尔律治:《华兹华斯、柯尔律治诗选》,第77-78页。

学中寂静也可作为死亡的象征。其次，不稳定在诗中有三点体现，(1)鸟鸣变得沉默，让人感觉不安心，不稳定；(2)诗中明确地用形容词"不确定"修饰"天堂"。(3)与"悬"相关的感觉。诗中"悬"是一种不寻常的表达方式。第 18 和 19 行的诗为"……悬/听……"，而人们通常会说"……站着/听着……"；再有诗中说埋葬男孩的墓地"悬挂在乡村学校上方的斜坡上"①，而人们通常会说"安葬在……"。德·曼认为"悬"有三种意味：(1)"悬"所体现的想象力。华兹华斯在《抒情歌谣集序言》中曾提及"悬"涉及全部想象力，并作用于整个形象；此词引起的想象，会使读者在思考图像时获得心灵的满足"②。突然的沉默让男孩悬着听着，这种大胆的语言运动，突出了纯粹心灵的行为，对应着当下的危险、焦虑。(2)"悬"带来的不稳定。我们被"悬挂"在天空上，就好像大地的坚固性突然从我们脚下被拉开，脚下的大地不再是让我们感到稳定的基础。我们突然不再以地球为中心，而是与天空相关，而天空有自己的运动，与地球及其生物的运动不同。这种体验是一种突然的眩晕感、一种跌倒或坠落的威胁，而坠落也与死亡相关。(3)死亡引申出来预见性结构。这首诗的最早版本是用第一人称写的，是自传体。从某种意义上说，作者是一个在坟墓之外说话的人。德·曼认为：华兹华斯反思了自己的死亡，死亡是未来的事情，只能通过预见、只有将死亡描述为过去发生在另一个人身上的事情，才能够想象、传达死亡的经验和意识，才能提醒我们面对自己的有限性。在不知不觉中经历对自己死亡的预期，反思一个难以想象的事件，是死亡的真正恐怖之处。另一种说法是在无情地坠入死亡的过程中，华兹华斯努力征服时间，使人们能够反思所有事件中最值得反思但最难面对的事③。

---

① 华兹华斯、柯尔律治：《华兹华斯、柯尔律治诗选》，第 78 页。
② 刘若端编《十九世纪英国诗人论诗》，人民文学出版社，1984，第 43 页。
③ Paul de Man, "Time and History in Wordsworth", *Diacritics*, No. 4, (1987):4–17.

（三）时间、历史、想象

德·曼除了在分析《有一个男孩》中提到时间的冥思外，在对《达顿河》（*The River Duddon*）与《序曲》的分析中，同样关注华兹华斯对时间与历史的理解。《达顿河》是华兹华斯1820年发表的一组十四行诗。德·曼首先分析了河流的意象，河流的意象可以看成是意识的象征。这种意识能够将起源和终结包含在一个单一的意识中，起源和趋势是不可分割的相互关联的概念。这也可以从华兹华斯的《论墓志铭》得到佐证。

德·曼分析《达顿河》组诗之一《并非从陡峭到陡峭》（*Not Hurled Precipitous from Steep to Steep*），讲述了河流从"花团锦簇的土地/和盛开的灌木丛"①流到城市。德·曼认为此诗虽然从田园诗般的背景出发，最后以政治、历史为导向，但从自然到历史、从乡村到城市的进程似乎没有冲突。小村庄、塔楼、城镇，以及商业和战争②是人类的创造，从达顿河及其两岸到人类的创造，是一种解放，一种涉及获得自由的扩张，这条河不再受岩石的限制，可以不受约束地流淌。河流作为一种象征，使自然秩序自然地融入了历史秩序。而且这首诗似乎也表达了心灵的成长，从爱自然到爱人类。③

此诗开头以富有启发性的语言描述了这条河不再是以往的样子，以至于我们不会忘记这条河曾经是什么样子。斜体字"如今"（*now*）把我们带到了现在，可关于之前发生的事情已经被告诉了我们，过去被描述为连续地坠落和徘徊。鲜花和盛开的灌木丛，是一个徘徊的阶段，是一个稳定下降和消散过程中的暂时休息。当光辉的进步被称为"……走向深渊/最强大的河流陷入无力的睡眠/沉没，并忘记它们的本质"④时，这一运动

---

① Wordsworth, *The Collected Poems of William Wordsworth*, p. 458.

② Wordsworth, *The Collected Poems of William Wordsworth*, p. 458.

③ Paul de Man, "Time and History in Wordsworth", *Diacritics*, No. 4, (1987): 4–17.

④ Wordsworth, *The Collected Poems of William Wordsworth*, p. 458.

表现为自我的丧失，失去自治主体的尊严。这一进程最初似乎是从自然走向历史、自然仍然处于主导地位，现在却远离自然，走向纯粹虚无的运动。人们会想起露西·格雷组诗中类似的丧失，死亡使她成为一个匿名实体。与此相似，达顿河首先消失在一个更大的实体——泰晤士河中，而泰晤士河反过来又会在更大的匿名性中消失，不过这里没有循环可以让我们通过自然的方式回到源头并与其重新结合。没有任何自然重生的前景，最终的历史成就似乎也陷入同样的腐朽运动。这里的堕落并没有被阻止，而是通过历史成就的断言变得可以容忍。基于某种形式的希望，基于对可能的未来的肯定，期待拥有历史，正是这些使人要追求从开始就注定的事业，哪怕面对死亡。

在这首诗中，恢复的可能性与文本中两种时间相互关联的结构方式有关。德·曼认为此诗的前 8 行引入了一种时间性，此时间性比另一种更原始、更真实，因为它更深入地追溯过去，更广阔地展望未来；它包含了另一个，但并没有将其简化为纯粹的错误；相反，它创造了一种超越历史世界的观点①。德·曼认为此诗的时间结构与《有一个男孩》的时间结构完全不同，此诗不是回顾孩提时代、回顾意识的早期阶段，而是回顾一种历史意识，该历史意识早于河流所代表的真正的时间意识；这个历史阶段在诗的结尾处被命名，但这个结尾被第 5 行中命名的真实端点所取代②。德·曼进一步分析说，就像男孩预知自己的死亡一样，历史通过允许成就与消亡、自我主张与自我丧失之间的相互作用，唤醒我们对时间性的真正认识，这正是这首诗的基础。一旦我们将河流视为自我的类比，视为值得参与我们自己的意识，它只会暴露出不断的自我丧失。作为伙伴和向导，它确实已经"过去"了并且从未停止过。德·曼感觉诗的全部辛酸建立在这首诗的"我"和《达顿河》中的象征性对应物（emblematic counterpart）之间的共同纽带上，这使得河流不仅仅是自然。我们不让自己被裹挟带走，而是逆流而上，被华兹华斯称为想象力，想象力也在 1850 年版本的

---

① Paul de Man, "Time and History in Wordsworth", *Diacritics*, No. 4, (1987): 4–17.
② Paul de Man, "Time and History in Wordsworth", *Diacritics*, No. 4, (1987): 4–17.

《序曲》中被定义为一种与持久意识的主张相关的不可挽回的失落感。德·曼由此判断在华兹华斯看来,恢复力量并不存在于自然、历史或从一种到另一种的连续进展中,而是存在于心灵和语言的持久力量中①。

德·曼认为对华兹华斯来说,与时间的关系优先于与自然的关系,深入阅读华兹华斯的作品才能发现,自我洞察力的持续加深表现为一种始于接触自然、超越自然、与时间接触的运动;只是这种接触是一种消极的关系,以死亡为中介的关系。死亡的经历唤醒了我们内心的时间意识,然而时间本身超越语言、超越想象,所以华兹华斯只能描述时间表现的外向运动。这种外向运动又是一种消解,于是消解变成了可变性,变成支配自然、个人和历史存在的不变法则;所以将可变性命名为秩序原则才会尽可能接近于命名自我的真实时间意识。

(四)华兹华斯与叶芝的比较

通过对比华兹华斯的十四行诗《赋于格拉斯米尔湖畔》与叶芝的诗《柯尔庄园与巴利里》(Coole Park and Ballylee),德·曼发现华兹华斯的诗与叶芝的诗主要存在四方面不同:(1)对待自然题材的态度不同。华兹华斯虔敬地凝视自然题材,而叶芝则在某种程度上拒绝自然现实,蔑视"自然事物"。(2)象征的运用不同。虽然看起来叶芝的景观描写与华兹华斯的第一种视觉相似,不过叶芝的景观自出现就具有象征意义,该象征系统并非源自对自然的观察。而且叶芝诗的象征意义与华兹华斯的象征性语言完全不同。熟悉的河流被用来掩盖深奥的文本,与华兹华斯的超验视觉完全不同。(3)想象力的作用方式不同。虽然华兹华斯与叶芝的诗都是从物质洞察到精神洞察,但华兹华斯的想象力始终以视觉为模式,而叶芝的参照系则没有尘世对等物。(4)独立性不同。华兹华斯的十四行诗是完全独立的,不需要借助任何其他文本来解释,读者也不必拥有任

---

① Paul de Man,"Time and History in Wordsworth",*Diacritics*,No. 4,(1987):4-17.

何特殊的知识;叶芝的诗起初是对真实景观的描写,后来通过与其他事件类比,获得象征意义①。

第三节　否定、双重性、修辞
——米勒的华兹华斯诗研究

华兹华斯是公认的英国浪漫主义诗人,其诗歌与诗歌理论对英国诗歌变革具有重要的推动作用。米勒认为华兹华斯的伟大之处部分在于他的阐明形式在现代变化方面所发挥的作用,即意义产生于符号间的内在关系,产生于节奏、句法、韵律、头韵和比喻语言的重复,产生于文本中所有形式的相似与差异。米勒对华兹华斯的诗《威斯敏斯特桥上》(*Composed Upon Westminster Bridge*)、《修女不嫌修道院房舍狭小》(*Nuns Fret not at Their Convent's Narrow Room*)等作品的分析,便立足于符号间的内在关系。

(一)否定

《威斯敏斯特桥上》是一首十四行诗,题目中的威斯敏斯特桥(又称西敏寺桥)是伦敦横跨泰晤士河的长 252 米,宽 26 米的拱桥。该诗所署日期为 1802 年 9 月 3 日,该诗标题、日期和现在时的使用,以及诗中船只、塔楼、圆顶、剧院、寺庙、河流、房屋、田野、天空、太阳,这些真实的存在很容易使读者相信这是诗人于 1802 年 9 月 3 日清晨走过威斯敏斯特桥时的所见、所感与所思。多萝西·华兹华斯(Dorothy Wordsworth)日记也表明他们的确曾在清晨从威斯敏斯特桥上走过。多萝西在 7 月 29 日的日记中写道:"早晨我们抵达伦敦……这是个美好的早晨。当我们穿

---

① 　Paul de Man, *The Rhetoric of Romanticism*, pp. 125–143.

过威斯敏斯特桥时,伦敦市、圣保罗大教堂、泰晤士河以及河上众多的小船构成一幅最美的景象。房屋并没有被烟雾所笼罩,它们一望无际地伸展开,太阳光芒四射,如此光辉明亮,有一种类似于自然本身宏伟奇观的纯粹性。"①

米勒由此认为《威斯敏斯特桥上》的语言具有模仿的维度(mimetic dimension)。米勒认为"模仿"的维度指根据语言与语言外现实的假设对应关系来解释诗;这些现实,无论精神上的还是物理上的,都被认为存在于语言之外,不依赖于语言而存在。对于此诗,模仿维度的解释是:华兹华斯是一位关注主体与客体关系的认识论诗人。"我从未见过、从未感受过如此深沉的平静"②,是诗的高潮,诗人感觉到这座城市深处的平静,就好像他自己内心深处的平静一样;在这种同情中,主体和客体得到和解、合而为一。米勒认为模仿的维度不应被进一步的解释所忽视,然而又不能只停留在模仿的维度;只有通过更密切地研究诗中词语之间的关系,才有可能识别出与模仿意义并存的非表征意义③。在进一步阐释中,米勒尤其关注否定与修辞。

米勒认为华兹华斯短诗特有的不确定性部分源于否定的使用。《威斯敏斯特桥上》的句法骨架由第1、9和11行中的否定词not、never、Ne'er ④组成。米勒认为可以在第2、3、12和14行中添加隐含的否定,并通过显式否定来强化。米勒借鉴弗洛伊德的观点,表明否定也具有积极的意义,既是又否,被否认的事物创造了一个影子般的存在。为方便读者理解,米勒举例说"我不会把你比作夏日、玫瑰、奔流的小溪"⑤,表明我已经不由

---

① 多萝西·华兹华斯:《格拉斯米尔日记》,倪庆饩译,花城出版社,2011,第194页。

② 华兹华斯:《华兹华斯诗选》,第218页。

③ J. Hillis Miller, "The Still Heart: Poetic Form in Wordsworth", *New Literary History*, vol. 2, No. 2. (1971):297-310.

④ Wordsworth, *The Collected Poems of William Wordsworth*, p. 320.

⑤ J. Hillis Miller, "The Still Heart: Poetic Form in Wordsworth", *New Literary History*, vol. 2, No. 2. (1971):297-310.

自主地进行了这些比较,而夏日、玫瑰和小溪都具有积极的存在意义；"如果他的灵魂能够经过/看到如此壮丽的景色,那他的灵魂会变得迟钝吗"①,就是假设事实上存在这样的迟钝者,他们的灵魂不会被美丽所感动。"旭日金辉洒布于峡谷山陵/也不比这片晨光更为奇丽"②公开了更公平的替代候选者,即乡村自然。通过否定的方式引入自然与城市的比较,是这首诗的基础。"我从未见过、从未感受过如此深沉的平静"(Ne'er saw I,never felt,a calm so deep)③邀请读者思考所有其他的风景,这些遍布在华兹华斯诗歌中的风景通常涉及田园风光而不是城市景观。诗人面对这些景物,既兴奋又平静,平静徘徊在狂喜的边缘。米勒发现当外部场景植入观者的灵魂时,便会显现华兹华斯式"温和惊喜的震撼"(gentle shock of mild surprise)的特征。综上分析,米勒认为整首诗中的否定具有矛盾的力量,创造出闪烁的海市蜃楼,认可否认的东西存在,认为诗歌中否定的引入带来了更多好处。

与《威斯敏斯特桥上》中的否定同样重要的是贯穿全诗却不那么引人注目的修辞。米勒认为这首诗中的修辞至少有三个作用:首先,修辞体现了"想象力赋予、抽象和修改的力量"④,而且想象力也通过这些力量塑造和创造;其次,通过修辞创造虚构,在虚构中,意象被心灵赋予了它们并不固有的属性;再者,这些修辞使模仿语言脱离自身。《威斯敏斯特桥上》主导的修辞是拟人,将伦敦比作一个沉睡的人,她只穿着清晨的透明服装,而不是往常的烟雾服装。这个人物似乎是女性,"向田野和天空敞开"⑤。然而,倒数后两行的对比产生明显的复义:倒数第二行是"亲爱的上帝！连房子似乎都睡着了"⑥;最后一行是"而所有那颗强大的心都静

---

① J. Hillis Miller,"The Still Heart:Poetic Form in Wordsworth",*New Literary History*,vol. 2,No. 2. (1971):297–310.

② 华兹华斯:《华兹华斯诗选》,第 219 页。

③ Wordsworth,*The Collected Poems of William Wordsworth*,p. 320.

④ 刘若端编《十九世纪英国诗人论诗》,第 46 页。

⑤ 华兹华斯:《华兹华斯诗选》,第 219 页。

⑥ 华兹华斯:《华兹华斯诗选》,第 219 页。

止不动了"①。前一行表明这位女士正在睡觉,后者似乎意味着这座城市就像一具尸体,没有人类意识的尸体。对此诗修辞的分析,让米勒有三重发现:首先是山谷、岩石或山丘的轮廓与人体的轮廓相对应,乡村与城市的场景共同强化了城市的拟人化。其次是只有当没有人类思想、没有人类制造的烟雾覆盖时,城市才能像乡村一样,才可能对阳光所象征的光芒四射的存在持开放态度。只有这时城市才像一位美丽的女子一样沉睡或死亡,河流才能按照自己的意愿流淌。再次是诗人分享一种只有在他不在场时才会存在的平静,他既在那儿又不在那儿,就好像他是他自己的鬼魂一样,因为只有当所有清醒的人类思想都不在,且当这座城市强大的心脏静止不动时,这种平静才有可能②。

(二) 双重性

米勒认为《威斯敏斯特桥上》否定和比喻语言的含义,会使读者认识到这首诗表达了意识与自然、生与死、存在和缺席、运动和静止之间的摇摆。米勒认为此种阅读方法也适用于阅读华兹华斯其他的诗,如《沉睡封住了我的精神》③。此诗的第一节和最后一节之间也存在神秘的相互作用。在第二节,觉醒的诗人发现露西可以成为一个超越尘世岁月的"事物",只有成为一个事物,在"地球的昼夜过程中滚动/与岩石、石头和树木"④才能实现不朽的生命力,正如诗人在《威斯敏斯特桥上》中看到的景象,既"静止"又随河水流动。米勒认为在这两首诗中,诗人都是死亡的幸存者。他所预见的、将其纳入自身之中或向外投射到自然上的这种死亡,是想象真实场景转变背后的力量。

---

① 华兹华斯:《华兹华斯诗选》,第 219 页。
② J. Hillis Miller,"The Still Heart: Poetic Form in Wordsworth", *New Literary History*, vol. 2, No. 2. (1971): 297-310.
③ 华兹华斯:《华兹华斯抒情诗选》,第 105 页。
④ 华兹华斯:《华兹华斯抒情诗选》,第 105 页。

米勒认为想象活动打开了时间和死亡所产生的双重性。《序曲》第六卷中阿尔卑斯山的树林和瀑布"不可估量的高度/林木在凋朽,朽极至永恒/瀑布静止的轰鸣声"①结合了永恒和变化;与此同时,流淌的河流被这首诗的隐喻转变为人类心灵接近死亡的标志,这种心灵已经接受了死亡,或者在另一个人的死亡中幸存下来。这样的心才能无妄想地安住于想象的空间,即生与死之间的空间。死亡使诗人超越了平常的生活,然而对自己死亡的预知也使其处于一种突然顿悟的不稳定境地。

华兹华斯的任何一首诗与其他诗在结构和主题上的类比,并不一定能得出清楚的含义。每一首诗,当它被仔细审视时,都会被证明是同样模棱两可的洞察力的另一种表达,是一种意义和另一种意义之间的交替。将所有"露西诗"作为一个整体来阅读,并根据对所有这些诗的解释来提出对其中任何一首的解释,并不妥当。除了华兹华斯的短诗,《序曲》也是如此,贯穿全文的情节与情节的神秘并置产生的含糊的含义,例如《有一个男孩》夹在对现代教育家的攻击和埃斯韦特湖溺水者的情节之间。要想解决这个问题和类似的问题,需要在字里行间推断,需要像那个男孩一样在沉默中倾听,在诗人话语之间的空白中倾听。

(三)修辞

米勒对修辞的分析主要体现在《不要看轻十四行诗》(*Scorn not the Sonnet*)、《修女不嫌修道院房舍狭小》(*Nuns Fret not at Their Convent's Narrow Room*)与《序曲》第五卷中梦的描述。

《不要看轻十四行诗》将十四行诗称为"钥匙""鲁特琴"(lute)、"管风琴"(pipe)、"快乐香桃木叶"(gay myrtle leaf)、"萤火虫灯"(glow-worm lamp)和"小号"(trumpet)。米勒发现这些隐喻背后有一个连贯的思想体系。在每种情况下,意象虽然是一些小而封闭的东西,但仍然是清晰的或

---

① 华兹华斯:《序曲》,第169页。

结构化的,可以作为一种手段,通过这种手段,无法表达的能量可以被控制和释放①。米勒对此诗的分析包括如下层次:(1)十四行诗的小"规模",对一定范围的音符和旋律的限制,赋予其一种特殊的力量,可以缓解彼特拉克的伤口或抚慰流亡者的悲伤。正是十四行诗微型规模使其能够将所有隐喻转化为和谐来释放强大的能量。(2)此诗中意象的关联,"快乐的香桃木叶"图案整齐,像一把钥匙一样呈网状,如十四行诗一样闪亮,由此可见光是有图案的、清晰的,那么这首十四行诗可能表明光明对抗黑暗。(3)此诗与华兹华斯其他诗中意象的关联。华兹华斯的《序曲》和很多诗都有风和呼吸的隐喻。小号将急促呼吸转化为不同的音调,然后将这些音调组合成旋律;小号的螺旋管将呼吸传递给呼吸,将精神传递给精神,让他人也能够触及弥尔顿难以言喻的精神力量。根据定义精神能量的隐喻,弥尔顿的十四行诗因此成为读者灵感的源泉。

与《不要看轻十四行诗》相似,《修女不嫌修道院房舍狭小》也用一系列比喻来形容十四行诗。第一组比喻是修道院的房舍、隐士的蜗庐和学者的书斋。狭小的房间与十四行诗的共性都是有限的规模,狭小的房间很多,为什么要选修女、隐士与学者的房间呢?米勒认为这修女、隐士与学者都会思索、冥想世间首要之事。用来形容十四行诗的第二组比喻是纺车或织布机。以纺车、织布机形容十四行诗使米勒想到也许语言如同缠绕的纤维,可以被纺成线,并进一步被编织,编织的图案如同文本的结构。第三组比喻是毛地黄的铃形花,此行诗"在毛地黄的铃声中低语"(Will murmur by the hour in foxglove bells)②不仅有形象,也有声音。所以米勒觉得这首写于1807年的诗预示了发表于1827年的《不要看轻十四行诗》中的音乐比喻。

《序曲》第五卷中有一部分是华兹华斯描绘自己在海边岩洞中的梦:梦里有沙漠中骑骆驼的阿拉伯拉人,他腋下挟着石板,手中托着贝壳。阿

---

① J. Hillis Miller, "The Still Heart: Poetic Form in Wordsworth", *New Literary History*, vol. 2, No. 2. (1971): 297-310.

② William Wordsworth, *The Collected Poems of William Wordsworth*, p. 296.

拉伯人告诉诗人贝壳比写着欧几里得原理的石板更有价值。诗人用耳朵倾听贝壳时，听到和声，并听懂其表达的是即将到来的灾难。阿拉伯人给诗人讲述石板与贝壳的价值，并表明要将两者掩埋；诗人想随其前行，分享其使命，但却被拒绝①。《序曲》明确显示了石板意味着纯理性，但对贝壳暗示什么却没有明确的说，只是说贝壳中传来的是"预言性的和声，是完全陌生的语言"②，贝壳像是"众多神，有着浩繁的／语声，比所有风的声音还多的声音"③。米勒由此分析说这些声音暗示不是一个单一的逻各斯，而是一堆文字，只有将这种原始的多样性调制成不同的声音，意义才存在。并指出这首诗提出了关于其自身存在方式的问题。

第四节　崇高、自然与自我
——布鲁姆的华兹华斯诗歌批评研究

　　布鲁姆的《史诗》《诗人与诗歌》《神圣真理的毁灭》《如何读、为什么读》《天才》和《西方正典》等多部著作都展现了布鲁姆对诸多诗人及其诗作的体悟与思考。在这些书中，华兹华斯是唯一一位在所有著作中都有独立章节的诗人。布鲁姆认为西方经典抒情诗领域仅有的两位创新者是彼特拉克和华兹华斯：彼特拉克开创了文艺复兴的诗歌，华兹华斯创立了延续两个世纪的现代诗歌④。布鲁姆认为，哪怕我们从未读过华兹华斯，只要我们读过现代诗，在某种意义上我们已读过华兹华斯，而且每个人都有必要读华兹华斯。布鲁姆高度赞扬华兹华斯作品的崇高性、华兹华斯对自然与自我关系的深刻认识、以及华兹华斯对诸多作家的影响力。

---

① 华兹华斯：《序曲》，第 112–116 页。
② 华兹华斯：《序曲》，第 114 页。
③ 华兹华斯：《序曲》，第 115 页。
④ 哈罗德·布鲁姆：《西方正典》，第 191 页。

（一）华兹华斯作品中的崇高

布鲁姆将崇高奉为最高美学特质。布鲁姆的崇高理论以朗基努斯为基础,吸收借鉴了伯克、康德、席勒、佩特与巴菲尔德的观点。布鲁姆所言的崇高包含相互联系的几个方面:崇高与一定的情感和认知反应相关联,无论是自然界中的非凡之物还是文学艺术作品,都可能引起我们痛苦与欢愉相结合的情感;作品本身的奇异性有助于同情感一起扩展读者的灵魂;作家恰到好处的真情有助于读者情感的投入;此外还有一种竞争性的崇高,或称影响的焦虑。

布鲁姆认为"华兹华斯的精神包容着人类与自然的他异性,或许没有其他诗人可与之比拟"①。这种他异性主要体现在两方面:首先,华兹华斯对石地上的青苔、衰枯的蕨草等有奇特的感受,与其他诗人关注松柏等对象不同。其次,华兹华斯要创造一种可以给他带来赞誉的趣味,要将自己极度个性化的气质普遍化。

布鲁姆认为崇高的文学需要作家与读者的情感投入,如果否认作家对文学有真情实感的话就不能了解文学②。布鲁姆在判定文学作品的崇高时将作者的真情纳入考量的范围。布鲁姆认为华兹华斯在《康柏兰的老乞丐》(*The Old Cumberland Beggar*)《荒屋》(*The Ruined Cottage*)《迈克尔》(*Michael*)以及其他描写英国下层百姓苦难生活的诗中都浸透着同情与深刻的情感。因此华兹华斯描写的情感是每个年龄段,无论性别、种族、社会阶层和意识形态都可以意识到的情感。

布鲁姆认为华兹华斯的田园诗充满了阴郁与崇高,并对"露西"组诗之《沉睡封住了我的精神》《迈克尔》《荒屋》和《康柏兰的老乞丐》进行了详细的分析。布鲁姆对露西组诗中《沉睡封住了我的精神》的分析侧重崇高的两个维度:一方面是诗中的"自然"把我们引向崇高或恐怖,因为

① 哈罗德·布鲁姆:《西方正典》,第 192 页。
② 哈罗德·布鲁姆:《影响的剖析:文学作为生活方式》,第 20 页。

"运动和力量属于地球的日常活动,玛格丽特现已具有巉岩、石头和树林的属性。这不是一种安慰,然而它启动一个更大的程序,一个可爱的年轻女子之死只是这个更大的程序的构成部分"①。另一方面是诗的第二节,从"她如今没有运动,没有力量/她既听不到,也看不见"②开始便让读者体验到近乎创伤的震惊。

布鲁姆对《荒屋》《迈克尔》与《康柏兰的老乞丐》的分析同样包含崇高的多种维度。透过布鲁姆的分析,我们发现《康柏兰的老乞丐》的崇高体现在:(1)老人的意志昭示人类在最窘迫的时候也应保持尊严。诗中的老乞丐身体衰弱。虽然他孤独,需要依靠拐杖的支撑才能走路,却在每次歇息后,眼睛注视着地面,移动着。虽然他的手是颤抖的,无法控制面包屑不掉落,却还是竭力不让面包屑散落。(2)自然之眼(the eye of Nature)的力量。从出生到离世,人都在"自然之眼"的注视下生活。(3)他异性。此诗的他异性也有多个层面:首先是华兹华斯选取衰弱无助老乞丐作为诗的主人公;其次是我们很难分享诗人的视角,对于"一份集合了/过去的慈爱行为与义举的记录"③,读者可能将此视为怪异,也可能视为爱心之作;再次是老人必须融于自然的悖论。华兹华斯认为虽然老乞丐虚弱无助,却不该将老乞丐关在社会收容所,而应"让他的血液与霜冷和冬雪搏斗,让肆虐树丛的狂风吹起衰颓脸上的几缕白发"④,"和小鸟一起,分享那靠运气得来的一餐;直到最后,在自然之眼的注视下死去"⑤。(4)读者的震撼与感动。读者为老人忍受的苦难而震撼的同时,体会到人的尊严坚不可摧。

与《康柏兰的老乞丐》相似,《荒屋》中的崇高体现在五个方面:(1)作品中玛格丽特的悲情,她期待丈夫回归的那种希望的力量。荒屋曾是

① 哈罗德·布鲁姆:《如何读,为什么读》,第 127 页。
② 华兹华斯:《华兹华斯抒情诗选》,第 105 页。
③ 威廉·华兹华斯:《华兹华斯叙事诗选》,秦立彦译,人民文学出版社,2017,第 51 页。
④ 威廉·华兹华斯:《华兹华斯叙事诗选》,第 54 页。
⑤ 威廉·华兹华斯:《华兹华斯叙事诗选》,第 55 页。

玛格丽特与丈夫和两个孩子的家。因为粮食歉收等原因造成的穷苦导致玛格丽特的丈夫远走他乡。玛格丽特由于怀着丈夫一定会回来的希望和曾经与丈夫、孩子在一起的美好回忆,她珍爱破败的处所,不想离开,最终随着小屋的倒塌死去。(2)流浪者坚忍的悲伤与庄严的哀悼。向华兹华斯叙述整个故事的流浪者对玛格丽特有着父亲般的感情,因此在看到荒屋时,回想起曾经的温馨感到悲伤难以忍受。(3)华兹华斯对玛格丽特的情感。华兹华斯在听完玛格丽特的故事后深受感动,难过到没有力气感谢流浪者的讲述,只有怀着兄弟般的感情在悲伤无助中为她祝福。(4)读者的悲切与思索。冬天,衣衫褴褛卧病不起的玛格丽特一个人在随时会倒塌的破屋里挨饿受冻,让读者痛心并思索为什么好人不长命。(5)他异性。华兹华斯之前没有人描述过希望引起的毁灭。

布鲁姆盛赞的《迈克尔》中的崇高主要体现在三个方面:(1)牧羊人的意志。八十高龄的牧羊人在暴风雨中爬山救羊,"他独自一人/置身千百迷雾之间/迷雾拂向他,留下他,在高山之巅"[1]。(2)华兹华斯被《迈克尔》中老牧羊人的庄严盟约所打动。(3)读者为迈克尔的堕落和牧羊人的苦难而哀伤。"爱的力量中有着慰藉……却从未搬起一块石头"[2]烙印于人们的记忆中。

《露西组诗》及其他诗中体现的崇高与自然密切相关,或是自然中的崇高,或是融入自然中的力量,亦或是自然人。自然伴随着华兹华斯的成长,在华兹华斯的成长中具有多重意义,而且华兹华斯在不同的成长阶段对自然的情感与领悟并不相同。

(二) 自然与自我

自然贯穿华兹华斯的诗,自然对华兹华斯自我心灵成长起着重要的作用。华兹华斯具有自传性质的《序曲》讲述了华兹华斯成长各个阶段

---

① 华兹华斯:《华兹华斯诗选》,第 56 页。
② 华兹华斯:《华兹华斯诗选》,第 92 页。

与自然的关系,诗人与自然的关系经历了融合、分离与融合,与自然的融合会带来伊甸园般的新世界;自然为华兹华斯提供多感官的享受,提供创作的灵感与素材,提供慰藉以及启示。

对华兹华斯而言,自然具有多种意义:(1)自然为我们所有感官提供了丰富的材料,提供了我们辨识力所需要的一切。例如《序曲》开篇便说:"大地全然在我眼前,心灵因自由而欣喜,我选中流云为向导,不再迷路"①。布鲁姆认为由此可以看出在华兹华斯眼中"自然是慷慨的,而且他面对选择的只能是善的各种模式"②。(2)自然为华兹华斯提供了创作的素材与灵感。华兹华斯在《序曲》中讲述自己曾想过写浪漫传奇、反抗暴君的英雄颂歌、贴近自己情绪的故事以及哲思的长歌;然而诗人每次鼓起勇气想写时都因感受到某种禁令而停滞。于是在自然的启发下,诗人决定先描写对大自然的爱。(3)自然为诗人提供慰藉。华兹华斯曾对法国大革命充满热情,可英法宣战、雅各宾派专政的残暴以及法国成为侵略者,这一切使华兹华斯陷入观念的危机。为了解决这种危机,华兹华斯开始阅读葛德文(William Godwin)的著作。华兹华斯起初同意葛德文的观点,认为情感凌驾于理性之上是人性和人类的灾难,可随后他发现理性与情感分离以及理性主义的危险。最终,华兹华斯发现只有与自然交往才能得到心灵的平静。(4)华兹华斯称自然为导师,看重自然的启示。山谷的不同形象、瀑布、峡谷里的风、雨、溪流、云、花朵等促使华兹华斯思考自然的外貌与不可见世界的关系,思考存在的永恒不变,思考自然与人心灵的相通。华兹华斯认为自然与人同样是象征,只不过其背后另有推动的力量,而且这种力量在人有过失行为时,也会惩罚人;例如,作者偷渡鸦蛋后感觉"未知的形状"在跟随他。自然的多种意义促使华兹华斯不把自然当成崇拜的对象或可以被耗尽的实体,而是期待与自然融合,期待一种生命遭际生命的对话。

华兹华斯看重心灵与自然的结合,认为伊甸园就存在于人凝视自己

---

① 　华兹华斯:《序曲》,第2-3页。
② 　哈罗德·布鲁姆:《史诗》,翁海贞译,译林出版社,2016,第170页。

的心灵、与自然结合的平常日子中。这充分体现在华兹华斯的诗中:"天堂,福地的树林/有福的原野……因为人类的识察智性,在爱和神圣的激情里/与这美好的宇宙相结合之时,便会发现这些/都是平常日子的简单的产物"①。布鲁姆认为华兹华斯的诗暗示了草地上的荣耀、花朵中的辉光都是自然新娘赠与的绝伦之美,人的心灵与自然新娘出于相互的激情完婚时,革新过的人将重新站在伊甸园,拥有崭新的天地及其自然力量的自由②。华兹华斯此种观点遭到布莱克的嘲讽。布莱克认为:(1)华兹华斯缺少对神的敬畏,诗人更崇敬自己的创造力,而不是更崇敬神。(2)华兹华斯使人满足于我们已经拥有的一切,而不是向往神。(3)华兹华斯的想象力被外在世界所羁绊,而非抛却自然完全解放。面对华兹华斯与布莱克的两种不同观点,布鲁姆承认他们之间的分歧,但同时认为华兹华斯对神并非缺乏敬畏;华兹华斯在凝视自己心灵和天堂时都有敬畏,而且在华兹华斯看来自然的可见之物不只是上帝圣灵的外在证明,而且是接触上帝的唯一方式。那么如何实现与自然的融合,华兹华斯提到"自然人"、想象力与记忆。

　　布鲁姆认为华兹华斯的诗暗示自然美是一份礼物,只有自然人(natural man)才能保存这份礼物。牧羊人、乞丐、隐居者、流浪者都是自然人,他们处于原始的生存状况,有尊严,有无上的价值。布鲁姆认为自然人具有与我们的意识不同的一种意识模式,这种模式既将自然当作对象,又企图融入对象中③。具体来说包含以下三个方面:(1)全心全意沉浸在自然中;(2)通过做自己与自然相互馈赠,与之合一,获得完整性;(3)自由人,而非社会人或经济人。以《康柏兰的老乞丐》中的乞丐为例,他处于自然中,经常坐在无人的荒芜山岗,他目光中只有眼前的一小块土地,他好似自然过程一般径直向前。他不像乔叟作品中渴望死亡的老人,他没有任何欲望,却有自己不曾感觉地让年轻人嫉妒的宁静平和。老乞丐

---

① William Wordsworth,*The Collected Poems of William Wordsworth*,p. 896.
② Harold Bloom,*Poets and Poems*,pp. 54-55.
③ 哈罗德·布鲁姆:《史诗》,第 167 页。

是个自由人,他没想教化人行善,也不需要被怜悯。布鲁姆认为正是自然人与自然让华兹华斯不畏死亡,更加充满博爱。

成为自然人,对于儿童来说很容易,只需睿智地被动就足够,而对于成人来说则较难。华兹华斯关于在沙漠中遇到夹着石板与海螺的阿拉伯人的梦表明华兹华斯在思考如何看待自然与想象力的辩证关系。自然与想象力的辩证体现在:一方面自然可以使我们以经验的损失换来想象的获益。不过,如果自然过于强大,则可能成为被崇拜的对象,从而被耗损;另一方面,诗人对自己灵魂持续仰赖自然而不安,渴望主动性或自发性(initiative),可如果人的主动性过强或者人转向推论(discursiveness),自然与人的相互创造便无法完成。于是,为了实现对话关系,只有寻求记忆的帮助。

布鲁姆认为记忆在《序曲》中占有重要作用,而且也是诗人获得拯救的工具,同样重要的还有华兹华斯创造的"时间点"。记忆的作用主要体现在如下方面:(1)当华兹华斯找不到适宜的主题时,自然将华兹华斯带入回忆,对心灵成长的回忆推动诗歌的发展。(2)记忆使灵魂避免陷入沉睡,例如"而灵魂/记起曾如此感觉,但感到什么/却不记得,存留一份可能崇高的模糊感觉/随着感官渐渐成熟,仍然感觉/无论它们获得什么,仍觉有所追求"[①]。因为随着灵魂感官能力的成长,灵魂可能变得满足,不再渴望,而记忆保持的崇高的感觉则使灵魂不至于陷入沉睡。(3)布鲁姆认为,华兹华斯的诗讲述了人类的力量隐藏在他们的过去之中,隐藏在他们的童年时代,只有回忆能带领他们到达那里。(4)记忆促进想象力的自由,激起璀璨的想象。当诗人为了避免被当前世界束缚时便会探寻记忆的领地,而记忆中保存的景象作为"时间点"也会在未来合适的时机焕发光彩。布鲁姆认为这种"时间点"能够珍藏过往的精神,以便未来重生;能够赋予诗人感觉到的东西以实质和生命。布鲁姆列举的《序曲》中典型的时间点的例子是诗人看到荒芜的公共墓地和顶风而行的女孩的

---

① 华兹华斯:《序曲》,第47—48页。

萧瑟记忆,以及诗人盼着回家时攀上悬崖,俯瞰到的景象。前一个景象在诗人重返此地时引起诗人对不可摧毁之物的想象。后一个景象促使诗人领会存在永恒不变,领会生命不会消逝。(5)促进诗人恢复对自然的信念。"时间点"使诗人领悟到我们必须经受风雨、黑暗、荒凉;不过只要我们向这些自然力量敞开便不会被消灭,便可以恢复对自然的信念,并拥有"温和"与"平静"。

布鲁姆在评析华兹华斯诗歌时,不仅谈及华兹华斯对乔治·艾略特、雪莱、济慈等后人的影响,也将华兹华斯与布莱克、奥斯汀、歌德、普鲁斯特、贝克特等作家相比较。华兹华斯对艾略特与雪莱的影响是有据可考的,布鲁姆认为艾略特对道德生活的感知来自《丁登寺》(*Lines Composed a few Miles above Tintern Abbey*)、《决心与自立》(*Resolution and Independence*)、《永生的喻示》(*Ode*:*Intimations of Immortality*);华兹华斯对雪莱的影响,可以从以下三方面看出:(1)华兹华斯《荒屋》成为雪莱长诗《阿拉斯特》(*Alastor*,or,*the Spirit of Solitude*)的题词;(2)华兹华斯渴望的生命遭际和生命瞬间对雪莱影响深远;(3)雪莱也借用华兹华斯的人与自然的圣约记号——彩虹。布鲁姆认为华兹华斯对济慈的影响主要体现在"对内在于我们此时此地的处境之可能性的自然主义式的颂扬之中"[1]。华兹华斯关于记忆的探讨影响着弗罗斯特(Robert Frost)、普鲁斯特与贝克特。布鲁姆认为虽然无法确定奥斯汀是否读过华兹华斯,但他们都有"婚姻的诗人"之隐喻。在将华兹华斯与同代人歌德的比较中,布鲁姆认为比起歌德的作品,《丁登寺》和《永生的喻示》更是我们生存核心之所需[2]。

布鲁姆对华兹华斯诗歌的分析,不仅有利于我们把握布鲁姆的批评理论,更有助于我们深化对华兹华斯的理解、对现代诗的理解;而且也许如布鲁姆所言,华兹华斯最能慰藉我们随年龄增长而与日俱增的孤独。

---

[1]　Harold Bloom,*Poets and Poems*,p. 55.
[2]　哈罗德·布鲁姆:《西方正典》,第 166 页。

第五节　地志的道德观
——米勒论斯蒂文斯的诗

华莱士·斯蒂文斯是 20 世纪美国诗人,他于 1914 年首次发表 4 首诗歌,1955 年获普利策诗歌奖。斯蒂文斯的作品包罗万象,米勒对斯蒂文斯的研究主要集中在认识论中主客体的关系、想象与现实的关系以及地志与道德的关系。其中他将地志与道德相结合的观点非常新颖。

地志(topography)是希腊文地方(topos)与书写(graphein)的合成。米勒首先介绍了地志的三种含义:第一种含义与字源最接近,指对一个地方的描绘,然而这种意义已过时;第二种含义是"以图解与记实方式如地图、航海图,详细描绘任何地方或区域自然特质的艺术或作法"①;第三种含义是"某一地形,包含形状及河川、湖泊、道路、城市等的位置"②。米勒认为地志的第三种含义经历了三重比喻转移(figurative transference),由以文字为景物创造出对等的隐喻,经第二层转移为绘图系统里根据约定俗成的符号再现景物,第三层转移是地图命名(to name what is mapped)。地图中包括普通名词,如"山"和"河",也包括相关的专有名词,如丘柯朵山(Mount Chocorua)和史瓦搭拉河(Swatara River)。风土志研究是对某地区所做的地志研究(topographical study)。米勒由此思考斯蒂文斯诗作中的地志是什么样、地志词汇表达怎样的托寓、同样的意义是否可以用其他手法表现。米勒以《在基韦斯特岛边关于秩序的想法》(*The Idea of Order at Key West*)为例加以分析。

---

① 米勒:《地志的道德观:论斯蒂文斯〈基韦斯的秩序理念〉》,载单德兴编译《跨越边界:翻译·文学·批评》,高雄书林出版有限公司,1995,第 82 页。
② 米勒:《地志的道德观:论斯蒂文斯〈基韦斯的秩序理念〉》,载单德兴编译《跨越边界:翻译·文学·批评》,高雄书林出版有限公司,1995,第 82 页。

(一) 地志与人的关系

题目中的基韦斯特(Key West)如果看成两个普通的名词,那么 Key 指小岛或暗礁,West 指西方;如果作为专有名词,指的是美国佛罗里达群岛最南的一个岛屿,此岛也是美国本土最南端的岛。米勒考证 Key 源自西班牙文 cayo 或印第安泰诺语(Taino)中的 caya。泰诺族是已消失的大安地列斯与巴哈马群岛的印第安人。米勒认为词语 Key 像许多其他地名一样,涵盖了原住民被外族占领与再命名的历史,即从美洲土著到西班牙殖民者,再到美国人。米勒由此说"地名不仅具有空间也具有时间的向位,包含换码的历史(Encrypted history)"①。斯蒂文斯几乎每年都到佛罗里达州度假,基韦斯特大概是诗人旅行的边缘;而在斯蒂文斯写这首诗的几个月前,美国海军怀俄明号与其他战舰因为古巴发生军事政变而停在基韦斯特岸边。

从诗中的海滩、浪潮、天空、云彩等,读者可以想象此地的景物。由于这些景色在惠特曼与爱默生的作品中也出现过,所以米勒认为斯蒂文斯此诗"对景物的选择暗含了美国文学传统中的临界诗(liminal poems)之意境"②。从斯蒂文斯在《仿如黑人墓地的装饰》(*Like Decorations in a Nigger Cemetery*)中直接提到惠特曼可知斯蒂文斯对惠特曼非常熟悉。对于诗中的景物,米勒认为它们"暗含了一个复杂的互主性关系的更迭出现,并以时空的组合方式投射于地形上"③。米勒由此思考诗中有关地志的细节究竟是必要的还是偶然的、这与人的关系又如何、此诗是否也与斯蒂文斯的《如字母 C 的喜剧演员》(*The Comedian as the Letter C*)和《无景

---

① 米勒:《地志的道德观:论斯蒂文斯〈基韦斯的秩序理念〉》,载单德兴编译《跨越边界:翻译·文学·批评》,高雄书林出版有限公司,1995,第 87 页。
② 米勒:《地志的道德观:论斯蒂文斯〈基韦斯的秩序理念〉》,载单德兴编译《跨越边界:翻译·文学·批评》,高雄书林出版有限公司,1995,第 88 页。
③ 米勒:《地志的道德观:论斯蒂文斯〈基韦斯的秩序理念〉》,载单德兴编译《跨越边界:翻译·文学·批评》,高雄书林出版有限公司,1995,第 90 页。

之描写》(*Description without Place*)一样,反映了矛盾的关系。《如字母 C 的喜剧演员》先说"人乃其国土之智慧所在,其统辖之鬼魅"①("Man is the intelligence of his soil,/The sovereign ghost"),后又说"其国土乃人之智慧。如此较好。值得跨海寻觅"②("His soil is man's intelligence/That's better. That's worth crossing seas to find")。

此诗第一句曾提到海的守护神。在传统中守护神指看管特定地方的,适合当地特殊风土人情的神。对于守护神,有些人认为守护神的观念跟随地志描写而产生,由于每个地名都是独一无二的,管辖该地的守护神也是那个地方特有的,所以每个地方也都是独特的③。斯蒂文斯此诗的第一行说基韦斯特附近的海都属于海的守护神所管辖,如此表达,避免了将海与货运和捕鱼相联系,所以米勒认为我们可以称此为"地志的崇高"(sublime of topography)或"崇高的地志";此崇高来自海的广阔无垠超过了人的理解力与支配力,人的语言无法表达海的壮观。既然海的守护神有如此威力,那么"她的歌声远胜过海灵"④代表什么?在希腊神话中,敢挑战神的人大都结局凄惨,例如阿拉克涅向雅典娜挑战而被变成蜘蛛,马耳叙阿斯(Marsyas)向阿波罗(Apollo)挑战吹奏乐曲,失败后被剥皮。

海的守护神的音乐主要通过海浪声与风声来表达,米勒由此提问海浪声是人类语言的基本要素吗?两者间如何转换?大海之歌与女子之歌有何关系?⑤ 对于后一个问题,米勒认为女子之歌是在时空中吟唱而成,而大海之歌是无法言喻和辨别的。对于"潮水未曾涌成心智和话语"(The water never formed to mind or voice)⑥,米勒认为有两种含义:第一种

---

① Wallace Stevens, *The Collected Poems of Wallace Stevens*, New York：Alfred A. Knopf, Inc. 1971, p. 27.

② Wallace Stevens, *The Collected Poems of Wallace Stevens*, p. 36.

③ 米勒:《地志的道德观:论斯蒂文斯〈基韦斯的秩序理念〉》,载单德兴编译《跨越边界:翻译·文学·批评》,高雄书林出版有限公司,1995,第 93 页。

④ Wallace Stevens, *The Collected Poems of Wallace Stevens*, p. 128.

⑤ 米勒:《地志的道德观:论斯蒂文斯〈基韦斯的秩序理念〉》,载单德兴编译《跨越边界:翻译·文学·批评》,高雄书林出版有限公司,1995,第 95 页。

⑥ Wallace Stevens, *The Collected Poems of Wallace Stevens*, p. 128.

是代表人类的心智与话语无法同化大海;第二种是潮水无法自发产生心智与话语。对于"像一个拍动着空袖子的身体"(like a body wholly body, fluttering its empty sleeves)。米勒觉得这个隐喻与尼采将人类困境比作无手画家的隐喻相似,一方面表达大海只是躯体,没有语言表达能力、没有精神价值;另一方面表达大海无法被辨明、被理解、被命名。

米勒认为对大海的恐惧与连绵贯穿全诗。一方面大海是非人的,无法被人格化;另一方面人因与大海相似,害怕自己发出无意义的声音。对于大海"不断地发出哭声,引起哭声/纵使我们明了它,但却不是我们的声音/而确实属于海洋"①,米勒在分析了发出哭声和引起哭声的差异后,认为后者更好,诗人通过区别"发出"与"引起"的不同,传达了这样的观点——大海只能发出哭声,对大海而言,时间如一;人类语言具有历时弥新的能力,对人而言,时间是语言的中介;女子之歌既与大海无关联,又是由大海之歌转变的富有表达力的语言②。

对于大海之声与女子的歌声,米勒得出如下结论:(1)通过诗句"在她所被激起的所有词句中/研磨般的潮水声与喘息般的风声"③,得出歌声与潮水声并非混声;(2)由诗句"她是逐字地唱着",得出女人为秩序之化身,秩序代表区别(differentiation)、各归其位、各司其职(putting things in their places)。与无意义的海浪声不同,女人的歌是逐一唱出来的,有音调、有节奏韵律、有旋律,其意义来自不同音的区别、不同的语法句法规则和不同的节奏。米勒认为自己的观点是对斯蒂文斯观点的传达。

诗中有这样一个问题,即"这是谁的精灵"?米勒认为这是一个重要的、基本的问题。有人根据此精灵因歌声而产生且可以被我们触摸到,将精灵看成"歌者自身的意识"。如此一来,便可将此诗视为"诗人歌咏人

① Wallace Stevens, *The Collected Poems of Wallace Stevens*, p. 128.
② 米勒:《地志的道德观:论斯蒂文斯〈基韦斯的秩序理念〉》,载单德兴编译《跨越边界:翻译·文学·批评》,高雄书林出版有限公司,1995,第97页。
③ Wallace Stevens, *The Collected Poems of Wallace Stevens*, pp. 128–129.

类想象力于孤寂时所激发出的创造力"①;歌即创造,自我与世界在歌中合为一体。然而米勒认为答案不该如此单一。米勒认为这几句——"它不仅止于此/于一连串无意义的风和潮水的撞击声中/甚至远超越了她的,与我们的话语"②是此诗的转折点;也就是说这个精灵超越已有的守护神,超越女子的创造意识,也超越我们。米勒认为虽然对于谁的精灵这个问题,诗中没有给我们答案,不过此诗所探讨的是"语言或其他符号的创造、规范、度量、统合、地志、绘图等能力"③,也可以说是诗歌语言的施为力量(performative power of poetic language)、使事情发生的力量、带来世界及其所有地志特征的力量。"港边渔船上/所发出的灯火/在夜幕低垂时,在空中摇曳/征服了黑夜且分割了大海"④。米勒认为这是此诗的第二个转折点。在这些诗行中,渔火将模糊之地转变为普通的地志,因为渔夫在长年累月的打渔中熟悉了岩石、暗礁、潮流、鱼群等,所以渔船像歌曲一般把空间变成清晰的有自己守护神的地方。米勒指出,无论斯蒂文斯还是读者,对"这是谁的精灵"无法给予一个明确的答案并不意外,因为所有施为言语都具有不确定性。肇始的言语行为并无根据,不过所有的施为言语行为回应一种要求,如此"奇特的绝对命令(categorical impera-tive)"暗示一种新的伦理责任,对经由我们的发言而设立的法则之责任。

在此诗中,除了景色也有人物,可以分为如下几类。首先是第一行"她的歌声远胜过海灵"(She sang beyond the genius of the sea)⑤。对于诗中的她,很多人理解为"基韦斯特秩序理念"的化身,因为斯蒂文斯在诗中常运用拟人的手法,而且歌唱的女人可以用具体可见的形式代表秩序。

---

　　①　米勒:《地志的道德观:论斯蒂文斯〈基韦斯的秩序理念〉》,载单德兴编译《跨越边界:翻译・文学・批评》,高雄书林出版有限公司,1995,第102页。

　　②　Wallace Stevens, *The Collected Poems of Wallace Stevens*, p. 129.

　　③　米勒:《地志的道德观:论斯蒂文斯〈基韦斯的秩序理念〉》,载单德兴编译《跨越边界:翻译・文学・批评》,高雄书林出版有限公司,1995,第105页。

　　④　Wallace Stevens, *The Collected Poems of Wallace Stevens*, p. 130.

　　⑤　Wallace Stevens, *The Collected Poems of Wallace Stevens*, p. 128.

诗中还有"我们听到的是她而非海的歌声"(It was she and not the sea we heard)①。对于此诗中的"我们"有多种理解,一种理解是"我们"指的是诗中的叙述者和他的同伴,诗中的内容也是叙述者面对着这些景物的冥想,第二种理解是代表所有人的我们。从此诗中的"拉蒙·费南德兹,告诉我,你是否知道"②可知还有一个人物拉蒙·费南德兹。米勒通过考证得出此诗中的拉蒙·费南德兹可能是由墨西哥到巴黎定居的评论家,此人曾写过数本评论著作,并于二战时加入《新法国评论》。米勒的推测基于以下三点原因:首先,斯蒂文斯自己承认诗中的拉蒙·费南德兹真有其人;其次,斯蒂文斯了解法国批评与哲学,既可能在《新法国评论》中读过他的文章,也有可能在《基准》(Criterion)杂志上读过他作品的英译;再次,斯蒂文斯可能读过费南德兹在《讯息》(Messages)中论述文学现象学的长文。

(二) 与海德格尔《筑·居·思》的互文阅读

米勒认为海德格尔的《筑·居·思》(Building Dwelling Thinking)这篇论文的中心是肯定一个人类地志,将天、地、神、人的四位一体聚集起来。这四位一体与斯蒂文斯的大海、天空、歌者、精灵等说的不是同一件事,但可以互相映照。海德格尔对桥梁的最精彩论述是"桥梁以其道将天、地、神、人汇集起来"③。米勒认为斯蒂文斯与海德格尔此论文相似的地方至少有两处:第一处是海德格尔论文中桥梁把天、地、神、人汇集在一起;斯蒂文斯的诗中,女子之歌与渔船将大海、天空等景致构造成独特的地志,超乎建造者的意图却可以促进某事发生的地志。第二处是海德格尔的桥梁与斯蒂文斯的渔船都是隐喻。米勒认为:"任何一个地志秩序

① Wallace Stevens, *The Collected Poems of Wallace Stevens*, p. 129.
② Wallace Stevens, *The Collected Poems of Wallace Stevens*, p. 130.
③ 海德格尔:《筑·居·思》,载孙周兴编译《依于本源而居——海德格尔艺术现象学文选》,中国美术学院出版社,2009,第66页。

的制定都是一种譬喻行为（act of figuration）。地志以物体之名取代物自体本身，然后再以全新的替换与移置的结构，为这些名字制定新秩序。"①

米勒认为海德格尔的论文与斯蒂文斯的诗有两个明显的差异。第一个差异是海德格尔对死的强调与斯蒂文斯的隐去不提。海德格尔在论文中先是表达了人终有一死的特性，以及桥梁是送人到死亡终点的途径。在诗中，斯蒂文斯强调女子积极进取，肯定世界、创造世界的能力，对死亡的提及不够清晰。米勒认为诗中提及的暗潮与任何遮掩都会失败，可能间接提到死亡。米勒提到的第二个差异是海德格尔是单一语言的单一国族文化，斯蒂文斯则是典型的民主与美国式文化。米勒认为海德格尔"强调的是某个真确文化（authentic culture）的一致性与延续性，以及文化中每个世代行为与信仰的共通性"②；斯蒂文斯的观点是景物本身就能容许无数个潜在的地志，而且绘成的地志随时可被翻新。

（三）对秩序的渴求

米勒认为"神圣的渴求秩序"（blessed rage for order）是永远无法满足的绘图与创造力量，秩序是理性的，对秩序的渴求是非理性、直觉、无法控制与选择的。渴求的秩序不是外在的地志特征，而是对这些特征所作的描绘。对于诗中的"大海之语"（words of the sea）③，米勒认为这也许是说描绘大海的文字是人类加之于大海之上的。创作者对秩序的渴求在于为一切地志与我们自身寻找恰当的词语，建构起一个包罗万象的整体。米勒认为此诗特别强调"界分清楚与协调一致"④。对于"模糊"与"尖锐"，

---

① 米勒：《地志的道德观：论斯蒂文斯〈基韦斯的秩序理念〉》，载单德兴编译《跨越边界：翻译·文学·批评》，高雄书林出版有限公司，1995，第 109 页。

② 米勒：《地志的道德观：论斯蒂文斯〈基韦斯的秩序理念〉》，载单德兴编译《跨越边界：翻译·文学·批评》，高雄书林出版有限公司，1995，第 111 页。

③ Wallace Stevens, *The Collected Poems of Wallace Stevens*, p. 130.

④ 米勒：《地志的道德观：论斯蒂文斯〈基韦斯的秩序理念〉》，载单德兴编译《跨越边界：翻译·文学·批评》，高雄书林出版有限公司，1995，第 115 页。

米勒是这样理解的:自然界并不存在经纬线、南北极以及清晰的分界,所以是"模糊"的,只不过地理学家与诗人越分越细;"馥郁的门扉"既可以指地域上的遥远,也可以联想为面向历史与未来,所以创造者渴望为"我们自身源起"命名①。

诗中的"秩序理念"是一种重复,理念的含义包含秩序。米勒借助词源学,发现理念"原指某物/现象(thing)对眼睛以及视力所造成的影像(Visual image)"②,柏拉图改变了物与理念的顺序,认为理念是现象所本,由此,这可能意味"所有秩序所仿效的非现象原型的化身"③。米勒认为诗中的理念也可能源于胡塞尔的《理念》(Ideas),如此一来,理念可能指"意识为连结主客体所作的意向性趋向(intentional orientations)"④。米勒发现诗人的札记《至高无上的虚构》(Notes toward a Supreme Fiction)也有助于我们理解理念,借助于《至高无上的虚构》,秩序理念有可能"是秩序的原型,而不是人格化的有意识的心智,所以其不受人或神的意图所左右。创作者渴求的是有起源有秩序可循的万物各得其所的状态"⑤。

---

① 米勒:《地志的道德观:论斯蒂文斯〈基韦斯的秩序理念〉》,载单德兴编译《跨越边界:翻译·文学·批评》,高雄书林出版有限公司,1995,第 115 页。
② 米勒:《地志的道德观:论斯蒂文斯〈基韦斯的秩序理念〉》,载单德兴编译《跨越边界:翻译·文学·批评》,高雄书林出版有限公司,1995,第 116 页。
③ 米勒:《地志的道德观:论斯蒂文斯〈基韦斯的秩序理念〉》,载单德兴编译《跨越边界:翻译·文学·批评》,高雄书林出版有限公司,1995,第 116 页。
④ 米勒:《地志的道德观:论斯蒂文斯〈基韦斯的秩序理念〉》,载单德兴编译《跨越边界:翻译·文学·批评》,高雄书林出版有限公司,1995,第 117 页。
⑤ 米勒:《地志的道德观:论斯蒂文斯〈基韦斯的秩序理念〉》,载单德兴编译《跨越边界:翻译·文学·批评》,高雄书林出版有限公司,1995,第 117 页。

第四章 "耶鲁学派"的小说批评

在耶鲁学派批评家中,布鲁姆和米勒的小说评论文章最多,德·曼和哈特曼则较少。德·曼的小说批评主要集中于普鲁斯特的《追忆似水年华》和卢梭的《新爱洛伊丝》;哈特曼则是分析神秘故事(mystery story)。米勒的批评文章主要聚焦于狄更斯、特罗洛普、乔治·艾略特、哈代、伍尔夫、康拉德(Joseph Conrad)、亨利·詹姆斯、普鲁斯特等作家的作品;布鲁姆则对西方经典小说皆有所涉及,只是很多评论的篇幅不长。

第一节 哈罗德·布鲁姆论 乔治·艾略特的作品

乔治·艾略特的《米德尔马契》(*Middlemarch*)是布鲁姆在《西方正典》章节中提到的四部小说之一,另外三部是《劝导》(*Persuasion*)、《荒凉山庄》和《奥兰多》(*Orlando*)。布鲁姆不仅视《米德尔马契》为经典作品,而且认为它是少见的经典与智慧文学(wisdom literature)。布鲁姆解释乔治·艾略特的作品可以跻身《西方正典》最主要的原因是兼具道德价值与美学价值。布鲁姆明确地说,"如果说经典小说中有什么将美学和道德价值熔于一炉的范例,那么乔治·艾略特就是最佳代表"①,他认为或许以后也不会有人达到这种高度。

---

① 哈罗德·布鲁姆:《西方正典》,第261页。

（一）乔治·艾略特作品的道德价值

布鲁姆极力称赞艾略特的道德权威。他说,在英语文学中提到"道德权威"必然指艾略特,而不是其他作家;而且这种道德权威一个世纪以来都无人能够挑战。从《西方正典》与《小说家与小说》中可以总结出乔治·艾略特作品的道德价值主要在于如下八个方面:(1)对道德想象所做的极其细腻的分析,并以新的方式把小说发展成道德预言;(2)道德生活的感知源于普通的田园;(3)自我克制的道德(morality of renunciation);(4)道德崇高(moral Sublime);(5)道德见识;(6)道德存在与自身维度的思考;(7)道德寓言;(8)作者的道德力量与作品的道德权威。

(1)道德想象。道德想象是根据道德经验想象某道德行为及其可能性后果,以及直接的道德感受与道德评价的心理过程。马丁·普莱斯(Martin Price)在《生命的形式》(*Forms of Life*)中说《丹尼尔·德隆达》(*Daniel Deronda*)是"性格和道德想象"(Character and Moral Imagination in the Novel)的研究;布鲁姆认为马丁·普莱斯的见解非常敏锐。杜威(John Dewey)提到的道德想象包括在具体的道德情境中感受、反思,还有想象他人的处境。小说中的格温德林起初很少顾及他人感受,可通过与丹尼尔和克莱斯默尔的交往,她开始关心周围的人,同情自己的母亲与妹妹,并最终还能够祝福她爱的丹尼尔新婚快乐。

(2)道德生活感知。当出版商觉得《织工马南》(*Silas Marner*)阴郁时,艾略特如此回答:"但我希望你别认为它是一个悲伤的故事,因为从总体上说它的背景——可能是有意为之——具有明亮的色彩,显示了淳朴和自然的人际关系所具有的疗愈作用。"[1]布鲁姆将《织工马南》定位为田园小说,因为《织工马南》中的故事发生在英格兰中部的一个小村庄。在这个小村庄中,居民的生活与自然相互融合,且村庄中的男男女女单纯

---

① 哈罗德·布鲁姆:《西方正典》,第262页。

并具有纯朴的善(primordial good)。爱蓓的选择便是这种善的体现。爱蓓的最终选择不是回到富有的生父身边,而是继续陪伴塞拉斯,因为塞拉斯除了她之外别无所有,他们在一起快乐幸福。

(3)自我克制的道德。乔治·艾略特的自我克制包括两方面,一方面是渴望做正确的行为,决定做正确的行为,抗拒认为是自私的东西;另一方面是视他人利益高于自己利益,而且鼓励他人同样自我克制。《弗洛斯河上的磨坊》(*The Mill on the Floss*)中的女主人公麦琪被斯蒂芬吸引,而斯蒂芬也为麦琪所吸引,然而麦琪最终还是克制住自己的情感,选择放弃。

(4)道德崇高。布鲁姆论述艾略特作品中的崇高包括三方面:首先是道德崇高包括对天道、不朽与责任的严肃思考,这可以从布鲁姆引用F. W. H. 梅耶斯(Myers)访问艾略特写的评论可知。其次是华兹华斯式崇高。布鲁姆认为多萝西娅显示出的崇高不是传统的英雄主义,而是华兹华斯式崇高,即由自我和天性共享的新崇高。多萝西娅如此坚强,以致可以从自己的失败中走出来。再次是崇高的孤独。关于崇高的孤独,布鲁姆提到两次:一次在论述《织工马南》时说道德崇高是"是竞争性的,既对立于自然,也对立于人性自然(human nature),孤独(solitary)但又随时与人沟通"①;第二次在论述《丹尼尔·德隆达》时,格温多琳意识到德隆达更合理地属于他人,唯我论消退,进入到崇高的孤独恐怖中,而这种恐怖是对意志力量的恐惧。

(5)道德见识。布鲁姆多次赞扬艾略特具有卓越的道德见识,并认为这种见识与她具有很强的认知力和反思力相关。艾略特可以重新思考一切,而且这"使她从过多的自我意识中解脱出来,不至于妨碍她或隐含或公开地评判自己笔下人物的意愿"②。布鲁姆认为如果我们留意到这种认知力量就会明白艾略特是有思想的小说家。布鲁姆认为艾略特的道德感比我们如今拥有的更有见识,艾略特根据文学本身的要求和时代所

---

① 哈罗德·布鲁姆:《西方正典》,第262页。
② 哈罗德·布鲁姆:《西方正典》,第263页。

能提供的选择和可能性,并没有为多萝西娅设计出如圣特蕾莎般杰出的壮举,但却指出:"没有一个人的内心可以强大到不受外界因素的巨大影响……因为世界上日益增加的善要部分依赖于那些历史上的平凡举动"[1]。

(6)道德存在与自身维度。关于这个问题,艾略特的小说《丹尼尔·德隆达》提出了引人思考的两个问题:人需缩减为道德存在吗?缩减为道德存在的自我必然在其他维度减损吗?普莱斯将格温多琳与《远大前程》(Great Expectation)中的艾斯黛拉和《理智与情感》(Sense and Sensibility)中的玛丽安相比,并认为她们都需要受到减损才能成为更好的人或不完美的唯我论者,所以说"当一个人缩减为一种道德存在时,他要承担在维度上的损失;那也是自我从眼花缭乱的武断和冲动中浮现的过程,常常提供了一种令人敬畏的替代品"[2]。布鲁姆则以艾略特为例表明,如艾略特之类的人在提升为道德存在的自我时,自身的维度不仅没降,反而增加了。

(7)道德寓言。F. R. 利维斯认为《织工马南》与《艰难时世》(Hard Times)都是道德寓言。像《织工马南》所描述的一个人在壁炉前突然发现一个孩子在现实中是不可能的,更何况那个孩子还像自己死去的妹妹。布鲁姆认为这部小说作为重生显灵的寓言具有很强的力度。布鲁姆将《织工马南》的寓言概括为"坚守",并认为艾略特奇特的天才使她把所有的道德思虑人性化,以此避免了严酷与抽象。

(8)作者的道德力量与作品的道德权威。布鲁姆认为艾略特的道德力量使批评家无用武之地,艾略特与《约伯记》(The Book of Job)的作者和托尔斯泰是一类人。艾略特从部分所谓"有学识"的英国人以侮辱犹太人为风趣,看到他们的麻木不仁与无知,对自己社会、宗教和犹太民族历史关系的无知,她惋惜这种智识的狭隘,认为应以同情和理解之心面对

---

① 乔治·艾略特:《米德尔马契》,项星耀译,人民文学出版社,1987,第782-783页。

② 哈罗德·布鲁姆:《小说家与小说》,第153页。

犹太人以及东方民族①。亨利·詹姆斯论及艾略特去世后出版的信件笔记时说:"从那些书页中升腾起一种高尚道德的芬芳,一种对正义、真理和光明的热爱,一种待人处世的博大宽宏,一种要为人类良心的暗昧之处高擎火炬的不懈努力。"②布鲁姆称艾略特为具有严苛道德评判能力(severe moral judgment)的、人道的自由思想家(humane freethinker)。艾略特的作品可以让人直面道德并自我醒悟。

(二)艾略特作品的美学价值

布鲁姆认为艾略特的审美秘诀正如詹姆斯 1866 年所做的评论——她能掌握"道德和审美共鸣的那一块中间地带……能把公开的道德说教转化成一种审美的美德"③。通常,读者赞同多丽丝·莱辛和艾丽斯·沃克(Alice Walker)反男性的运动,但会对她们的表达方式感到不舒服。艾略特作品的美学价值主要体现在以下方面:故事的感染力,人物个性的深度与活泼,语言表达艺术,如"明智的被动"等高超的叙事手法。

(1)故事的感染力

故事的感染力可以使小说具有可读性并产生深远影响。以《米德尔马契》为例,这部小说描写了女主人公多萝西娅的成长经历。多萝西娅坦率、热情、重精神轻物质,无私地希望通过自己的努力可以让他人的生活更美好。她在村里办幼儿园,致力于改善佃农的居住条件,亲自设计修改村舍构造图,并建议布鲁克先生建造。她起初选择年老体弱丑陋的卡苏朋,因为她以为自己通过帮助他至少可以作照明灯的灯座。当她发现丈夫冷漠自私后也没有绝望,依然承担起自己的责任,想帮助丈夫的远亲威尔以及任何需要帮助的人;在利德盖特心灰意冷时依然愿意相信他,并

---

① 哈罗德·布鲁姆:《小说家与小说》,第 154 页。
② 哈罗德·布鲁姆:《西方正典》,第 264 页。
③ 哈罗德·布鲁姆:《西方正典》,第 264 页。

主动给他一千英镑,希望他能振作起来继续把新医院办下去。她说,"我的爱好就是用我的钱办一些有益的事业,让别人的生活得到一些改善。如果我的钱都归我所有,我又不需要它们,这反而使我感到不安。"①多萝西娅因同情而做的种种举动,既感染着她身边的人,也深深感染了读者。

(2)人物个性的深度与活泼

艾略特的小说中无论主要人物还是次要人物都鲜明生动。以《米德尔马契》中的利德盖特为例,他热爱科学与自己的职业,医术高超,善良有正义感,他怀着雄心壮志想在米德尔马契这个地方大展宏图,却因为不通世故而屡受挫折。利德盖特提倡医生只开处方不配药、不从药剂师处拿回扣,这触犯了同行的利益,导致同行排挤。当时公众认为药开得越多越好,利德盖特却指出只有庸医才多开药。还有利德盖特坚持自己意见时常流露出的不屑争辩的态度让很多人不舒服。不过最严重的是他看不出罗莎蒙德的虚荣冷漠,以致娶了她后不仅得不到理解反而陷入经济危机并进一步陷入丑闻中,最后不得不像他鄙视的医生一样为金钱而工作。利德盖特理想幻灭的过程值得所有人深思。

(3)修辞艺术和对语言的把握

布鲁姆在《西方正典》中说,《米德尔马契》的乐趣有赖于修辞艺术和对语言的把握。布鲁姆对艾略特作品中的反讽持两种态度:一方面说"她几乎不允许自己进行嘲讽。但也因此,从未有批评家从反讽的视角解读乔治·艾略特而有所收获"②;另一方面又说艾略特希望成为反讽家,她作品序言中有强烈的反讽,她与简·奥斯汀都是艺术家和讽刺家,社会机制无法禁锢她们。《米德尔马契》序言的最后一段说:"有人认为,这些生命之走上歧途,是女人的天性使然,因为上帝本来没有赋予她们合乎需要的明确观念。假定女人无一例外,都只有计算个位数的能力,她们

---

① 乔治·艾略特:《米德尔马契》,第715页。
② 哈罗德·布鲁姆:《小说家与小说》,第160页。

的社会命运自然可以凭科学的精确性,给予统一的对待。"①这部分内容看起来是说女性无法做出可以青史留名的事业,实际却想表达女性的善良和博爱增长了世界上的善,使大家的遭遇不至于太悲惨。

布鲁姆对艾略特所使用的其他修辞艺术并没有说明。不过戴维德·帕克斯曼(David Paxman)的论文《乔治·爱略特作品〈米德尔马契〉中的隐喻与知识》分析了小说中的部分隐喻。米勒在其著作中也多次提到《米德尔马契》中的隐喻,例如显微镜、网、抛物线等。小说实际使用的修辞手法远远多于上文所举的例证,例如"人的心是比表皮组织微妙得多的","灵魂也像皮肤"②等。

(4)高超的叙事手法

布鲁姆对艾略特小说叙事的评价主要侧重两方面:一方面是叙述者"明智的被动",另一方面是作者不断地干预。"明智的被动"出于华兹华斯1798年创作的诗《劝诫与回答》(Expostulation and Reply)。在这首诗中,作者说除了视觉和听觉外还有一种想象力,可以滋养我们的心灵,值得我们以"明智的被动"顺从。布鲁姆对艾略特小说"明智的被动"列举的例子出自《织工马南》。织工马南看着炉火,仿佛看见地上有黄金,他想到这可能是他神秘丢失的金币被送了回来,等他激动得伸手时却摸到了一个熟睡的小孩。他又想这是他曾抱过的小妹妹在死后在梦里回到他身边,这样的表达手法彰显了马南的善良重情。

布鲁姆很欣赏艾略特能将作者的干预写得受人欢迎,通常作品中作者的干预会让读者觉得是讨厌的说教。《米德尔马契》第一章对多萝西娅如此描述:"精神生活是涉及永生的大问题……她可以为理想献身,但也可能突然改变态度,结果在她原来没有打算献身的地方献出了自己。"③此处的叙述声音起到预叙与铺垫的作用,这段描述使读者期待了

---

① 乔治·艾略特:《米德尔马契》,第2页。
② 乔治·艾略特:《米德尔马契》,第6、11页。
③ 乔治·艾略特:《米德尔马契》,第4页。

解多萝西娅的故事,同时也解释了多萝西娅种种选择背后的根据。

(三) 小说与现实

布鲁姆认为《米德尔马契》是"对近代乡土社会整个面貌的全景式复杂表现"①。对于这种乡土社会的面貌,布鲁姆提到两方面:一方面是维多利亚改革期各种社会观念的冲突,另一方面是婚姻的社会因素。

《米德尔马契》创作于 1871—1872 年,但小说中的故事发生在 19 世纪 30 年代英格兰中部外省米德尔马契镇。关于社会观念的描写在小说中主要体现在两方面:一方面是与时政相关的叙述与描写,另一方面是民众根深蒂固的观念。小说第二章的开篇介绍詹姆士爵士说自己在读汉弗莱·戴维的书,并考虑新的耕作方法;第四十六章和第八十四章都提到议会改革法案。卡德瓦拉德太太对增封新贵族很反感,而彻泰姆老妇人认为不该为加官晋爵而改变政治立场。当地居民的观念比较保守,他们拒绝利德盖特先进的医学方法与实验,反对多萝西娅的第二次婚姻。

如同简·奥斯汀的《傲慢与偏见》等维多利亚小说,《米德尔马契》中也有大量的婚姻描写,尤其是某婚姻的社会反映。当时流行的观点是"门当户对",小说的第一章便提到多萝西娅是有继承权的女子,她一年有七百英镑的收入,而且她的儿子可以继承布鲁克先生的产业,一年能收入三千英镑。因此卡德瓦拉德太太觉得詹姆士爵士可以娶多萝西娅,并在多萝西娅拒绝后建议詹姆士娶同样有年七百英镑收入的多萝西娅的妹妹西莉亚。对于多萝西娅第一次选择的丈夫卡苏朋,虽然大家觉得他衰老虚弱,但因为他是牧师,又广有财产,而且他死后可以留给妻子每年一千九百英镑的资金,因此此次婚姻并没有引起太大的波澜。

---

① 哈罗德·布鲁姆:《西方正典》,第 262 页。

(四)影响焦虑下的乔治·艾略特

布鲁姆在对乔治·艾略特作品的赏析也按照一贯的方式,分析了艾略特的前辈以及后继者。布鲁姆借鉴巴里·夸尔斯(Barry Qualls)的观点,认为华兹华斯与班扬(Bunyan)是艾略特的前辈;借鉴亚历山大·威尔士(Alexander Welsh)和夸尔斯的观点,认为《米德尔马契》与《丹尼尔·德隆达》在结构上与《神曲》有隐秘确定的关联,而且多萝西娅和利德盖特在某种程度上可以看作但丁式人物,都渴求智慧以及被人理解和记忆。以利德盖特为例,小说第十五回讲述利德盖特十岁时对医学便有强烈的求知欲,公学毕业时就有明确的志向,认为自己担负某种使命,并愿意为此贡献力量。现实中,他把对科学的兴趣转化成专业爱好,到处学习,坚信医学可以"把知识上的收获和社会的福利直接联系在一起"[1]。然而在七十六回,利德盖特为了妻子,只有"像别人那么做,考虑怎样迎合社会,增加收入"[2],因此威尔士认为利德盖特最具但丁的风格,"利德盖特的沉沦,从对知识的快乐追求到灵魂无法安居,同时身体也很快难以生存"[3]。

基于以下四方面的原因,布鲁姆认为华兹华斯影响了艾略特:第一,艾略特本人的认可。艾略特将华兹华斯视为知己,她回复《织工马南》的出版商说既然华兹华斯已死,本不该相信还有别人喜欢这部小说。第二,艾略特的道德生活感知来自《丁登寺》《决心与自立》和《永生的喻示》,例如《丁登寺》中提到饱含善意与爱的无名小事、崇高思想的快乐;《决心与自立》中年迈且不停劳作的人。第三,《织工马南》和《荒屋》《迈克尔》《康柏兰的老乞丐》都描写了乡土中淳朴善良的居民。第四,艾略特受惠于华兹华斯细腻地描写。

---

① 乔治·艾略特:《米德尔马契》,第140页。
② 乔治·艾略特:《米德尔马契》,第718页。
③ 哈罗德·布鲁姆:《西方正典》,第267页。

布鲁姆认为乔治·艾略特的晚辈有劳伦斯、菲茨杰拉德、艾丽斯·默多克(Iris Murdoch)。布鲁姆认为在把小说发展成道德预言方面,劳伦斯是艾略特的信徒。《恋爱中的女人》(*Women in Love*)中的厄休拉是对《米德尔马契》中的多洛西娅的传承,她们寻求的目标是充实的存在(fullness of being),她们选择的证据是某种特殊的几乎完全脱离新教的道德意识(moral consciousness)①。多萝西娅第一次婚姻选择卡苏朋教士,因为卡苏朋说自己重视精神世界,多萝西娅以为卡苏朋有崇高的探索真理的目的,希望自己通过协助他而有益于人类。多萝西娅第二次婚姻选择威尔·拉蒂斯拉夫,因为他爱善和美的事物。多萝西娅的两次婚姻都出人所料,尤其是第二次答应嫁给和自己不是一个阶层的一无所有的拉蒂斯拉夫,对此多萝西娅的妹妹西莉亚说:"你使我们大家都那么失望……要知道,我们没有一个人认为你可以嫁给他呀。这太可怕了……你今后怎么生活?你只能跟一些素不相识的人来往……大家认为,拉蒂斯拉夫先生不配当你的丈夫。"②《恋爱中的女人》中的厄休拉讨厌陈旧的生活,追求新自我,渴望全新的真正的爱情和新世界。菲茨杰拉德《夜色温柔》中也有大量关于婚姻的社会因素和精神因素的描写。《夜色温柔》(*Tender is the Night*)中的狄克·戴弗医生也曾是年轻有为的医生,也是因为婚姻导致理想的幻灭。利德盖特预示狄克·戴弗医生也将在某个湖区小城里行医。艾丽斯·默多克对艾略特的继承则体现在她也具有非常好的认知力与道德见识。默多克认为艺术应有强烈的认知属性,其认知使命是"他人"(other people),她创作的小说也以去除自我、关注他人为道德旨归③。

布鲁姆对乔治·艾略特的评论方式囊括了很多批评流派的因素。从传统的社会历史批评来看,布鲁姆提到拉迪斯拉夫是以乔治·亨利·刘

---

① 哈罗德·布鲁姆:《西方正典》,第 261-262 页。
② 乔治·艾略特:《米德尔马契》,第 767-768 页。
③ 徐蕾:《描绘他人:重访艾丽丝·默多克的道德现实主义》,《英语研究》2021 年第 13 辑。

易斯(George Henry Lewes)为原型塑造的,同时也结合了她丈夫约翰·克劳斯(John Cross)的特点,还提到艾略特本人渴望"营救"男性知识分子。从印象批评来看,布鲁姆多次提到自己的感悟,初读《弗洛斯河上的磨坊》感到烦恼;从《织工马南》中读到奇异的神话力量;从《米德尔马契》看到告诫,认识到无论在文学还是生活中,个人意志与社会历史力量的竞争永不会变。从接受美学看,布鲁姆借鉴了亨利·詹姆斯、伍尔夫等小说家兼评论家的观点,同时也论及了夸尔斯、威尔士、艾尔曼(Richard Ellmann)、李·爱德华兹(Lee Edwards)等学者的观点,并在此基础上反驳了女性主义批评家的观点,认为对《米德尔马契》进行任何女性主义的贬抑都是错误的。

正如布鲁姆所说,因为艾略特能够准确地描绘文化带给我们的困扰、说出我们灵魂内部的战争,所以,艾略特的作品无论当时还是现在都流行且具有活力。我们也许会如多萝西娅的选择一样,以自己平凡举动增加世界上的善,而无论读者如何选择,都证明《米德尔马契》对广大读者具有深远影响。

第二节　总体性、互文性
——论米勒对《米德尔马契》的解读

乔治·艾略特是英国非常有影响力的小说家,英国广播公司(BBC)2003年全民投票选举的最受欢迎的英国小说(Nation's best-loved novel)中,艾略特的作品《米德尔马契》位列 27;BBC 邀请国外 82 位评论家对英国长篇小说选评的结果是《米德尔马契》名列第一。米勒对乔治·艾略特的研究主要见于专著《为了我们时代的阅读》和如下论文:《〈米德尔马契〉中的光学与符号学》(Optic and Semiotic in Middlemarch,1975)、《〈米德尔马契〉第 85 章》(Middlemarch,Chapter 85,1980)、《两种修辞:乔治·艾略特的动物寓言》(The Two Rhetorics:George Eliot's Bestiary,1985)、

《米德尔马契：细读和理论》（*Teaching Middlemarch：Close Reading and Theory*，1990）、《沉默另一侧的咆哮：〈米德尔马契〉中的他者》（*The Roar on the Other Side of Silence：Otherness in Middlemarch*，1997）、《鬼魂效果：现实主义小说中的互文性》（*The Ghost Effect：Intertextuality in Realist Fiction*，2005）、《几乎无结局的结局：〈米德尔马契〉的"终章"》（*A Conclusion in Which Almost Nothing is Concluded：Middlemarch's 'Finale'*，2006）。纵观这些研究，总体性与互文性是米勒研究的关键词。

（一）《米德尔马契》中总体性的确认与削弱

"总体性"作为术语出现在乔治·卢卡奇、佛朗哥·莫雷蒂（Franco Moretti）、康德、席勒、马克思、迈耶·艾布拉姆斯、西奥多·阿多诺（Theodor Wiesengrund Adorno）等人的理论著作中。米勒概括学界通常理解的总体性具有双重含义：（1）一件好的艺术作品是一个整体，一个有机的统一体；（2）某一阶段的社会是由复杂的相似和差异关系组成的整体，这些关系可能反映在现实主义小说等艺术品中。乔治·艾略特想总体展现1832年改革法案前期英格兰中部一个城镇的全貌，这种全面展现既包括城镇里的一切，也包括这一切是如何运转的。乔治·艾略特想用总体性再现使读者同情她的同胞。她希望她的作品既是总体性再现又是施为文本，能够对读者起作用。《米德尔马契》既是对现实主义小说总体性的肯定又是一种颠覆。这种兼容总体性与碎片化是《堂吉诃德》以来欧洲小说传统的一个特征，只是这种双重性在维多利亚时代采取了特殊的形式。

为了全面展现现实社会的复杂，狄更斯主要采取部分代替整体的提喻法，例如《荒凉山庄》中的克鲁克先生代表大法官（Lord chancellor），克鲁克的店代表大法官法庭（The Court of Chancery），而大法官法庭又象征整个英国社会，以此展现整个英国。乔治·艾略特认为运用提喻是有问题的，因为具有独特性的例子不一定是典型的。所以乔治·艾略特将米德尔马契小镇视为一个样本，在更广泛的语境中呈现人物与实践，例如国家政策的影响、修建铁路的影响等。米勒认为乔治·艾略特使用的总体性手段主要是类比历史叙事与隐喻模式。

历史叙事也可以看成历史类比，乔治·艾略特将自己的作品与历史学家的作品相类比，而历史学家也包括像里尔（Riehl）这样的社会学家。根据乔治·艾略特的分析，当时历史学家的作品不仅关注事实，更关注事实基础上的普遍规律，所以乔治·艾略特作品的历史叙事包括如下方面：构建历史背景与历史主题，尊重事实，探讨规律，显现整体统一。

《米德尔马契》构建的历史背景是改革法案前的英格兰中部乡村，基于的历史假设是每个历史时期都是独一无二的，"历史力量"决定了某个时间可以选择的生活。作为关键词的历史在小说中首先体现在序言的第一句"凡是关心人类的历史，希望了解这奥妙而复杂的万物之灵，在时代千变万化的实验中，会作出什么反应的人，谁没有对圣德雷莎的一生发生过兴趣，至少是短暂的兴趣呢？"[1]历史主题也体现在卡苏朋的历史研究中、威尔和瑙曼关于艺术与历史的讨论中。

米勒列举的乔治·艾略特在小说中提到的历史主题还有三处，分别是第11章："在古老的英国，这类运动和混合并不少见，比之我们在更早的希罗多德的著作中看到的毫不逊色。——有趣的是，希罗多德在叙述历史渊源时，开宗明义讲的也是一位妇女的遭遇"。[2] 第15章："但是菲尔丁的时代，日子比较长（因为时间也像金钱一样，是根据我们的需要来衡量的）……拿我来说，至少我有许多人生的悲欢离合需要铺叙，看它们怎样纵横交错，编成一张大网。我必须把我所能运用的一切光线，集中在这张特定的网上，不让它们分散在包罗万象的大千世界中。"[3]以及第20章："对于那些学识渊博、智慧敏锐的人，他们看到罗马的时候，他们的知识会给一切历史形态注入活的灵魂，找出一切对立现象之间隐蔽的变化

---

① 乔治·艾略特:《米德尔马契》,第 1 页。
② 乔治·艾略特:《米德尔马契》,第 94 页。
③ 乔治·艾略特:《米德尔马契》,第 137 页。

轨迹,那么,罗马在他们眼里可能仍是世界的精神核心和说明者。"①从以上文字可以看出艾略特认为社会各阶层的相互依存和渐进的变换模式与希罗多德所描述的时代具有相似性。

《米德尔马契》的副标题是"外省生活研究"(*A Study of Provincial Life*)。此副标题包括两方面内容:一方面是从生活中学习,尊重个人事实。正是为了尊重个人事实,乔治·艾略特对每个人物的描写都包括诸多细节,所以每个人物都是独特的,不会被混淆。另一方面侧重研究,分析特殊的人与事背后体现的规律性,这种规律性不仅对某个特定的阶级阶层有效,也不仅对某一历史时期的某一国家有效,而是要对任何时间、对所有文化中的所有人都有效。如黑格尔所说历史必须有目的,目的是对整体统一或有机统一的揭示。小说中人物、形式统一的概念与历史观念体系一致。小说用人物的故事揭示人物的命运,用人物的生活揭示整体生活的意义。

小说还对以下两种历史观念展开思考:一种是历史是进步的(progressive)、目的论的(teleological);另一种是黑格尔的艺术在世界进程中合作,并协助世界精神的发展的理论。瑞曼认为整个宇宙的存在以我的存在为先决条件,威尔则表明整个宇宙并不是为意义不明的图画存在的。米勒认为《米德尔马契》拆除传统历史观念所依赖的形而上学体系的各种版本。从这种角度看,此小说也消解了自己的历史基础。

乔治·艾略特总体性的另一种模式是使用某种包含性隐喻(encompassing metaphors)。乔治·艾略特试图运用这些隐喻整合多情节小说的众多细节,概括适用于所有时代人类生活的道德和概念。米勒发现这部小说有几个隐喻家族,而且它们之间既相互联系又相互矛盾,相互破坏彼此的有效性。第一类被米勒概括为材料复合体(material complex)或分形图案(fractal),如迷宫、流水或织布。威尔曾说:"把等级提高一点,那么布鲁克先生好比是内阁部长,我则是次长。反正事物总是这样,小浪汇集

---

① 乔治·艾略特:《米德尔马契》,第 187 页。

成大浪,必须与大浪保持同一步调。"①米勒认为这类隐喻有两种重要含义:一是假设社会在某种程度上像一个材料领域(material field),可对客观科学研究开放;二是整体上小规模片段的图案与整体的图案相同,可以用相同的图形有效地描述,也就是说这个隐喻对个体居民有效,对两个人物之间的关系有效,对米德尔马契社区、对英国社会、对任何时候任何地方的人类生活都有效。②

与此相关隐喻是网(web)与溪流(stream)。网的隐喻在小说中出现多次,并有多层含义。第一层含义指整个社会关系,如"拿我来说,至少我有许多人生的悲欢离合需要铺叙,看它们怎样纵横交错,编成一张大网。我必须把我所能运用的一切光线,集中在这张特定的网上,不让它们分散在包罗万象的大千世界中。"③第二层含义指较大社会结构中的较小规模实体的纹理(texture),如"年轻人的爱情活动,那是一张蜘蛛的网……那网本身则是由自发的信念,模糊的欢乐,一个生命对另一个生命的思慕……这位情窦初开的妙龄少女,自然也起劲地编织着这张共同的网"④。显然,罗莎蒙德和利德盖特的爱情属于年轻人。第三层含义指织物的隐喻既适用于有机物,也适用于社会领域⑤。人物的精神生活(mental life)或主观生活(intersubjective life)也可以被描述为组织(tissue),被描述为由线织成的网状图案(reticulated pattern of threads),如"他一直在思考它们可能的根据是什么,这些思考像几茎细小的头发缠络在他那张坚固的思维之网上,怎么也不肯离开"⑥。

米勒认为网的隐喻必须和溪流的隐喻相结合才恰当,因为米德尔马契镇的生活并不是固定不变的,网也是处于运动变化中。在米勒看来网的隐喻与溪流的隐喻是同质的。流水是一张临时的网,由急流和涓流的

---

① 乔治·艾略特:《米德尔马契》,第438页。
② J. Hillis Miller, *Reading for Our Time*, p.56.
③ 乔治·艾略特:《米德尔马契》,第137页。
④ 乔治·艾略特:《米德尔马契》,第327—328页。
⑤ J. Hillis Miller, *Reading for Our Time*, pp.57-58.
⑥ 乔治·艾略特:《米德尔马契》,第286页。

分分合合组成。小说中不同类型流水的比喻也很多,例如,利德盖特二十七岁胸怀壮志地来到米德尔马契,在起点上,"展望环境将会带来的一切挫折和进展,向前游去,或到达目的,或遭到灭顶之灾"①;还有利德盖特在见过罗莎蒙德后没有意识到"新的急流(new current)已进入他的生活"②;卡苏朋"正是那种骄傲而狭隘的敏感使其没有足够的能力转化为同情,而只是在自我的小水流(small currents of self-preoccupation)中如线般颤抖"③;与卡苏朋不同,在多萝西娅心中"有一条永不停息的潜流,她的一切思想和感情迟早都会汇集到那儿,而它在不断向前,把她的全部意识引向最完美的真理,最公正无私的善。"④

另一类隐喻是认识论的光或透视隐喻,这其中又分为若干层次,首先是显微镜的隐喻。小说第6回说把显微镜对准一滴水,在放大率低的镜片下可以看到一种生物吞食其他生物,在放大率高的镜片下可以看到吞食者等待漩涡把食物送进嘴巴。对于卡德瓦拉德太太而言,想象和闲话的漩涡可以带给她需要的食物⑤。通过这段话,米勒分析出如下几层含义:(1)每一结构都是由可以无限细分的细节构成的,任何"单元"(unit)或单一事实(single fact)都是复数的,而好的透镜(fine lens)可以使我们看到较小的组成部分。(2)在心理和社会领域,原因是多重,而非单一的。如同高倍数的显微镜可以看出更复杂的内容。(3)修辞手法的替换如同强透镜取代弱透镜,新看法取代以前的看法。⑥

其次是内在想象视野(inward vision)。小说中叙事者的透视能力使其超越单一视野,了解所有人物的观点,叙述者可以在想象中选择或远或近的有利位置,可以分享只有内在的想象才能感知到的看不见的微观过程。例如,叙述者说利德盖特重视另一种想象力,这种想象力能追踪到高

① 乔治·艾略特:《米德尔马契》,第 144 页。
② 乔治·艾略特:《米德尔马契》,第 157 页。
③ 乔治·艾略特:《米德尔马契》,第 267 页。
④ 乔治·艾略特:《米德尔马契》,第 196 页。
⑤ 乔治·艾略特:《米德尔马契》,第 57 页。
⑥ J. Hillis Miller, *Reading for Our Time*, pp. 59-60.

倍显微镜都观察不到的细微活动,能引导内心的光显现不可捉摸的微粒,并探索人悲喜的根源以及与之相关的微妙过程①。

再次是穿衣镜(pier-glass)的寓言。对艾略特而言,看并不是中性的、被动的和客观的;看被欲望、需求和自我中心所驱动。看的行为肯定了、支配了所看之物的意志,而这种肯定是基于一种本能的愿望,即相信世界是以自己为中心构建的有序模式。如擦拭后的穿衣镜或钢板会呈现多样的纹理,在蜡烛的照耀下形成一系列同心圆。叙述者以此比喻来说"那些纹理是各种事件,那支蜡烛是现在并不在场的某一个人的自我主义心理"②。米勒随后分析了小说中的"在那个时代,要是凤毛麟角式的伟人确实存在,他们反映在周围的各种小镜子中,也难免面目全非"③,认为此句话表达的内容与穿衣镜的寓言相矛盾。镜子让我们一方面想到我们看到自己的影像是因为我们自己的投射,另一方面可能显示自我对外部世界的扭曲,呈现我们私人的看法。镜子的形象意味着一个人的自私需求或欲望投射到现实中,将一系列随机事件排列成一个模式,这个模式是自我的写照,是自我主观构思的客观显现④。米勒认为乔治·艾略特表明个体间的孤独是因为每个人在世界中只看到自己,只把自己放在第一位。所以光和透视的隐喻暗示看也是一种阐释,所看到的东西总被视为代表其他事物的标志、象征、象形文字或寓言,而所有的看因视角的限制也存在失误。我们用这样或那样的方式命名事物,使它们成为我们希望的样子。命名是进入符号系统的过程。

第三类是货币隐喻。货币隐喻在《米德尔马契》中至少出现 6 次,且深深扎根于这部小说中,以致我们必须对其充分考虑。米勒对货币隐喻的分析主要侧重以下方面:首先是隐喻的隐喻。金钱代表常见的符号与其意义之间不可通约。当一张纸或金属在合法的部门压印上特定的图案

①　乔治·艾略特:《米德尔马契》,第 158-159 页。
②　乔治·艾略特:《米德尔马契》,第 252 页。
③　乔治·艾略特:《米德尔马契》,第 82 页。
④　J. Hillis Miller, *Reading for Our Time*, pp. 67-68.

后就成了钞票或硬币,一枚硬币或一张纸币的价值来源于其上所印的图像,以及特定社区对其价值的集体认可。货币具有和自身不相符的价值,附加值使其成为符号(sign)。货币的这种特性不可避免导致出现通货膨胀和通货紧缩。货币的特性也体现在小说中使其作为隐喻的隐喻而出现,如小说中的"在放大率低的镜片下,你似乎看到一种生物具有强大的吞食能力,其他较小的生物则像活的税钱一样,源源不断投进它的嘴巴。"①吃的隐喻是对社会中货币流通和积累的隐含解释。米德尔马契社会是现代资本主义社会,它是围绕着相互冲突的使用价值和交换价值以及商品拜物教组织起来的。税收中的货币流通为资本主义社会中其他形式的符号和价值流通提供模式。货币隐喻能作为隐喻的隐喻添加到上述每个类别的隐喻中,如此则混淆了类别之间的区分。另一方面货币隐喻切断了系谱或因果关系,这暗示符号自我生成的能力。米勒对小说中出现的有活力的税钱(as if they were so many animated tax-pennies)进行分析。

一是就便士(penny)一词加以解释。税费(tax-penny)并不只是用来交税的普通的便士,便士以前的含义是一笔钱的一部分。亚当·斯密(Adam Smith)《国富论》(*An Inquiry into the Nature and Cause of the Wealth of Nations*)中说,"法定利息率,由二十分之一落到五十分之一,即由百分之五落到百分之二"②(interest was reduced from the twentieth to the fiftieth penny or from five to two percent),之后"便士"一词指规定的税款或惯例金额。它们之所以有活力是因为它们看起来有自己的生活。日常生活中的货币交易,啤酒或鱼的价格中包含税便士导致价格增加,得到的鱼或啤酒数量减少,这如同隐喻性的术语或寓言符号减少了字面含义,增多了其他含义。由此,米勒总结说符号的产生与转变既由人控制也不由人控制,可以说意志和激情与符号相互影响,意志与激情产生符号,符号也将它们

---

① 乔治·艾略特:《米德尔马契》,第57页。
② 亚当·斯密:《国富论》,郭大力、王亚南译,商务印书馆,2017,第84页。

结合起来,产生它们①。

二是货币隐喻对逻各斯的颠覆。米勒从三方面论述了货币隐喻对逻各斯的颠覆:(1)单向因果关系的破裂。货币在社会中流通,这种流通过程既是人为控制的,又是根据货币流通的内在趋势自治的(self-governing)。尽管买家、卖家和收税人也在推动它们前进,但税费似乎被它们自己的意愿"激活",如此便产生不确定性,分不清主动与被动、原因与结果。(2)《米德尔马契》中所有金钱隐喻的例子都包含了隐喻背后的隐喻,它打破了以逻辑为中心的等级结构,图像中的图像阶梯变成了一轮永久位移,在这位移中找不到起点、终点和主导功能。(3)货币隐喻改变了社会结构和阶层。以前是按出身的绝对价值标准,现在是金钱作为普遍标准和解决方案,金钱决定性地进入所有人的生活。

三是货币隐喻提醒我们关注命名的任意性。米勒以弗莱德和班布里奇与霍罗克相聚在红狮饭店这部分说明我们对金钱的信心具有超强的社会影响力。米勒认为乔治·艾略特所有货币隐喻都在一件事和另一件事之间产生了一个奇怪的等式,让人们注意到这种信心的毫无根据。伴随着对金钱价值和有钱人的信心,货币隐喻作为修辞破坏了我们对其他活动的信心。其他活动也与货币的铸造和流通类似,其自身没有价值。还有一种特殊的隐喻,难以接近的 X 的比喻。米勒认为尼采在论文《论非道德意义上的真理和谎言》中所说的无法接近和无法定义的 X,是看不见、听不见、无法察觉的"咆哮",只能用比喻来表示,无论何时遇到或命名,都已变成比喻。

四是以货币隐喻寓言的价值和提升主题的方式。小说第三十五章,叙述者建议读者以想象力将低等人物设想为高等人士后说:"这些金额尽管微不足道,哪怕破产的贵人也不会把它放在眼里,指望靠它养老送终,但你不妨把它扩大几倍,看作大笔的商业交易,反正这毫不费力,只要

---

① J. Hillis Miller, *Reading for Our Time*, pp. 102-103.

相应的加上几个零就成了。"①米勒由破产的概念引入金钱和寓言的价值总是在零之上构建。寓言与比喻不同,没有字面意思,是符号对符号的关系。两个符号之间可以互换,每一个都既包括字面和比喻,每一个都可以代表另一个,并由另一个代表,只是符号之间的关系不具有客观相似性,只是随意和常规的组合②。

替代隐喻的方法是另一个隐喻,米勒认为:"如果我们很少能说出一个事物是什么,而不说它是其他事物,如果不用比喻的手法,那么也没有什么方法能够避免通过改变隐喻来改变意义的可能性。没有一个甚至一组隐喻能给出一个完整的图画……隐喻的作用各不相同,每个比喻都能使事情发生,但每个比喻都无法如实处理事物。隐喻的描述方法本质上是不可概括的/非总体性的。"③米勒强调让我们的思想陷入隐喻是致命的。小说的叙述者揭开错觉的神秘面纱,展示基于只按字面意义来理解的语言学错误,这种错误假设两个事物相似,所以它们是相同的,来自同一个来源,或者为同一个目的,或者可以用相同的原则解释。例如卡苏朋误以为基督教启示录是理解所有神话的钥匙,多萝西娅误以为卡苏朋是奥古斯汀、弥尔顿那般的精神领袖④。隐喻系统因与"现实"冲突,在现实中也可能导致致命的判断和行动错误。

《米德尔马契》的总体性是试图对米德尔马契社会给出一个完整和客观的看法,然而此总体性却以多种方式遭到破坏。从历史方面,叙述者根据考古学或目的论的历史模型拆解人物的思维方式,破坏叙述者试图通过与历史写作或历史本身的类比为自己辩护的努力。从隐喻方面,存在几方面的破坏:(1)每个隐喻都要求被视为整体,都声称在任何时间或地点绝对适用于人类,然而每个隐喻都给出一幅不同的整体图,都不会形成完整的画面;(2)不兼容的隐喻模型都存在任意性和部分性,推翻了叙

---

① 乔治·艾略特:《米德尔马契》,第 323 页。

② J. Hillis Miller, *Reading for Our Time*, pp. 109-120.

③ J. Hillis Miller, *Reading for Our Time*, p. 119.

④ J. Hillis Miller, *Reading for Our Time*, pp. 48-50.

述者所主张的拥有全面统一和公正的事业,叙述者也纠缠在隐喻中;(3)隐喻提供模型,让读者通过模型来思考,让人的思维陷入隐喻之中。往往对人物而言是正确的,对叙述者而言却并不如此。

(二)《米德尔马契》中的互文性

米勒对《米德尔马契》中互文性的关注点集中在阿里阿德涅(Ariadne)上。阿里阿斯涅是希腊神话中克里特岛国王米诺斯的女儿,她帮助忒修斯(Theseus)走出迷宫,却又被其抛弃。米勒曾写有专著《阿里阿德涅的线:故事线条》,并表明自己为这个神话所感动和震惊。米勒认为多萝西娅嫁给威尔的决定可以看作是阿里阿德涅的选择,遍布小说的暗示邀请读者相信多萝西娅的故事是对阿里阿德涅神话的别样重复;这种不同不仅是因为时代由古希腊变成了十九世纪的英格兰,而且因为多萝西娅是阿里阿德涅、安提戈涅(Antigone)和圣母(the Virgin)的结合。

小说中瑙曼最先将多萝西娅看成是现代基督教版的阿里阿德涅。瑙曼觉得多萝西娅与阿里阿德涅塑像相对应,他说"那边躺着一个古代的美人,虽然没有生命,但栩栩如生,正陶醉在自己形体的完美中;这边站着一个有血有肉的美女,心中正在为许多世纪以来迅速流逝的光阴发出叹息"[1], 以及"你的表叔太太是一个具有基督教精神的古典美女——基督教的安提戈涅,在强烈的宗教情绪控制下的美感实物"[2]。不过多萝西娅与阿里阿德涅的相似之处还因为伴随着对克利奥帕特拉、安提戈涅、圣母、圣克拉拉(Santa Clara)、圣特蕾莎(Saint Theresa)的引用而变得复杂;如利德盖特和多萝西娅倾诉后骑在马上想,"这位年轻妇女有着宽阔的胸怀,简直比得上圣母玛利亚"[3]。米勒从多萝西娅喜欢妈妈留下的镶翠绿宝石的钻戒和与之相配的手镯却担心自己这样会堕落而看出多萝西娅

---

① 乔治·艾略特:《米德尔马契》,第 183 页。
② 乔治·艾略特:《米德尔马契》,第 184 页。
③ 乔治·艾略特:《米德尔马契》,第 719 页。

身上基督苦行僧般的克己(Christian ascetic renunciation)。

如果把多萝西娅的故事看成阿里阿德涅神话的重演,那么卡苏朋是对忒修斯和迷宫中心吞噬人的怪兽米诺陶洛斯(Minotaur)的戏仿(parody)。多萝西娅想为想象中的宏伟目标自我牺牲的观念将卡苏朋变成了忒修斯和米诺陶洛斯。小说中威尔说:"似乎你从小被灌输了一些可怕的故事,好像到处都是米诺陶洛斯,专吃美丽的少女。不久你就要回到洛伊克的石造监狱,给关在那儿,无疑是活埋。"①这句话让米勒想到卡苏朋体现了对另一个神话的融合,那个神话是克瑞翁(Creon)对安提戈涅的活埋。米勒认为卡苏朋自以为是、自命清高且自私冷酷。卡苏朋和忒修斯的不同在于他没有接受多萝西娅提出的帮助,他始终没有走出糟糕笔记和过时理论组成的迷宫。

众多的神话原型,哪怕是与日常生活的模拟叙事相比,也足以使小说被称为寓言(allegory)。持有这种观点的不仅有米勒,还有菲利西亚·波拿巴(Felicia Bonaparte),不过米勒认为自己的观点与波拿巴的不同之处在于他看到了更多的讽刺与不和谐。波拿巴认为神话原型显示拒绝自私的、重感官享受的异教,以及对基督教的悲悯、克己和服务的肯定。波拿巴对乔治·艾略特小说伦理意义的诠释反映了很多读者的看法,然而米勒坚持认为从多萝西娅与威尔的婚姻可以看出阿里阿德涅是更具有支配力量的原型。也许会有读者说,多萝西娅与威尔的婚姻显示多萝西娅不如罗慕拉(艾略特小说《罗慕拉》〈Romola〉中的女主人公,她由异教徒成长为圣母般的人),小说没有赋予多萝西娅如圣母或圣特蕾莎那种在历史上留下史诗般行动的命运,然而多萝西娅在有限的范围内做了一些难以估量的好事,在历史的困境中做出了尽可能好的选择。

如果多萝西娅是阿里阿德涅,那么威尔则是她的狄俄尼索斯(Dionysus)。米勒认为威尔与狄俄尼索斯在如下方面具有相似性:他们与艺术和光有关,他们倾向受冲动和强烈情感的引导,他们都与动物有着隐晦的

---

① 乔治·艾略特:《米德尔马契》,第213页。

120

联系,他们都看起来有点柔弱(slight effeminacy),他们都经历了蜕变(metamorphosis)。米勒觉得如果从威尔与狄俄尼索斯的相似性来看,威尔的一切也都可以解释。威尔的重情感以及变化使其更像狄俄尼索斯而不是阿波罗,然而阿波罗与狄俄尼索斯之间也是一种对称。米勒认为这种隐秘的联系在第二十一章得到最公开的呈现,小说的叙述者说威尔给人的第一感觉是:"他像阳光一样灿烂,这使他那变化不定的表情更显得不易捉摸。确实,他脸上的一切不时在改变它们的形态,他的下巴有时似乎大些,有时似乎小些,鼻梁上那小小的波纹成了这种变形的前奏。他的头迅速转动时,头发好像在放射光芒,有的人认为,这种闪光是天才的决定性标志。"①米勒认为多萝西娅选择威尔是对生命力量(life energy)的认可。多萝西娅的能量是她情绪中破坏秩序、创造秩序的活力,正是这种活力给了她幻觉,也给了她做好事的力量。阿里阿德涅的婚姻与多萝西娅的婚姻,每一段都有助于理解另一段,但都不是另一段的基础,也不是更古老模式的两个版本,不是所有神话的关键。多萝西娅的婚姻是乔治·艾略特对阿里阿德涅神话的阐释,然而每一段婚姻都有扩散性影响②。

米勒认为阿里阿德涅神话、安提戈涅甚至圣母玛利亚,在某种程度都可以看成恋父情结(Electra Complex)的不同版本。女儿试图取代母亲、赢得父亲的感情,这看起来是对父亲权威的服从;然而父亲在乔治·艾略特的小说中却没有有效的权威,女子试图以某种方式取代父亲成为权威人物,挑战或取代父权能量。米勒认为这也体现在乔治·艾略特身上,体现在她与父亲、布拉邦(Dr. Brabant)、约翰·查普曼(John Chapman)、刘易斯、约翰·克劳斯的关系上。玛丽·安·埃文斯(乔治·艾略特本名)成为权威人物的一个显著方式是她在小说中扮演一个无所不知、无所不能的全知的上帝角色(omniscient paternal deity)。小说的叙述者是男性,是虚构的"他",在《亚当·贝德》中,她将父亲转化成小说中的虚构人物

---

① 乔治·艾略特:《米德尔马契》,第202页。

② J. Hillis Miller, *Reading for Our Time*, p. 159.

亚当。乔治·艾略特作为隐含作者和叙述者的男子气概一直是小说的基本组成部分,即使读者知道了她的真实身份,她也没署自己的真实名字发表过一部作品。不过小说的叙述者同时也解构了男性主义权威,乔治·艾略特的所有作品都以某种方式描述了寻找合法的男性权威的失败。在每一种情况下,这种权威最终都以某种方式被阿里阿德涅的权威所取代。阿里阿德涅的权威是一种施为性伦理学(performative ethics),后者通过多萝西娅的无根据的言语行为获取其权威,这种权威没有最高权威、中心或逻各斯。

米勒进一步说我们正在进行的阅读、修辞性的阅读,或者像小说本身,或者像多萝西娅生活中的决定性行为,或者像阿里阿德涅与狄奥尼索斯的婚姻,这一切都使某事发生;然而究竟会发生什么却是难以预测的,因此也无法被测量或评价,只不过都需要对不可预测和难以估量的影响负责。

第三节 《追忆似水年华》的性嫉妒
——论布鲁姆的普鲁斯特研究

布鲁姆在《西方正典》《天才》《小说家与小说》和《史诗》中都有专章论述普鲁斯特的作品。纵观布鲁姆对普鲁斯特及其作品的研究,其侧重点往往落在性嫉妒上。布鲁姆《西方正典》中普鲁斯特一节的标题是《普鲁斯特:性嫉妒的真正劝导》(Proust: The True Persuasion of Sexual Jealousy)。布鲁姆认为性嫉妒是人类情感的经典主题。从布鲁姆所列举的《奥赛罗》(Othello)与《冬天的故事》(The Winter's Tale)可了解,嫉妒的起因是怀疑妻子不忠。在《奥赛罗》中,奥赛罗受伊阿古挑拨,怀疑妻子苔丝狄蒙娜与副将凯西奥关系暧昧而在愤怒中掐死自己的妻子。在《冬天的故事》中,西西里国王里昂提斯让妻子埃尔米奥娜挽留波希米亚国王波利克塞尼斯,可当妻子挽留成功后却又怀疑妻子与波利克塞尼斯有暧昧、妻子所怀的孩子是私生子;随后以通奸罪逮捕妻子并关进监狱,由此导致儿子马米留斯悲伤而死。布鲁姆认为性嫉妒是人间地狱,但也有炼狱的辉煌。弗洛伊德1922年发表的论文《嫉妒、偏执及同性恋中的某些神经机制》(*Certain Neurotic Mechanisms in Jealousy*, *Paranoia*, *and Homosexuality*)便有对性嫉妒的探讨。这篇论文吸引布鲁姆的主要有两方面:一方面嫉妒与悲伤密切相连,表面上没显出这两种情感的人在内心会经历更严重的压抑,潜意识中的嫉妒和悲伤更加活跃;另一方面是将嫉妒分为正常嫉妒(或称竞争性嫉妒)、投射性嫉妒、妄想性嫉妒。竞争性嫉妒来自对所爱客体的丧失之痛以及自恋,这种情感来源于早期的俄狄浦斯情结。投射性嫉妒是将真实或假想的自我的罪恶归咎于所爱者。妄想性嫉妒是将同性中的某个人当作通常被压抑的对象。弗洛伊德在《奥赛罗》中看到了投射性嫉妒。布鲁姆认为《冬天的故事》中里昂提斯经历了弗洛伊德所说的三种嫉妒方式,而《追忆似水年华》中斯万、圣卢、马赛尔的嫉妒故事稍稍涉及投射性嫉妒,更多的是妄想性嫉妒。

布鲁姆认为普鲁斯特关于嫉妒的描述完全自成一家,如果用弗洛伊德的理论阐释普鲁斯特笔下的嫉妒,会产生简化与误导的后果。布鲁姆认为普鲁斯特的天才体现在如下方面:(1)普鲁斯特对嫉妒、爱情和婚姻有独到的见解,例如斯万认识到自己虚度光阴是因为把爱情和婚姻都给了奥黛特,可奥黛特并不适合自己,而自己似乎也并不那么喜欢她。普鲁斯特对此评价说:"对于我们称为爱的这种现象,只有寥寥数人能够理解它纯粹的主观性或者知晓它,这么说吧,如何创造出在世人眼中与他脾性大相径庭的另一个人来,这个人实际上是由我们内心的看法投射到他身上而成的。"①(2)布鲁姆认为普鲁斯特指出了性嫉妒背后对人终有一死的恐惧,"心怀妒忌的情人反复纠缠于对方背叛行为发生的空间与时间中的每一细节,因为他深恐没有给自己留下足够的时空"②。小说中提到与死亡接近的还有爱情,例如斯万盼望奥黛特在意外事故中无痛苦地死

---

① Marcel Proust, *Remembrance of Things Past*, vol2, p. 359.
② 哈罗德·布鲁姆:《西方正典》,第 328 页。

去,同情苏丹穆罕默德二世因为对一个后妃爱得发狂而刺死了她。(3)布鲁姆认为普鲁斯特洞悉情欲困扰的深处,也即"性嫉妒是最重要的激励动因(incitement premiums),而喜剧性后果是性本身不再有吸引力"①。

布鲁姆赞扬普鲁斯特是悲喜剧(tragicomedy)大师,能看到性嫉妒中的喜剧性,有非凡的喜剧天才(comic genius),能用独特的喜剧程式展现喜剧效果,这其中的一种方式是运用修辞手法。以隐喻为例,作者将斯万和马赛尔隐喻为学术研究人员、研究嫉妒的艺术家、罗斯金式的艺术史家。他们在已经没有爱意之后不断试图对嫉妒进行历史的和学术的探索,例如,"他感到在他心头出现的对一个女人日常生活中最微不足道之事的好奇心,竟跟他以往研读历史时的求知渴望一样强烈。凡是他往日认为是可耻的勾当,比如在窗口窥看……现在都跟破译文本、权衡证据、解释古迹一样,全是具有真正学术价值的科学研究和探求真理的方法"②;"唯美主义者遍查有关十五世纪佛罗伦萨的资料,以期深入原始女神、清纯的凡娜或画家波提切里的维纳斯的灵魂深处"③。

布鲁姆认为普鲁斯特的写作手法还有一些引人注意的地方,这其中既有深思玄想也有奇特的幻想。深思玄想可分为两部分:一部分属于智慧文学,像蒙田和爱默生等学者触及冥想与沉思的边界;另一部分讲述意识的不断发展。布鲁姆认为普鲁斯特也许受到罗斯金的世俗神秘主义(secular mysticism)的影响。布鲁姆认为这两方面是相互融通的,对幻想的掌握可能带给人内心的转变。

布鲁姆认为普鲁斯特的讽喻很微妙,并举了四个典型例子,第一个是把犹太人比作同性恋者却没有贬损任何一方。小说中其实并没有明确地将犹太人比作同性恋者。布鲁姆之所以这么说是借鉴 J. E. 瑞弗斯(J. E. Rivers)的观点。瑞弗斯强调"索多玛(Sodom)、耶路撒冷(Jerusalem)及伊甸园之间的类比是普鲁斯特这部小说的核心,它将犹太人的生存力与同

---

① 哈罗德·布鲁姆:《西方正典》,第 330 页。
② Marcel Proust, *Remembrance of Things Past*, vol2, p. 210.
③ Marcel Proust, *Remembrance of Things Past*, vol2, p. 240.

性恋弥久的坚忍力融为一体,从而使犹太人与同性恋群体赢得了代表人类生活状况的地位"①。普鲁斯特对自己犹太先祖和同性恋倾向并没有懊恼,对犹太人和同性恋者都没有成见。普鲁斯特爱犹太裔的母亲,且在不同时期与男性作曲家雷纳尔多·阿恩(Reynaldo Hahn)、男司机与秘书阿尔弗雷德·阿戈斯蒂奈里(Alfred Agostinelli)都有恋情。第二个是将醋意与对真相的热情相联系的反讽,例如"他的醋意激起的是他在好学的青年时代的另一种才能,那就是对真相的热情,但那也限于跟他与他的情妇之间的关系有关的真相,仅仅从她那儿接受启示"②。第三个是同时运用反讽与隐喻两种修辞手法,例如"这种始终回顾往事的嫉妒就像一位准备撰写史书而又缺乏所写时期任何资料的历史学家;这种始终慢一步的嫉妒就像一头发怒乱奔的公牛,高傲而勇敢的斗牛士戳它以便激怒它,残忍的观众欣赏他的精彩动作和计谋,而它却冲向斗牛士不在的地方。嫉妒在与虚无搏斗"③。此处的反讽体现在看似谴责嫉妒,实际却是赞赏其对抗虚无,其中的隐喻是将嫉妒比喻为历史学家和公牛。第四个是小说中有哲理的悖论性语言,例如"欢愉的岁月即是虚度的岁月,我们工作前必然经历等待的煎熬"④

对于小说的叙述者,很多学者都认为叙述者是异性恋(heterosexual)。不少学者就此展开争论,一部分学者认为叙述者应该如普鲁斯特那样是同性恋更占优势的双性恋,一部分学者认为异性恋更合适,更具普遍性。对此,布鲁姆认为普鲁斯特安排小说的叙述者是基督徒异性恋者属于审美决定(aesthetic decision),因为这样安排有两个好处:一个好处是既有异性恋的斯万和马赛尔,又有同性恋的夏吕斯(homosexual Charlus)、双性恋的圣卢(bisexual Saint-Loup),这样能全面地显示爱情和嫉妒的折磨不分性别与性倾向;另一个好处是与同性恋和犹太人保持距离,可以成

---

① 哈罗德·布鲁姆:《西方正典》,第 327 页。
② Marcel Proust, *Remembrance of Things Past*, vol2, p. 210.
③ Marcel Proust, *Remembrance of Things Past*, vol2, p. 481.
④ Marcel Proust, *Remembrance of Things Past*, vol2, p. 1023.

就"平原众城"的神话（mythology of the Cities of the Plain）。布鲁姆认为普鲁斯特使索多玛（Sodom）与俄摩拉（Gomorrah）、耶路撒冷（Jerusalem）以及伊甸园这三个被遗弃的乐园在更广阔的图景中结合在一起。小说的叙述者作为非犹太人的异性恋可以更有说服力地见证这一新神话。然而在同一章，布鲁姆的另一观点看似与叙述者是异性恋的观点矛盾。布鲁姆认为"叙述者所取的只能说是一种自以为自己是女性且恋女子的同性恋者（male lesbian）的立场，这本身即体现了普鲁斯特所表现和颂扬的雌雄同体（androgynous）的想象力。"①持"雌雄双性特征"观点的还有 J. E. 瑞弗斯等学者。《追忆似水年华》中曾有这样一段话："我们一直试图描绘的年轻男子显而易见是个女性，因此那些对他心存欲望的女人们注定要遭受失望的打击（如若她们没有特殊嗜好），在莎士比亚喜剧中，那些被一个女扮男装的姑娘所骗的人同样经历过这种打击。"②布鲁姆认为此段唤起了超越性别的世界。再有就是叙述者过去曾是马赛尔，后不断转变为作家普鲁斯特，并与普鲁斯特融为一体，"实际上可以肯定，我后来写下的那些篇章对阿尔贝蒂娜尤其是当时的阿尔贝蒂娜来说是难以理解的。然而恰恰因为这个，因为她与我是多么地不同，才使她能用忧伤使我充实起来，甚至一开始只是通过我为了想象某种与自己不同的东西而做的初步努力"③。

性嫉妒令人遗憾，令人疯狂。不过布鲁姆将嫉妒与文学艺术联系起来思考。"嫉妒引起的遗憾和热衷与身后荣耀的人的错误见识一样"④，布鲁姆认为福楼拜、司汤达、巴尔扎克、波德莱尔、罗斯金以及普鲁斯特都热衷身后荣耀，作品是他们赢得身后荣耀的方式。鉴于艺术的劳作是治疗的、审美的、神秘的；文学艺术创作可以使人免于陷入势利和嫉妒狂。

---

① 哈罗德·布鲁姆：《西方正典》，第 328 页。
② Marcel Proust, *Remembrance of Things Past*, vol2, p. 18.
③ Marcel Proust, *Remembrance of Things Past*, vol2, p. 1027.
④ Marcel Proust, *Remembrance of Things Past*, vol2, p. 748.

第四节 施为·媒介·比喻
——论米勒的普鲁斯特研究

　　普鲁斯特被誉为 20 世纪最伟大的作家,其声誉与影响力主要奠基于其历时 16 年创作的长篇巨作《追忆似水年华》。学界普遍认为赏析《追忆似水年华》非常具有难度。米勒认为其中的难度主要来源于四个方面:第一方面是这部小说非常长,并且多样、多变,以至于没有一个部分能够充分代表整体;第二方面是《追忆似水年华》并非完本,普鲁斯特在修改《监狱》时便去世了,小说的后一部分是编辑根据草稿和注释加工而成的,而普鲁斯特的笔记又是出了名的难懂;第三方面是当今普鲁斯特的评论者必须面对已有的关于作者与作品的大量而丰富的评论;第四方面是叙述者或叙述声音的不可靠。虽然具有以上难度,不过米勒觉得权宜之计只有像德·曼或德里达那样评论其中的选段。米勒研究普鲁斯特的英文文章有《他者的他者:普鲁斯特的嫉妒与艺术》(*The Other's Other*: *Jealousy and Art in Proust*)和《激情、施为言语、普鲁斯特》(*Passions*, *Performatives*, *Proust*),以及《文学中的言语行为》一书第五章《马赛尔·普鲁斯特》(*Marcel Proust*)、《黑洞》第三章《多维普鲁斯特》(*Fractal Proust*)和《他者》第九章《马赛尔·普鲁斯特——作为瑞切尔工具的谎言》(*Marcel Proust—Lying as Recherche Tool*)。米勒对普鲁斯特的研究主要集中在言语行为、电子媒介与修辞手法上。米勒选取的《追忆似水年华》中的 3 段文字出自第 3 卷《盖尔芒特家那边》(*The Guermantes Way*)。

(一) 信念与假设皆是施为言语

　　此卷第一章讲述了马塞尔对弗朗索瓦丝对他态度的迷惑。在马塞尔看来弗朗索瓦斯对他衷心爱戴,时常在晚上对他很亲热,请求在他房内坐一坐,每当这个时候,马塞尔"似乎发现她的脸变得透明了,我看到了她的善良和真诚"①。可絮比安向其透露说弗朗索瓦丝背地里说他坏透了,变着法子折磨她,说想要吊死他,还怕会玷污她的绳子。②马塞尔由此发出一段较长的感慨:"是不是人与人之间的关系都是这样的呢? 假如有一天爱情中也出现这种事情,那会给我带来多大的痛苦!……弗朗索瓦丝究竟是爱我还是讨厌我,不管用直接的或间接的方式,我都是无法弄清楚的……一个人,他的优缺点,他的计划以及他对我们的意图,并不像我过去以为的那样的一目了然、固定不变的。"③与马塞尔对弗朗索瓦丝的不了解相似,罗贝·德·圣卢对其情人拉谢尔的本质同样不了解,马塞尔由此评论说"他对这些背叛行为几乎一无所知。你可以把这些都告诉他,却不能动摇他对拉谢尔的信心,因为对心上人的行为一无所知是在最复杂的社会中表现出来的富有魅力的自然法则。"④圣卢的例子并非个案,斯万觉得大家所说奥黛特与一些不男不女的家伙厮混的流言蜚语都是别人编造的;再有叙事者马塞尔同样不知道阿尔贝蒂娜是否背叛了他,是否是女同性恋。那么是什么导致了这种无知呢?

米勒认为从两方面加以分析。一方面是无知源于信任,此种信任与信念或信念类似,是一种与知识相违背的施为行为(performative act)。以宗教信仰为例,信徒要么无视地理学和生物学的发现、坚信世界是由其敬仰的神创造的,要么选择用相关科学知识来佐证自己的信仰。圣卢、斯万和马塞尔都因为信任、爱他们的恋人,而选择无视他人的评说并忽略她们曾经的故事。米勒根据马塞尔的理解,进一步概括说:爱和知识不相容,如自然法则一样超越历史,在任何时间、任何地点、任何文化中都是如此,而且你爱的越多,你知道的就越少;过度的爱意味着完全无知。马塞尔和

---

① 马赛尔·普鲁斯特:《追忆似水年华》,李恒基、桂裕芳等译,译林出版社,2008,第 733 页。

② 马赛尔·普鲁斯特:《追忆似水年华》,第 733 页。

③ 马赛尔·普鲁斯特:《追忆似水年华》,第 733 页。

④ Marcel Proust, *Remembrance of Things Past*, vol1, p. 918.

米勒的此种观点既可以从寓言作品、历史回忆录和书信中找到根据,也可以以与社会上众人打交道的经验为依据。

另一方面则是我们没有直接的途径进入另一个人的思想和心灵。在此问题上,米勒认为对他者的心灵,我们只能凭借胡塞尔的"共呈"(appresentation)来猜测。"共呈"是胡塞尔《笛卡尔式沉思》中的重要术语。我们看呈现给我们的物时有"焦点","焦点"边缘领域和背景领域是焦点领域的共呈地带。与此相似,"我自身的经验属于我可直觉的此时这儿的经验领域,而他人自身的经验则属于我不可直觉的他人自身的此时这儿的经验领域"①。"共呈"是意向发生论层面上我的视域与他人视域"共同呈现",胡塞尔把"共呈"也称为"类比的统觉"(analogical apperception)②。米勒认为"共呈"与"类比的统觉"都模棱两可,因为前缀"ana"通常表示"错误、在旁边、分开",前缀"ap"通常表示"加强"。由于对方的思想感情可能与我相似,也可能与我不同,所以对对方的理解是信念问题,是施为假设,而不是可验证的知识。

在马塞尔那段较长的感慨中,也有概括性的总结,即:不同眼睛结构的人或不用眼睛感觉的人,他们对树木、天空等的感觉会不同于我们的直接感觉,我们有可能编造真实。就像我们隔着栅栏看花园和里面花坛中的花,我们只能看到朦胧的影像,这些影像可能不充分或相互矛盾;所以可以想象"在这片阴影上交替闪烁着恨的怒火与爱的光辉"③。米勒认为同"pose"是施为言语的特征外,马塞尔所说的"也许"(perhaps)也是施为言语的标志,因为它们都不可靠,都没有办法证明。马塞尔的此段文字非常清晰,我们隔着遥远的距离和栅栏看花园中的花,只能看到其轮廓,我们无法根据轮廓准确猜出是什么花,所以他人的情感如同花园的花,他

---

① 张再林:《从"视域"到"共呈"》,《西北大学学报(哲学社会科学版)》2000 年第 3 期。

② 张再林:《从"视域"到"共呈"》,《西北大学学报(哲学社会科学版)》2000 年第 3 期。

③ 马赛尔·普鲁斯特:《追忆似水年华》,第 733 页。

人的言行如同轮廓,再加上他人的言行可能是矛盾的、让人费解的,所以我们所有的想象都无法验证。

(二)通信媒体的施为力量

米勒认为普鲁斯特对电话的沉思是历史上关于这种新媒介奇异性的深刻思考。普鲁斯特对电话的沉思主要体现在马塞尔在顿西艾赫军营给外祖母打电话。由于当时打电话需要借助于接线员,所以米勒觉得马塞尔强调通话正常进行需要双重施为:第一种施为言语是对着电话召唤接线员,第二种施为言语是接线员使对话成为可能。米勒对通信媒体施为力量的分析分为三部分:第一部分是接线员的能力,第二部分是电话取消内部世界和外部世界的界限,第三部分是不同的人物形象。

《追忆似水年华》中的马塞尔讲述了他给外祖母打电话的全过程及其感触,首先是呼叫,"要使奇迹出现,只消把嘴唇凑近神奇的小金属板,呼叫——值班女神(Vigilant Virgins)……她们是我们的守护天使(guardian angels)……我们呼叫万能的女神(the All-Powerful)……我们呼叫地狱中的达那伊得斯姐妹(the Danaids of the unseen)……我们呼叫爱嘲讽人的复仇女神(Ironic Furies)……我们呼叫始终易怒的神秘女侍(ever-irritable handmaidens of the Mystery),幽冥世界里愤恨的女祭司(the umbrageous priestesses of the Invisible),年轻的电话女郎(Young Ladies of the Telephone)"[①]。马塞尔此处给接线员起了不同的绰号,无论是天使还是各种女神,都具有人所没有的能力,都具有类似于"监视"人的功能,这与接线员有能力连通遥远的声音并可以听到电话的内容相似。

关于电话取消界限可以从两方面来看。一方面,因为在通电话时,有可能被窃听,所以米勒认为打电话时不存在私密的交流,不存在隐私感,由此在某种程度上也失去了与之相伴的安全感。另一方面是电话消弭了

---

① 马赛尔·普鲁斯特:《追忆似水年华》,第781页。

距离上的远近之感,正如马塞尔描述的感觉,感觉声音很近,可却见不到发出声音的人,无法拥抱发出声音的人,这种感觉让人愈发觉得遥远和惆怅。

由于只能听到孤独的声音,看不到面孔和身体,所以会产生不同的感觉。马塞尔和外祖母在一起时,感觉外祖母的声音多是指挥他做这做那的命令般的语气;可当他在电话中听到外祖母的声音时,感觉外祖母的声音温柔,充满柔情,且由于体贴而显得脆弱、纯净、忧伤。于是米勒认为电话建构了一个新的外祖母,这个新媒介建构的外祖母不固定,无法控制,这让米勒产生一个不安的假设,即"自我可能是由自我表达的媒介施为性地创造出来的"[1]。米勒的这个假设使我们意识到新媒介颠覆了自我的稳定性,即使一个人,运用不同媒介交流也可能会产生不同的形象,而这些形象也许都不是这个人的真实形象,如此一来,人们会怀疑是否存在真实的自我。

(三) 比喻的意义

米勒赏析的此部分内容还有马塞尔等待罗贝带他情妇来小花园时对花园的欣赏,以及马塞尔眼中的拉谢尔和罗贝眼中拉谢尔的不同。在小花园中,马塞尔看到盛开的梨花,先是将之形容为许多美丽的亭亭玉立的少女,接着又将之形容为高大挺拔的男人,随后在小城郊时又将一株梨树形容为光辉灿烂的天使[2]。马塞尔看到拉谢尔时认出她是以前光顾的妓院里只要花 20 法郎就能欢愉的人。在马塞尔看来,拉谢尔没有任何魅力、相貌平庸、一脸红雀斑。可在罗贝看来,她比军队里的前途、比家庭都重要,他愿意为她杀人、为她花钱,哪怕买三千法郎的一个项链。为什么同样的拉谢尔在马塞尔和罗贝眼中截然不同?为什么马塞尔将拉谢尔称

---

① J. Hillis Miller, *Speech Acts in Literature*, Stanford: Stanford University Press, 2001, p. 194.

② 马赛尔·普鲁斯特:《追忆似水年华》,第 799–801 页。

为"来自上帝的拉谢尔"？拉谢尔名字背后有哪些意蕴？梨花背后的意蕴是什么？马塞尔将梨花想象为天使与罗贝将拉谢尔想象得光芒四射是否相似？

　　小说中，马塞尔在一次看演出时明白了拉谢尔在罗贝心中光芒四射的原因——罗贝第一次看到拉谢尔是拉谢尔在演出的舞台上；在隔着一定距离的舞台营造出的幻觉中，罗贝想象拉谢尔生活在比他的世界优越的美好的梦想世界，如此想象美化了拉谢尔。罗贝需要梦想，希望可以通过梦想中的情人获得幸福，而舞台上的拉谢尔恰好满足了他的想象。联系马赛尔曾将威尼斯看成美丽的城市，后又觉得威尼斯微不足道，米勒认为这反映了对符号的不同阐释：一种是客观地看到事物本来的样子，事物是什么样就看作什么样，没有任何加工，也没有任何感情的投入；另一种与此相反，因为情感的原因，为符号增添了想象的光彩，使其成为想象中的符号，而非真实的符号。米勒还进一步总结说不同的人对同样的事物会有不同看法，即使同一个人在不同时期也可能有不同看法。

　　"来自上帝的拉谢尔"背后有两个典故。第一个典故出自《圣经》，在圣经故事中，拉谢尔是雅各的妻子，拉谢尔起初一直没有怀孕，后来神顾念她才满足她的心愿，使她怀孕生了长子约瑟。另一个典故出自约瑟·哈列维（Joseph Halevy）作曲、尤金·斯克里布（Eugene Scribe）写脚本的歌剧《犹太女》（La Juive）。这部歌剧主角的名字是拉谢尔，而且第四幕结尾有咏叹调"来自上帝的拉谢尔"。由阿道尔夫·努利（Adolphe Nourrit）创作的这个咏叹调讲述了拉谢尔的养父——犹太人以利亚撒，因为人群表现出的对犹太人的憎恨而决定隐瞒拉谢尔的身世，让拉谢尔和自己一样甘愿为信仰而牺牲。小说中的拉谢尔曾因同情德雷福斯而流泪，所以米勒认为这个典故与德雷福斯案件的反犹主题相关，并认为这个主题也是《追忆似水年华》这一部分的一个主要主题。米勒分析马塞尔称拉谢尔为"来自上帝的拉谢尔"有两个用意：第一个是讽刺拉谢尔对待他以及其他嫖客的方式；第二个是拉谢尔身份的双重性，被认为有犹太血统，而实际上是大主教的女儿。米勒将马塞尔的命名与奥斯汀所说的作为显著施为言语的命名联系起来,认为马塞尔的命名是对戏剧的转喻(metonymy),是对被命名者进行制造或改造的言语行为。

米勒认为,拉谢尔除了是圣经中雅各的妻子、歌剧《犹太女》的主人公,还是抹大拉的玛利亚与罗得的妻子。《圣经》对抹大拉的玛利亚的叙述非常少,从中只能知道耶稣赶走了玛利亚身上的鬼后,玛利亚成为耶稣的忠实信徒,见证了耶稣被钉十字架的苦和耶稣的复活。然而在后世不同的故事中,玛利亚有不同的形象,其中较多的是玛利亚由罪人转变为圣徒。米勒将玛利亚转身离开耶稣和认出耶稣后再次转身看成是皈依和精神顿悟,并将其看成是比喻,是施为言语对意义的重新界定,如同梨花与天使,拉谢尔与无价之宝。对于拉谢尔为什么又是罗得的妻子,米勒只提到德里达对于罗得的解读。由于马塞尔曾将梨花比作天使,又提到遭受诅咒的城市,所以米勒联想到拜访罗得的天使和守护基督坟墓的天使。米勒认为马塞尔的话语使我们想到这些典故,并使整个事件"成为一个复杂的寓言(complex allegory),任何事物不仅是其本身,也代表其他事物"①。

米勒认为马赛尔对梨树的拟人与罗贝对拉谢尔的美化是相似的错认,其背后都是隐喻在起作用。米勒由此引申,正是隐喻的力量使我们能够进入美的王国;所有想象的作品——爱情、音乐、文学让我们一窥这个美的王国,"多重且难以企及的美由爱的幻象,以及虚构的诗歌产生的寓言化的词语误用(catachreses)"②。想象更倾向于作用于未知的、不可知的和无法命名的事物。通过米勒对《追忆似水年华》的研究会发现,米勒研究的闪光点是:非常关注细节,尤其是矛盾或让人困惑的细节;努力揭示词语背后的隐含意义;全面深入地分析作品中的典故。不过米勒研究值得商榷的地方是以先入为主的理论来解读文学作品,例如米勒在开篇便说其研究的目的是看施为言语的意义,而米勒着重分析的也是符合其假设的段落。

---

① J. Hillis Miller, *Speech Acts in Literature*, p. 212.

② J. Hillis Miller, *Speech Acts in Literature*, pp. 208-209.

第五节　阅读、寓言、比喻
——论德·曼对《追忆似水年华》的解读

《追忆似水年华》是马塞尔·普鲁斯特创作的长篇小说。小说以"我"为叙述者讲述了其所见所闻以及回忆。在小说第一部《在斯万家那边》第一卷《贡布雷》,"我"讲述了自己读书的体会。正是这部分内容引起德·曼的兴趣。德·曼由此思考:从《追忆似水年华》中我们可以获得关于阅读的哪些启发? 通过分析马塞尔阅读的场景,我们确定能获得普鲁斯特关于阅读的言论吗? 文学文本是否是关于它所描述(describe)、代表(represent)或陈述(state)的内容? 是否存在完美的阅读(ideal reading)? 读到的意思就是表述的意思吗? 这部小说是其自身解构的寓言叙事(allegorical narrative)吗? 阅读的隐喻(metaphor of reading)真的能将外在意义(outer meaning)与内在理解(inner understanding),将行动(action)与反思(reflection)结合成一个整体吗? 为了解决这些疑问,德曼分析了阅读中容易引起困难的隐喻和寓言等修辞手法。

(一)隐喻

德·曼对隐喻的探讨主要体现在如下方面:首先是内部与外部两条明显不相容的内涵链。小说中马赛尔的阅读发生在封闭、隐秘、内部的空间,如凉亭、壁橱、房间、摇篮。"内部"空间受"想象力"主宰,具有凉爽(coolness)、宁静(tranquility)、阴暗(darkness)和完整性(totality)等特征。"几乎全都合上的百叶窗颤颤巍巍地把下午的阳光挡在窗外,以保护房内透明的凉爽"①。"凉爽"与被遮挡的阴暗(darkness)相关,当马塞尔在

---

① 马赛尔·普鲁斯特:《追忆似水年华》,第63页。

树荫下时感到无比幸福。"宁静"有助于沉思,马塞尔的想象力找到了通往"夏日奇观"(the total spectacle of Summer)的途径。与内部相对,依赖于感官的外部特点则是温暖(warmth)、活跃(activity)、光明(light)和碎片(fragmentation)。活跃与安静相对是因为在室内安静阅读便无法进行户外活动。德·曼认为虽然内部与外部相对,且内部世界被明确地评价为比外部世界更可取,然而"初始静态极性(initially static polarities)通过或多或少的接转系统(relays system)处于流动中。此系统允许属性(properties)进行替换(substitutions)、交换(exchanges)和交叉(crossings),似乎可以调和内部与外部的不兼容性。"①

"我的房间里的这种阴暗的清凉,就像大街阳光下的阴凉处,也就是说,虽暗犹明,同阳光一样明亮。"②在通常的逻辑中,这么说是荒谬的,可感觉和想象的逻辑很容易让读者相信这段话的准确性。德·曼认为:"在这种结构中,属性可以替换或交换,比喻系统(tropological systems)至少部分是隐喻系统(metaphorical systems)……在隐喻与转喻对立的两元系统中承认隐喻的优先性。"③那么,隐喻与转喻真是完全对立吗?

小说中房间里的阳光,既有视觉比喻,也有听觉比喻。"有一丝反光还是设法张开黄色的翅膀钻了进来,像一只蝴蝶一动不动地歇在百叶窗和玻璃窗之间的夹缝里"④,这是视觉比喻;"拍打箱柜灰尘的声音……苍蝇的嗡嗡声……夏季室内乐"⑤,这是听觉比喻。德·曼认为通感(synaesthesia)只是代换(substitution)的一种特殊情况,而"代换是所有比喻的共性。这种交换是通过接近或类比实现的,这种接近或类比如此密

---

① Paul De Man, *Allegories of Reading*: *Figural Language in Rousseau*, *Nietzsche*, *Rilke*, *and Proust*, New Haven and London: Yale University Press, 1979, p. 60.

② 马赛尔·普鲁斯特:《追忆似水年华》,第63页。

③ Paul De Man, *Allegories of Reading*: *Figural Language in Rousseau*, *Nietzsche*, *Rilke*, *and Proust*, p. 62.

④ 马赛尔·普鲁斯特:《追忆似水年华》,第63页。

⑤ 马赛尔·普鲁斯特:《追忆似水年华》,第63页。

切以至于没有揭示替代所必然引入的差异"①。在听觉隐喻中夏天与苍蝇的关联是自然的、强烈的、牢不可破的,正如小说所言:"它们从晴朗的日子里诞生,只能同晴朗的日子一起复活,它们蕴含着晴朗的精魂,不仅能在我们的记忆中唤起晴朗的形象,而且证明了它们的回归,它们真实的、持久的、无中介的存在"②。苍蝇只是夏天一个非常微小的部分,但却可以作为夏天本质的具体代表。以苍蝇指代夏天是提喻(synecdoche),而以整体代部分、以部分代整体的提喻也是隐喻。德·曼认为此处的提喻将时间的连续性(temporal continuity)转化为无限的持续(infinite duration)。叙述者感觉苍蝇演奏小协奏曲像夏季室内乐,和乐师演奏的曲调不一样,德·曼将之归为转喻。德·曼如此归类的原因是乐师的演奏只是偶尔能听到,具有偶然性,虽然也有可能被想起,但还是缺乏总体稳定性。德·曼认为"如果转喻与隐喻的区别在于必然性和偶然性,转喻无法创建真正的链接。"③

因为光线的隐喻无力实现总体化(totalization),作者借助于与光的温暖属性不同的水的清凉,"这种幽暗,同我的休息十分合拍,对于常常被书中的惊险故事所激动的我,休息也只像放在流水中一动不动的手掌,经受着急流的冲击和摇撼。"④德·曼认为,虽然这个表述看起来只是修辞复杂的叙事,但实际上却涉及伦理⑤。因为祖母让马塞尔出去走走在某种程度上相当于一种道德命令。马赛尔必须证明他逃离外部世界的阅读是正当的。马塞尔觉得他通过阅读拥有整个世界,拥有与冒险故事中的英雄同样的活力。德·曼认为想象(imagination)与行动(action)之间存

---

① Paul De Man, *Allegories of Reading*: *Figural Language in Rousseau, Nietzsche, Rilke, and Proust*, p. 62.

② 马赛尔·普鲁斯特:《追忆似水年华》,第63页。

③ Paul De Man, *Allegories of Reading*: *Figural Language in Rousseau, Nietzsche, Rilke, and Proust*, p. 63.

④ 马赛尔·普鲁斯特:《追忆似水年华》,第63页。

⑤ Paul De Man, *Allegories of Reading*: *Figural Language in Rousseau, Nietzsche, Rilke, and Proust*, p. 64.

在伦理冲突(ethical conflict),而关于阅读的段落尝试调和这种冲突。德·曼进一步解释说伦理问题(ethical issue)与普鲁斯特式的罪孽和背叛的中心动机有关,这种动机支配着叙述者与自己以及与和他有情感联系的人的关系。德·曼认为隐喻与内疚之间的联系是自传体小说中反复出现的主题,小说经常以忧郁的语气唤起内疚的感觉,而伦理问题又涉及成功的隐喻。德·曼认为我们无法知道普鲁斯特是因为内疚才发明隐喻,还是他为了找到隐喻的用途承认自己有罪。德·曼认为第二个假设实际比第一个假设更不可能。叙述者可能一方面强调隐喻的有效性(operational effectiveness),另一方面却依然对以隐喻为中介、实现阅读到行动转换的这一过程保持警惕。在这个隐喻中,水承载着凉爽的属性,在二元逻辑中属于阅读的想象世界。可"活动激流"(torrent d'activite)中的活动会使人感到热,于是链条中两个对立系列交换不相容的品质。如果休息(repose)可以热烈而活跃,但又不失其独特的宁静美德,那么"真实的"活动可以失去其零碎和分散的性质(fragmentary and dispersed quality)而变得完整。"活动激流"这个隐喻已经变成了两个词("激流"和"活动")的连续性,通过重复使用而组合在一起,不再受到意义的限制。"激流"至少有双重语义功能:在其唤醒的字面意义上,它传递了水实际存在的凉爽属性;在其比喻意义中,它暗示相反的热的动作。德·曼因此认为这句的修辞结构不仅是隐喻,至少是双重转喻。

德·曼认为这个充满成功隐喻的段落,明确断言隐喻对转喻的优越性。字面和主题阅读偏爱隐喻而不是转喻。对隐秘阅读的渴望,比阅读更能满足行动的道德要求。可如果考虑到文本的修辞结构,此种阅读便会受到质疑。马赛尔论阅读的文本具有牢固的结构,吸引读者关注其自身的系统。文本遵循从内到外,多层同时并置在意识中。它将时间上单一时刻的复杂性扩展到轴上,此轴从最大程度的亲密感扩展到外部世界,这个结构不是时间性的,不涉及持续性。历时性(diachrony)是存在差异但互补衔接(complementary articulation)的空间性再现(spatial representation)。对于一部单一回忆瞬间的叙事延伸,此段具有典范意义,将当下时刻转置为连续的序列会同自我阅读行为一起延伸,叙述者和作家通过这种行为而结合在一起。

德·曼认为在马赛尔阅读这部分,有的段落是围绕一个中心、统一的隐喻组织起来的,例如,"因为我对游历和爱情的梦想只是我全部生命力所迸发出的同一股百折不挠的喷泉中的不同力矩罢了;今天我好比把一股表面看来屹然不动、映射出彩虹的水柱按不同高度划分成几截那样,人为地把我的这股生命力划分出不同的力矩。"①德·曼认为不同层次的阅读如同彩虹喷泉的不同高度,此处比喻试图实现移动与静止的调和,实现叙述模型中单个时刻历时描述(diachronic version of a single moment)的融合(synthesis)。叙事的连续流动(the continuous flow)代表一种身份,这种流动能够超越感官和时间,成为视觉和感觉可以触及的东西,因此易于理解和表达,就像阅读的独特而永恒的魅力可以分为连续的层,像树干的同心环。在一个由部分和整体组成的封闭系统中,垂直并置和水平连续的互补性得到牢固确立。小说的叙事结构可以被描述为一场分裂(fragmentation)和统一(reunification)的游戏。连续性(continuity)不仅表现在过渡的流畅性(fluency of the transitions)或结构的无数对称性(numberless symmetries of the composition),而且还体现了意义和结构之间的一致性。因为文本是以缜密(rigorous)和系统(systematic)的方式构建的,所以阅读建立在内部和外部牢固关系的基础上。文章的说服力取决于人们对喷泉的解读,喷泉作为一个实体,既不动又呈彩虹色,在前面几页将意识描述为"闪烁的屏幕"时,虹彩就被预示了。水和光的神奇出现在整部小说中,与作为总体化的隐喻主题相关。这是互补修辞的完美类比,组成部分的差异被吸收到整体的统一中,就像光谱的颜色被原始白光吸收一样。与真实的景观不同,象征性的景观"仿佛就是大自然本身的一个真实可信部分,值得细细玩味、深深探究。"②

德·曼认为:"在偶然性和必然性方面,象征性隐喻(symbolic meta-

---

① 马赛尔·普鲁斯特:《追忆似水年华》,第65页。
② 马赛尔·普鲁斯特:《追忆似水年华》,第65页。

phor)胜过平淡转喻的优越性再次得到重申。在小说的范围内,修辞手段的关系确实是由字面和隐喻的比喻义互补性(complementarity)决定的。"①德·曼进一步解释,互补性首先是根据叙述者与其所居住景观的关系来断言的,但它很快就扩展到了另一组二元主题,即"爱"和"航行"。德·曼觉得这里所谓的"爱"和"旅行"并不像叙述者和其所处的自然环境那样是小说中的两个文本内时刻(intra-textual moments),而是一种不可抗拒的运动(irresistible motion),迫使任何文本超出其界限,并将其投射到外部指涉物上(exterior referent),运动与对意义的需要相结合。马塞尔通过物理现象的类比,指出任何意识都不可能摆脱自身。此物理现象是"当我看到外界的某一件东西,看到的意识便停留在我与物之间,在物的周围有一圈薄薄的精神的界限,妨碍我与它直接接触;在我同这种意识接上关系前,它又仿佛飘然消散,好比你拿一件炽热的物体,去碰一件湿淋淋的东西,炽热的物体接触不到另一件物体上的潮湿,因为在触及前水分总是先已汽化"②。意识的语言似乎无法保持如此安然(ensconced),像普鲁斯特小说中的许多物体和时刻,意识的语言必须自己转出来并成为外层的包络面(enveloping surface)。"如果一个人感到始终置身于自己的心灵之中,那么他不会觉得自己像置身于一座岿然不动的牢笼中一样,而会觉得自己像同牢笼一起卷入无休无止的飞跃,力求冲出牢笼,到达外界。"③这种冲动的认识论意义(epistemological significance)已在前面几段清楚地阐述过——"这一中心信念不断地进行由表及里和由里及表的运动,以求发现真理"④,意识拒绝被限制。据此逆转,文本内的互补性(intratextual complementarity)选择接受真理的检验。

德·曼认为,普鲁斯特的小说表明这个检验一定会失败:"我们力求

---

① Paul De Man, *Allegories of Reading*: *Figural Language in Rousseau*, *Nietzsche*, *Rilke*, *and Proust*, p. 70.
② 马赛尔·普鲁斯特:《追忆似水年华》,第 64 页。
③ 马赛尔·普鲁斯特:《追忆似水年华》,第 65-66 页。
④ 马赛尔·普鲁斯特:《追忆似水年华》,第 64 页。

在因此而变得可贵的万物中重新找到我们的心灵投射其上的反光;我们失望地发现在自然中万物仿佛失去了原先在我们的思想中由某些相近的观念所赋予的魅力。"①在德·曼看来,当人们注意到它出现在一段文章的中心时,其主题和修辞策略就化为乌有了,因为如果事物与观念之间的"接近性"(proximity)未能通过真理的检验,那么它就无法获得隐喻的补充和隐喻的总体性力量(totalizing power),而仅仅是各观念的联合。文本内和文本外的共存运动永远不会达到综合。从这个意义上说,隐喻的字面意义和比喻意义之间的关系总是转喻的,尽管受到假装相反的本能倾向的推动。

一切都将比喻引向隐喻,感官吸引力(sensory attractiveness)、情境(context)、情感内涵(affective connotations),所有这些都协同实现这一目标。然而,一旦人们遵循普鲁斯特的指示,将阅读置于真理与错误的极性之间,往往不被注意的陈述或策略就变得明显,并抵消了比喻似乎已经取得的成就。喷泉的闪烁变得更加令人不安,真理与错误之间的摆动使两种解读无法趋同。审美反应(aesthetically responsive)和修辞意识阅读(rhetorically aware reading)之间的分离同样引人注目,消除了文本所构建的内部和外部、时间和空间、容器(container)和内容、部分和整体、运动和静止、自我和理解、作者和读者、隐喻和转喻的伪综合(pseudo-synthesis)。它的功能就像一个矛盾修饰法,标志着逻辑上的不兼容,而不是表征上的不兼容。它断定必然有至少两种相互排斥的解读,而且在形象和主题的层面上不可能有真正的理解。②

(二) 寓言

德·曼所关注的马赛尔阅读小说的内容主要集中在《追忆逝水年

---

① 马赛尔·普鲁斯特:《追忆似水年华》,第66页。

② Paul De Man, *Allegories of Reading: Figural Language in Rousseau, Nietzsche, Rilke, and Proust*, p. 72.

华》第一部第一卷。在贡布雷，马赛尔通常在自己的房里或花园栗树下草席和苫布搭的凉棚中进行阅读。此凉棚被马赛尔心灵（mind）内化（interiorized）为"摇篮"（cradle）的意象。德·曼认为此种形容具有象征性意义（symbolic significance）

德·曼对于寓言的分析主要集中在以下几处：首先是真理（Truth）与谬误（Error）的寓言。这个寓言涉及弗朗索瓦丝与帮厨女工以及咖啡与热水："帮厨女工先端上咖啡（用我母亲的话来说，只配叫热水），然后又把热水（其实勉强有点热气）送到我们房里，这就无意中像谬误通过对比衬托出真理的光辉那样更显示出弗朗索瓦丝的高明优越之处。"①微温的液体是真正热水的低级版本，是咖啡的低级替代品。帮厨女工是弗朗索瓦丝苍白的倒影。德曼认为替换链（the chain of substitutions）绝不能保持源头（origin）的完整性（integrity），"在取代真理的过程中，错误会降低和磨损真理，导致一系列偏离（lapses），这种偏离有可能污染整体"②。

通过允许文本解构（deconstruct）其自身的隐喻，人们是否可以重新捕捉小说的实际运动（actual movement），并更接近于揭示其隐藏含义的否定认识论（negative epistemology）？这部小说是其自身解构的寓言叙事（allegorical narrative）吗？吉尔·德勒兹（Gilles Deleuze）断言，尽管其支离破碎却具有"有力的统一"（powerful unity）。热奈特强调，尽管存在隐喻和转喻之间的穿梭，但依然有"文本的可靠性"（solidity of the text）。关键在于是否有可能将阅读中的矛盾纳入能够遏制这些矛盾的叙述中。这样的叙述将具有阅读寓言的普遍意义。作为对理解过程中真理与错误的矛盾描述，寓言将不再承受这种复杂性的破坏。如果它本身并不是明显的错误，那么真与假的寓言将为文本的稳定性奠定基础。人们必须解开《追忆似水年华》中真相和谎言的复杂交错，才能确定这部作品是否符合这一模式。

---

① 马赛尔·普鲁斯特：《追忆似水年华》，第 63 页。

② Paul De Man, *Allegories of Reading*：*Figural Language in Rousseau, Nietzsche, Rilke, and Proust*, p. 59.

德·曼认为,马塞尔对绰号"乔托的慈善图"(Giotto's Charity)的沉思有助于理解寓言问题,以及寓言警告我们任何试图对小说进行包容性寓言解读(inclusive allegorical reading)的尝试必然会遇到困难。"乔托的慈善图"是斯万先生给马塞尔家的帮厨女工起的绰号。马塞尔家的"帮厨的女工是个有名无实的角色,是个常设的职位,承担着始终如一的任务,它通过体现它存在的一连串暂时的形态,保证了某种连续性和同一性"①。帮厨的女工听命于女仆弗朗索瓦丝,在某种程度上可以说是仆人的仆人。斯万发现怀孕的帮厨女工与乔托在帕多瓦礼拜堂(Arena of Padua)绘制的寓言湿壁画(allegorical frescoes)相似。德·曼认为,"这样构思的寓言与隐喻的结构没有任何区别,事实上是隐喻最普遍的版本。隐喻保证了艺术作为一种'永久机构'(permanent institution)的身份,超越了其特定化身(particular incarnations)的独特性(singularity)"②。在德·曼看来,这一部分有两点让人惊奇,首先是普鲁斯特选择奴役(servitude)作为本质意图(essence intended),其次是斯万挑选的寓言人物是慈善(Charity)。德·曼认为通过在自己的寓言中概括自己,这个隐喻似乎已经取代了它的正确含义。马赛尔观察到厨房女仆和乔托的慈善图有两方面相似:一是外形,二是她们都具有与阅读和理解相关的维度,她们都不理解这一特征,都似乎患有同样的阅读障碍(dyslexia)。

寓言图像(allegorical image)或图标(icon)具有代表性价值(representational value)和力量(power)。德·曼认为我们需要关注寓言图标及其语义重要性。马塞尔认为帮厨女工和乔托的湿壁画使我们关注寓言细节(allegorical detail),即帮厨女工怀孕的腹部和湿壁画"贪欲"(Envy)的嘴唇。德·曼认为,在隐喻中,用比喻代替字面名称,通过综合,可以保持隐含的正确含义。但在寓言中,作者似乎对相似性所产生的替代力的有效性失去信心:他陈述了恰当的含义,直接地,或通过文本内代码(intra-tex-

---

① 马赛尔·普鲁斯特:《追忆似水年华》,第 61 页。

② Paul De Man, *Allegories of Reading*:*Figural Language in Rousseau*,*Nietzsche*,*Rilke*, *and Proust*, p. 73.

tual code)或传统的方式,通过字面符号(literal sign)。字面符号与该含义没有相似之处,反过来,它传达一种适合它的含义,但与寓言的正确含义不一致①。德·曼之所以这么说是因为乔托"慈善图"的主妇面部表情没有慈善意义。

德·曼指出,寓言的正确含义(proper meaning)与字面意义之间的关系不仅仅是一种不巧合(non-coincidence)。语义的不和谐(semantic dissonance)走得更远。然而,从结构和修辞的角度看,重要的是寓言表述所导致的意义偏离了最初的意义,到了取消其表现的地步。普鲁斯特并不是从直接接触乔托的壁画开始的,而是从拉斯金(Ruskin)对乔托画在意大利帕多瓦斯克罗维尼礼拜堂的拟人化寓言壁画《罪恶与美德》的评论开始的。拉斯金的评论涉及阅读和解释的错误。拉斯金描述了"慈善"左手举着一颗看起来像心的物体,最初他认为这个场景代表上帝将自己的慈善之心赐给了她,但他在后来的笔记中纠正了自己,认为是她把心献给上帝,把奉献献给人类。拉斯金还讨论了画家矛盾的言辞(ambivalent rhetoric)。马塞尔描述了同样的手势,遵循拉斯金的后一种解读,但却通过加入比较来取代原本的含义,"她在把心'递'给上帝,就像厨娘把起瓶塞的工具从地下室的气窗里递给正在楼下窗口向她要这件工具的人"②。德·曼认为乔托的"慈善"像帮厨女工,也像弗朗索瓦丝。帮厨女工的痛苦被唤起,激发了一种很容易与慈善相混淆的怜悯之情。但是第二种相似比较难以理解:因为弗朗索瓦丝对待帮厨女工的态度特别不仁慈。德·曼解释说,这个寓言的字面意义在于以最缺乏慈悲的方式表达其正确意义(proper sense)。该部分的修辞意义在于单个图标产生两种含义:一个是表象的(representational)和字面的,另一个是寓言式的和"适当的",这两种意义相互斗争。德·曼指出在作者的同谋下,字面意义抹去了寓言意义。

---

① Paul De Man, *Allegories of Reading*: *Figural Language in Rousseau*, *Nietzsche*, *Rilke*, *and Proust*, p. 74.

② 马赛尔·普鲁斯特:《追忆似水年华》,第 62 页。

在美德与恶行的道德领域,寓言修辞(allegorical figure)的矛盾(ambivalences)导致了价值混乱。在普鲁斯特的阅读寓言中,弗朗索瓦丝和帮厨女工也演绎了真假的对立。任何叙述首先都是其自身阅读的寓言,它陷入了困难的双重困境。只要它涉及一个主题(theme),它总是会导致不相容的意义的对抗,在这两者之间有必要但不可能做出正确与错误的决定。如果其中一个阅读被声明为真,则始终可以通过另一个阅读来撤销它。对《追忆似水年华》的解释,将这本书理解为其自身解构的叙事仍将在此基础上运作,它解释了热奈特、德勒兹和马塞尔自己的批判理论所假设的文本连贯性(textual coherence)。它将恢复任何主题阅读所依赖的结构和陈述之间的充分性。但当问题不再是寓言化两种阅读模式,而是阅读本身时,关于乔托的慈善图的段落所揭示的困难要大得多。直接字面阅读乔托的壁画永远不会发现它的含义,因为所有表示的属性都指向不同的方向。我们知道这个寓言的意义只是因为乔托把它写在他画的上框上:KARITAS。我们通过直接阅读而不是间接阅读寓言来获得正确的含义。这种字面解读是可能的,因为慈善的概念被认为是一种参考性(referential)和经验性的经验(empirical experience),这种经验并不局限于文本内的关系系统(intra-textual system of relationships)。这同样不适用于我们现在所讨论的阅读的寓言表述(allegorical representation of Reading),我们现在理解寓言性表述是任何文本不可简化的组成部分。这样一个寓言中所代表的一切都将偏离阅读行为并阻碍对其理解的获取。阅读的寓言(The allegory of reading)讲述了阅读的不可能性。根据普鲁斯特自己的陈述法则,永远无法阅读。这部小说中的一切都意味着不同于它所代表的东西,无论爱情、意识、政治、艺术还是美食,它总是有其他的意图。可以证明,最恰当的术语是指定这个"其他东西"是阅读。

第六节 现实、道德社会、结构风格
——哈特曼评神秘小说

神秘小说(mystery story/mysteries)是一种宽泛的说法,它包括侦探小说、哥特小说(gothic novel)、冒险故事、悬念小说、间谍小说和犯罪小说,所以神秘小说也常与侦探小说或犯罪小说混用。雷蒙德·钱德勒(Raymond Thornton Chandler)、罗斯·麦克唐纳(Ross MacDonald)、达希尔·哈米特(Dashiell Hammett)是美国当代著名侦探小说家,罗布-格里耶(Alain Robbe-Grillet)是法国当代著名小说家。哈特曼对美法当代神秘小说的研究主要包括三个方面:第一个方面是神秘小说与歌谣故事的复杂联系;第二个方面是神秘小说的道德与社会内容;第三个方面是神秘小说的结构风格。

(一) 神秘小说与歌谣的复杂联系

哈特曼认为歌谣与神秘故事有着复杂的关系。哈特曼以中世纪颂歌《摇篮曲》(Lully,Lulley)和华兹华斯的《荆棘》(The Thorn)为例,探讨歌谣与神秘故事的复杂联系。鉴于哈特曼的写作目的不是建立历史家谱(historical genealogy),所以哈特曼并没有严格考证歌谣对神秘故事的影响,只是说"歌谣的复兴不仅影响了神秘的哥特式小说,也影响了麦尔维尔的《比利·巴德》(Billy Budd)、亨利·詹姆斯创作的惊险故事和博尔赫斯创作的南美平原牧人的故事(Gaucho stories)"①。

哈特曼认为在探讨歌谣与神秘故事的复杂联系之前,不得不提作为术语的"苦难"(the suffering,pathos)。"苦难"作为术语出自亚里士多德

① Geoffrey H. Hartman, *A Critic's Journey*: *Literary Reflections*,1958—1998,p. 167.

的《诗学》,古希腊戏剧中的苦难是一种破坏性的或痛苦的行为,例如舞台上的死亡、身体的痛苦等。哈特曼认为苦难是侦探小说的中心或焦点,而发现和逆转则姗姗来迟,是增强效果的技术手段。古希腊悲剧中的很多苦难并非直接展现在舞台上,那么歌谣与神秘小说呢?

中世纪的颂歌《摇篮曲》讲述了猎鹰杀害了叙述者的亲友并将其带到果园,在这个果园中有一位受伤的骑士,他的伤口日夜不停地流血,有一名女子跪着日夜哭泣,还有一块石头,上面写着"基督圣体"(Corpus Christi)。哈特曼认为虽然这首颂歌中有死亡、极度的痛苦、伤口等苦难场景(scene of pathos),但因图画和铭文的形式(the form of picture-and-inscription),我们可以毫无恐惧地沉思。它是一只温柔的猎鹰,不是一只被战场屠杀所吸引的猛禽,它将我们从平凡的世界带入浪漫的世界;尽管此诗足够黑暗,但因铭文的解释稍解恐惧之情、给人带来安慰。[1]

华兹华斯的《荆棘》首次发表在《抒情歌谣集》(1798)中。此诗以诗人看到的一棵荆棘开始,诗人讲述自己多次在明朗的天气下路过却没有注意到那棵荆棘,不过在暴风雨中却留意到了,于是诗人思考如何通过某种发明,让那荆棘成为令人印象深刻的物体。哈特曼认为叙述者的眼睛停留在刺上,意识走向了其害怕发现的地方,即民谣中悲伤和血腥的场景,但诗中没有尸体。我们以一种特殊的意识接近奇怪的地方,这种意识重复地、准仪式地(repetitive, quasi-ritual)从一个物体到另一个物体,从荆棘到池塘到苔藓山,具有地形学的精确性[2]。哈特曼将这种节奏缓慢、戏剧性事实(dramatic fact)弱化、几乎没有情节、有苦难但没有明确苦难场景的故事称为伪叙事(pseudonarratives),并认为很容易建立一条伪叙事的血统。在哈特曼看来,此传统包括安东尼奥尼(Antonioni)的《放大》(Blow-Up)和《冒险》(L'Avventura),雷乃(Resnais)的《去年在马里昂巴德》(Last Year at Marienbad),伯格曼的《激情》(A Passion),以及诺曼·梅勒(Norman Mailer)的《梅德斯通》(Maidstone)。

---

① Geoffrey H. Hartman, *A Critic's Journey: Literary Reflections, 1958—1998*, p. 167.
② Geoffrey H. Hartman, *A Critic's Journey: Literary Reflections, 1958—1998*, p. 168.

（二）道德社会

侦探小说的停滞和流行都与人们在"文明"社会中的生活方式有关，与公正有关。罗斯·麦克唐纳捍卫侦探故事的社会和心理重要性，提出了一些重大问题，如现实、正义、仁慈和忠诚。哈特曼对小说中道德与社会的分析主要包括如下方面：道德困境、理想主义、生态污染与道德污染、青少年帮派等。

哈特曼明确地说自己喜欢阿尔弗雷德·安德施（Alfred Andersch）的小说，认为他的小说饱含政治和艺术智慧，尤其是对战后欧洲道德困境进行深入思考的《艾弗莱姆》（*Efraims Book*）。《艾弗莱姆》讲述了二战后柏林的特殊状况，对饱受创伤的德国进行了令人辛酸的描述。小说的叙述者思考人类的处境，探讨二战和大屠杀的恐怖以及可悲的人性。小说的主人公艾弗莱姆是一位后奥斯维辛集中营的犹太人，也是一位背井离乡的知识分子。他曾在意大利前线为英国人而战，并在奥斯维辛集中营中失去了父母。1962年，他作为一名穿梭于伦敦、柏林和罗马之间的记者第一次回到柏林；他从调查某编辑女儿战时失踪的情况开始创作小说。艾弗莱姆不断插入新事件，不断拖延该讲述的尴尬秘密。艾弗莱姆认为写作是为了推迟面对痛苦的结局，可他实际上是在抗议历史事件的恐怖和棘手，因为这些事件是心灵无法解决或整合的。他于是选择了一个替代的秘密，即用妻子的不忠来简化战后欧洲的道德困境。《艾弗莱姆》没有正式的结局，叙述者继续写作，进入平凡的生活。

罗斯·麦克唐纳在《地下人》（*The Underground Man*）中描写了加利福尼亚的大火，这场火灾是一场"生态危机"，与斯坦利·布罗德赫斯特扔下的小雪茄有密切联系。斯坦利属于这样"一代人，他们的长辈像鹈鹕一样，被一种道德上的滴滴涕（DDT）毒害了，损害了他们年轻人的生活"①。哈特曼认为通过将生态污染和道德污染结合起来,麦克唐纳创造了一个双重阴谋,将犯罪蔓延到整个加州。

麦克唐纳的作品充满了对家庭问题的探讨,尤其是脆弱的人物和受到过度保护的人物。麦克唐纳强调,儿童及其错误的心理行为使问题变得更复杂,例如《寒颤》(*The Chill*)中的多莉、《告别的表情》(*The Goodbye Look*)中的尼克·查尔默斯和《地下人》中的苏珊·克兰德尔。主要的受害者通常是一个需要父亲或社会保护的孩子,而妈妈却给予了过度保护——这种过度保护同样是致命的。孩子们总是被大人的世界所囚禁,以至于无法看清事情的本来面目,是一个"傻瓜"。除了家人外,警察、医生等也可能是过度保护者。尼克在《告别的表情》中痛苦地说,"然后……从那时起我就和他在一起了。我希望我一开始就去报警"②。面对某些受害者,读者的感情很复杂,读者可能对《地下人》中的青少年表示同情,虽然他们绑架了一个小男孩,可初衷却是防止他成为成人世界的牺牲品。事实上,"保护性拘留"并不起作用,在《寒颤》中,罗伊和利蒂希娅·布拉德肖之间的关系是一个典型而可怕的例子。罗伊是一位上流社会的人,他娶了一位富有的女人,这个女人可以把他送到弗拉瓦德,让他摆脱阶级的束缚,但这个女人的年龄足以做他的母亲。他们以母子身份生活在一起,而她则杀死了那些吸引她"孩子"的年轻女性。这些小说似乎暗示,保护总是要花钱的,而人们为此付出的大部分代价都是隐藏的。麦克唐纳关注心理,钱德勒则尤为关注社会,例如钱德勒关注公正的保护制度的必要性以及现代机构在提供保护方面的不足。与其他犯罪小说作家一样,费伊沉迷于传统仇恨女性的观点,《永别了,亲爱的》(*Farewell, My Lovely*)中的海伦·格雷尔是典型的受害者,她就像《长眠不醒》(*The Big Sleep*)中的斯特恩伍德姐妹一样,被允许在被捕之前向她的"保护者"进行报复。然而钱德勒经常让他的女罪犯逃脱,因为他知道她们最终会被这个系统困住。

---

① Ross Macdonald,*The Underground Man*,New York:Alfred A. Knopf,1971,p. 226.
② Ross Macdonald,*The Goodbye Look*,New York:Alfred A. Knopf,1969,p. 223.

通过阅读,哈特曼发现家庭破裂和青少年帮派总是与某些新团体有关。神秘小说中经常有对家庭破裂的描写,只是家庭破裂的类型各不相同。在《告别的表情》中,一名男子抱起一名八岁男孩并对他调情,男孩向男子开枪;事实是这个男人是男孩的父亲,该父亲酗酒且不知如何表达感情。亚里士多德在《诗学》中说最好的发现是亲属原来是仇敌,这种情况更容易引起怜悯。哈特曼认为,正如希腊悲剧一样,当家庭成员去世时悲痛最为强烈,"惊悚片"的刺激类似于担心凶手将被证明不是局外人,而是我们非常熟悉的人,甚至是有血缘关系的人。在麦克唐纳的小说中,人际关系往往两极分化:要么是明显的异族通婚,要么是近乎乱伦,如《寒颤》中的罗伊和利蒂西亚·布拉德肖。哈特曼补充说充满男子气概的兄弟会、犯罪团伙,其建立原则与亲属关系有相似之处。

理想主义尤其体现在小说中的侦探身上。麦克唐纳小说中的侦探卢·阿彻哪怕妻子离开了他,既不愤世嫉俗,也不古怪,更不强硬。他经常和客户在公共场合见面,似乎任何人都可以引起他的道德同情。雷蒙德·钱德勒在《简单的谋杀艺术》(*The Simple Art of Murder*)中认为,悬疑故事创造了一个严肃的虚构世界,不是芬芳的世界,却是我们生活的世界。在这个世界上,侦探是一个普通人,但是自有其品格;他工作,他不卑鄙也不害怕,他厌恶虚伪、蔑视琐碎;他们大多可以被雇用,但并不关心金钱(即使他尊重金钱的权力)。他似乎没有支配他人的冲动,也很少从赌博中获得乐趣,不为任何人或更高权力服务,他成了最新的不可战胜的英雄。

(三) 结构风格

在结构风格上,神秘小说通常采用现实主义与超现实主义相结合的手法,在精巧布局中实现逆转,使用机械性、操纵性和重复等方法解释谜团。

第一,现实主义与超现实主义手法。读者想了解现实、了解生活、了解秘密,渴望看到更多,于是侦探小说通过解释乍一看似乎与我们生活没有直接关系的谜团,从而让我们对生活有所窥视。那么侦探小说如何让谜团与现实融合无间的呢?通过哈特曼的分析,我们可以总结出四方面:(1)将令人震惊的事实融入理性或现实模式,例如贺拉斯·华尔浦尔(Horace Walpole)在《奥特兰多城堡》(Castle of Otranto)中讲述了一个贵族家族的法定继承人被巨大头盔杀死的故事。(2)超现实主义手法,例如安德烈·布勒东(Andre Breton)的"白头发的左轮手枪"形象会使读者想象有白毛枪这样的东西。(3)陌生化手法,优秀的作家将熟悉的事物变得新奇。侦探既是天真烂漫的人,也是经验丰富的人,通过他的眼睛,我们欣赏到熟悉的世界的色彩。(4)充分利用外在视觉的全景现实主义。雷蒙德·钱德勒比罗斯·麦克唐纳更强烈地渴望充分利用粗俗的视觉印象。钱德勒《永别了,亲爱的》中的穆斯·莫洛伊个子很高,长度没超过六英尺五英寸,宽度没超过啤酒车,看起来不起眼,像天使食物上的狼蛛一样。这些图像描述让我们难以忘怀。对于侦探小说,与凶手和动机同样重要的是犯罪地点,无论室外还是室内,犯罪地点都会呈现直观的证据。出于对证据的渴望,我们的眼睛会紧张地关注那些形象的细节(graphic details)。就此来说,哈特曼认为侦探故事与悲剧不同:悲剧中的死亡让我们意识到时间;侦探追寻痕迹,巧妙地将致命行为或其后果限制在一个确定的、可视化的领域,所以侦探故事通过其决定性的视觉复活(visual reanimations),让地点(place)取代时间。

第二,巧合与逆转。哈特曼认为巧合对于看不见的苦难最原始场景起着决定性作用。在罗斯·麦克唐纳的《地下人》中,父亲和儿子相隔15年在同一地点被同一把枪杀害。麦克唐纳的《寒颤》中,男人的"母亲"竟然是他的妻子。在拉德克利夫夫人(Radcliffe)的《森林浪漫史》(Romance of the Forest)中,一个适婚的女孩碰巧被带到她亲生父亲被杀的那个城堡房间,父亲被杀时,她还是个婴儿。

第三,机械性和操纵性。悬疑故事的特性是谜团(puzzle)。机械性和操纵性时常被用来解释谜团。麦克唐纳喜欢创造一些人物,他们的生活可以采用弗洛伊德式或俄狄浦斯式的解释方式。例如,在《地下人》中,凶手原来是一个占有欲极强的母亲。小说带着与沃波尔作品一样生动的家庭噩梦,从尸体的发现到女凶手冰冻的心灵,所有的角色都容易理解。

第四,重复。侦探故事开头和结尾都强劲有力,但结局通常弱于开头。哈特曼认为品钦(Pynchon)的《拍卖第 49 号》(*The Criny of Lot* 49)比梅勒的《巴巴里海岸》(*Barbary Shore*)更有想象力,是美国为数不多的对侦探故事进行真正喜剧处理的作品。这部小说不仅关注开始和结束,而且提出两种重复的问题,一种是神奇的或不可思议的,另一种对精神来说是致命的。神奇的重复将我们释放到符号中:当我们因讨论次要原因、琐事和混乱浪费生命时,它的意义支撑着我们。随着品钦小说的展开,读者为其丰富所吸引,那些哭声、垃圾中的宝藏等,要挽回这一切,只有回忆。回忆重新引入了"第一"原因的概念,抵消了阻力。读者如女主人公俄狄帕一样仍渴望一些最初或最后的事件,而最后的结尾和一系列隐喻相混合,并非真正的结束。

哈特曼清楚地看到,虽然侦探小说存在一定的程式,但侦探小说家之间也存在风格的差异。例如,麦克唐纳笔下的人物比钱德勒笔下的人物更可信,他们更普通,不那么怪异。钱德勒风格与卓别林风格并不遥远,钱德勒常常处于超现实主义和悲喜剧闹剧的边缘。例如在《长眠不醒》中,卡门·斯特恩伍德小姐第一次见马洛便倒在其怀中。钱德勒的小说是一个小丑般的世界:怪诞、狂躁、闪烁其词、滑稽悲伤。

哈特曼最后总结说侦探小说的核心不是流行、道德、缺乏现实主义,而是程式化、道德主义以及吸收最新的现实主义加以利用,并在小说中嵌入抒情和怪诞的时刻。

第五章　耶鲁学派的戏剧批评

在德·曼、哈特曼、布鲁姆与米勒四人之中,米勒对戏剧的评论最少,几乎没有独立的文章,其对戏剧相对集中的探讨主要体现在《解读叙事》第一章以及相关的访谈中。哈特曼对戏剧的探讨主要体现在《莎士比亚〈第十二夜〉中的诗意人物》(*Shakespeare's Poetic Character in Twelfth Night*)和《莎士比亚与伦理问题》(*Shakespeare and the Ethical Question*)中。德·曼对戏剧的批评主要体现在对卢梭的《那喀索斯》(*Narcisse*)和《皮格马利翁》(*Pygmalion*)的解读。在这四人中,布鲁姆对于戏剧的评论最多,这些评论大致可以分为三类:第一类是专著《剧作家与戏剧》,第二类是《西方正典》与《如何读、为什么读》中对莎士比亚、莫里哀、歌德、易卜生、贝克特和王尔德等人剧作的评论,第三类是莎翁剧评,例如"莎翁笔下的人物"(*Shakespeare's Personalities*)丛书系列。此系列包括《李尔王:权威的伟大形象》(*Lear：The Great Image of Authority*)、《福斯塔夫:给我生命》(*Falstaff：Give Me Life*)、《克丽奥佩特拉:我是火与空气》(*Cleopatra：I Am Fire and Air*)、《伊阿古:邪恶的策略》(*Iago：The Strategies of Evil*)和《麦克白:精神的匕首》(*Macbeth：A Dagger of the Mind*)。

第一节　布鲁姆的古希腊戏剧批评

布鲁姆的《剧作家与戏剧》一书,对埃斯库罗斯的《俄瑞斯忒亚》三部曲,索福克勒斯的《厄勒克特拉》《俄狄浦斯》三部曲,欧里庇得斯的《酒神的伴侣》,以及阿里斯多芬的《鸟》加以赏析。布鲁姆的这些短评虽然字数不多,但赏析的角度丰富而新颖。

（一）克吕泰墨斯特拉的形象与情感

《俄瑞斯忒亚》三部曲《阿伽门农》《奠酒人》《报仇神》是埃斯库罗斯的代表作。《阿伽门农》主要讲述克吕泰涅斯特拉盛赞丈夫阿伽门农、诱导其走花毡入宫，并在浴室将其杀害的故事。《奠酒人》接续阿伽门农的故事，讲述了阿伽门农的儿子俄瑞斯忒斯听从阿波罗的启示，与姐姐厄勒克特拉相认，并与姐姐一同杀死克吕泰涅斯特拉和她的情人埃癸斯托斯的故事。《报仇神》讲述俄瑞斯忒斯杀母后，被报仇神一路追踪，从德尔斐神庙到雅典并接受审判的经历。俄瑞斯忒斯在雅典接受审判，陪审团一半投票有罪，一半投票无罪，最后由雅典娜宣判无罪的故事。对于此三部曲，布鲁姆把赏析重点放在了克吕泰墨斯特拉的形象与情感上。

阿伽门农的故事在很多作品中都曾出现过，最早又最有影响的是《荷马史诗》。《荷马史诗》为了将阿伽门农塑造成威风的英雄，详述其希腊联军统帅的形象，省略了其愿意献祭女儿伊菲革涅亚这部分内容。布鲁姆认为在埃斯库罗斯的剧作中，阿伽门农的形象远没有克吕泰墨斯特拉生动。是什么促使克吕泰墨斯特拉要杀害阿伽门农？是对其献祭女儿的痛恨还是更想僭取王位？布鲁姆认为用"母狮蛇"来形容克吕泰墨斯特拉非常贴切，她在杀害了丈夫和无辜的卡珊德拉后发表了一段话，她说她认为阿伽门农是装出慈爱面貌的恶汉，她为了杀死丈夫，筹划已久；紧接着她细致描述了杀死丈夫的血腥场面，包括丈夫的惨叫以及丈夫口中喷出黑红血液的样子；她说自己为此欢笑开心。在此种暴力的描述后，她又说自己对卡珊德拉的杀害，以及卡珊德拉凄厉的声音让其分外喜悦，分外有兴致。

学界认同克吕泰墨斯特拉因为痛恨丈夫而残忍杀害丈夫，不过对于克吕泰涅斯特拉为什么如此恨自己的丈夫，学界有不同的解释。布鲁姆认为这种痛恨与性有关。布鲁姆进一步分析说克吕泰墨斯特拉认为阿伽门农之所以凌驾在自己之上只是因为他是男性这个性别优势，因此她憎恶不如自己却比自己地位高的丈夫,所以杀害阿伽门农以及卡珊德拉会让自己分外自豪。布鲁姆推测,克吕泰涅斯特拉杀害阿伽门农和卡珊德拉会增强自己的男性气概。布鲁姆还推论说因为同样的原因,克吕泰墨斯特拉内心其实对作为至高无上的神宙斯怀有恨意。

(二) 厄勒克特拉的真面目

索福克勒斯的《厄勒克特拉》在某种程度上可以看作对埃斯库罗斯《奠酒人》的回应。这两部悲剧的主要人物都是阿伽门农的女儿厄勒克特拉。阿伽门农出征后,厄勒克特拉的母亲与情人私通;当阿伽门农凯旋后,厄勒克特拉的母亲和情人又联合杀死了阿伽门农、联合执掌政权。在这种境况下,厄勒克特拉的处境非常尴尬。后来厄勒克特拉发现了自己的弟弟,并帮助自己的弟弟杀死了自己的母亲。同样的故事情节,厄勒克特拉在埃斯库罗斯和索福克勒斯笔下的形象却并不相同。

布鲁姆认为在埃斯库罗斯的《奠酒人》中,厄勒克特拉主要表现了愤怒,她作为公主,厌恶被他人贬低,这种愤怒使她忍辱负重,一定要报仇雪恨。这种愤怒与仇恨充分体现在她的祈祷中:"请怜悯我和你所喜爱的俄瑞斯忒斯,我们怎样才能成为家里的主人? 我们现在无家可依靠,被生育我们的人出卖了,她换得了埃癸斯托斯——杀害你的从犯做她的丈夫。我是个奴隶,而俄瑞斯忒斯则出外逃亡,失去了财产;他们却是神气十足,乐享你辛辛苦苦挣来的果实……至于我们的对手,父亲啊,我祈求有人为你向他们复仇,叫凶手们遭杀身之祸,受到惩罚。"①

索福克勒斯笔下的厄勒克特拉则陷入消极之中,她经常自哀自叹:"可是我的苦难哪里有止境? 对死去的人不关怀,怎么对呢? 人间哪有

---

① 埃斯库罗斯:《埃斯库罗斯悲剧六种》,罗念生译,上海人民出版社,2016,第318页。

这样的事?"①如果只是一味哀叹,那索福克勒斯的此剧不会成为经典。布鲁姆认为此剧中的讽刺主要体现在自由上。人物遭受苦难,免除苦难就可以挣脱束缚像最初一样吗?事实并非如此,俄瑞斯忒斯将姐姐从险境中解除,却只是使其拥有了身体的自由,她精神上并没有得到解脱。布鲁姆认为她无法自拔的原因在于她无法斩断内心的罪恶之结,无法纠正过去。②

(三) 无法参透的俄狄浦斯王

俄狄浦斯是希腊神话、希腊悲剧中众所周知的悲剧人物。他刚一出生,父亲拉伊俄斯想杀死他,便将其丢弃到荒山中,不过他被牧羊人所救,并被送给科林斯国王。俄狄浦斯长大知道"杀父娶母"的神谕后,为避免神谕成真而离开科林斯国,并在三岔口失手杀害了一个老人。他来到忒拜国,解开谜语,成为国王。当瘟疫发生后,他为了消除瘟疫积极寻找杀害国王的凶手,当发现凶手是自己后自刺双目,自我流浪。俄狄浦斯知识渊博,没有明显的弱点,却结局悲惨,引起了不同时代学者的众多点评。亚里士多德认为《俄狄浦斯王》是悲剧的典范。

弗洛伊德对俄狄浦斯的评价在精神分析领域和文学领域都影响深远,尤其是以下三点:(1)称赞索福克勒斯为精神分析的先驱,为观众呈现了精彩的自我分析(self-analysis);(2)称俄狄浦斯具有无意识的罪恶感(unconscious sense of guilt)——"恋母情结";(3)将自插双目比拟为自我阉割(castration)。对于弗洛伊德的观点,有人赞同,有人反对。布鲁姆并不赞同弗洛伊德的观点,他认为俄狄浦斯和弗洛伊德所说的俄狄浦斯情节毫不相关,认为俄狄浦斯无论有意识还是无意识,都没有杀父娶母的欲望。俄狄浦斯没有过错,他还未出生便已经有了神谕,他努力逃避神

---

① 索福克勒斯:《索福克勒斯悲剧五种》,罗念生译,上海人民出版社,2016,第163-164页。

② 哈罗德·布鲁姆:《剧作家与戏剧》,刘志刚译,译林出版社,2016,第9页。

谕,最后为了忒拜百姓而选择自我惩罚。

布鲁姆说自己年轻时觉得塞德里克·惠特曼(Cedric H. Whitman)的观点很有说服力,也相信俄狄浦斯是一种英雄人文主义(heroic human-ism)的悲剧;不过晚年时,自己的看法有所改变,他认为塞德里克·惠特曼和威廉·布莱克的启示录式(apocalyptic)人道主义的解释并没有真正解释悲剧的实质。道茨(E. R. Dodds)认为,俄狄浦斯的悲剧是向众神致敬。布鲁姆认为道茨的分析受限于荷马的框架,索福克勒斯并非想荣耀诸神,在神与俄狄浦斯之间,我们更偏爱俄狄浦斯。伯纳德·诺克斯(Bernard Knox)认为诸神的伟大与俄狄浦斯的伟大是不相容的,这种分裂的结果导致了悲剧,俄狄浦斯是英雄,可胜利永远属于诸神。布鲁姆认为诺克斯的理解掺杂了很多英雄主义。布鲁姆认为他列举的这些解读都非索福克勒斯的本意,那什么有可能是索福克勒斯的本意呢?

俄狄浦斯拿王后佩戴的金别针朝自己的眼睛刺去时喊道:"你们再也看不见我所受的灾难,我所造的罪恶了! 我们看够了你们不应当看的人,不认识我想认识的人;你们从此黑暗无光"①。根据这段话,布鲁姆认为这一行为不仅是对看所做的审判,更是对被看的审判,对我们得以看到事物的光线的审判(not so much upon seeing as upon the seen),对带来光明与瘟疫的阿波罗神的抗议。布鲁姆随后总结说:(1)俄狄浦斯之所以无法解脱,哪怕成为神谕之神也无法摆脱,是因为受制于诸神便不能完全自由;(2)俄狄浦斯明白自己的力量和自信源于阿波罗,所以他大声疾呼反对真相的本质;(3)智者与博学者的无知可能是俄狄浦斯情结的力量源泉,真正起作用的不是无意识的罪恶感,而是无知的必要性,因为只有这样,我们才不会被现实原则摧毁。②

布鲁姆还发现《安提戈涅》《俄狄浦斯王》与《俄狄浦斯在科罗诺斯》都充满多义性与反讽,但这三部戏剧的多义性与反讽各不相同。《俄狄

---

① 索福克勒斯:《索福克勒斯悲剧五种》,罗念生译,上海人民出版社,2016,第 106 页。

② 哈罗德·布鲁姆:《剧作家与戏剧》,第 13-14 页。

浦斯王》中明显的反讽体现在智慧与无知以及人的命运中，例如俄狄浦斯曾因破解谜语而被公民羡慕，被看成最伟大的人，可最终却不得不面对可怕的灾难。《安提戈涅》的反讽体现在安提戈涅与克瑞翁对"法"的不同理解，安提戈涅认为"法"与神有关，克瑞翁强调"法"与国家的关系。克瑞翁的观点没有本质错误，却违背了人性的尊严，未能顺应人类的境遇。所以克瑞翁成了权力的傲慢(the arrogance of power)的代名词，安提戈涅则因顺应人类的境遇和固守原则的勇气，为读者所佩服。

布鲁姆对俄狄浦斯三部曲最后总结说，它们非常难以理解，我们无法理解上帝，无法理解俄狄浦斯与诸神的愤怒与疯狂。不过要想努力理解这三部曲，首先要意识到不同的宗教观，如果只是沉浸于圣经文化，就始终无法真正理解这些作品。

（四）怪异、同情抑或反讽——《酒神的伴侣》

《酒神的伴侣》是欧里庇得斯在告别雅典、投奔马其顿期间创造的作品，其去世后，此剧才在雅典公演。此剧公演后，长期广受欢迎。布鲁姆发现《酒神的伴侣》中的狄奥尼索斯让人难以理解，令人不安、令人着迷、令人恐惧。布鲁姆的观点与道茨相近，道茨认为欧里庇得斯将狄奥尼索斯描绘成柔弱而险恶、具有雌雄同体特点，超越任何一种单一立场的神。道茨警告我们不要将其视为对酒神的颂扬或对宗教狂欢的抗议，因为彭透斯很难让人喜欢，狄奥尼索斯超出了人类的道德范畴。

威廉·阿罗史密斯(William Arrowsmith)在《酒神的伴侣》中看到了一种独特的欧里庇得斯式的同情(Euripidean compassion)——从共同的痛苦中产生怜悯，这种信仰和命运使人成为人，而不仅仅是神；看到欧里庇得斯的人文主义。布鲁姆认为，阿罗史密斯有可能因道德上的慷慨(moral generosity)以及和蔼的人性(genial humaneness)，将自己的品质转移给了欧里庇得斯。

在戏剧结尾，卡德摩斯和女儿阿高厄各自表达自己的悲伤之情，阿高厄在迷狂中杀害了自己的儿子,并因此要到远方流浪。最后歌队唱:"神明的行为是多样的,他们做出许多料想不到的事。凡是我们所期望的往往不能实现,而我们所期望不到的,神明却有办法。这件事就是这样结局。"①此部分的合唱使布鲁姆在哀怜之外听到了更强烈的多重反讽,更加确定了欧里庇得斯的悲剧性反讽(Tragic irony)比任何人文主义都更强烈。这种反讽在某种程度上也许是虚无主义的体现。布鲁姆认为这是欧里庇得斯与莎士比亚最为相似的地方,也许正是这种反讽和虚无主义促成莎士比亚创作《特洛伊罗斯与克瑞西达》(*Troilus and Cressida*)。

(五)阿里斯托芬的《鸟》

《鸟》创作于公元前414年左右。公元前415—414年,当时阿尔西比亚德斯和他的雅典舰队正驶向西西里岛,一场灾难即将来临;此时的雅典是一个歇斯底里、政治狂热、麦卡锡主义迫害和咄咄逼人的地方。

《鸟》讲述了帕斯特泰洛斯(意为"有理")和同伴来到鸟类的荒野。在那里,他们收买了戴胜,戴胜帮助说服所有其他鸟类加入建设一个新的城市,"云中鹁鸪国"。这座鸟之城将篡夺奥林匹亚山和雅典之间的空中空间,并因此将主宰这两个国家。在戏剧的结尾,帕斯特泰洛斯被加冕为宇宙之王,取代了宙斯,并娶了巴西勒亚女神,具有讽刺性的是这场婚宴摆满了美味的烤鸟肉——"它们都是国王有理施行雅典式民主的受害者"②。布鲁姆认为阿里斯托芬故意和雅典的时局唱反调,这与美国总统选举中不时出现的闹剧如出一辙。

---

① 欧里庇得斯:《欧里庇得斯悲剧五种》,罗念生译,上海人民出版社,2016,第395页。

② 哈罗德·布鲁姆:《剧作家与戏剧》,第25页。

第二节　文化·宗教·修辞
——米勒对《俄狄浦斯王》的解读

《俄狄浦斯王》是索福克勒斯的代表作,亚里士多德在《诗学》中将《俄狄浦斯王》作为悲剧的范例。米勒对《俄狄浦斯王》的解读既是对索福克勒斯作品的解读,也是对亚里士多德解读的解读。

索福克勒斯的《俄狄浦斯王》取材于古希腊神话中俄狄浦斯的故事。由于俄狄浦斯的故事在当时众所周知,所以索福克勒斯的《俄狄浦斯王》开篇并没有交代俄狄浦斯出生前的事情,也没有交代俄狄浦斯如何被遗弃,如何成为科林斯国王的养子,如何了解神谕,如何在三岔路口杀人,如何破解斯芬克斯的谜语,如何成为国王并娶了自己的母亲;而是首先讲述忒拜城的居民乞求俄狄浦斯帮助他们解除瘟疫,俄狄浦斯派克瑞翁去求神谕,克瑞翁求得神谕后知道严惩杀害前国王拉伊俄斯的凶手后瘟疫才能消除。此后的剧情便围绕着寻找凶手而展开,直到最后退场,俄狄浦斯才意识到原来自己无意中犯下了杀父娶母之罪。

杀父娶母涉及乱伦的问题,乱伦是人类普遍的禁忌。所以米勒认为"此剧以戏剧化的方式呈现自然与文化之间的关系"[1]。提到文化是因为乱伦在不同的文化中都是被禁止的,而在生物界则没有这种禁忌;人类学家列维·斯特劳斯曾说过禁止乱伦不是自然的,所以我们无法说禁止乱伦是自然的。在《俄狄浦斯王》之后,乱伦成为一个文学主题,很多长篇小说也都涉及如何处理乱伦。米勒由此总结"故事让我们面对、处理不能用逻辑解决的问题"[2]。

---

[1]　米勒:《米勒访谈录》,载单德兴编译《跨越边界:翻译·文学·批评》,高雄书林出版有限公司,1995,第147页。

[2]　米勒:《米勒访谈录》,载单德兴编译《跨越边界:翻译·文学·批评》,高雄书林出版有限公司,1995,第147页。

　　弗洛伊德认为《俄狄浦斯王》真正的主题是杀父娶母的双重愿望,而其中的宗教色彩只是附加内容。米勒不认同弗洛伊德的观点,认为必须考虑其中的宗教,也许此剧的要旨便是神的全能与人的责任的关系。很多学者认为创作于公元前437—436年的《俄狄浦斯王》与创作于公元前406—405年的《俄狄浦斯在科罗诺斯》反映了雅典人对两者关系看法的深刻变化。在《俄狄浦斯王》中引发事情发生的根本缘由被认为是让人难以理解的神力(daimon),虽然人也需要为他们所做的事负责;而在《俄狄浦斯在科罗诺斯》中,人的能动作用变得更重要,人的性格也已经能够独自引起事件的发生,也就是说"往日对天神的敬畏逐渐被涉及人的独立责任之观念所取代"①。

　　虽然米勒承认《俄狄浦斯王》中的宗教色彩,但不确定此剧是宗教剧还是渎神剧。米勒的判断主要基于两个原因:第一,很多经典的古希腊悲剧在表现占统治地位的意识形态时,也常常背负离经叛道的质疑;第二个原因更重要,即此剧对神的正义性提出挑战——为什么俄狄浦斯注定要杀父娶母,为什么他无论如何也无法摆脱这个命运。俄狄浦斯责备阿波罗,有人认为阿波罗惩罚俄狄浦斯的方式是既赋予俄狄浦斯弄清事实的能力,也赋予其暴躁易怒的性格,可阿波罗为什么要这么做确是一个谜。如果起决定作用的是不具人格的神秘力量,那么此种神秘力量没有理性,莫名其妙的不公正,毫无规律且不可捉摸,完全超出人类的理解范围。

　　因此,米勒认为也许"整个文本可被看成既不澄明也不遮蔽的一个符号。该剧的叙事是对天神莫测高深的性质的一种表达。《俄狄浦斯王》由重复出现的复杂词、辞格、双关语、双重意义、反讽等复合交织而成"②。该剧的双重意义表现出多种形式:第一种为说话者在说一件事时,无意中表达了另一种意义,例如俄狄浦斯说他要积极捉拿杀害前国王的凶手,就像是为自己的父亲复仇;双重意义的另一种形式是字面意义也常具有多重意义,受制于多重逻各斯。

---

① J. 希利斯·米勒:《解读叙事》,第12页。
② J. 希利斯·米勒:《解读叙事》,第14页。

第三节　互文、反讽、印象

——布鲁姆对莎剧《李尔王》的解读

布鲁姆认为:"文学批评,按我所知来理解,应是经验和实用的,而不是理论的……从事批评艺术是为了把隐含于书中的东西清楚地阐述出来。"① 致力于把《李尔王》阐释清楚的《李尔王:权威的伟大形象》一书,全面展示了布鲁姆的文学批评艺术。《李尔王:权威的伟大形象》共十七章,虽然这十七章是按照莎士比亚剧情安排的,但布鲁姆的分析却涉及了互文性、反讽、崇高等多方面内容。

(一) 互文性阅读

布鲁姆在 1973 年出版的《影响的焦虑》中说,"我们应该放弃那种试图把一首诗作为一个独立个体去理解的做法"②,并在 1976 年出版的《诗歌与压抑》中说,"诗歌不过是一些词,这些词指涉其他一些词,这其他的词又指涉另外一些词,如此类推,直至文学语言那个无比稠密的世界。任何一首诗都是与其他诗歌互文的"③。因此在对《李尔王》的阐释中,布鲁姆援引的内容非常广泛,除了文学作品,还有歌谣、传说、《圣经》以及诸多思想家的观点。关于文学作品,布鲁姆不仅提到莎士比亚的其他作品,也提到莎士比亚之前但丁、马洛(Christopher Marlowe)和品达的作品,还有受莎士比亚启发的雪莱、叶芝、济慈、勃朗宁(Robert Browning)

---

① 哈罗德·布鲁姆:《如何读,为什么读》,第 3 页。

② Harold Bloom, *The Anxiety of Influence: A Theory of Poetry*, Oxford: Oxford University Press, 1973, p. 43.

③ Harold Bloom, *Poetry and Repression: Revisionism from Blake to Stevens*, New Haven: Yale University Press, 1976, p. 3.

和惠特曼等人的作品。除了文学作品,布鲁姆引用最多的是《圣经》,布鲁姆在《李尔王:权威的伟大形象》中 24 次直接或间接引用《圣经》。关于神话传说,布鲁姆不仅提到英国的传说,也提到古希腊罗马神话。布鲁姆提到的思想家主要有亚里士多德、斯多葛学派、尼采和弗洛伊德。我们可以借鉴卡勒和艾布拉姆斯的观点,从典故与暗示、人物、主题、仿作等方面看布鲁姆对《李尔王》的互文性解读。

第一,典故(Allusion)与暗示(overtone)。布鲁姆提到的典故与暗示多出自《圣经》。在布鲁姆看来,为什么爱德伽一直没有向他的父亲表明身份,可以从《以赛亚书》中得到线索。《以赛亚书》中有我们指望光明却在黑暗中像瞎子一样摸索墙壁前进的表达。爱德伽同样处于黑暗之中,他需要弄清楚发生在自己和父亲身边的一切,需要找到最正确的方法开导自己的父亲。布鲁姆认为考迪莉娅所说的话"我们早已知道;一切都准备好了,只等他们到来。亲爱的父亲啊!我这次掀动干戈,完全是为了你的缘故"①,是借用了《路加福音》(2:49)的典故,即耶稣回答说不必找我,我以我父的事为念。由此对比可以看出莎士比亚对考迪莉娅品质和行为的肯定。当看到身上插满杂乱鲜花的李尔时,爱德伽所说的"伤心的景象"②,让布鲁姆想到《约翰福音》(19:34)中的耶稣被一个兵用枪扎肋旁,有血流出。这里将李尔发疯与耶稣背负十字架相比,展现的是社会的悲哀。布鲁姆认为李尔所说的"叫他们剖开里根的身体来,看看她心里有些什么东西。究竟为了什么天然的原因,她们的心才会变得这样硬"③,影射了《约翰福音》(12:40)中的主叫他们眼瞎、心硬。把里根和那些法利赛人作对比,凸显了里根的固执。当李尔与考迪莉娅被抓后,李尔说"必须从天上取下一把火炬来像驱逐狐狸一样把我们赶散。揩干你的眼睛;让恶疮烂掉他们的全身"④,让布鲁姆想到《士师记》(15:4-5)中

① 莎士比亚:《李尔王》,朱生豪译,世界图书出版公司,2014,第 243 页。
② 莎士比亚:《李尔王》,第 257 页。
③ 莎士比亚:《李尔王》,第 199 页。
④ 莎士比亚:《李尔王》,第 297 页。

记载的参孙用绑着火把的狐狸烧毁非利士人的禾稼,并认为这象征着天堂的火把会烧毁爱德蒙、高纳里尔与里根。《创世纪》(41:1-6)中法老梦到七个细弱的穗子吞了七个肥大的穗子,象征着李尔以为自己会迎来和考迪莉娅相聚的美好时光,可面临的却是爱德蒙下令杀掉他们的指示。

第二,相似性人物对比。布鲁姆在书中提到相似人物的对比有三组。一是爱德伽与爱德蒙的对抗和耶稣与恶魔的争战。爱德伽说"地狱里的魔王是一个绅士;他的名字叫作魔陀,又叫作玛呼"①,这让布鲁姆联想到《以弗所书》中所说我们不是与人,而是与恶魔征战。这暗示着,爱德伽将要承担起君主的重任,披戴美德与爱德蒙、高纳里尔、里根和康华尔而战。二是李尔与上帝的比较,李尔认为自己是神的化身,自己的愤怒也是神发怒的写照。布鲁姆两次提到李尔的愤怒和上帝愤怒之相似性。三是李尔与约伯的比较,一些学者将受难的李尔与受考验的约伯相比,但布鲁姆认为李尔不会是约伯,因为李尔王完全没有耐心。

第三,主题/话题互文性。布鲁姆提到的主题大致可以分为四类:第一类是对人是什么的思考,例如李尔王在思考人是什么时说:"难道人不过是这样一个东西吗? 想一想他吧。你也不向蚕身上借一根丝,也不向野兽身上借一张皮,也不向羊身上借一片毛,也不向麝猫身上借一块香料。"②第二类是对人生的思考。例如布鲁姆由"我们呱呱坠地的时候,我们因为来到了这个全是些傻瓜的广大的舞台之上,所以禁不住放声大哭"③,联想到所罗门说的话——无论是国王还是平民,都同样哭着来到世间,又都必然离开这个世界。第三类是关于命运的思考。布鲁姆认为爱德伽是斯多葛学派的信徒,这可以体现在两方面:一是爱德伽劝父亲所说的生死不可强求,该听天命的安排④,与斯多葛学派(Stoics)顺从天命的理论相符合;二是爱德伽关于等待时机成熟的思考,与济慈在《秋颂》

---

① 莎士比亚:《李尔王》,第 183 页。
② 莎士比亚:《李尔王》,第 181 页。
③ 莎士比亚:《李尔王》,第 263 页。
④ 莎士比亚:《李尔王》,第 293 页。

（*Ode to Autumn*）中所写的"雾霭的季节，果实圆熟的时令/你跟催熟万类的太阳是密友/同他合谋着怎样使藤蔓有幸/挂住累累果实绕茅檐攀走/让苹果压弯农家苔绿的果树/教每只水果都打心子里熟透"①，同样准确把握到斯多葛学派自然主义的精髓。第四类是关于上帝的思考。布鲁姆由《李尔王》想到詹姆斯·乔伊斯的作品，想到尼采在《偶像的黄昏》中所说——"我们尚未摆脱上帝，因为我们还信仰语法"②。

第四，仿作。关于句式与风格相似的仿作，布鲁姆举了两种类型，一种是莎士比亚对《圣经》的模仿，另一种是惠特曼对莎士比亚的模仿。布鲁姆认为爱德伽所说"当心恶魔；孝顺父母；说过的话不要反悔；不要赌咒；不要奸淫有夫之妇"③等，是对十诫（当孝敬父母；不可杀人；不可奸淫；不可偷盗；不可作假见证陷害人；不可贪恋人的房屋）的模仿，两者都是人在无论何时何地都应遵守的道德律令。惠特曼《横过布鲁克林渡口》中的："我这个人也知道什么是邪恶/我也编织过那个古老的矛盾之结/我曾经贫嘴、惭愧、怨恨、撒谎、窃取、妒忌/我曾经奸诈、愤怒、好色，心怀不敢告人的情欲/我曾经任性、虚荣、贪婪、浅薄、狡猾、懦弱、恶毒/狼、蛇、猪的品行，我都不缺少/骗子的嘴脸、挑逗的话、淫荡的欲望，我都不缺少"④，是对爱德伽"我比土耳其人更好色；一颗奸诈的心，一对轻信的耳朵，一双不怕血腥气的手；猪一般懒惰，狐狸一般狡黠，狼一般贪狠，狗一般疯狂，狮子一般凶恶"⑤的模仿。通过惠特曼的诗，我们清晰地理解爱德伽说的话表明要警惕恶魔，警惕邪恶的品行。由此可见，与仿作对比阅读有助于对作品的理解。

第五，人物性格的互文。布鲁姆经常把《李尔王》中的人物与莎士比亚其他剧中的人物做对比。布鲁姆多次将李尔王与哈姆雷特（Hamlet）对

---

① 济慈：《济慈诗选》，屠岸译，外语教学与研究出版社，2018，第33页。
② 弗里德里希·尼采：《偶像的黄昏》，周国平译，北京十月文艺出版社，2019，第33–34页。
③ 莎士比亚：《李尔王》，第179页。
④ 惠特曼：《我自己的歌：惠特曼诗选》，赵萝蕤译，花城出版社，2016，第174页。
⑤ 莎士比亚：《李尔王》，第179页。

比,认为李尔王与哈姆雷特的区别体现在五方面:首先哈姆雷特对自我和他人都有清晰地认识,李尔则既不了解自己,也不了解他人,只是其情感的深度是无法估量的。其次哈姆雷特所说的话常常并非其本意,李尔王则不断地表达自己真实的痛苦、愤怒和悲伤。再次哈姆雷特是戏剧性的,有时扮演自己,而李尔则完全不会伪装。再者,哈姆雷特知识渊博,但他不爱任何人,而李尔每次获得知识都经历了苦痛。最后,哈姆雷特能意识到神和语法的一致,李尔则认为自己能够代表神。布鲁姆四次将爱德伽与哈姆雷特相比,认为他们都思维敏捷,他们的意识都很广阔(conscious-ness as capacious),都在思考发生在自己身边的一切,都意识到现实的深渊与虚无。布鲁姆认为爱德伽说人不该强求生死、应忍受天命的安排的语调与哈姆雷特说话的语调一样。布鲁姆四次将爱德蒙与伊阿古相对比。布鲁姆认为与伊阿古的即兴设套相比,爱德蒙的整体预谋显得更有谋略。伊阿古因被奥赛罗无视而加以报复,爱德蒙则为了获得地位不惜陷害哥哥、出卖父亲,他们都漠视身边人的生命。布鲁姆还将爱德蒙与同为私生子的因智慧被人尊敬的福康勃立琪相比较,与《无事生非》(*Much Ado adout Nothing*)中忧郁的唐·约翰相对比,不过比较的结果是爱德蒙与他们毫不相同。布鲁姆认为爱德蒙恰如《十四行诗》第 124 首中所言是"被时代愚弄的孩子","毕生作恶,却死时向善"①。布鲁姆也将肯特与霍拉旭相比较,他们都同样的忠诚,都起着歌队般的作用,作为一种调停者,而且代表了我们在这个悲剧时代中不确定的存在。正是这种对比让我们可以更深入地理解作品中的人物。

第六,"应和"类互文。应和类互文有两种情况。第一种是第二文本是对第一文本的阐释,可能出现与第一文本相同的人物名字,并转述第一文本的情节。例如,布鲁姆认为詹姆斯·艾吉(James Agee)的诗有助于我们理解爱德伽的伪装。艾吉暗示爱德伽在与时间抗争,爱德伽耐心地等待自己解除伪装的时刻,并在那一刻武装自己,挑战爱德蒙;而此前他

① 莎士比亚:《莎士比亚十四行诗》,屠岸译,外语教学与研究出版社,2016,第 247-248 页。

必须忍受残忍的高纳里尔、里根与上苍。布鲁姆还提到受《李尔王》影响的一首无名氏的诗《汤姆·奥伯兰姆》(*Tom o'Bedlam*)，并认为此诗有助于我们理解爱德伽。爱德伽自己选择一无所有，显示了自己既敏感又坚强，也因此显示出莎士比亚想让命运的车轮彻底翻转的意图，让爱德伽从卑微中崛起，历经磨难成为英雄。第二种是第二文本是在第一文本启发下创作出来的作品。例如爱德伽所说——"听，那不是海水的声音吗"①，启示济慈写出了《咏沧海》(*On the Sea*)。爱德伽在第三幕第四场所说的，"罗兰公子来到黑暗塔"②，被罗伯特·勃朗宁用作其戏剧独白诗的标题。布鲁姆认为此诗的叙事者相当于爱德伽的直接后代，爱德伽自己也成为罗兰一般的人物并摧毁爱德蒙。布鲁姆认为《李尔王》中葛罗斯特失去双眼具有普罗米修斯元素，这激发了雪莱《解放了的普罗米修斯》中非常精彩的一段，即"良善之人没权力，空把泪流／权势之人缺善心，倍加遗憾／智者缺爱，仁者缺智／美好被恶行混淆"③。布鲁姆认为在这方面，雪莱是爱德伽的学生。雪莱一生的信念是——善及其手段与爱及其手段是不可调和的。

通过对布鲁姆互文性解读进行分类可以发现，布鲁姆和其他学者互文性解读的相似之处在于都关注文本中的典故并进行人物对比。布鲁姆互文性解读的独特之处有四方面：(1)他不仅将文本与之前的文学作品与理论进行对比，而且与受其影响的文学作品放在一起解读。(2)布鲁姆侧重主题性的互文性解读。从这方面可以看出，对布鲁姆而言，互文性阅读不仅是为了理解某一具体的文学作品，更主要的是通过对人生重要问题的思考来更好地生活。(3)布鲁姆常常只提及相关性，并没有进一步分析，这既留下空间以促进读者思考，又给人说服力不足的感觉。(4)有些相关性看起来只是布鲁姆的个人感觉，并非所有读者的共识。

---

① 莎士比亚：《李尔王》，第 249 页。

② 莎士比亚：《李尔王》，第 186–187 页。

③ Shelley, *Prometheus Unbound*, Seattle: University of Washington Press, 1959, p. 168.

（二）细读

细读主要是充分关注文本的词义、语境、结构等多个维度。布鲁姆的细读展现了对词汇、细节、情节的积极探索。布鲁姆对词汇的细读既有对关键词的细读，也有对平时可能忽略的词的细读。积极探索是面对文本的"空白"以及我们在阅读中产生的困惑，积极思考并给予解答。

布鲁姆根据词语使用频率以及与主题的相关性，认为无（nothing）、自然（nature）和权威（authority）等关键词具有重要意义。"无"遍布《李尔王》全剧，是主导性的词语。剧中共用了34次"无"。莎士比亚为我们展现了"无"的很多细微差别。布鲁姆对无的阐释集中在以下几方面：首先是无与自然的关系。从基督教视域看，上帝从无中创造出自然，根据使徒圣约翰的启示，自然的终结是重归伊甸园。布鲁姆认为在《李尔王》中，李尔的预言会实现，无中无法生有，自然的末日是重归混沌。其次，"没有只能换来没有"①。对李尔王而言，这表示收回给考迪莉娅的嫁妆，可他并不知道他预言了自己最终一无所有，以及一无所有使他的世界充斥着苦恼。再次，弄臣第一次直接说李尔什么都不是；第二次说李尔是一只剥空了的豌豆夹，暗示李尔已变得一无所有；第三次说"李尔的影子"②，暗示李尔由君主变成了无足轻重的人。李尔在发疯后才认识到，虽然他的臣子恭维他，可实际上，他什么都不是。爱德伽在装疯乞丐时所说的自己什么都不是，以及李尔所说的什么也不想说，都蕴含巨大的哀伤。爱德伽最后失去了父亲、教父以及对神的信任似乎也显示了虚无的人生。

"自然"（nature）、"自然的"（natural）和"不自然"（unnatural）在剧中共出现42次。布鲁姆对自然的关注主要集中在如下方面：（1）神化的自然女神，爱德蒙呼请自然女神保佑他计谋成功，李尔王呼吁自然女神惩罚

① 莎士比亚：《李尔王》，第13页。
② 莎士比亚：《李尔王》，第71页。

167

其不孝的女儿。（2）自然伦理，然而对自然伦理，不同的人理解不同。高纳里尔、里根和爱德蒙认为她们的行为是自然的，李尔王认为她们的行为违背自然伦理，称她们为违背自然的老妖婆（unnatural hags）。葛罗斯特公爵也提到人的自然伦常。（3）人的自然本性，高纳里尔和里根认为李尔王本性轻率，布鲁姆认为葛罗斯特和爱德伽天性不懂如何作恶。爱德蒙认为自己本性便是作恶。（4）李尔王无论爱恨都自然真诚，没有伪装。

"权威"在文中出现过 4 次，分别是高纳里尔提到李尔王的权威，葛罗斯特提到康华尔公爵的权威，肯特说李尔王的权威使其愿意听命于他，李尔王说权威的伟大形象——得势的狗可以使人唯命是从。布鲁姆对权威的解释主要包括三方面：其一，赞同汉娜·阿伦特（Hannah Arendt）的观点，认为权威一词作为概念，不是来源于希伯来与希腊，而是来自于罗马；权威可以定义为奠基的增添（an augmentation of the foundations）。当凯撒侵害权威时，他是以将权威归于罗马奠基者的名义。随后的权力，无论世俗的还是精神的，都是凯撒式的，并扩大了这种篡权的影响力。其二，布鲁姆认为尚未有人指出权威与"性格"（personality）之间错综复杂的联系。蒙田、塞万提斯（Miguel de Cervantes Saavedra）和莎士比亚开启了我们对性格的理解。蒙田怀疑之前的所有权威，大量描绘自己，研究自己的性格。塞万提斯创造了怪癖的堂吉诃德与智慧并心智正常的桑丘。塞万提斯嘲笑他的先驱，并和堂吉诃德一起分享了他的个人荣耀。莎士比亚融合了各种各样人的性格。莎士比亚躲在作品的后面，允许剧作中的人为自己辩护与行动。我们不确定《哈姆雷特》中的权威是谁，也许是哈姆雷特的父亲，可从剧中，我们看不到他对哈姆雷特的爱。在《李尔王》中，莎士比亚让年老的李尔集父亲、君主和尊严于一身，他希望自己在退位后依然有权威，可高纳里尔和里根联合起来对抗李尔王权威的延续。李尔的确是权威的伟大形象，可莎士比亚以"一条得势的狗也可以使人唯命是从"[①]颠覆了权威。布鲁姆认为在《李尔王》中最权威的该是

---

① 莎士比亚：《李尔王》，第 261 页。

诸神,可他们看起来却冷漠且不可靠。

除了核心词,布鲁姆解释的词主要包括以下两类:一是有文化背景的词,例如"humor""sullen""wheel of fire""ripeness is all""Scythian"。(1)布鲁姆解释剧中的"体液"(humor)源自我们熟悉的体液说,即我们每个人体内都有胆液质、血液质、粘液质和黑胆质四种体液,这几种体液的平衡决定了我们的健康和性情。在 15 世纪后期,humor 只意味着人的性情,剧中爱德伽性情的改变主要源于爱德蒙造成的精神创伤。(2)布鲁姆认为《李尔王》1608 和 1619 版扉页都有的"sullen"一词可能源于拉丁文 solus,在但丁《地狱篇》第七章,但丁描述了一些人,他们在世时在温和的空气中郁郁寡欢,如今说话时始终口含污泥。(3)布鲁姆认为"烈火的车轮"(wheel of fire)是融合性的典故,既有希腊神话和古英国的传统,也有命运的车轮之意。在希腊神话中伊克西翁因谋杀他的岳父而被放逐,后在得到宙斯怜悯后被带入奥林匹斯。可他在奥林匹斯却渴望与赫拉做爱,于是宙斯下令将伊克西翁绑在一个永远燃烧和转动的轮子上。古英语的五朔节是将燃烧的火轮从车上推下来迎接夏天的到来。(4)"要等时机成熟"(ripeness is all)据埃尔顿(William Elton)说是文艺复兴时常用的词,"成熟"的意象既符合异教徒的自然主义,也符合基督教的希望。(5)布鲁姆认为将斯基泰人(Scythian)视为野蛮人是因为马洛在《帖木儿大帝》(Tamburlaine)中将斯基泰人塑造为野蛮人。二是专有名词,例如底比斯人(Theban)是说真话的愤世嫉俗者,Smulkin 是看起来像老鼠的小恶魔,Modo 和 Mahu 是地狱复仇者的指挥官,sweet marjoram 是治疗脑外疾病的草药,"sa,sa,sa,sa"是打猎时发出的叫喊声,"Hysterica Passio"英语白话为母亲。

布鲁姆在细读中思索情节设计背后的意义,例如布鲁姆认为莎士比亚之所以将葛罗斯特被挖双眼这样残忍的暴行呈现在我们面前是为了展示无比的邪恶。布鲁姆在阅读中还提出如下问题:怎么解释以慈爱著称的国王的愤怒?李尔王性格中的什么特点主导他的言行?李尔王是不是在某种程度上意识到他为"无"而苦脑?什么标志李尔精神失常?李尔的弄臣是什么样的人？他的结局是什么？爱德蒙作恶的动机是什么？如果爱德蒙的计谋成功会发生什么？爱德蒙弥留之际如何看待自己做过的事？为什么流浪汉之歌有助于我们理解爱德伽？为什么爱德伽一直没有向他的父亲表明身份？治愈绝望是一项不可能的事业，我们当中谁能比爱德伽做得更好？爱德伽的角色是朝圣者吗？为什么肯特在见到考迪莉娅后依然没有完全公开自己的身份？为什么奥本尼会退位？事物的奥秘带给我们什么？我们是否能看懂这出戏剧？对于这些问题，布鲁姆更多的是提出问题留给读者思考，很少说出自己的想法。通过以上分析可以发现，布鲁姆的细读与互文性解读密切相连，布鲁姆在细读时常会追溯词语的词源及重要意义。

（三）寻回反讽

布鲁姆在《如何读，为什么读》序言中明确提出恢复阅读的五个原则，其中第五个原则是"寻回反讽"。布鲁姆认为如果我们失去反讽，阅读就失去了"所有的准则和所有的惊喜"[①]。布鲁姆在此序言中提到的反讽大师有爱默生、狄金森、托马斯·曼与莎士比亚，他认为莎士比亚的反讽是西方文学中"最全面和最辩证的"[②]。布鲁姆认为《李尔王》充满了无穷无尽的反讽，并在解读《李尔王》时明确指出了至少 13 处反讽，明确提到反讽的形式是低调陈述（understatement）。布鲁姆所说的反讽包括戏剧反讽、言语反讽、情景反讽与总体反讽。

第一，戏剧反讽。布鲁姆认为当葛罗斯特伯爵问爱德蒙是否认识肯特伯爵，爱德蒙只回答"不"；当肯特说"我一定会喜欢你，并愿意更好地了解你"[③]，爱德蒙只是说"大人，我努力不负所望"[④]；这是具有讽刺性的

---

① 布鲁姆：《如何读，为什么读》，第 12 页。
② 布鲁姆：《如何读，为什么读》，第 12 页。
③ 莎士比亚：《李尔王》，第 9 页。
④ 莎士比亚：《李尔王》，第 9 页。

低调陈述。爱德蒙不在乎肯特的看法,他不仅没用言行去赢得肯特的肯定,反而对自己的父兄、李尔王和考迪莉娅造成伤害,这些显然有悖于肯特的期望,而肯特也不会喜欢这样的爱德蒙。

第二,言语反讽。爱德蒙准备陷害爱德伽前自言自语说,"神啊,帮助帮助杂种吧"[1]。虽然爱德蒙自称杂种,可爱德蒙并不喜欢听别人这样称呼他,这一称号让他痛苦。爱德蒙明确说自己具有壮健的体格、慷慨的精神、端正的容貌,一切都不差,应该具有继承父亲产业的资格,不应被鄙视。奥本尼称暴躁、残忍的康华尔为"贤襟兄"(my good brother),可是从康华尔下令挖掉葛罗斯特的双眼可以看出康华尔与贤没有任何关系;贤作为反讽,实际谴责康华尔作恶多端。奥本尼说因为其妻子已与爱德蒙有约在先,要求里根放弃和爱德蒙结合也是一种反讽,作为丈夫想促成妻子与他人结合有违情理,这种反讽揭发了高纳里尔与爱德蒙的不忠。

第三,情景反讽。布鲁姆分析的情景反讽至少有 4 处,分别是:(1)葛罗斯特知晓国王的生命会受到威胁,坚持让国王立刻去多佛,可他没有想到自己会因正派的举止失去双眼;(2)当葛罗斯特在化装为农民的爱德伽的劝说下,不再想自杀而愿意顺其自然时却迎来了奥斯华德的刺杀;(3)肯特期待与李尔王的重聚,并将此当成生命的完满,可是他们重聚的时间却太短,刚刚相认,李尔便去世了;(4)爱德蒙想继承父亲的产业,甚至想通过和高纳里尔或里根的结合而成为王,可最后却被爱德伽刺得奄奄一息,没人关注他什么时候咽气。

第四,总体反讽。总体反讽(general irony)的基础是如宇宙起源、死亡、理性、自由意志等诸如此类的问题[2]。布鲁姆说《李尔王》中的上帝是冷酷的讽刺家,他是万物,可以随心所欲地选择在场与不在场。莎士比亚先让爱德蒙恳请自然女神帮助自己,接着又让李尔呼请自然女神(Nature,dear goddess)惩罚高纳里尔时,这种反讽让我们思考神是怎样的存在,是惩恶扬善还是对善恶不置可否。当考迪莉娅说自己的人生太短时,

---

[1]　莎士比亚:《李尔王》,第 36 页。
[2]　D. C. 米克:《论反讽》,第 100 页。

也许只是说自己一生无论多长都不足以报答肯特的恩情,而残忍的讽刺是考迪莉娅的一生的确太短了;可导致她失败的却是她的善意,如果她不是想回英国帮助父亲复位,也不会失去生命。通过以上分析可以发现,布鲁姆对反讽的各种类型都加以关注。

(四)现世关怀

布鲁姆的现世关怀体现在两方面:一方面是作品与其所属时代的关系,另一方面是作品与我们当今时代的关系。布鲁姆对《李尔王》的解读,并没有完全离开《李尔王》演出的时代背景。《李尔王》于1606年12月在宫中演出,此时正是詹姆斯一世在位。詹姆斯一世在1603到1613年间曾多次观看莎士比亚的戏剧。在《李尔王:权威的伟大形象》第一章,布鲁姆提到詹姆斯一世被称为"最聪明的傻瓜"。詹姆斯一世自认为是尘世的神,是新的所罗门。虽然詹姆斯一世的确是英国统治者当中比较有才智的,甚至写过几本书,然而其与议会的冲突却预示着其儿子查理一世的灾难,即于1649年被处死。在第六章,布鲁姆认为葛罗斯特的话说出了当时观众对英国王位传承的关注。在第十章,布鲁姆提到,莎士比亚剧中葛罗斯特被绑在柱子上挖出双眼的地方,在詹姆斯一世时也是群众观看被缚之熊被猎犬撕咬的地方。布鲁姆分析的与当代的关系包括两个方面:(1)在第七章,布鲁姆认为《李尔王》之所以越来越不适合演出,是因为我们一代代贪婪的人正在沦落。我们失去了对父辈、对君主、对神的敬畏,也丧失了荣誉感。在此书终章的最后一段,布鲁姆写道也许有的人会像李尔王一样为我们来到这个满是愚人的舞台而哭喊。(2)莎士比亚挖掘了人的一种模式,即当我们向外注视深渊时,却发现深渊像一面镜子映照出了我们自身。

(五)印象批评

布鲁姆的印象批评包括三方面:

第一,随意联想。布鲁姆在阅读李尔王时经常联想到《圣经》。例如:(1)布鲁姆认为如果将李尔比作耶和华,那考迪莉娅就是以色列,作为被选中的人,也必须接受以色列的命运;(2)李尔发怒指责高纳里尔是枭獍不如的东西显示其是耶和华的后人;(3)当失明的葛罗斯特与发疯的李尔相遇,爱德伽的悲痛让人想到《约翰福音》中士兵扎十字架上的耶稣;(4)布鲁姆认为李尔王总让他想到智慧的所罗门,在位半个世纪却承受年老的悲伤。除此之外,布鲁姆还根据意象来联想,例如布鲁姆认为高纳里尔说的嫉妒使你眼斜,让人回想起里根催促康华尔挖出葛罗斯特的双眼。

第二,预见类阅读,即从前文已出现的某些话预见后文发生的事件。布鲁姆在赏析《李尔王》中,做了8次预见:(1)布鲁姆认为李尔说的"无中不能生有"暗示了最后的结局,一切都是虚空,没有人得到救赎;(2)肯特对李尔王说"瞧明白一些"[1],意味着李尔和葛罗斯特必须经历挫折,才能看清自己的内心;(3)当爱德蒙说自己叹气的语调像疯乞丐,以及李尔所说的最低贱的乞丐也有自己的需求都暗示着爱德伽将伪装成疯乞丐;(4)里根扯葛罗斯特的胡子,预示着康华尔公爵挖葛罗斯特的眼睛;(5)爱德蒙说的"我愿为你赴汤蹈火"(Yours in the ranks of death.)[2],暗示了爱德蒙、高纳里尔和里根的死亡;(6)考迪莉娅微笑的泪水预示了李尔王和葛罗斯特与他们孩子的相认与和解;(7)爱德蒙的话预示着考迪莉娅与李尔被处死;(8)奥本尼问"谁死了",预示着考迪莉娅的死亡。

第三,推论。布鲁姆时常根据《李尔王》中已有的内容,进行没有必然证据的推论。例如:(1)爱德伽会不信上帝;(2)布鲁姆认为这部戏剧

---

① 莎士比亚:《李尔王》,第19页。
② 莎士比亚:《李尔王》,第225页。

的结局是虚无,最终的结局是恐怖的场景,是"跌落与停止"(fall and cease);(3)布鲁姆认为虽然考迪莉娅是热情真诚的,不过促使其开战也有野心;(4)布鲁姆认为李尔王讨厌女性,将女性的阴道等同为地狱;(5)李尔的话显现了世界面临末世大灾难,无论普通人还是国王都无法逃脱,我们既无法救自己,也无法救心爱的人;(6)布鲁姆认为爱德伽虽然取得胜利,却付出很多代价,例如无法拥有性生活以及陷入虚无主义。

(六)读者反应

布鲁姆关注读者的反应,这主要体现在两方面:一是对阅读体验的关注。布鲁姆不仅讲述自己阅读《李尔王》的感受与判断,而且认为自己的这种感受也会是读者共同的体验。在很多方面是这样,例如,布鲁姆认为我们读这部剧必然会投入感情,我们的确会为李尔的处境伤感,为年老无助的葛罗斯特被挖去双目感到心碎,为考狄利娅的爱心以及其父亲的相聚而感动,为考狄利娅的死亡而悲痛。然而,并非所有方面读者都有共同的体验;例如当爱德蒙骗爱德伽时,并非所有读者都会像布鲁姆认为的那样,为爱德蒙的魅力所吸引。再有我们会如布鲁姆所言无法理解李尔的情感,可这并不一定意味着沉浸此剧会毁了我们。

第二方面是关注其他读者的评价并阐述自己对其他学者观点的看法。布鲁姆对于前人的评论文章有赞成也有反驳,例如他赞同查尔斯·兰姆(Charles Lamb)所说的《李尔王》不适合演出,演员难以把握某些场景;赞同威廉·埃尔顿所说的"烈火的车轮"融合了多种传说。埃尔顿说"神的耳目"是为异教的神服务的精灵,是对上帝的亵渎;布鲁姆觉得埃尔顿的观点非常有说服力。布鲁姆不同意弗洛伊德所说的李尔对考迪莉娅的无情反映了其对考迪莉娅压抑的欲望。布鲁姆认为李尔需要考迪莉娅的爱,但绝不是作为性伴侣。布鲁姆也不同意女性主义所说的李尔的疯狂源于在母亲子宫内的几近窒息(asphyxiating maternal womb)。布鲁姆指出虽然有些批评家认为爱德伽脆弱、残忍、喜欢施虐,没有同情心且不通情理;可他还是赞同威廉·埃尔顿的观点,肯定爱德伽的坚韧与孝顺和对父亲的爱。布鲁姆说虽然某些评论家说对考迪莉娅泪水和微笑交织在一起的描写过于夸张,但布鲁姆认为考迪莉娅作为孝敬的孩子,不仅是为了与高纳里尔、里根对比,而且预示李尔和葛罗斯特与他们孩子的相认与和解。从布鲁姆的这些评价可以看出其评价是客观公允的。

第四节　哈特曼评莎士比亚的伦理与诗意语言

莎士比亚被公认为世界文学史上著名的剧作家。他的戏剧不仅对英语语言文学而且对世界文学都有重要影响。德国伟大的作家歌德在1771 年的演讲中称莎士比亚为"我的朋友",并补充说莎士比亚既让他感到羞耻,又解放了他,并说没有什么比莎士比亚的人物更接近自然了。哈特曼由此思考:莎士比亚在什么方面是我们的朋友? 我们能否向他学习,仅仅依靠他的言论来追求某种特定的意识形态或意识形态批判? 莎士比亚的艺术如此接近自然,那么其艺术与伦理的关系如何?

莎士比亚的戏剧充满了伦理关怀,例如对正义、善良、友谊、忠诚和爱情的关注。哈特曼认为莎士比亚唤起了我们对所有积极品质的同情,并让我们一次又一次地思考,在这样的世界里一个人应该如何行动。莎士比亚的戏剧之所以会让读者一次次思考是因为尽管这些戏剧都是伦理的,可读者却无法从剧作中得到一个连贯一致的伦理态度。哈特曼认为之所以会如此是因为剧作家通过魔法引发诗意和浪漫的精致时刻,使悲剧或不幸的事件进程犹豫不决。

哈特曼认为在莎士比亚的作品中,伦理裁决就像隐藏的上帝一样令人费解,例如李尔与考迪莉娅高贵却似乎任性;奥赛罗高贵却轻信;波洛尼厄斯(Polonius,《哈姆雷特》中的人物)能给出"对自己忠实"的格言,而自己却做不到。哈特曼认为"我们是可以对这些人物的缺点、错误甚至更糟的情况进行道德说教;然而,他们所包含的行动如此宏大,如此令人难忘,以至于我们被景象(spectacle)所吸引,视那些品格真诚的人物的伦理抉择作为读者抵御世界剧院(theatrum rnundi)的防护"①。哈特曼基本认同莱昂内尔·特里林(Lionel Trilling)与扬·科特(Jan Kott)的观点,特里林总结说:"人的本性和命运最终不应用道德术语加以描述"②;扬·科特则明确地说:"在莎士比亚的世界中,行动或政治秩序(order of action〔politics〕)与道德秩序(moral order)之间存在矛盾,这种矛盾就是人类的命运,人类无法摆脱它。③"结合莎士比亚过度的同理心(empathy),哈特曼认为莎士比亚身上没有冷漠,富有同情心的想象力似乎使他的身份变得模糊不清。哈兹里特和济慈也认为莎士比亚没有固定的立场。比起作为一个人是什么样子,哈特曼更关注自我缺失(absence of self)与他人存在(presence of otherness)之间的等式,以及"消极能力"(negative capability)与同情想象(sympathetic imagination)的关系。

约翰·米德尔顿·默里(John Middleton Murry)认为,莎士比亚可以摆脱道德判断的尘世烦扰(mortal coil of moral judgement)。默里承认在精神世界中,绝对的身份伴随着毁灭,反对把"正确的自我"强加给作者。哈特曼发现在默里的基督徒视角中,"虚无"(nihil)与身份的毁灭(annihilation of identity)变成了获得更高身份的前提。关于虚无,哈特曼介绍了布鲁姆的如下观点:首先哈姆雷特包含了我们,形成了此后的动机心理学;其次哈姆雷特起初热爱权威的形象、死去的父亲……当哈姆雷特成熟后,或者说完全回归自我后,他超越了对权威的爱,他的爱彻底熄灭,以致在整个第五幕中他都在死亡④。哈特曼认为布鲁姆的观点包含了非基督教化的洞见,哈特曼由此思考这是否包含了莎士比亚狂野的想象力(imaginative wildness)。哈特曼明确表明他提出的伦理(或元伦理)问题包

---

① Geoffrey H. Hartman, *A Critic's Journey*: *Literary Reflections*, *1958—1998*, p. 89.

② 莱昂内尔·特里林:《诚与真》,刘佳林译,江苏教育出版社,2006,第35页。

③ Jan Kott, *Shakespeare Our Contemporary*, Boleslaw Taborski trans. , New York: Anchor Books Doubleday&Company, Inc. ,1964, p. 17.

④ 哈罗德·布鲁姆:《神圣真理的毁灭:〈圣经〉以来的诗歌与信仰》,刘佳林译,上海人民出版社,2013,第71–72页。

括这种丰富的"虚无",它既影响寓言(fable),也影响人物。哈特曼认为苦难,无论是单一的事件还是连续性的,无论是失明还是杀戮都融入"虚无"中。哈特曼的这种观点可以从《李尔王》中得到验证。《李尔王》此剧中多次出现"无"及相关意义的词汇。李尔王和葛罗斯特在经历了发疯和失明后认清了世界的虚无,李尔、考迪莉娅、葛罗斯特的去世以及肯特即将去伴随李尔也让读者感受到虚无。

哈特曼又由苦难想到宗教情感,尤其是"神性放弃"(kenosis)。在人类生活中,无论真诚的宗教情感(religious feelings),还是被利用的宗教情感,都一直发挥着作用。哈尔王子与福斯塔夫这样的人交往,以及其所说的"其实我在效法太阳……我要洗心革面"①,在哈特曼看来是一种基督教(Christian)与马基雅维利(Machiavellian)态度的奇怪结合,并由此断定"神性放弃"具有双重品质。一方面,"神性放弃"可以激发延迟或暂停(moratorium),例如哈姆雷特的"奇怪性格"(antic disposition);另一方面可称为同理心,即走出自我本性,为实现更高身份积极自我异化。哈特曼认为伦理问题无法绕过"神性放弃",无论有意的还是被迫的;"神性放弃"的双重性与戏剧角色的关系同样重要,它将莎士比亚的戏剧变成了世俗的启示。

哈特曼通过将莎剧与莎士比亚之前的戏剧和法国戏剧的对比突出了莎士比亚的创新。哈特曼认为莎士比亚开创性地加速了外部和内部的发展和最直接的对比,重视戏剧的视觉性,将一切都呈现在舞台上。此时,法国戏剧中的暴力行为大多发生在舞台外,且以朗诵的形式传达。哈特曼认为将屠杀和鬼魂等一切都带上舞台会特别引人注目,且有助于思想的展现。哈特曼接着追问:这种展现和道德感之间有什么关系呢?莎士比亚在舞台上展现暴力社会的景象是否是不道德的呢?哈特曼认为莎士比亚的戏剧有助于启发观众,例如面对《李尔王》中葛罗斯特失去双眼,我们会思考我们如何能使我们的双眼免于流血。哈特曼对此问题的思考

---

① 莎士比亚:《亨利四世》,傅光明译,天津人民出版社,2020,第23页。

借鉴了歌德对视觉戏剧复合体(visual-theatrical)与伦理问题联系的理解,以及 E. E. 斯托尔(E. E. Stoll)的观点。斯托尔在列举了莎士比亚戏剧中一些时间压缩(time-compression)的例子后做出总结:在所有这些情况下,稳固的是故事的动机而不是心理学的动机;人物的呈现是诗意的,而不是心理和伦理的。斯托尔认为莎士比亚的舞台艺术(stagecraft)与诗歌使得叙事惯例(narrative conventions)被进一步接受。哈特曼认为斯托尔对于舞台艺术如何起作用的看法是错误的,其错误的原因是他似乎忘记了展示(showing)与讲述(telling)有很大不同。哈特曼认为莎士比亚通过上演这些叙事捷径(narrative shortcuts)强化了它们的不现实性(unrealism)。

哈特曼进一步思考莎士比亚对时间的压缩实现了什么样的卡塔西斯效果(catharsis)。哈特曼认为,我们不容易接受难以置信和不现实的东西,我们之所以接受它是因为它会唤起某种总是即将失控的东西、某种思想或心灵的极端压力。这使我们接近疯狂,但也接近启示。哈特曼解释说他所说的启示是指世俗的东西:引发真理的显现,或揭示一种精神状态——甚至使精神本身(包括无意识)可见。

当我们从整体上欣赏莎士比亚的戏剧时,会发现双重且对比鲜明的动作节奏,例如《哈姆雷特》与《罗密欧与朱丽叶》(Romeo and Juliet)。虽然这种差异不是绝对的,哈特曼还是提到了差异的如下两方面:一是哈姆雷特的独白消除了思想中的盲目或沉默。意识的流动(flex)和回流(reflex)使我们能够清晰地听到人类经验的一个领域——矛盾心理(ambivalence)、犹豫不决(vacillation)、自我质疑(self-questioning),而《罗密欧与朱丽叶》中没有这些。二是《哈姆雷特》中的独白(soliloquies)通过一种减速(decelerando)和一种音乐停顿(a musical pausing)而影响动作的节奏,《罗密欧与朱丽叶》中命运的逆转如此猛烈,以至于没有机会回忆。哈特曼认为所有角色的妙语连珠与其说是对时间的感染,不如说是对时间本身压力的反应。哈特曼认为,莎士比亚用富有启示性和表现力的手法把人类生活中可怕的方面投射出来,这尤为令人感动。

对于人类生活的可怕方面,在当今,无论政治还是家庭暴力,都可能出现在屏幕上,目击取代了道听途说,世界就是我们的马戏团。如果同情心在此压力下屈服于感官和心灵的麻木怎么办? 对此,西格德·伯克哈特(Sigurd Burckhardt)提出了一种解决方案:通过文学批评的反思(literary-critical reflection)来扭转奇怪的观众热情(spectatorial enthusiasm)。伯克哈特强调词语的施为维度(performative dimension),强调文学的广阔性不取决于字面意义,而取决于放宽单词和意义之间的指称联系,或固定的角色和意义之间的联系。

哈特曼认为莎士比亚笔下最华丽、最自我背叛的语言是修辞手法。莎士比亚《亨利五世》(Henry V)中的"猪亚历山大"(Alexander the pig)是一个双关语,因为通常人们会说"亚历山大大帝"(Alexander the big)。弗鲁埃伦(Fluellen)将蒙茅斯的哈尔与"猪亚历山大"进行了比较。哈尔变成了亨利国王,哈尔的愤怒比亚历山大更有道理,因为战场上没有区别,一切都变得平等。莎士比亚戏剧场景中双关语的速度(speed)和速记(stenography)消除了任何单一话语秩序的霸权(hegemony),迫使我们认识到语言交换的社会性和流动性。

哈特曼认为莎士比亚的诗意天才使任何事物皆可比喻。托比爵士知道如何选择他的隐喻(metaphors),如"我嗅到了一个计策"(I smell a device)①。不太聪明的安德鲁的附和使得这个比喻更加字面化,更加荒谬。有时,隐喻如此密集以至于我们都像安德鲁爵士一样感到困惑:

Andrew：Bless you,fair shrew.

Maria：And you too,sir.

Toby：Accost,Sir Andrew,accost. (…)

Andrew：Good Mistress Accost,I desire better acquaintance.

Maria：My name is Mary,sir.

---

① 莎士比亚:《第十二夜》,朱生豪译,世界图书出版公司,2013,第81页。

Andrew：Good Mistress Mary Accost—

Toby：You mistake，knight. "Accost" is front her，board her，woo her，assail her.

Andrew：By my troth，I would not undertake her in this company. Is that the meaning of "accost"？

Maria：Fare you well，gentlemen.

Toby：An thou let part so，Sir Andrew，would thou might st never draw sword again！

Andrew：And you part so，mistress，I would I might never draw sword again. Fair lady，do you think you have fools in hand？

Maria：Sir，I have not you by the hand.

Andrew：Marry，but you shall have，and here's my hand.

Maria：Now，sir，thought is free. I pray you，bring your hand to the buttery bar and let it drink.

Andrew：Wherefore，sweetheart？ What's your metaphor？

Maria：It's dry，sir. ①

　　"公正的泼妇"(fair shrew)是矛盾修饰法。"寒暄"是动词,可被安德鲁当成名词,并认为是玛丽的名字。整个场景都是由这些令人愉快的错误构建而成的——失败的连接或暗示更大的、决定性的行为,如搭讪、承诺、结婚。在第62行,安德鲁第二次试图称呼玛丽(Maria),但却发出了与此音相近的"结婚"(marry)。结婚是一种誓言,但在这里,除了呼应"玛丽"之外,也可能是安德鲁试图以比喻的方法表现自己的机智。不过,玛丽用了一个新的隐喻黄油酒吧(buttery bar),这个词可以理解为酒吧,也可以理解为胸或臀。"dry"既可以指无黄油、无酒精,也与后文的"不育"相呼应。戏剧中充满了修辞、机敏应答、双关语和双重隐喻。"为

---

① 莎士比亚:《第十二夜》,第22页。

什么？"我们问,就像简单的安德鲁一样。哈特曼认为这个问题与诗意的性格相关。

我思故我在,"我"的身份是什么？是诗人么？从发音看,小说中充满"o-a",例如 Orisino,Cesario,Olivia,Viola。再有塞巴斯蒂安和维奥拉在海难后都流落到伊利里亚(Illyria),此词由伊尔(Ill)和说谎者(liar)/竖琴(lyre)组成的。维奥拉所说的也充满双关语和押韵,如"我在伊利里亚干什么呢？/我的哥哥已经到极乐世界里去了"[①](And what should I do in Illyria? /My brother he is in Elysium)这涉及到身份和命运,还与质疑自身有关,与接近审判和测试的言语行为以及戏剧中的法律术语或学术术语有关。

文本需要一定的宽容或自由地解释。"第十二夜"意味着什么？如果考虑到基督教的背景,第十二夜和主显节(Epiphany)相关,主显节是为了纪念东方三博士对耶稣的朝拜,那么戏剧的重点就可能是给予,真爱的给予,主题是存在(Presence)。然而《第十二夜》不是宗教剧,充满了法律隐喻、学术隐喻、食物隐喻和性隐喻,以及其他异质的语言张力。哈特曼认为"在文学中,一切都渴望语言的条件,语言的恩赐。语言的精神——尽管可能很肆意——凌驾于性格和身份这些问题之上"[②]。这些人似乎爱的是文字而不是彼此,言语和修辞对于爱人和对象来说都是必不可少的考验。当丘里奥说打猎(hunt)和雄鹿(hart)时,公爵联想到的是一个古老的说法,将雄鹿和心、爱情之所在等同起来。对于公爵所说的"我的心就像是一头鹿"[③],有学者认为这显示猎人变成了猎物;也有人认为公爵在自己身上找到了一颗敏感的心,以前有的只是特权感。语言的狂欢从未结束,这并不意味语言与寻找身份或"心"是不连续的。奥西诺的第

① 莎士比亚:《第十二夜》,第 13 页。

② Geoffrey Hartman, "*Shakespeare's Poetical Character in Twelfth Night*," in *Shakespeare and the Question of Theory*, *ed*. Patricia Parker and Geoffrey Hartman , New York and London：Methuen, 1985, p. 47.

③ 莎士比亚:《第十二夜》,第 9 页。

一次演讲介绍了给予、接受、喂养、过量(surfeiting)、死亡、复活、扮演等主题。爱情和音乐可以通过隐喻来识别。公爵喜怒无常的演讲表明一种超越欲望的愿望。在第一幕第一场中,公爵渴望过量的爱情,哪怕会生病,甚至死亡。在剧的最后,小丑忧郁地唱"连绵不绝日日雨"①(the rain it raineth every day)。哈特曼认为即使在此喜剧中:(1)爱情是一种想要被常规化或耗尽的欲望,是接近悲剧性的情感;(2)莎士比亚用对话表现给予和接受,两种戴着面具的感情互相考验,始终保持警惕。这显示了,人际关系中发生的不是对话,而是诱惑和统治,真正的给予和接受可能都费力,以至于心灵需要寻求其他方式来实现和谐的假象。

通过哈特曼的分析可以发现,(1)通过关注作品中的语言,尤其是修辞可以发现言语背后意义;(2)将作家的某部作品与此作家的其他作品对比,以及将此作家的作品与同时期的其他作品对比更有利于发现作家的特点以及作家对人类生活的理解。(3)通过思考作家的伦理关怀和作品的主题可以把握作品对于当今读者的意义。

第五节　主题、自我、荒诞
——德·曼的戏剧批评

德·曼的戏剧批评主要体现在《主题批评与浮士德主题》(*Thematic Criticism and the Theme of Faust*)、《季洛杜》(*Giraudoux*)和《自我〈皮格马利翁〉》[*Self*(*Pygmalion*)]之中。针对不同的戏剧作品,德·曼的批评角度有所不同,对于歌德的诗剧《浮士德》,关注的焦点是浮士德主题研究;对于季洛杜的戏剧作品,焦点是荒诞性;而对于卢梭的《皮格马利翁》与《那喀索斯》,焦点则是自我。

---

① 莎士比亚:《第十二夜》,第231页。

（一）主题史、思想史、神话——德·曼论《浮士德》

人们普遍认为歌德的《浮士德》是现代意识的典范。目前各国虽然都有众多关于《浮士德》的批判性研究，然而在很多问题上，批评家们并未达成一致；例如《浮士德》两部分的主题是否一致，此剧与启蒙、文艺复兴和理性主义关系如何，如何看待玛格丽特之死，如何理解个人主义道德、集体道德、历史道德，以及此剧是否有宗教内涵等①。《浮士德》在某种程度上可以被看成是试金石，用来发现不同流派与方法的优点和不足。

对《浮士德》的研究不可避免地要涉及浮士德故事的批评和历史，涉及主题研究。当前的主题批评包括三方面：主题的历史，思想的历史和神话。德·曼的研究也囊括了这三个方面。德·曼认为在这三种形式的主题批评中，第一种似乎是比较科学谨慎的。查尔斯·德德扬（Charles Dedeyan）表明主题意味着浮士德传说中的历史元素，浮士德传说在不同国家和不同时期叙述描写的变化。浮士德是德国民间传说中的人物，据说真有其人，此人也许是，也许冒充是学者、魔术师、星相家、算命者。浮士德约死于 1540 年，其死后有关于魔鬼订约的故事，1575 年有拉丁文的浮士德故事，1587 年有 69 章的《约翰·浮士德博士的一生》出版，1589 年英国作家克里斯托弗·马洛写了《浮士德博士一生的悲剧》（*The Tragical History of Doctor Faustus*），再之后便是莱辛对浮士德话题的关注，以及歌德 1808 年出版的《浮士德》第一部。1587 年浮士德作品的主题源自路德教（Lutheran），马洛的作品则增加了异教人文主义的元素（pagan humanism superimpose），莱辛通过减少原始故事中的非理性内容来宣扬对知识的渴望和重建民族传统。歌德与莱辛相似，注重传统的主题。除了以上作品，德德扬还列出了与浮士德相关、但并非严格意义上的浮士德式的作品，例如卡尔德隆（Calderon）的《神奇魔术师》（*EL Magico Prodigioso*）、威

---

① Paul de Man, *Critical Writings*, *1953—1978*, Minneapolis：University of Minnesota Press，1989，p. 76.

廉·贝克福德(William Beckford)的《瓦泰克》(*Vathek*)、马修·格雷戈里·刘易斯(Matthew Gregory Lewis)的《僧侣》(*The Monk*)以及查尔斯·马杜林(C. R. Mathurin)的《流浪者梅莫斯》(*Melmoth the Wanderer*)。德·曼借分析德德扬的著作表明了此种研究的优势与可能出现的问题。此研究的优势是重视连续性,关注故事背后的重要问题以及不同版本处理该问题的不同方式。可能出现的问题则是只是对文本进行内部的批评,忽略了不同版本的比较,以及无法加深对杰出文本的批判性理解①。

　　浮士德主题对美国思想史学家有重要影响,只是此影响是隐含的。美国思想史学家认为"主题"指总体形象,是用理性语言表达某一问题连续、完整的发展。美国思想史的重要学者阿瑟·洛夫乔伊(Arthur Lovejoy)非常有影响力,德·曼发现阿瑟·洛夫乔伊的杰作《存在巨链》(*The Great Chain of Being*)与浮士德结构的核心问题总的来说都涉及历史连续性问题。洛夫乔伊在《存在巨链》中只间接提及《浮士德》中的名言努力奋斗。德·曼认为洛夫乔伊援引谢林要解决的问题正是歌德在其戏剧一开始便提出的问题。在德·曼看来,"浮士德能够但不倾向于接受新柏拉图式世界(宏观世界)。这个世界无法满足浮士德,因为他自身并不具备只属于存在的自我在场。浮士德必须留在外面,将世界视为纯粹的他者奇观(pure spectacle of alterity)"②。浮士德的愿望是作为永恒的无所不在,歌德将这种无所不在命名为大地精神,以火和太阳为意象。此种精神并不容易被察觉,并可以蒙蔽试图思考它的人,且无论通过幻觉还是清醒都无法直达它。浮士德在戏剧开始具有无节制、非理性、分散的特性。如果浮士德一直如此,便会是洛夫乔伊所说的浪漫分散的完美例子。然而洛夫乔伊引用的这句台词只是歌德的出发点,德·曼认为《浮士德》的深度在于中心人物克服痛苦的方式,即承认与梅菲斯特共存,以及存在只有通过不断地否定其自我揭示才能够被接近。浮士德通过爱的体验发现自己已经屈服于存在,并清楚自己一路上不得不放弃部分自己,不得不做

---

① Paul de Man, *Critical Writings*, *1953—1978*, p. 78.

② Paul de Man, *Critical Writings*, *1953—1978*, p. 83.

出一系列残忍、有辱人格的牺牲。① 鉴于洛夫乔伊的思想史无法说明《浮士德》以及歌德本身找到的超越悖论的方法是辩证法，德·曼由此梳理阐释《浮士德》中辩证法的意义。

德·曼认为辩证法贯穿了整部剧，真实与超验的分离并没有阻碍通向存在之路的形成。浮士德的每一个经历都是灾难性的，然而作为整体，却通过统一的方向而协调一致。德·曼总结出《浮士德》与黑格尔《精神现象学》(*The Phenomenology of Mind*)有三方面共同点，分别是：人类经验的延续与扩展需借助于否定的悲伤；结构存在着深刻的相似性；在自我意识发展中，从一个阶段到下一个阶段的过渡构成了中心时刻②。德·曼认为卢卡奇具有辩证思想和精确的歌德历史主义观，所以能够对玛格丽特情节的必要性、浮士德和梅菲斯特的关系以及最后一幕的象征给出令人信服的解释。德·曼用辩证法解释了《浮士德》的两种节奏，此两元节奏将诗剧分成两个互补的部分，并通过重复来推进，例如浮士德一系列冒险总是不断渴望占有其渴望的东西，可代价却是不断摧毁其所渴望的对象。除此之外，《浮士德》中还有其他节奏，这些节奏不属于丰盛与否定、真实与理想、个人与集体等对立，所以卢卡奇没能阐释参与想象生活的内部辩证法(the interior dialectic of imaginary life)③。

鉴于《浮士德》中既有凡人原型，也有海伦、霍尔蒙克斯(Homunculus)、欧福良(Euphorion)等，所以可以进行主题批评中的神话批评。德·曼因此关注莫德·鲍德金(Maud Bodkin)的研究。鲍德金曾在其著作中专章评述《浮士德》。鲍德金认为某些戏剧性的、象征性的结构描述了典型的经验，正是这些经验的重复构成了文学经验的连续性。玛格丽特被认为是年轻的浮士德情欲和本能之爱的升华，此爱是超然狂喜的预兆。对鲍德金而言，诗保存了神性的语言，人不会死亡，而是在语言中重生。德·曼从如下方面反驳了鲍德金：首先，最后一幕的结局并不是回归神

---

① Paul de Man, *Critical Writings*, *1953—1978*, p. 83.
② Paul de Man, *Critical Writings*, *1953—1978*, p. 84.
③ Paul de Man, *Critical Writings*, *1953—1978*, pp. 84-85.

性,而是唤起死亡。其次,反驳了鲍德金的假设,如果诗意是重复,便预设了最初的初始经验,那么诗歌语言是初始的(或神圣的)语言。然而诗歌并不是对初始的重复,事实上是诗人发明了语言,语言重复自身,而不是其他,诗意语言是中介性的和时间性的。德·曼断言原型描述尽管重要,但并不比其他描述更具有优先性。神话批评可以做出的贡献与神话专家的假设不同,是将属于天真的想象领域的内容转移到反思领域,其功能本质上是去神话化,并成为对神话的批判。此种神话批评应从神话到观念,从观念到正式主题,然后才能成为历史。①

(二)自我——德·曼论卢梭的戏剧 《那喀索斯》与《皮格马利翁》

让-雅克·卢梭是公认的法国著名思想家、教育家与文学家,其《忏悔录》与《新爱洛依丝》被诸多文学史所介绍;然而其创作的剧本《那喀索斯》与《皮格马利翁》却并不为学界热议。《那喀索斯》是卢梭18岁创作的剧本,该剧讲述了瓦莱尔爱自己的画像,不过此画像是隐喻化的女子的画像。《皮格马利翁》创作于1762年,是对奥维德《变形记》中皮格马利翁故事的改写。卢梭的《皮格马利翁》主要讲述皮格马利翁的雕像成为活生生的人嘉拉蒂后如何认识自我和外界。德·曼将此两部剧作放在一起思考,凸显了这两部剧共同的主题——"自我"。

卢梭在创作中为了避免辨别各种修辞手法,所以经常说"语言的修辞手法"(language figuré),而非"隐喻"等具体的修饰格。不过《那喀索斯》却直接出现了"隐喻"一词,即瓦莱尔(Valère)的仆人弗隆丁(Frontin)先是说变形的画像没有隐喻,后又说是隐喻化的。德·曼认为"画像"与隐喻的联系可与《论语言的起源》(Essay)中的寓言(fable)相类比。《论语言的起源》第二节提到语言起源于惊恐的感受,"一个原始人骤遇

---

① Paul de Man, *Critical Writings*, *1953—1978*, p. 88.

他人时，首先是感到惊恐。由于惊恐，在他看来，他所遭遇的那些人便比他更高大、更强壮，于是他称那些人为'巨人'"①。不过《那喀索斯》包含的感情是爱，具体地说是"自爱"（self-love/amour de soi）、"虚荣心"（vanity）与"他人的爱"（the love of others）之间的相互作用，而爱本质上与自我概念相关。《论人与人之间不平等的起因和基础》第 15 个注释对自爱的解释是："在真正的自然状态中，自尊心是不存在的，因为每一个人都把自己看成是观察其自身的唯一的观察者，是宇宙中关心自己的存在的唯一存在，是他自己的价值的唯一评判人。"②德·曼认为《那喀索斯》所能产生的任何喜剧效果都归功于远离"自爱"的经历。卢梭将自尊（amour propre）与自爱区分开，"自爱"集中于对自我的关注，"自尊"则为了他人的认可。在戏剧中，瓦莱尔在婚礼前夕看到看起来像女性的自我画像感慨道：我在她的脸上发现了很多像我自己的表情，她是迷人的，她的品位证明了她的聪明才智，她具有所有人类的优点。从这种对画像的误读，德·曼认为主体可能因被虚荣蒙蔽说出令人震惊的错误言论，然而从自尊的层面看，此画像既不是隐喻，也不是其他修辞手段③。对画像的误读显示出瓦莱尔是虚荣的，这段兼具讽刺与说教的文字便具有了一种喜剧效果。德·曼认为肖像是意识的表现，关于肖像的陈述便是关于意识的陈述，因此可能是"真"或"假"并不涉及认识论张力或文本内游戏④。

该剧用了很多包含复杂代词的句子，似乎身份（identity）只为其自身而存在，并不涉及虚荣心。当情感是怜悯时，自我与他者的张力已经在一个自主实体（肖像）中客体化，它并不是完全虚构的，而是以拟像（simulacrum）的方式存在，肖像同时既是自我又不是自我。如此一来它既与自

---

① 让-雅克·卢梭：《论语言的起源》，洪涛译，上海人民出版社，2003，第 19 页。

② 让-雅克·卢梭：《卢梭全集》第 4 卷，李平沤译，商务印书馆，2012，第 343 页。

③ Paul De Man, *Allegories of Reading*: *Figural Language in Rousseau*, *Nietzsche*, *Rilke*, *and Proust*, p. 166.

④ Paul De Man, *Allegories of Reading*: *Figural Language in Rousseau*, *Nietzsche*, *Rilke*, *and Proust*, p. 167.

我足够相似,足以允许自爱的可能性,但又与自我有足够的不同,允许他者、"距离",而距离是所有激情的组成部分。瓦莱尔既可能热爱相似,也可能热爱差异。德·曼认为瓦莱尔看画像的心态比单纯的虚荣心要复杂得多。肖像是一种替代,却无法说它是替代自己还是替代他人,它不断地在两者之间摇摆不定,如同处于恐惧的状态。德·曼认为当此剧讲述爱的本质与结构时,主人公依然悬在对被描绘的他者的渴望与相似性带来的诱惑间①。德·曼觉得这幅肖像可以被称为爱,它允许自我替代他人,他人替代自我。从肖像表现爱而言,它是转喻的隐喻(the metaphor of a metonymy),是基于反映的(连续的)相似性的替代,并导致异常的指称结论(referential conclusions)。德·曼因此总结,"由于自我概念(notion of selfhood)建立在自爱(self-love)的基础上的,认识论稳定性(epistemological stability)的丧失对应自我权威(authority in the self)的丧失,如今变成本体论的虚无(ontological nothingness)"②。在德·曼看来,"我爱我自己"指向的"自我"实际上是自我与他人、同一与差异间不确定性的无限延迟状态。《那喀索斯》结尾回归秩序、常态和正确身份被视为一种欢乐。一旦我们认识到自我不是实体而是修辞,句子中非此即彼的选择就失去了所有意义,就不可能区分自爱、对他人的爱或对虚无的爱。

德·曼发现此剧中有一个因素被忽略了,即谁画了这幅既隐藏又显示原型的肖像画。通过阅读《那喀索斯》序言,德·曼发现它邀请读者把关注的目光从虚构人物的自我转移到作家身上。那么与迷失在日常生活中特定的、经验的自我(particular and empirical self)相比,作为作家的卢梭可以被称为更具包容性的自我吗?《那喀索斯》序言似乎表明,写作是恢复自我的一种方式。不过德·曼觉得此种写作作为商品具有奇怪的地位,因为努力与价值的关系不稳定。

----

① Paul De Man, *Allegories of Reading: Figural Language in Rousseau, Nietzsche, Rilke, and Proust*, p. 169.

② Paul De Man, *Allegories of Reading: Figural Language in Rousseau, Nietzsche, Rilke, and Proust*, p. 169.

德·曼认为语言的修辞性,无论狭义的比喻还是广义的说服模式,与自我是有可能相容的。在最简单的实用层面上,语言为自我提供了实现自我设计(its own designs)的手段(means)。德·曼认为修辞是发现自我的钥匙,在比喻结构的认识论迷宫中,自我的恢复将通过话语对自我概念的解构来完成,话语的发起者超越了快乐与痛苦、善与恶、力量与弱点,如此一来,他的意识既不快乐也不悲伤,也不拥有任何力量。德·曼觉得即便如此,他仍然是权威的中心,他苦行式阅读(ascetic reading)的破坏性证明了阐释的有效性。辩证逆转(dialectical reversal)是现代性的基础,其将权威从经验转移到解释,通过解释将自我的完全无意义转变为新的意义中心。德·曼关心卢梭是否会像利科(Ricoeur)理解的弗洛伊德那样,为自我夺回一定程度的权威。在《那喀索斯》中,卢梭其实描绘了解释与自我的共生(recurrent symbiosis)问题。

德·曼认为与《那喀索斯》相似,《皮格马利翁》独白中的任何陈述都不能按其表面价值来理解,它们都在语境运动中发挥作用。在决定文本是否是自我(selfhood)的目的论(teleology)方面,临时综合(the provisional syntheses)是阅读的负担。德·曼总结说,戏剧开始时,作者与作品的相遇产生一种复杂的情感,此情感在《第二论文》中是恐惧,在《那喀索斯》中是爱以及爱的多种自我反射形式,在《皮格马利翁》中是两者的结合。《皮格马利翁》中的恐惧不能简单地等同于表象与现实、外部与内部之间的差异(discrepancy),此剧中的隐喻比原始人发明的"巨人"更为影响深远。皮格马利翁被敬畏感所麻痹。威胁性力量并不仅是外部事物,敬畏不是针对自然物体,因为它主动涉及自我;也不是针对可能与自我一致的事物。卢梭从神话中得隐喻,在神话中,艺术品以女神的姿态呈现。艺术可以使熟悉与亲密的事物变得截然不同,艺术作品融合了同一性与差异性。女神隐喻(the goddess metaphor)是自我与他人的可怕结合。伽拉西娅(Galathea)具有神性,并不是因为她美丽、和谐,她的神性品质源于她的镜面反射本质(specular nature)和形式本质(formal nature)之间的差异。镜面反射本质作为一种自我行为,必然反射自我,而形式本质与自我不同,可以如想象一般。这种差异产生了自相矛盾的系统(the system of antinomies),这些矛盾根据自我与他人之间的关系来协调。雕像是"冷"的并非因为它是由石头制成,而是因为它反映了皮格马利翁没有激情与想象的状况;然而冰冷的大理石在被创作的过程却产生了热量,激发了创作者的想象力、热情与爱。自我与他者的交换产生了它自己的崇高。被自身崇高冻结的敬畏也可称为冷,不过这种冷与石头冰冷的物理特性不同。德·曼总结说:"热和冷并不是源自物质属性(material properties),而是源自从形象到字面的转变,这种转变源自作品作为自我的延伸和作为准神圣他者(quasi-divine otherness)间的矛盾关系(ambivalent relationship)"①。当伽拉西娅被称为如神般,从涉及崇高的那一刻起,自然就退居幕后,自我(self-hood)和自我意识(self-consciousness)就占据了主导地位。自我与他人的矛盾心理以"爱"为主题,皮格马利翁的敬畏包含着自私(self-erotic)和超验的元素。崇高的维度是自我敬畏(self awed)的产物。戏剧中被称为爱情的,包含着自我崇拜。自我和他人的矛盾(ambivalence)在崇高模式中积极发挥作用,对普遍性的要求也延伸到自我。作品不再源于塑造它的特定意志,而是作品使自我存在。

(三) 季洛杜戏剧中的荒诞性

季洛杜(Giraudoux)是法国著名戏剧家,一生共写了 15 部剧本。在这些剧作中,比较有影响力的是《西格弗里德》(*Siegfried*)、《安菲特律翁三十八世》(*Amphitryon* 38)、《特洛伊战争不会爆发》(*The Trojan War Will Not Take Place*)、《厄勒克特拉》(*Electra*)、《朱迪斯》(*Judith*)、《门口的老虎》(*Tiger at the Gates*)和《天使的决斗》(*Duel of Angels*)。对于季洛杜的戏剧,德·曼比较认可的是后三部,其评论也围绕这三部剧作展开。德·曼认同哈罗德·克勒曼(Harold Clurman)的观点,即季洛杜的戏剧是"荒

---

① Paul De Man,*Allegories of Reading：Figural Language in Rousseau*,*Nietzsche*,*Rilke*,*and Proust*,p. 178.

诞派戏剧"的先驱。通过德·曼的论述可知季洛杜戏剧的荒诞性主要体现在如下方面:传统英雄主义的消解、传统道德的颠覆、神话人性化、优雅与戏谑的结合。

第一,传统英雄主义的消解。德·曼对这个问题的分析是:(1)从现代社会来看,现代社会没有真正的英雄,也没有足以激发英雄行动的公认的价值观体系。从人物看,这些戏剧虽然表面仍然围绕有英雄维度的中心人物组织戏剧结构,然而他们的英雄主义本质与传统意义上的英雄主义完全不同,他们摧毁观众心中可能残留的任何传统英雄价值观的痕迹,如在季洛杜版本的特洛伊战争中,没有阿喀琉斯也没有赫克托耳。(2)从内容上看,没有勇气、爱情与历史,只有荒唐屠杀的战争,只有平庸与琐碎的事件。季洛杜的作品不以崇高或包容为目标,反而刻意表现出一些短暂的东西,并嘲笑任何不朽的姿态。

第二,传统道德的颠覆。德·曼发现季洛杜对传统道德的探讨包括如下层次:首先是超越善恶(beyond good and evil)。关于邪恶,小说中的女主角通过拒绝承认邪恶来抵御邪恶,例如她们会忘记产生罪恶感的过去,拒绝产生焦虑的未来。更明显的例子是《天使决斗》中的露希尔以坚定的道德拥护者形象(crusader for staunch morality)出现,可在最后一幕却突然改变立场;原来她不是为荣誉而报仇,只是为避免因自负(pomposity)而死,并假设自己没犯任何罪。德·曼由此总结"驱使她与各种恶做斗争的'美德'与男性世界的严厉道德无关"[1]。其次,美德变得空洞,戏剧中充满堕落、强奸等犯罪。再次是将既定的道德降低为荒谬,只不过不是通过叛逆或愤慨,而是以高雅品位的名义。

第三,神话人性化。德·曼这样分析神话人性化问题:(1)由于没有崇高的英雄建构,只有平庸的实践,季洛杜将神话简化为日常戏剧。(2)给诸神赋予人性,而不是将人类提升到不朽。例如,表面上看朱迪思被伪装成醉酒守卫的超自然天使宣布为烈士,而直到最后几行才揭示出,她使

---

① Paul de Man,*Critical Writings*,*1953—1978*,pp. 99-100.

诸神降到人类享乐的水平。季洛杜的很多戏剧都显示了神也会被女性所诱惑、所征服。

第四,从艺术手法看,季洛杜以优雅与戏谑的结合来表现严肃与黑暗的深度。女主角们以优雅的语言来对抗那种道德恐惧的瘫痪力量(the paralyzing power of moral fear)。在《天使的决斗》中,露西尔曾说过你该模仿我,少相信思想、多相信语言,纯洁的语言会将我带入阳光[①]等诸如此类的话语。在德·曼看来,这些女子更像是诗人,在诸多庸俗之中保持优雅语言,通过对语言的关注来感受诗意的存在。而在各种言语较量中,作者的同情总是属于说得最好的人。德·曼总结季洛杜的戏谑主要体现在如下层次:首先是讽刺性地使用西方伟大神话中的人物,如朱迪思、海伦、卢克雷西亚、夏娃;其次是讽刺性表现当代国际政治中的滑稽;再次是在戏剧中采用众多笑话;以及采取非常轻快的对话节奏。

---

① Jean Giraudoux, *Duel of Angels*, Christopher Fry trans. , London: Methuen &Co Ltd, 1958, p. 16.

第六章　耶鲁学派的文化批评

在德·曼、哈特曼、布鲁姆与米勒四个人中,哈特曼发表过的和文化批评有关的著述最多、研究范围也最广,这其中既有对宏观文化研究的思考,也有关于大屠杀文化研究的,还有具体的影视作品研究。米勒不排斥文化研究,米勒的研究主要包括两个方面:一方面是关于共同体的研究,另一方面是关于电子媒介的影响。布鲁姆则在多本著作中明确表示自己反感文化研究。

第一节　米勒论共同体的自身免疫

德里达将共同体的免疫(immunity)与自身免疫(auto-immunity)引入共同体的研究。受德里达的影响,希利斯·米勒借助《宠儿》(*The Beloved*)等文学作品审视共同体的免疫与自身免疫问题,认为自身免疫普遍地存在于家庭、区域和国家等共同体之中;主体必须承担随自身免疫而来的责任,并发挥自身免疫作用的积极方面。

(一)"免疫"与"自身免疫"

"免疫"一词的英文为"immune","共同体"的英文为"community"。据希利斯·米勒考据,这两个词共同的词干"mun"源自拉丁文的"munus",意为在群体内部每个人应承担的义务。"immune"在词干"mun"前加含有否定意义的前缀,意为"免除"①。免疫最初作为社会学用语,指"免除负担、服务、赋税、义务等,此后又被转用于制宪或国际法律领域"②,例如牧师在某些方面免除普通公民承担的义务;有些民主国家的议员可以免除某些罪名的起诉。再后来,生物学界"挪用"了该词用来指当微生物或蠕虫等攻击人体时,免疫系统"通过特化的器官将进入机体组织的微生物滤出并与之发生反应,以及运用血流中流动的分子和细胞'部队'对攻击快速应答"③。因为免疫系统实际"有能力对所有分子和细胞进行免疫应答",所以将"对自身抗原产生的获得性免疫反应"称为自身免疫。④

在《信仰与知识》(*Faith and Knowledge*)中,德里达再次把该词及其相应的隐喻术语体系收回人文社科领域,将其用于社会肌体,即共同体及其成员的肌体。人类社会有机体可以喻为复杂的人的肌体,"其结构与人体的免疫系统也有相似之处:它排斥一切外来的入侵者,然后又在所谓的'自身免疫性'中使自己的免疫系统转而反对自身"⑤。一方面,德里达并不否认免疫在生物学领域的作用:免疫反应通过制造抵抗外来"抗原"的抗体来保护身体不受伤害;自身免疫的过程则是通过破坏其自身免疫系统的自我保护来保护自己。并且人们越来越借助免疫——抑制的积极功效——来限制排斥机制,促进移植器官的融合。⑥ 另一方面,德里达认为"自身免疫的逻辑有助于我们思考信仰和知识的关系、宗教和科学的关系"⑦以及对共同体的研究。

---

① J. Hillis Miller, *For Derrida*, New York: Fordham University Press, 2009, p. 124.

② 雅克·德里达:《信仰和知识——纯然理性限度内的宗教的两个来源》,载基阿尼·瓦蒂默主编《宗教》,商务印书馆,2006,第58-59页。

③ 利迪亚德:《免疫学》,林慰慈等译,科学出版社,2010,第1-4页。

④ 利迪亚德:《免疫学》,第162页。

⑤ J. 希利斯·米勒:《文学中的后现代伦理:后期的德里达、莫里森和他者》,王逢振译,《外国文学》2006年第1期。

⑥ Jacques Derrida, *Acts of Religion*, New York and London: Routledge, 2002, p. 80.

⑦ J. 希利斯·米勒:《文学中的后现代伦理:后期的德里达、莫里森和他者》,王逢振译,《外国文学》2006年第1期。

（二）德里达论自身免疫

德里达对自身免疫的论述主要体现在《信仰与知识》和回答博拉朵莉的采访中。德里达认为自身免疫具有普遍性，"自身免疫纠缠着共同体及其免疫体系。没有自身免疫的风险，在最自主的生命存在中，没有任何东西是共同的、免疫的、安全的、圣洁的和不受损害的"[1]。在博拉朵莉的采访中，德里达运用自身免疫逻辑分析以 9·11 为代表的恐怖事件。（1）美国将其基础的实质性形象暴露在攻击的目标之下，其实也暴露给了对它感兴趣的内部。德里达认为美国培训像本拉登这样的人，创造欢迎他们的政治和军事环境，使他们能够以美国人的机场为基地，在美国人的城市中，攫夺美国人的武器。（2）"无论是在精神分析的意义上，还是在政治的意义上，无论是通过政策、军事，还是通过经济压制都终止于生产，再生产和再产生它正千方百计要缴除其武器的那个东西。"[2]（3）无论从长期还是短期的观点看，各种防御和所有形式的所谓的"对恐怖主义的战争"都是产生它们声称要将之斩草除根的邪恶的原因。米勒认为德里达的此种分析非常有价值，并同样认为 9·11 事件是自身免疫的自杀行为，并进一步说恐怖主义对美国的恨来源于美国的恐怖行为和在国外进行的帝国主义侵略，尽管美国这么做的目的是保护自身的安全和主权。德里达的研究引起了米勒对"自身免疫"的关注。

（三）米勒论自身免疫

德里达《信仰与知识》中对自身免疫的看法给米勒以深刻启发。米

---

[1]　雅克·德里达：《信仰和知识——纯然理性限度内的宗教的两个来源》，载基阿尼·瓦蒂默主编《宗教》，商务印书馆，2006，第 62 页。

[2]　博拉朵莉：《恐怖时代的哲学——与哈贝巴斯和德里达的对话》，王志宏译，华夏出版社，2005，第 100-106 页。

勒在《献给德里达》一书中将自身免疫解释为："在自身免疫性里,某种东西会因免疫系统而出现错误。它会生产破坏自身细胞的抗体,如糖尿病和类风湿性关节炎,甚至或如某些更致命的使整个器官遭到破坏的自身免疫性形式。"①

　　同德里达一样,米勒也认为免疫和自身免疫是每一个共同体的特征,无论是否愿意,免疫和自身免疫在任何共同体中都机械地、自发地、不可避免地起作用;这不是共同体成员选择的结果,也不是共同体集体选择的结果。但与德里达不同,米勒运用自身免疫逻辑分析美国的历史与现状时,将这种分析与重新阐释文本的意义密切结合。在《共同体的焚毁:奥斯维辛前后的小说》(*The Conflagration of Community*：*Fiction before and after Auschwitz*)一书结尾,米勒说:"我们所处的当今世界是一个受制于'恐怖主义分子'、反恐战争、伊拉克和阿富汗战争、虚拟空间以及全球电信—技术—军事—资本主义的世界。作为理解当今世界机制的一种间接方法,阅读《宠儿》是有用的,甚至是不可或缺的。"②

　　通过阅读《宠儿》,可以看到自身免疫的逻辑在不同规模的共同体中起作用,例如家庭共同体、区域共同体和国家共同体。家庭共同体由在世的与过世的家庭成员组成。在《宠儿》中,塞丝多次说她希望她的孩子可以远离伤害,不再做奴隶,到达一个安全、自由、可以永葆纯洁的地方。她多次提到自己的孩子是最宝贵的,"她最宝贵的东西,是她的孩子。白人尽可以玷污她,却别想玷污她最宝贵的东西,她的美丽而神奇的、最宝贵的东西——她最干净的部分。"③塞丝认为杀死她的女儿便可以使她的女儿到达安全的地方,于是切断了还是婴儿的女儿的脖子。米勒认为这体现了双重的自身免疫逻辑,即为了孩子的安全杀死孩子,以及杀死孩子的同时也杀死了自己最好的那部分。

---

　　① J. Hillis Miller, *For Derrida*, p. 124.

　　② J. Hillis Miller, *The Conflagration of Community*：*Fiction before and after Auschwitz*, Chicago and London：The University of Chicago Press, 2011, p. 266.

　　③ 托妮·莫里森:《宠儿》,潘岳、雷格译,南海出版公司,2013,第291页。

在《宠儿》中,区域共同体体现为两种形式:黑人共同体和南北战争时期的南方社会。塞丝作为辛辛那提黑人共同体的成员,当她杀害女儿后,受到了共同体的排斥和谴责。大家因她从监狱出来依然不认错而觉得她太傲气且有危险。她的情人保罗知道后也谴责她:"你做错了,塞丝……你长了两只脚,塞丝,不是四只"①并抛弃了她。在小说的结尾,这个社群的 30 个黑人女邻居聚集在她们院子和路交接的地方,驱逐塞丝杀死的孩子的幽灵②。在南方社会,存在着白人奴隶主和黑人奴隶。尽管白人把黑人奴隶买到美国,但多数奴隶主把奴隶视为外来人。米勒认为白人奴隶主和黑人奴隶在经济和文化上互相依存,同时又相互恐惧,把对方视为异己的、纯粹的他者③。对奴隶的鞭打、折磨和私刑处死等是一种失败的企图驱赶外来人的努力。与此同时,奴隶主私刑处死的每一个黑人奴隶,也是对自己财产的破坏④。在《宠儿》中,白人"学校老师"抓到逃跑的西克索时,首先说的是"活的。活的。我要他活着",可当他目睹西克索坚决反抗并听完他的歌后,他认为西克索不会听话而杀了西克索。对于抓回来的保罗·D,他想的是:"如果可能,他得把眼下这个卖九百块,然后去保住下崽子的那个和她的崽子们……用眼下这个卖的钱,他能买两个小的,十二岁或者十五岁的。也许加上下崽子的那个、她的三只小黑鬼,还有,甭管生下的那崽子是公是母,他和他的侄子们就会有七个黑鬼了。"⑤

在国家共同体中,自身免疫逻辑同样起作用。南北战争在实行奴隶制的南部各州和实行自由制的北部各州之间进行。南北战争的历史表明

①　托妮·莫里森:《宠儿》,第 191 页。

②　J.希利斯·米勒:《文学中的后现代伦理:后期的德里达、莫里森和他者》,王逢振译,《外国文学》2006 年第 1 期。

③　J.希利斯·米勒:《文学中的后现代伦理:后期的德里达、莫里森和他者》,王逢振译,《外国文学》2006 年第 1 期。

④　希利斯·米勒著,王逢振译:《文学中的后现代伦理:后期的德里达、莫里森和他者》,《外国文学》2006 年第 1 期。

⑤　托妮·莫里森:《宠儿》,第 262-264 页。

这是一次内部战争,每个人都有可能杀死自己的亲人。以《宠儿》中的保罗·D为例,他在内战期间曾为双方卖命,当他以三百元的价格被卖到亚拉巴马服役时,他为反叛的南方部队卖力;流浪到莫比尔郊区时,他发现那里的黑人在为联邦铺路,而此前,他们曾帮助叛军将道路捣毁。[①] 保罗·D并不是个例,在战争期间,很多人都曾为南北双方卖命,在这期间的确有可能杀死自己的亲人。

米勒进一步认为,这种自身免疫逻辑在世界范围内都有所体现,德国的反犹主义即是例证。反犹主义导致了企图杀死每个犹太人的大屠杀。与此同时,"在试图射杀入侵者的行动中,每个社群都具有破坏自己基础的某种自杀的可能"[②]。米勒认为德国的大屠杀最终导致第三帝国自杀性的自我毁灭,因为在那六百万的屠杀中,他们杀害了众多潜在的学者、科学家、艺术家、诗人和不计其数的平民百姓,而他们本可以为第三帝国贡献各自的力量。

米勒认为自身免疫不仅在南北战争时期的美国起作用,在现在的美国同样起作用,而且这类例子很多:例如次级按揭贷款方案(gigantic sub-prime mortgage pyramid scheme)导致银行和其他金融机构濒临破产的边缘。为了维持全球金融系统免于崩溃,政府预计需要7万亿救助资金注入国内的银行和其他金融机构。金融机构的投资人为了稳妥致富将高风险的次级抵押贷款分割成分。这些"有毒的"投资通过所谓的"衍生性金融产品"(derivatives)和"信贷违约互换"(credit default swaps)转而安全了。"衍生性金融产品"和"信贷违约互换"被愚蠢地认为是免疫抗体,可以消除风险,如同免疫系统的抗体可以抵消侵入人体的外来抗原。可当房地产泡沫破裂时,无用的衍生性金融产品会违约"毒害"它们自身,并且反过来对抗它们本应保护的金融机构。衍生性金融产品和违约互换将会毁了银行,而如果政府通过印刷更多的钱来施以救助,也不能挽救银

---

① 托妮·莫里森:《宠儿》,第310–312页。
② J.希利斯·米勒:《文学中的后现代伦理:后期的德里达、莫里森和他者》,王逢振译,《外国文学》2006年第1期。

行,相反,却会成为自身免疫的另一个例子,因为政府赤字激增最终将削弱美国。①

既然我们了解自身免疫,那我们是否能阻止它发生? 米勒认为只要人聚集成共同体,自身免疫便会起作用②,正如自身免疫支配塞丝一样,自身免疫也支配着恐怖主义者和反恐怖主义者,"伊斯兰恐怖主义者愿意作为人肉炸弹牺牲自己,因为他们相信自己会成为神圣的殉道者而直接进入天堂。"③

米勒强调"虽然身体免疫系统的作用是被动的,但在社会中,自身免疫行为的发生却是一种有责任的反应"④。我们作出决定,就要像塞丝自愿承担共同体对她的孤立、承担宠儿对她的折磨那样,承担起自己行为的责任。米勒承认有些选择和决定是非常艰难的,例如如何既欢迎外来者,又能够维护欧洲封闭的统一;如何既尊重差异,又尊重法律的普遍性;我们如何确定什么是我们的义务?

米勒在这里引入了德里达的"超越义务"(over-duty)。德里达在《绝境》中对此解释为不仅超越符合义务的行动,而且超越符合道德条件的行动。更明确地说也就是:一个决定不应将其自身局限于已确定的知识和已确立的制度。米勒赞同德里达的观点,即无论付出怎样的代价,我们如今都应采取政治行动,我们有义务这么做,而这个义务却无需遵从已有的命令。

米勒认为自身免疫作用有一个积极的方面,即它可以使某共同体或某政治团体向完全的他者敞开,例如向即将到来的民主敞开。米勒以选举为例加以说明,在选举中,可能由于时间原因或其他因素导致我们可能对候选人并不了解,我们的投票可能是盲目的,我们选出的人选也可能在

---

①　J. Hillis Miller, *For Derrida*, pp. 128—129.

②　J. Hillis Miller, *For Derrida*, p. 238.

③　J. 希利斯·米勒:《文学中的后现代伦理:后期的德里达、莫里森和他者》,王逢振译,《外国文学》2006 年第 1 期。

④　J. 希利斯·米勒:《文学中的后现代伦理:后期的德里达、莫里森和他者》,王逢振译,《外国文学》2006 年第 1 期。

将来做出有损于我们利益的事。不过米勒主张,即使如此,我们也应该积极参与选举,并尽可能做出合理的决定,哪怕我们的努力只能换来微小的前进。米勒强调为即将到来的民主而努力是我们的责任①。米勒赞赏某些欧洲人在第一次海湾战争期间通过投票、给编辑写信和抗议游行等尽全力推进特别条款的实现,并认为这也适用于处于反恐战争中的美国。

米勒通过阅读文学作品来认识和理解当前的社会状况是值得肯定的。诚如米勒所说,文学作品具有丰富性、具体性和生动性,可以让我们看到更多的内容,更乐于承担责任。简言之,德里达和米勒主要有三个贡献:首先是引起我们对共同体具有的自身免疫性逻辑的重视;其次是看到自身免疫也有积极的一面;再次是表明应该采取行动,在面对选择时想到我们应承担的责任,并尽可能做好。

第二节　米勒对奥斯维辛前后小说的研究

米勒对大屠杀文学的关注始于 1998 年,在这一年米勒与雅各布·卢特(Jakob Lothe)教授相遇。米勒说正是卢特的鼓励使其有勇气转向大屠杀文学,使其回到卡夫卡(Franz Kafka)的研究中,并感觉这种研究是一种不能推卸的责任。参观布痕瓦尔德集中营(Buchenwald)和近来美国的纷乱迹象更促进了他的研读。米勒对大屠杀文学的研究主要体现在《共同体的焚毁》一书。在此书前言中,米勒说自己关注的焦点与同样进行大屠杀文学研究的罗伯特·伊格尔斯通(Robert Eaglestone)不同。他将大屠杀的小说与奥斯维辛前后的作品相联系,寻求奥斯维辛之前卡夫卡的三部小说、大屠杀的四部小说、奥斯维辛之后托妮·莫里森(Tony Morrison)的《宠儿》以及美国导致国内外形势变化的行动这些异质方面的共同处。② 本文对米勒的评述便也追寻米勒的思路从这几方面展开。

---

① J. Hillis Miller, *For Derrida*, pp. 239-240.
② J. 希利斯·米勒:《共同体的焚毁》,陈旭译,南京大学出版社,2019,第5-8页。

（一）"奥斯维辛之后，甚至写首诗，也是野蛮的"

阿多尔诺说"奥斯维辛之后，甚至写首诗，也是野蛮的"[1]，这句话出自其《文化批评与社会》一文。阿多尔诺的此种观点在学术界引起的影响很大。米勒在《共同体的焚毁》前言中从正反两面探讨这句话。

一方面，这句话有一定的道理。米勒从以下五点探讨这句话的可理解性：（1）如果阿多尔诺强调的是写的动作性，例如用笔在纸上写，或敲击键盘，就能写出或长或短的诗化文字，那么这么做是野蛮的。（2）写诗很可能无法确保类似奥斯维辛的悲剧不会再次发生。欧洲的德语区有着丰富的文化底蕴，例如文学家里尔克、托马斯·曼、卡夫卡，音乐家贝多芬（Ludwig van Beethoven），哲学家康德、黑格尔、维特根斯坦（Ludwig Josef Johann Wittgenstein）等，这些并没有带来社会政治领域内更好的改变。在战乱时代，人们不会关注艺术。（3）阿多尔诺所理解的诗歌也许和海德格尔不同，并不被看作唤回遗忘的所在，而只是主观情感的表达或语言的有机统一体。（4）米勒追溯"野蛮"（barbaric）一词的词源，认为在黑暗的时代，诗歌如同无意义的声音，既不会有利于同胞的相互理解，也对现实无帮助。（5）此句话在语境中并不是核心，核心是因为社会的堕落，文化批评很可能无法坚持，甚至可能被其批判的内容所腐蚀[2]。

米勒认为阿多尔诺此禁令有不合理之处，因为阿多尔诺没意识到文学是有力的见证方式；哪怕有可能存在问题，也能提醒读者不要忘记在大屠杀中无辜死去的人，并指引读者走向行动[3]。米勒认为不仅大屠杀文学是有意义的，而且对大屠杀文学的解读也是有意义的；例如，自己的解读能见证自己对这些作品的感受，并有可能指向德里达所说的"即将到来

---

① 特奥多·阿多尔诺：《阿多尔诺基础读本》，夏凡编译，浙江大学出版社，2020，第56页。

② J.希利斯·米勒：《共同体的焚毁》，第1-4页。

③ J.希利斯·米勒：《共同体的焚毁》，第4页。

的民主"(the democracy to come)①。

（二）卡夫卡作品对奥斯维辛的预感以及
对大屠杀及之后小说的影响

卡夫卡生于 1883 年,卒于 1924 年,完全早于 1942 年的"最终解决方案"(the Final Solution)。虽然如此,米勒认为卡夫卡的作品预见了大屠杀的情形,设定了奥斯维辛题材小说的创作形式,因此可以从反省大屠杀的角度加以解读。

关于卡夫卡作品的预言性,卡夫卡的朋友古斯塔夫·雅诺施(Gustav Janouch)、本雅明、阿多尔诺、布莱希特(Bertolt Brecht)、乔治·斯坦纳(George Steiner)、维尔纳·哈马赫(Werner Hamacher)等学者都有论述。雅诺施曾说卡夫卡因害怕自己的作品可能是预言性的,而想要销毁自己的手稿。雅诺施还曾说卡夫卡看着布拉格的犹太会堂时曾说过人们会铲除犹太人。本雅明在 1938 年也说,卡夫卡作品中人物的遭遇,例如约瑟夫·K 和卡尔·罗斯曼(Karl Rossmann)的遭遇,预示了大屠杀。米勒对卡夫卡的作品如何预示了大屠杀、《无命运的人生》等大屠杀小说以及莫里森的《宠儿》,做了具体分析。

第一,卡夫卡的小说对大屠杀的预测。卡夫卡小说对大屠杀的预测既体现在主题上,也体现在结构形式上。卡夫卡与死亡主题联系的作品有三类:第一类是故事中发生的不公正的死亡,例如《判决》(*The Judgement*)、《绝食表演者》(*The Starvation Artist*)、《变形记》(*The Metamorphosis*)和《在流放地》(*In the Penal Colony*)的主角最后都死了。第二类是"不是死亡却无止境地走向死亡的情境"②,这种情境会导致极度的不安,此类作品有《地洞》(*The Burrow*)、《猎人格拉胡斯》(The Hunter Grac-

---

① J.希利斯·米勒:《共同体的焚毁》,第 5 页。
② J.希利斯·米勒:《共同体的焚毁》,第 70 页。

chus)、《修建中国长城》(*Building the Great Wall of China*)、《长城和巴别塔》(*The Great Wall and the Tower of Babel*)、《上谕》(*An Imperial Message*)。第三类是能产生内爆(implosion)的反对单纯肯定与否定的寓言、箴言、谚语的并置。还有一些作品是这三种方式的综合,例如《审判》(*The Trial*)、《城堡》(*The Castle*)、《失踪的人》(*The Man Who Disappeared* 或 *Amerika：The Missing Person*)。

米勒认为《失踪的人》最后两个片段是对奥斯维辛的预见。卡夫卡没有为这两个片段加题目,不过埃德温·缪尔(Edwin Muir)的译本称之为"俄克拉荷马自然剧院"(The Nature Theater of Oklahoma)。米勒认为此部分的如下 8 个细节,都预示了大屠杀。第 1 个细节是管理者让应聘者根据自己想从事的工作,去不同的地方排队接受面试,可这些工作中没有一个和表演相关。第 2 个细节是负责人身上戴的白丝饰带上竟然写着"俄克拉荷马剧院第十宣传组领导"。第 3 个细节是该领导的手指快速的敲打着,让人感到阴狠,这样的手指描写特别像纳粹党卫军握着鞭子的手指。第 4 个细节是卡尔·罗斯曼应聘时称自己为内格罗(Negro),在美国,Negro 一词是对黑人的歧视。黑人在漫长的历史中都位于美国社会的最低等级。米勒认为这比较接近犹太人在欧洲的地位。卡夫卡资料本中名为"俄克拉荷马田园生活"的照片拍摄的是被私刑处死的黑人。第 5 个细节是应聘成功的人的名字与职位会在公告板上公布,例如"内格罗,技术工人"。米勒认为这体现了官僚和技术机制。第 6 个细节是成群结队的人奔向火车站很像犹太人被催促去往开往奥斯维辛的火车。第 7 个细节是米勒认为"剧院"是大屠杀的预兆,应聘者被诓骗充当会导致他们失去生命的闹剧的演员。纳粹分子设计的遴选、安置等一系列的程序也如同戏剧编排。有些研究大屠杀的学者将纳粹分子编排的这个运作过程称为"剧作法"(dramaturgy)并加以研究。第 8 个细节是小说结尾描述了瀑布带给他们的感受:"它们离得如此之近,其清冽的气息让人不寒而栗。"①

《审判》对大屠杀的预测主要体现在被搁置的法律秩序。与约瑟夫·K莫名其妙地被捕相似,许多犹太人全家都莫名其妙地被捕,他们的财产也都被充公。《城堡》对大屠杀的预测主要体现为官员的等级制,米勒认为,"官僚主义的复杂性以及文件和官员权力缠绕不清的混乱局面,这让大屠杀变得可能"②。

第二,卡夫卡小说对大屠杀小说和《宠儿》的影响。从宏观看,卡夫卡的叙事有如下特色:无限推延的叙事结构、细致的内层空间感以及客观略讽刺的叙述风格。

(1)无限推延的叙事结构。无限推延体现在无关紧要细节的生动描述以及没有结尾。这些无关紧要的细节有如下特点:琐碎,脱离前后内容,永久性地阻碍叙述往前推进,细节意象在时空场域中非常突出,细节的意义既无法推论出也没有被说明,很多细节营造了可怕的梦魇景象。卡夫卡《失踪的人》中的卡尔·罗斯曼在被关押的公寓本来想看自己的受伤情况,可是却观察起正在学习的学生。在整部小说中,学生的阅读和其他情节没有联系,而且对整部小说来说也没有意义。米勒认为这个离题的细节是卡夫卡为了推延"即将到来"的事情而有意这么做。《失踪的人》中最后一章的第一节布鲁纳尔达出游与下章卡尔(Karl)看海报没有任何过渡。米勒认为这最后一章明显地预见了大屠杀。海报的最后一句是:"我们剧院为每个人提供机会,人人各得其所……不信我们的人会受到诅咒!快来克莱顿!"③米勒认为这句话容易让人想到布痕瓦尔德集中营上写的"各守其分"(Jedem das Seine/to each his own)。米勒指出这句话具有反讽,且让人恐惧惊骇。在《法的门前》(Before the Law),主角本该走过那扇门,可他却停下来观看守门人的胡子、鼻子、衣领上的跳蚤等

---

① Franz Kafka, *Amerika*: *The Missing Person*, trans. Mark Harman, New York: Schocken Books, 2008, p. 288.

② J. 希利斯·米勒:《共同体的焚毁》,第 176 页。

③ Franz Kafka, *Amerika*: *The Missing Person*, p. 267.

无关的东西。与卡夫卡相似,凯尔泰斯(Imre Kertesz)《无命运的人生》(Fateless)中的久尔考对指引刚进工作营、去毒气浴的犯人和军人的描述也非常细致精确,例如"那个军人是个小个子,看上去兴致很好,很胖,肚子从脖子那儿就开始了……包旁放着一根白色皮鞭……"①。卡夫卡的小说《美国》和《城堡》没有结尾,而《审判》有结尾,不过也有许多其他的文本暗示。

(2)细致的内层空间感。关于读者想象的内层空间感和多层空间感,米勒觉得这些事件发生的环境(setting),如走廊、地下室、阁楼等是重要的发生机制。在这些"环境"中,有些重要场景不断出现,例如主角孤单焦急地走在如迷宫般的室内。在《失踪的人》中,卡尔多次迷路,例如卡尔准备下船时想到伞忘在船上了,便回船取伞,可是取伞的路上发现捷径走不通,再找路时便迷路了;再比如卡尔被克拉拉摔倒后逃到走廊,想尽快回自己的房间,却怎么也走不到。

(3)客观略讽刺的叙述风格。米勒认为卡夫卡的叙述风格有一个特点,即以客观的语言来描绘震惊的、不可思议的事。例如蒂托雷利画了很多荒野风景画,K买了蒂托雷利的一幅又一幅完全相同的画,再有蒂托雷利的阁楼画室挨着法院办公室。在贫民住宅楼五楼的一个间房里,法院在开庭。

卡夫卡的作品中存在多种修辞手法,例如黑色幽默般的反讽、词语误用、多语言双关。黑色幽默,如他短篇小说《判决》中父亲让儿子淹死,儿子就顺从地把自己淹死了。反讽则来源于叙述者的所知与无辜迷茫的主角的所知的差异②。米勒所说的词语误用指"用其他领域的词形容那种本身抵制再现的事情"③,有意扩大比喻的外延,形成意义的增殖。卡夫卡的很多作品都以动物来展现人类生活,例如《家长的担忧》(The Worry of the Father of the Family)和《杂种》(A Crossbreed),然而这种展现和伊索

---

① Imre Kertesz, Fateless, trans. Tim Wilinson, London: Vintage Books, 2006, p. 91.
② J. 希利斯·米勒:《共同体的焚毁》,第56页。
③ J. 希利斯·米勒:《共同体的焚毁》,第187页。

寓言不同,不是放大的象征或比喻。阿特·斯皮格曼(Art Spiegelman)的《鼠族》(Maus)也有这种变形。《失踪的人》中的卡尔·罗斯曼应聘时称自己为内格罗。"俄克拉荷马自然剧院"名字本身就是一种反讽。

对卡夫卡作品的阐释也多种多样、各不相同,例如有的评论以卡夫卡和父亲的关系和情感经历等生活经历来理解其作品,有的用弗洛伊德或拉康的理论从心理分析方面进行解读,还有以托马斯·曼和马克斯·勃罗德(Max Brod)等为代表的学者从宗教角度进行解读,还有的评论从社会学和政治学方面进行解读。米勒表明虽然自己的解读尽可能合理,然而解读意味着给出定论,而这是卡夫卡所竭力避免的。米勒认为卡夫卡作品抵制阐释的策略包括:内容的寓言性(parabolic),以及叙述结构和语法的错格(anacoluthic)。以《审判》为例,其寓言性体现在似乎和现实城市的日常生活相关,却又指涉终极真理和纯粹的必然性,如同耶稣的语言讲述播种、捕鱼,却论及如何到达天国。寓言往往意味不可理解、无法领会①。

错格在修辞学上指句法不一致,米勒借修辞学上的错格表达结构不一致。米勒认为《审判》中的错格体现在四方面:一是章节间缺乏连贯性,二是对话上缺乏连贯性,三是事情进展显示了"铜壶逻辑"(kettle logic),四是叙述者对 K 想法的间接叙述缺乏连贯性②。从结构上看,《审判》由十章构成,虽然这些章节的标题是卡夫卡拟的,然而顺序则是其好友根据回忆编排的。而且卡夫卡在创作时,先写好了结局,才开始写其他章节。从对话上,当 K 被告知被捕时想给检察官朋友打电话,"监督者"说这样没意义;当 K 表示自己不想打了,"监督者"反而建议 K 打,如此反复说了几遍。米勒认为卡夫卡是精通"铜壶逻辑"的大师。"铜壶逻辑"指每个选项独立看都有理,但放在一起便相互矛盾、无法整合。米勒列举了《审判》中"铜壶逻辑"的三个例子。第一个是 K 与几个女子之间的关系。这些女子都与法庭有联系,K 可以通过她们了解法庭,然而 K 每次

---

① J. 希利斯·米勒:《共同体的焚毁》,第 106–107 页。
② J. 希利斯·米勒:《共同体的焚毁》,第 109 页。

和她们在一起都耽误了官司的进展,就这样事态无法向前推进。第二个是 K 解聘胡尔德,那意味着 K 需要自己写一份事无巨细的申辩书,然而 K 却从没找时间写。第三个是 K 声称自己无辜,可 K 又声称自己不懂法。蒂托雷利说审判可以争取"无罪开释"(actual acquittal)、"诡称无罪开释"(apparent acquittal)或"延期审理"(protraction),然而每种可能性都微乎其微,最终的结果同样是有罪。关于叙述者,米勒借用德里达所说的"随从"(acolyte),认为《审判》的叙述者既是跟随者,也是旁观者(anacolyte)。这个叙述的声音可能是人,也可能非人"[1],"它"对 K 亦步亦趋的同时又保持一定距离,带着微反讽。叙述者在 K 死后讲述 K 的故事确保了 K 所受的耻辱得以留存。

(三) 大屠杀小说

米勒分析的大屠杀小说包括托马斯·基尼利(Thomas Keneally)的《辛德勒名单》,伊恩·麦克尤恩(Ian McEwan)的《黑犬》(*The Black Dogs*),以及阿特·斯皮格曼的《鼠族》。

1.《辛德勒名单》中的纪实与虚构

《辛德勒名单》是托马斯·基尼利创作的长篇小说。基尼利在前言中将此书定性为小说,不过基尼利也声称自己有间接确定的历史证据。《辛德勒名单》被米勒定义为非虚构作品中的虚构作品,因为这部小说采用了纪实小说(documentary)的形式,也就是小说有现实基础。这主要体现在如下三方面:一是有历史事实,采用真实人物的姓名,真实的地名,符合事实的纳粹官衔,以及明确的消息来源。二是小说展现了大量的细节,例如"焦瓦戈尔卡山坡"。三是叙述者的描述如客观的历史学家,这体现在如下方面:用客观的第三人称过去时讲述,几乎不用修辞手法,叙述者

---

① J. 希利斯·米勒:《共同体的焚毁》,第 128 页。

不评述,叙述内容按时间顺序展开。

从历史事实看,辛德勒在大屠杀中的确拯救了 1100 名犹太人的生命。小说的叙述者在描述恐怖的事件时,也克制而写实,例如对于劳役营的纳粹长官阿蒙·格特每天清晨都残忍杀害一个犯人,小说中的描述是"山上的杀戮很快就成了家常便饭,阿蒙早上的随意杀人也成了他的日常积习"①。米勒认为这种"嬉闹般的肆意屠杀,代表了一切针对犹太人的肆虐成性的暴力。"②此处的阳台具有空间意义,阳台使纳粹长官可以俯瞰劳役工场,阳台上的位置体现了绝对主宰,而阳台下的犹太人则不情愿地屈服于监视中。小说中另一个暴力的例子是集体屠杀的场景,因为这些犹太女子拒绝了让他们脱衣服的命令,于是"这群因为羞怯和料峭的春寒而瑟缩的犹太女人被集体射杀"③,她们死后,尸体被手推车运走,埋在树林里。

关于小说的虚构,米勒着重指出两方面。第一方面是基尼利也承认"合理的虚构"。基尼利自己也说奥斯卡·辛德勒和别人的谈话有的只有简单的记录,所以有必要进行合理的虚构。第二方面是团聚式结尾。米勒觉得这种团聚式结尾是有问题的。这种结尾以及此小说同名电影的大团圆结局会误导读者和观众忘记奥斯维辛,而且辛德勒未必能代表普通德国人在大屠杀期间的态度。

2.《黑犬》的叙事与见证

《黑犬》是伊恩·麦克尤恩创作的长篇小说。该小说讲述了叙述者杰里米逐渐发现其岳母琼曾遭遇的不幸以及由此带来的创伤的故事。琼的不幸源于两只黑犬,这两只黑犬是盖世太保训练的能杀人和强奸的禽兽,所以可以说"即使只和纳粹主义稍有联系,人们也会受其影响。"④从

---

① 托马斯·基尼利:《辛德勒名单》,冯涛译,上海译文出版社,2011,第 217 页。
② J. 希利斯·米勒:《共同体的焚毁》,第 194 页。
③ 托马斯·基尼利:《辛德勒名单》,第 216-217 页。
④ J. 希利斯·米勒:《共同体的焚毁》,第 194 页。

内容上看,《黑犬》更接近个人经验,这种个人经验本可以"回忆录"这种形式表达,然而米勒发现该小说的叙事和修辞与《辛德勒名单》相比,要复杂得多。

首先是"后现代"小说常用的大量复杂的叙事手法。在这些叙事手法中,米勒格外关注时间的跳跃和切换。小说虽然采用第一人称叙事,然而每一部分都有不同的时间段,连续发展的事件总会插入过去的时间。米勒从错乱的时间中发现三个故事线。一是"叙事者极其缓慢地从父母的死亡创伤中恢复的故事"[1],叙述者8岁的时候,父母死于车祸。二是"叙述者逐渐发现岳父岳母婚姻失败的原因以及决定要帮岳母写'回忆录'的故事"[2]。叙述者岳父岳母婚姻失败的原因是琼亲历的邪恶。三是"对于以大屠杀为代表的人类邪恶,两种矛盾的解释相互对峙的故事"[3]。琼与伯纳德在法国度蜜月时,有一次和丈夫走散后被两条巨大的黑狗攻击,虽然琼用小刀刺伤了一条狗,将它们赶走了,可是在以后的岁月中,她经常梦到这两条狗,并因此皈依宗教。琼在1987年去世前一个月对叙述者说:"那天上午,我与邪恶直面相遇……这些畜生是下作的想象和扭曲的灵魂的产物,没有任何社会理论能够加以解释。我所说的这种邪恶,就在我们所有人的心里……然后,等时机一成熟,在不同的国家、不同的时代,一种践踏生命的残忍和可怕的邪恶便会喷涌而出。"[4]琼对邪恶的理解是宗教式的,而琼的丈夫对邪恶的理解是"理性主义、无神论或至少是坚定的不可知论"[5]。听完琼的讲述后,叙述者说自己也常想到那两条邪恶化身的黑狗,也会厌恶烦恼。叙述者说自己不是怀疑论者,也不是对所有观点兼收并蓄,只是没有精神归属,没找到自己认同的超验存在、事业、原则或理念。然而叙述者宣告自己"坚信真爱可以改变人生,可以救赎

①　J. 希利斯·米勒:《共同体的焚毁》,第 201 页。

②　J. 希利斯·米勒:《共同体的焚毁》,第 201 页。

③　J. 希利斯·米勒:《共同体的焚毁》,第 201 页。

④　伊恩·麦克尤恩:《黑犬》,郭国良译,上海译文出版社,2018,第 224 页。

⑤　J. 希利斯·米勒:《共同体的焚毁》,第 201 页。

人生"①,米勒认为也许"爱战胜一切"是贯穿复杂叙事步骤的另一个主题,是《黑犬》揭示的最终内容②。

小说中给琼带来创伤的盖世太保的两条恶犬与大屠杀间接相关。小说的叙述者以第一人称讲述琼的不幸,也是一种宽泛的见证。小说中还见证了杰里米和詹妮·特里梅因参观波兰卢布林外围的马依拉达克集中营。在集中营陈列室,有酷刑室、焚尸炉、装氰化物的旧容器、几百万的鞋子——而这些鞋子的主人已被毒死。面对这些,叙述者感觉"生命是廉价的……你要么来到这里,感到绝望……要么发觉自己离噩梦制造者又更近了一步。这是我们无法逃避的耻辱,是我们要共同承担的痛苦。我们在这另一边,我们可以像曾经的集中营司令官或他的政治领导人那样,在这里自由走动,看这看那,心里知道出去的路"③。詹妮在参观一个多小时后一直沉默,只有在出去的路上才和杰里米说在 1943 年 11 月的一天,德国当局一边放着舞曲,一边用机枪扫射来自卢布林的 36000 名犹太人。米勒认为杰里米与詹妮参观集中营,并说出自己的感受,构成了(小说的)见证,然而这种参观和感受却反应了理解大屠杀的困难④。

3.《鼠族》中的漫画叙事、"动物化"与"元叙述"

《鼠族:一个幸存者的故事》是一部漫画书。在这部书中,阿特·斯皮格曼讲述了自己与在奥斯维辛集中营中幸存下来的父母的故事。虽然有学者认为用漫画表现大屠杀显得轻率,不过米勒认为漫画这种再现形式有两方面优势:一方面是反讽性的距离感使读者可以直面叙述者父母惨遭折磨的现实;另一方面是艺术的直接力量使展现的暴行更震撼人心。

米勒重点提及了漫画中的四个暴行场景,第一个场景是阿蒂的哥哥里希厄,一个非常漂亮的孩子,他在大屠杀期间由一个女人照顾;可这个

---

① 伊恩·麦克尤恩:《黑犬》,前言第 21 页。
② J. 希利斯·米勒:《共同体的焚毁》,第 202-203 页。
③ 伊恩·麦克尤恩:《黑犬》,第 132 页。
④ J. 希利斯·米勒:《共同体的焚毁》,第 200-201 页。

女人听说他父母被带到奥斯维辛集中营后,便亲手将他毒死了。第二个场景是对毒气室和焚尸炉的细致刻画,冒着滚滚黑烟的焚尸炉在书中多次重现。第三个场景是一幅占了一页的画,此画的文字是弗拉德克说的话:"我们来到奥斯维辛集中营,我们知道自己再也无法从这里走出去……他们会毒死我们,然后把我们扔进炉子里……我们知道一切。然后我们到了这里。"①第四个场景是四个犹太人被吊死在广场上,所配的文字是"他们被吊在那里整整一个星期"②。这些图画简洁却又传递丰富而生动的信息,让读者沉浸其中。

虽然以前的漫画也有动物形象,不过斯皮格曼将动物头像与人身体的结合产生强大的力量。犹太人的头像是老鼠,纳粹卫兵与官员的头像是猫,波兰人的头像是猪,法国人的头像是青蛙,美国士兵的头像是狗。米勒认为这种表现至少在如下三方面引人思考:首先是提醒读者所有的头像都是面具;其次是引发读者思考国籍与种族的差异是否如同不同动物的差异那样,是先天的,以猫和老鼠为例,哪怕温顺的猫也可能凶狠地折磨老鼠;再次是引发读者思考哪些差异是后天习俗所致,例如弗拉德克一家相貌上并不像传统的犹太人,再例如阿蒂的妻子是法国人,但皈依了犹太教。

米勒认为《鼠族》由三个故事交错而成。第一个是弗拉雷克作为幸存者的故事,他和其他德占区波兰的犹太人一样,在被送往奥斯维辛之前,每天都处在恐惧与害怕中;而奥斯维辛的经历则更是痛彻心扉。第二个是阿蒂的生活经历,阿蒂坚持让父亲讲述奥斯维辛的事情。第三个则是"元叙述",米勒列举了此书中至少8个元叙述。第1个是戴着老鼠面具的阿蒂坐在画板前,边听父亲口述录音,边创作《鼠族》。第2个是阿蒂坐在画板前接受采访。第3个是阿蒂和帕维尔说不知道怎样画父亲工作间的工具。第4个是阿蒂画弗拉德克用锡切刀工作。第5个是阿蒂让

① Art Spiegelman,*The Complete Maus*:*A Survivor's Tale*,New York:Pantheon,1997,p. 159.

② Art Spiegelman,*The Complete Maus*:*A Survivor's Tale*,p. 85.

父亲讲述奥斯维辛。第 6 个是阿蒂给父亲看自己画的做黑市生意的犹太人被绞死的画。第 7 个是阿蒂不知道该给自己的妻子画什么头像好。第 8 个是阿蒂因为没明白和父亲的关系,而怀疑自己是否能理解奥斯维辛,理解大屠杀。米勒总结说这些元叙事有三个作用,第一个是没有固定模式,时常让叙事中断;第二个是告诉我们《鼠族》是怎么创作出来的;第三个则是通过借阿蒂之口将反对意见说出来以阻止读者可能有的反对情绪。

4.《无命运的人生》中的见证、反讽与共同体

《无命运的人生》是匈牙利犹太人凯尔泰斯·伊姆雷的作品。凯尔泰斯在 14 岁时被送往集中营,不过他因谎报年龄而被送往布痕瓦尔德劳动营,直到解放。《无命运的人生》和凯尔泰斯的个人经历联系紧密,例如小说讲述了 15 岁的匈牙利犹太男孩在布达佩斯被捕后被送往布痕瓦尔德劳役的合成机油厂。此外,该小说中的许多细节与《活在奥斯维辛》(Survival in Auschwitz)、《夜》(Night)等自传作品的细节相贴合。凯尔泰斯作为大屠杀的幸存者,为什么没有采取自传而是采取小说的形式作为见证呢?

米勒认为《无命运的人生》这部小说本身告诉了我们原因,那就是为奥斯维辛作证的困难。小说主人公的经历反映了作者不被人理解的体验。米勒发现久尔考从劳动营回家的路上经历了四次问询:第 1 次是在等火车时,一个陌生人问他是否亲眼见到过毒气室。久尔考对此回答"没有",因为见过毒气室的人都已经死了;即使是负责毒气室脏活的特遣队犯人(Sonderkommandos),他们也会被定期送进毒气室,所以真正能为毒气室做见证的人寥寥无几。这个陌生人并不理解这点,也没有对久尔考再次询问,只是带着满意的神情离开了。这个陌生人显示了在现实生活中,有人依然否认、拒绝相信奥斯维辛。久尔考经历的第 2 次问询是在邦迪母亲和姐姐的家中。久尔考发现邦迪没有回家,这意味了邦迪已经去世了,所以久尔考不忍心告诉她们集中营中的悲惨。第 3 次是在电

车上遇到记者,记者问久尔考是否可以把集中营想成地狱,久尔考不知道地狱什么样,只能说自己的猜测,说他在劳动营的无聊,而这样的回答让记者并不满意。记者问久尔考现在的感受,久尔考如实地回答了"憎恨",这同样让记者觉得无法想象。记者对久尔考无法理解,却还想帮他写并出版回忆录。米勒由此感慨报道集中营的老套说法无法为集中营做证,"不是一份受新闻惯例约束的事实报道,才是恰当的见证方式。"①第4次是久尔考与他觉得亲密的两个非血缘关系的叔叔的对话。两个叔叔建议他忘了集中营里的一切,认为这样对他比较好。当他向两个叔叔解释自己无法忘记以及不想忘记时,两个叔叔恼羞成怒。久尔考于是意识到对于大屠杀,有些人不理解,也不想去理解。由此,米勒再度总结为大屠杀作见证是艰难的,而且离大屠杀距离越近可能采取的叙事越复杂。米勒认为久尔考的叙事有3个重要的文体特点:反讽、"双胞胎念头"(twosome twiminds)和"自然地",通过米勒的论述可以了解,"双胞胎念头"与"自然地"也属于广义的反讽。

米勒认为《无命运的人生》中的反讽体现在不同意义层面,例如戏剧反讽、言语反讽。戏剧反讽指读者或作者对事件有充分的了解,而小说中的人物却并不了解。在小说中,久尔考曾以为甜到恶心的烟味是源于皮革厂,而作者和我们都知道,那种味道来自焚尸炉。言语反讽是久尔考一贯的谈话方式,小说中引起米勒格外关注的反讽有5处:第1处是小说开篇久尔考说的第一句话:"我今天没去上学,确切地说我去了,但只是去请求班级老师准我假。"②米勒认为此处的反讽有两种作用,既符合少年的扮酷,又掩饰了叙述者的父亲将被强制送到纳粹的劳役营。第2处是久尔考说浴室、毒气室和焚尸炉"所有这一切都使我产生一种玩笑般的、学生式的恶作剧似的感觉"③,可显然这是骇人听闻的对道德的践踏。米勒认为此处的反讽可以让读者意识到汉娜·阿伦特所说的"平庸之恶"。

---

① 　J. 希利斯·米勒:《共同体的焚毁》,第231页。

② 　Imre Kertesz, *Fateless*, p. 3.

③ 　Imre Kertesz, *Fateless*, p. 111.

第3处是久尔考发觉去医务室有危险时说"不大能鼓舞人心"①。第4处是面对布痕瓦尔德门口一个犯人扛着重石头跑的雕塑,久尔考"想到它无疑也有某种意义,尽管细想之下,那意义着实算不上是好兆头"②。米勒觉得像第3处和第4处这种描写既符合久尔考的洞察力,又以一种轻描淡写激起读者的感受。由于反讽时常使意义无法确定,所以有些评论家不太赞赏此小说。与这些意见相反,米勒认为反讽非常重要,久尔考的反讽叙事至少有三个作用:首先是与再现的事件保持恰当的距离,有利于读者思考;其次是瓦解了读者不愿直面大屠杀的心理;再次是反讽产生的不确定性构成了缺隙,此缺隙是再现危机的本质特征,是六百万人的死亡③。

"双胞胎念头"是指看任何事情都存在不同选择,例如久尔考习惯的表达是"然而,从另一个角度看"。这种犹疑不决或矛盾在小说中有多次体现。久尔考的医生对同事和病人讲了久尔考的经历,久尔考感觉他们似乎对他同情,"我注意到这种情感让他们满足……"④。米勒觉得此段体现了"经历的我"与"叙述的我"语言间的反讽性分裂。

据米勒统计,"自然地"被久尔考说了83次。"自然地"(匈牙利语为termeszetesen,英语为naturally)在匈牙利语中指不按惯例采取行动。米勒详细举了小说中的19个运用"自然地"例子,其中两处尤为典型:一处是犯人不顾危险去医院看朋友,久尔考分析"或在细微程度上对自然本身,打开一个小缺口"⑤,这里的自然指纳粹法则。另一处是久尔考在回答记者时说匮乏、饥饿在集中营中是"自然地"。所以米勒说:"集中营中丧失人性的邪恶是'非自然地',如果把这么不自然的事件看成'自然地'发生,这是天大的反讽"⑥。米勒认为凯尔泰斯希望读者了解"自然地"具

① Imre Kertesz, *Fateless*, p. 173.
② Imre Kertesz, *Fateless*, p. 123.
③ J. 希利斯·米勒:《共同体的焚毁》,第240页。
④ Imre Kertesz, *Fateless*, p. 213.
⑤ Imre Kertesz, *Fateless*, p. 217.
⑥ J. 希利斯·米勒:《共同体的焚毁》,第247页。

有双重反讽意义,所以才会借记者之口问久尔考为什么总对完全不自然的事说"自然地"。米勒认为久尔考的沉默展现的"不确定性,只能在模棱两可的反讽中表达。在一个语境下看来是自然的事,从另一个角度看,就是不自然的了"①。

米勒从《无命运的人生》中看到共同体的焚毁,这种共同体的解体体现在多方面,首先是人类共同体之外的"木乃伊"。在大屠杀语境中的"木乃伊"指在集中营因饥饿、劳役、毒打和虐待而心理崩溃,丧失生存意志,对一切都无动于衷的人。因为"木乃伊"的这种淡漠状态,对一切没反应,所以即使同是囚犯的犹太人也完全不管"木乃伊"。"木乃伊"是重要的见证者,可他们却不会也不能为自己发言,不能作证。久尔考对其所见的"木乃伊"的描述详细生动,如"即使在最酷热的夏天,他们也让人想起冬日里永远瑟瑟发抖的寒鸦"②。久尔考在濒临死亡的状态中差点变为"木乃伊",但其残留的警觉状态使其幸存下来,将一切转化为语言,"它们对我失去了一切重要性……而我甚至也感觉不到这些……我甚至感觉不到饥饿……"③。其次是犯人间没有共同体纽带。例如久尔考因为不懂意地绪语被认为是异教徒小孩,不是犹太人。而且犯人之间常常为了一点点的食物而相互背叛。再次是当幸存者回到原来的家乡时,发现当初离开前的共同体已不存在,例如久尔考回到布达佩斯,发现继母改嫁,原本亲密的"叔叔们"并不理解他。

(四)《宠儿》中的"重现记忆"

《宠儿》是莫里森根据报纸报道的黑人女性玛格丽特·加纳的真实事件改编而成。《宠儿》的核心事件是塞丝因不想孩子沦为奴隶,而亲手杀死自己女儿。小说对塞丝如何用手锯割破孩子的喉咙这一中心事件并

①　J. 希利斯·米勒:《共同体的焚毁》,第 251 页。
②　Imre Kertesz, *Fateless*, p. 138.
③　Imre Kertesz, *Fateless*, p. 171.

没有正面描述,而是从塞丝等人的辩解和叙述中呈现出来。塞丝为自己杀死的女儿立墓碑,并在墓碑上写下"宠儿"。多年之后"宠儿"归来。

米勒认为"重现记忆"是小说的重要主题,此主题的第一次出现是塞丝对女儿丹芙说如果你觉得你看到和听到的事是想象出来,可能实际上是你撞进了一段属于别人的记忆。塞丝认为没有什么会失去。此主题第二次出现是丹芙害怕走到外面的世界,害怕外面发生的可怕的事情会发生在她身上。此主题的第三次出现是宠儿鬼魂归来。所以米勒认为整部小说采取了"重现记忆"的叙事结构。米勒发现"记忆总是'重现记忆',即不断地回忆和重组过去发生的事"①。无论人们多么想要忘记,可因为记忆是不知不觉的,所以遗忘从来不会死彻底。在小说中,塞丝忘不了自己在肯塔基种植园遭受的暴力。大家希望塞丝可以忘记曾经杀女的事实,可是宠儿却再度回来。米勒认为这与奥斯维辛有相似的地方,大屠杀虽然已经过去,可大屠杀的照片会依然保存。玛格丽特·加纳已经去世,可简报与《宠儿》这部小说却使得其以另一种形式长存下来。

(五)卡夫卡小说、大屠杀小说、《宠儿》与美国现实

凯尔泰斯《无命运的人生》中有一部分是叙述者想象那些德国军官如何碰面制定"最终解决"方案的。米勒猜想布什、切尼、拉姆斯菲尔德以及他们的幕僚碰面想出阿布格莱布监狱、关塔那摩监狱的情景与德国军官相似。米勒认为奥斯维辛和阿布格莱布监狱与关塔那摩监狱的相似之处是都代表技术与官僚制创造出来的胜利,而不同之处是美国要么"意外地"杀害了犯人,要么让犯人自杀,要么用酷刑让受害者"认罪",再处以极刑。

卡夫卡《审判》的开头是:"有人诬陷了约瑟夫·K,肯定的。因为,在这天早上,他被捕了——但他什么坏事都没做。"②米勒认为约瑟夫·K

---

① J. 希利斯·米勒:《共同体的焚毁》,第 284 页。
② 弗兰茨·卡夫卡:《审判》,文泽尔译,天津人民出版社,2019,第 1 页。

"所生活的社会结构极其不公。这样的社会缺乏可行的法律体系,缺乏使法律及其他言语行为有效的共同体的团结"①。由不合法与不公平,米勒觉得与此相像的还有希特勒统治下的犹太人,美国南北战争前的奴隶,被歧视的非裔美国人,以及伊拉克与阿富汗战争中被扣押的人。有些无辜的伊拉克人曾因无意中出现在某地便被诬告,被囚禁在阿布格莱布监狱、关塔那摩监狱或海外秘密监狱,并被审讯与折磨。2008 年曾曝出关塔那摩监狱守卫接受如何折磨人的训练。米勒看到有证据表明布什政府使超过 100 万伊拉克人丧生,超过 600 万人流离失所。米勒发现即便 2011 年,美国巴格拉姆空军基地和巴拉德空军基地还存在执行特别行动的黑狱(Black Jail)。不仅犯人缺乏人身保护权,美国公民也会遭到非法监视和窃听。米勒由此思考,2008 年布什签署的《监视法案》(*The Surveillance Act*)有正当性吗? 政府会依照法律程序来执行吗? 米勒认为与 K 的事态停滞相似,布什政府无限关押"恐怖嫌疑人"的方法也体现出铜壶逻辑。政府以怕泄露机密为名,不对"恐怖嫌疑人"进行法庭审讯,可不经过审判就无法断定是否有罪,就只有一直拘禁。米勒认为现在的美国与《城堡》相似是因为乔治·W. 布什当政期间,许多官员昧地谩天、背信弃义,例如使瓦莱丽·普莱姆中情局特工身份被曝光的官员。瓦莱丽·普莱姆身份曝光后曾上诉要求赔偿,但败诉。米勒认为在当代我们生活的世界还依赖媒体的塑造力量,所以谎言通过电台、电视和网络平台上传播得更快更广,例如主持人格林·贝克(Glenn Beck)就奥巴马的医疗改革方案说谎。米勒认为《城堡》中的 K 是想融入新的共同体,并在共同体中扎根的外来者和移民的原型。《城堡》中官员的等级制"预见了今天全球金融体系、互联网和政府官僚机构的典型特点"②。

米勒认为《宠儿》与大屠杀小说的相似之处有如下方面:首先,它们都是见证,大屠杀小说见证了在大屠杀中被杀的六百万人,而《宠儿》见证了沦为奴隶的在来美国的航道上和在美国死去的六千万非洲人。其

---

① J. 希利斯·米勒:《共同体的焚毁》,第 90 页。
② J. 希利斯·米勒:《共同体的焚毁》,第 176 页。

次,它们都论及了无法言说的。再次,它们谈论的方式和过程也相似。①

第三节　创伤的再现
——论哈特曼关于大屠杀的文化研究

　　哈特曼关于大屠杀的研究主要体现在《最长的阴影——大屠杀的后果》(*The Longest Shadow : In the Aftermath of the Holocaust*)、《精神的伤痕:反对非真实的战争》(*Scars of the Spirit*)等专著,以及《大屠杀后的语言和文化》(*Language and Culture After the Holocaust*)、《梭之音》(*The Voice of the Shuttle*)、《论创伤知识和文学研究》(*On Traumatic Knowledge and Literary Studies*)、《浩劫和知识的见证》(*Shoah and Intellectual Witness*)、《文学范围内的创伤》(*Trauma Within the Limits of Literature*)、《莫里斯·布朗肖:大屠杀之后的语言精神》(*Maurice Blanchot : The Spirit of Language after the Holocaust*)、《证词人文学科:导论》(*The Humanities of Testimony : An Introduction*)②等文章中。除了以上专著与论文外,哈特曼于 1981 年创建"耶鲁大学福特那夫大屠杀证词录像档案"(Fortunoff Viedo Archive for Holocaust Testimonies at Yale University)。纵观这些研究成果可以发现哈特曼认为大屠杀值得持续研究,而且我们要研究极端经验如何被表现和传播,表现技巧和道德问题之间的联系,以及第一代和第二代见证人如何面对创伤等问题。

(一)大屠杀值得持续关注与研究

　　关于大屠杀,历史学家、哲学家、精神分析学家以及艺术家等从不同

---

① 　J. 希利斯·米勒:《共同体的焚毁》,第 187–188 页。
② 　王凤:《杰弗里·哈特曼文学批评思想研究》,中国社会科学出版社,2013,第 213页。

领域展开自己的思索与研究,也修建了很多博物馆、纪念碑和纪念馆。与此同时有另一种声音认为我们不应如此重视集中营,这样会阻碍我们思考,会陷入忧郁症(melancholia),还有可能迷恋死者。哈特曼反对此种声音主要是基于以下原因:第一,幸存者的绝望与社会现实状况。很多幸存者对如此惨绝人寰的浩劫没有引起足够的反思和教训感到绝望并发问:世界由此学到了什么?哈特曼对他们的证词表示认同,因为现实中反犹主义依然存在,例如在美国某些地区依然不乏种族骚乱、不乏仇恨与蔑视某些种族的言论。由消灭所有犹太人的"最终解决方案"(Final Solution),哈特曼想到了"恐怖主义解决方案"(terrorist solutions),想到柬埔寨、卢旺达的种族灭绝事件和波斯尼亚冲突,并认为媒体对波斯尼亚的报道使我们不自觉地成为"种族清洗"(ethnic cleansing)的旁观者。

　　第二,对大屠杀的研究或解释不该有时效性,更何况我们对大屠杀的理解才刚开始。过去五十年是见证和搜集事实的时期,我们对大屠杀的理解反反复复,并不总是进步的,有些基本问题虽然提出了但仍需重审和发展。哈特曼对此从学术领域以及文学艺术领域中大屠杀的再现问题展开讨论。在学术领域方面,哈特曼提及了以下方面:(1)哈特曼认为在大屠杀的具体案例中,一些事情在事件的中心仍然是黑暗的,其导致了看似"神学"(theological)的反思。哈特曼解释说如何用神学术语看待大屠杀的问题应该与对纳粹时代职业神学家行为的研究明确区分开来。后一项研究不仅揭示了广泛的职业变形,而且揭示了国家支持的意识形态的影响。哈特曼举例说此类研究的典范有罗伯特·利夫顿(Robert Lifton)的《纳粹医生》(The Nazi Doctors)、英戈·穆勒(Ingo Muller)的《希特勒的正义:第三帝国的法院》(Hitler's Justice: The Courts of the Third Reich)和理查德·韦斯伯格(Richard H. Weisberg)的《维希律师与法国大屠杀》(Vichy Lawyers and the French Holocaust)。(2)将大屠杀与法国大革命进行比较是有帮助的。(3)大屠杀中的"恶的平庸性"(banality of evil,也译为"平庸之恶")在现代社会依然存在。阿伦特 1961 年作为记者参加并报道了对阿道夫·艾希曼(Adolf Eichmann)的审判。艾希曼作为纳粹德国高官,参与屠杀大量犹太人,然而其在审判中辩护说自己只是履行职责。阿伦特由此提出"恶的平庸性",即不独立思考与判断,只是服从。哈特曼发现当代不乏此类的人,例如贩毒资金洗钱(launderer of drug money)者,他们声称自己不是杀手,只是操纵金钱(manipulate money)。哈特曼赞扬阿伦特对官僚性格(bureaucratic personality)的描绘,并认为其解开了邪恶的神秘面纱,将焦点转移到整个现代社会的危险元素上①。(4)泰伦斯·德·佩雷斯(Terrence des Pres)的研究也提醒我们意识到全球政治的不幸。(5)鉴于大众文化如潘多拉魔盒,哈特曼思考如何防止大屠杀记忆被编织,如何在媒体时代避免公共记忆受虚假信息、琐碎信息影响,如何保持知识的质量。(6)从哲学维度看,哈特曼考虑技术对我们的影响。纳粹运用技术进行高效的谋杀,当今技术也影响我们的现实感,我们对真实事物的感知通过媒体(media)和电子幻想(electronic phantoms)来调节。哈特曼由此思考行政理性(administrative reason)或工具化理性(instrumentalized reason)在现代变得多么致命? 对现实丧失(reality-loss)的焦虑是否会继续将移民视为对血统和土壤原则的颠覆性威胁? (7)从学术对艺术的回应看,哈特曼赞赏以下研究:乔治·莫斯(George Mosse)对第一次世界大战(及之前)纪念碑的意识形态分析;罗伯特-扬·范佩尔特(Robert-Jan van Pelt)对奥斯维辛集中营建筑的研究;皮埃尔·洛拉(Pierre Nora)关于记忆场所(memory-places)以及纪念(commenmoration)与民族认同(national identity)关系的论著。

第三,从政治与道德领域看,大屠杀的研究也该一直继续。1989年波兰第三次关于大屠杀公开争论的主题围绕着建在前奥斯维辛集中营铁丝网外的加尔默罗会修道院,如何既维护和保护作为纪念场所的奥斯维辛集中营也关注如何平衡犹太人和非犹太人利益相关者展开,此次辩论持续到1990年全年。奥斯维辛集中营解放五十周年纪念活动再次暴露了该集中营的象征性和纪念地位的敏感问题。美国里根总统(Reagan)

---

① Geoffrey H. Hartman, *The Longest Shadow: In the Aftermath of the Holocaust*, Bloomington and Indianapolis: Indiana University Press, 1996, p. 6.

1985 年参观比特堡军事公墓(the military cemetery at Bitburg)，可那里埋了 49 名党卫军士兵。美国犹太人和黑人之间的紧张关系日益加剧，有人指责犹太人以大屠杀的苦难获得关注，可在美国有六万，甚至是六亿黑人奴隶丧生。在法国，1993 年密特朗总统(Mitterrand)为法国境内的犹太受害者设立了一个正式的纪念日，被看作以大屠杀为中心的政治鼓动。哈特曼觉得如果没有奥菲尔斯(Ophuls)的电影《悲伤与怜悯》(*The Sorrow and the Pity*)以及两位非法国学者帕克斯顿(Paxton)和马勒斯(Marrus)，维希政府(Vichy)对犹太人的政策可能会晚些被发现。哈特曼认为与灾难性事件的时间距离(Chronological distance)可能会加剧而不是平息公众记忆。鉴于公共记忆本身现在已成为重要的反思主题，哈特曼思考这种记忆是如何形成的，它与历史研究有何关系，又与虚构或媒体处理有何关系；如斯皮尔伯格(Steven Allan Spielberg)的《辛德勒名单》等影片对大屠杀的虚构处理是否合适。

（二）大屠杀的再现问题

关于大屠杀的再现问题，有两种观点，一种是沉默，一种是多种方式的表达。贝雷尔·朗(Berel Lang)在《纳粹大屠杀中的行为和思想》(*Act and Idea in the Nazi Genocide*)中曾表明这样的观点：纳粹种族灭绝的严重性无论是在历史上还是在非文学上都必然会扩大其文学再现所带来的风险，对再现纳粹种族灭绝最激进的替代方案是根本不写的可能性，即作者决定保持沉默[①]。哈特曼认为朗的观点延续了阿多尔诺在奥斯维辛之后对诗歌的严厉批评，并对朗的文学再现作为必然承担责任行为的观点表示认可，认为沉默是作为价值，而不是神学教条或知识僵局。哈特曼由此思考，同样的责任难道不会影响任何大屠杀的再现吗？

关于多种方式的表达，哈特曼在这里又做了种种区分。首先是虚构

---

① 　Berel Lang, *Act and Idea in the Nazi Genocide* , Chicago：University of Chicago Press ,1990 ,pp. 160−161.

与非虚构。虚构包括小说、电影等;非虚构包括历史、纪念碑、博物馆等。关于虚构的阐述(fictional elaboration)、历史写作(history-writing)与其他非虚构形式的描述与评论之间的关系,哈特曼认为它们之间没有什么不同,传统参照框架的破碎对词语的相似性提出了质疑。哈特曼觉得虽然"殉难"(Martyrdom)、"受害者"(victim)、"痛苦"(suffering)、"选择"(choice)、"抵抗"(resistance)这些词都是不恰当的,可我们不得不用它们来沟通和恢复正常状态。像克林(Clean)或帕吉斯(Pagis)这类伟大作家诗歌中的词语和事件的陌生化(defamiliarization)是有根据的。哈特曼认为"将大屠杀融入我们的本性画像是对人性和语言的绝望,得出无法整合的结论也令人绝望——如果这意味着放弃希望,即通过依靠自我理解和传统的集体行动找到补救办法的希望"①。

对于非虚构的作品,哈特曼认为证言文学,尤其是有视频的证言非常符合他的想法。哈特曼认为劳伦斯·兰格(Lawrence Langer)的《大屠杀的证词:记忆的废墟》(*Holocaust Testimonies*:*The Ruins of Memory*)等作品非常优秀,它们具有生动、人性、直接、击中要害、流动性等优点。维拉·弗伦克尔(Vera Frenkel)认为这种方式不仅对于记录大屠杀,而且对于记录战后一代的流亡气质也很重要。哈特曼认为这种录像见证介于纪实历史(documentary history)与口头传统(oral tradition)之间,介于历史(history)与艺术转型(artistic transformation)之间,这种反电影形式(counter-cinematic)可以对抗失忆症,可以使原始的创伤保留在我们眼前。

在非小说再现方面,代表性的作品有乔纳森·博亚林(Jonathan Boyarin)的《巴黎的波兰犹太人:记忆的民族志》(*Polish Jews in Paris*:*The Ethnography of Memory*)、詹姆斯·杨(James Young)的《记忆的结构》(*The Texture of Memory*)和约翰·费尔斯坦纳(John Felstiner)的《保罗·策兰传》(*Paul Celan*:*Poet*,*Survivor*,*Jew*)。乔纳森·博亚林的作品描写了作者如何成为巴黎代际之间联系的纽带。詹姆斯·杨的作品也是根据其所

---

① Geoffrey H. Hartman,*The Longest Shadow*:*In the Aftermath of the Holocaust*, p. 4.

读的大屠杀幸存者的日记和大屠杀相关的文学作品而写成。约翰·费尔斯坦纳的作品体现了其对保罗·策兰的理解与接受。哈特曼觉得这些作品介于民族志与传记之间，是一种新的表现形式。哈特曼对于出现能沟通历史和(集体)记忆之间的新形式表示乐观。

对于虚构的再现，哈特曼也进行了划分，一种是幸存者一代的文学，例如普里莫·莱维(Primo Levi)、塔德乌什·博罗夫斯基(Tadeusz Borowski)、阿诺斯特·勒斯蒂格(Arnost Lustig)、内莉·萨克斯(Nelly Sachs)、保罗·策兰(Paul Celan)、丹·帕吉斯(Dan Pagis)、艾达·芬克(Ida Fink)、阿伦·阿佩尔菲尔德(Aharon Appelfeld)、罗伯特·安泰尔梅(Robert Antelme)、埃利·维塞尔(Elie Wiesel)、豪尔赫·森普伦(Jorge Semprun)、吉恩·阿默里(Jean Amery)、夏洛特·德尔博(Charlotte Delbo)。另一种是美国和国外幸存者第二代创作的有时混合纪录片和其他创意类型的文学作品，如西德尼·吕美特(Sidney Lumet)的《典当商》(*The Pawnbroker*)、卡达尔(Kadar)和克洛斯(Klos)的《大街上的商店》(*The Shop on Main Street*)、路易斯·马勒(Louis Malle)的《再见，孩子们》(*Au revoir, les Enfants*)以及克劳德·兰兹曼(Claude Lanzmann)的《浩劫》(*Shoah*)。哈特曼发现很多年轻一代在书写大屠杀时融入了对如何书写和再现的反思。

大屠杀再现的一种形式是由文学作品改编的电影以及原创电影。电影《典当商》是根据爱德华·刘易斯·沃兰特(Edward L. Wallant)的小说改编的。该影片的主人公是一名犹太人，他从纳粹集中营逃出后在纽约哈莱姆经营当铺维持生计。小说中的主人公不是英雄人物，只是被玷污、被困扰的人。哈特曼认为此部电影反映了通过未来、通过时间的"联盟逆转"(reversal of alliances)和其他不可预测的变化，人们对事件意义追溯效应的认识不断增强。可是对于意义，一方面人有确定意义的焦虑，可另一方面，固定含义或其构建性质具有不确定性。斯皮尔伯格的《辛德勒名单》拥有大量观众，并渗透到流行文化(popular culture)中。

大屠杀的虚构形式还有绘画，例如斯皮格曼的漫画《鼠族》。《鼠族》

全书虽然都是用动物,例如用鼠代表犹太人、用猫代表德国人、用猪代表波兰人;然而此书却是以比较纪实的态度描绘了其父亲在 1939 年德国入侵波兰后服兵役、上战场、当战俘、被关犹太人隔离区、进奥斯维辛集中营等故事。该漫画对故事的讲述既有二战的时间线;也有当下听故事和日常相处的时间线;这些内容反映了大屠杀对幸存者以后的生活以及其后代都有不可泯灭的影响。

(三)如何开展大屠杀教育

劳伦斯·兰格认为每一代人都必须了解如何面对我们称之为大屠杀的历史时期,而研究它的人必须找到一种方法,让子孙后代重新认识这场灾难的深度和范围。哈特曼认为如果我们牢记兰格原则,就不会出错。大屠杀背后的疯狂使我们必须将其转化为教育的有效组成部分。那么如何展开呢?哈特曼在理论与实践方面都进行了思考。

关于大屠杀教育的理论研究方面,哈特曼提到了阿多尔诺于 1966 年 4 月 18 日发表的《奥斯维辛之后的教育》的演说。在此篇演说中,阿多尔诺提出:教育的第一任务是阻止奥斯维辛的重演;奥斯维辛之后教育主要包括高度关注早期儿童和可以创建出精神、文化和社会氛围的普遍的启蒙;对抗奥斯维辛定律的唯一真实力量是"自律"(Autono- mie);人不应该压制恐惧;人应当在与"物化的意识"关联中进一步考察人与"技术"(Technik)的关系等[1]。哈特曼表明,自己对此方面的研究与阿多尔诺的关注相似。哈特曼也提及了莫里斯·布朗肖《灾异的书写》等著作对文明出了什么问题的探讨,并在探讨他们观点的基础上,思考两次世界大战和大屠杀后的文化理念。

在实际教育方面,哈特曼认为与对大屠杀的否认相比,还值得我们警惕的是另外两种形式的反记忆(anti-memory):一种是比特堡事件,另一

---

[1]　阿多尔诺:《奥斯维辛之后的教育》,孙文沛、邓晓芒译,《现代哲学》2015 年第 6 期。

种是将大屠杀与堕胎等进行普遍类比。哈特曼认为这两种形式会导致削弱记忆与真相。因此哈特曼提倡历史书写和重要艺术应阻止对记忆的简化，而相关的老师要确保有关大屠杀的课程应像历史、社会学和文学中的内容一样在智力和道德上具有挑战性。哈特曼发现目前除了希伯来大学的耶胡达·鲍尔学院外，很少有教师接受过正式培训。哈特曼认为在美国课程体系中关于大屠杀的内容很少，而且大屠杀只是被作为犹太人事件，而不是像法国那样将其视为欧洲历史事件。可即使在法国，维达尔·那奎特（Vidal-Naquet）也认为第三帝国对犹太人、吉普赛人的灭绝是法国史学忽视的主题。哈特曼觉得证言文学的视频形式更适应大学生的接受能力。

第四节　图像、风格、媒介
——论哈特曼对希区柯克电影的解读

希区柯克是 20 世纪著名的电影导演，他为世界贡献了 53 部电影。希区柯克初期拍摄的影片也是无声片，后期开始拍摄有声片。从无声片到有声片是巨大的突破。哈特曼对希区柯克的电影，尤其是《西北偏北》（*North by Northwest*）的分析关注到图像、风格、思想和媒介等方方面面。

（一）图像、声音、本质

在分析希区柯克的电影《西北偏北》前，哈特曼感觉很多电影都陷入了可以无限变化的公式化模式（formulaic pattern），这个模式从主题上看是一个人在不可能的情况下挺身而出，在没有帮助的情况下与有组织的暴徒作斗争。从形式上看是他们编排视觉（sights）和声音（sounds），例如打斗、追逐以及无言注视和侦查的场景，他们并不重视文字，只有在必要时才通过说明性对话（expository dialogue）来解释。以具体的电影为例，哈特曼关注到"在李小龙(Bruce Lee)的电影中,只有舞剧(ballet)才是真正重要的——奇妙的手势、咕哝、崩溃、叹息和准语言的言语(quasi-verbal phaticisms)"①。

哈特曼认为在希区柯克时期的电影中,图像优越于文字,文字不仅要与图像竞争,还需要与一系列几乎不需要文字的图像(a sequence of images)竞争。电影构图技术(film composition)允许特定场景的数百个镜头,这些镜头可以根据导演的意愿随意进行拼接,希区柯克将之称为"电影片段"(pieces of film)。在电影中,声音本身以乐谱形式出现,且很少有"单词片段"(pieces of words),除非它们是异国情调或色情的音节。哈特曼发现在《西北偏北》中,词语通常或者似是而非,或者是恶意独白,如电影开头加里·格兰特(Cary Grant)对他的秘书说他们不再培养那样的秘书了;或者是编造谎言;或者是生涩、冷酷的玩笑;或者是令人愉快但不恰当的评论。哈特曼认为与文字相比,图像细节更难以忘怀,如罗杰·索荷(Roger O. Thornhill)、加里·格兰特在没有掩护的情况下被飞机追捕,所有的红帽子都在旋转。

哈特曼由此思考,这些图像本身就是幻想吗?这些图像是否有一种"本质",一种可知的"实质"(substance)?这些事物的本质(nature)是什么?许多观众认为希区柯克的电影虽然有魅力,可没有什么内涵,电影中的角色都是扁平的,没有什么深度。哈特曼对此表示认可,觉得即使在《惊魂记》(Psycho)中,沉重的精神分析内容也指向一个地窖或一个空虚,就像罗杰·索荷火柴盒上的 R.O.T. 中间的字母,表示中央空白(central blank)或零②。有些人认为,在所谓的"纯电影"(pure cinema)中,细节的框架取代了实质问题:所有事物都如其所是,都是空,都进入了一个电影的、主要是意象的领域。媒介本身就构成了对"深度神话"(myth of depth)的否定。用斯坦利·卡维尔(Stanley Cavell)的话来说,所看到的

---

① Geoffrey H. Hartman, *A Critic's Journey*: *Literary Reflections*, *1958—1998*, pp. 182-183.

② Geoffrey H. Hartman, *A Critic's Journey*: *Literary Reflections*, *1958—1998*, p. 185.

世界难道不是一种世界观吗？有什么需要知道或不知道的吗？"图像语言"(language of images)，就是用隐喻来代替分析。哈特曼认为虽然减少文字空间引发了图像重要性的问题，然而，很难说希区柯克的电影让我们相信图像而不是文字。在某种程度上，文字有一种古怪的魅力——它们更能让人心情轻松。哈特曼总结说这些图像既沉默又引人注目，主要通过重复和并置来获得意义；它们没有比文字更可验证的"内部"；那些声称存在图像语言的人必然以为存在一种非图像语言(a nonlanguage of images)。

由于先有无声图像，后来才有有声图像，蒙太奇(montage)会影响声音，剪辑也不仅仅是决定拍摄什么、剪切拼接，还要考虑如何配音，如何使其适应空间形式(spatial form)或图像的空间节奏(spatial rhythm)，所以对此进行研究是有意义的。哈特曼认为每一项新技术，即使是为了模仿、逼真，也会改变我们对生活的认识，它除了有幻觉维度(illusionistic dimension)，还有批判性。哈特曼说在希区柯克的电影中，通过与图像相比较，我们意识到文字的力量和无能为力。哈特曼赞同斯坦利·卡维尔在《看见的世界》(*The World Viewed*)中所说的："现在正是有声电影本身在探索电影的沉默……通过有声电影，我们找回了言语的笨拙、愚蠢、口是心非和隐瞒主张。"①

(二) 希区柯克的设计与风格

哈特曼认为希区柯克非常善于设计(designing)和控制(controlling)，这主要体现在如下方面：导演的控制更强；精准度堪称传奇；"天眼"镜头(eye-in-the-sky shots)。哈特曼发现在当时的法国电影中，演员和角色之间具有创造性的关系，即扮演该角色的演员有很大的自由。然而在希区柯克的作品中，一切都在导演的精确控制之下，即使在充满偶然遭遇的

① Stanley Cavell, *The World Viewed*, Cambridge: Harvard University Press, 1979, p. 150.

情节中,也没有什么是偶然的,控制或掌控不可控因素的主题无处不在①。《西北偏北》一开始,罗杰是遵纪守法的广告商人,他牢牢掌握了一切。可事情很快就失控了,失控的起因是服务生想寻找卡普兰先生,而他正好因要发电报而叫服务生,因此杀手把罗杰错当成卡普兰先生,强行把他带到一个庄园。庄园的主人莱斯特不听罗杰的解释,想用酒驾坠海的事故杀死罗杰。罗杰强打精神逃跑,他在警察局说明这一切,可不被相信。他于是想约见莱斯特先生,可他约到的莱斯特并不是昨晚要杀他的那个莱斯特,但他们的名字和家庭住址一样。接着莱斯特被杀,而他被人误认为杀人凶手。哈特曼发现罗杰很容易失去自己的身份,也很容易得到不同的身份,不同的身份就像他的西装一样容易附着在他身上。直到最后,当他拯救了FBI卧底女特工伊芙时,他才暂时恢复了控制。最后一个拯救镜头来自高处②。

希区柯克的"天眼"镜头非常有名。"天眼"镜头指从高处拍摄,如在《惊魂记》中,镜头俯冲下来到楼梯顶;在《西北偏北》中,是从联合国大楼顶部拍摄逃犯罗杰的身影;另外结局也是一个高角度的镜头。与我国基本认可的罗杰拯救了伊芙,两人甜蜜地结合在一起的结局不同;哈特曼认为拯救是否成功还不确定,罗杰和伊芙躺在床上的画面可能只是一个幻想(fantasy)的瞬间。

哈特曼承认每个导演都有自己独特的风格,不过没有其他导演拥有希区柯克的风格概念(concept of style)。哈特曼从三方面论述希区柯克侦探故事的风格:一是"城市舞剧"(urban ballet),也就是图像音乐(a music of images)。哈特曼将《西区故事》(*West Side Story*)认定为城市舞剧,将《毛发》(*Hair*)、《名扬四海》(*Fame*)和《爵士春秋》(*All That Jazz*)看作城市舞剧的后代,觉得它们与美国音乐剧(American musical)完全不同。二是与女人、城市或宇宙融合的新田园风格。对于此种融合,哈特曼想到

---

① Geoffrey H. Hartman, *A Critic's Journey*: *Literary Reflections*, *1958—1998*, p. 184.

② Geoffrey H. Hartman, *A Critic's Journey*: *Literary Reflections*, *1958—1998*, p. 184.

的例子是弗兰克・卡普拉（Frank Capra）的《一夜风流》（*It Happened One Night*）中，公共汽车上的乘客被吸引去唱"空中飞人"（*The Daring Young Man on the Flying Trapeze*）。三是希区柯克简约的意识与方式。

这种简约意识和方式在五个方面得以呈现。（1）他的电影采用民谣的二人组，他的省略叙事（elliptical narratives）在情节上具有民间故事的残酷。哈特曼由此猜测电影《惊魂记》背后是苏格兰传统暗黑民谣"两只乌鸦"（Twa Corbies）；希区柯克的一些角色可能出自哈代的作品，或埃德加・李・马斯特斯（Edgar Lee Masters）的《匙河集》（*Spoon River Anthology*）或欧・亨利（O. Henry）的作品。（2）场景的选择，如在《西北偏北》中，要么是乡村，要么是或寂静或危险或空旷的环境，抑或是地平线上的一个点。（3）时间的把握。时间的把握又可分为最后期限效应（deadline effect）和保留效应（或未知效应）。希区柯克非常善于运用最后期限效应，例如罗杰必须在伊芙被带上会导致她死亡的飞机前引起她的注意；再比如《火车怪客》（*Strangers on a Train*）中网球比赛长度与凶手到达集市和黑暗降临所需的时间并置。保留效应指主角不知道自己会处于什么境地、面对什么，例如罗杰在《西北偏北》前三分之二的时间里因为未知而表现得很盲目。（4）语言的节约。哈特曼认为《西北偏北》中没有言语浪费，即使玩笑都很精确，例如罗杰对梵丹说："我不推断，我观察。"或梵丹对罗杰说："我们必须玩游戏吗？"。哈特曼认为我们只有看透这种简约，才能发现意义，希区柯克的精简与好莱坞的慷慨（牺牲精神）和补偿性游戏强迫性（compensatory game compulsion）混在一起①。

（三）思想的回声

对于《西北偏北》中的思想性，哈特曼谈了三个方面：第一个方面是人类的困境在于无法保护自己的内心免受侵入、疏远和狡猾的目光的侵

---

① Geoffrey H. Hartman, *A Critic's Journey*: *Literary Reflections*, *1958—1998*, pp. 188 - 189.

害。《西北偏北》从两个角度来看待这个问题，一个是罗杰的找寻，他想知道，想掌控局面，想让事物恢复本来彻底可知的样子；另一个角度是罗杰为了逃避被暗杀，戴上墨镜选择不同的名字身份，找各种藏身之所，可是毫无用处。哈特曼觉得《惊魂记》中也出现了这个主题，例如贝茨杀人是为了不被人看见。

第二个方面是意志的胜利，希区柯克展现意志胜利的方式很柔和，简单、不放大、不机械化。罗杰一次次被作为谋杀的目标、一次次艰难地躲过，又主动冒险去营救罗芙。他没有超常的智慧也没有先进的武器，他的英雄主义体现在一次次勇敢地面对危机。

第三方面是《西北偏北》中的乌托邦，即存在一个好地方，在这个好地方存在美好的爱情。《西北偏北》中的男主角广告商罗杰与 FBI 女特工伊芙是生活在两个世界的人；可由于误会与巧合，两人相遇、相互试探、一同经历了一系列冒险，并相互情不自禁地产生感情。电影中不计个人安危的爱情让观众感动，所以观众会希望男女主角拥抱的场景是真实的，希望他们患难后可以拥有甜蜜的生活。

（四）希区柯克的媒介观与启发

在电影出现之前，华兹华斯在工业革命开始就指出疯狂小说和新闻中过分表达刺激与暴力的危险，担心这些进一步削弱了人们的感官。I. A.瑞恰慈也说"没有人能够全心全意地享受和体验如一般超级电影那样粗糙的体验，而不会造成日常生活中的混乱。粗俗和不成熟的二手经验正在很大程度上取代日常生活，这带来了一种尚未意识到的威胁"。[①] 希区柯克对相机这种媒介持什么态度呢？它们可会削弱我们对较小强度刺激做出反应的能力？

许多了解好莱坞和麦迪逊大街以及极权主义宣传模式的社会学思想

---

① I. A. Richards, *Principles of Literary Criticism*, London：Kegan Paul, Trench, Trubner & Co., Ltd., 1928, p. 231.

家已经分析了机器或者任何此类人为的感官扩张对日常生活各个方面的侵入。希区柯克认为，在机器给予感官不可思议的延伸之前，阴谋就已经存在了。他试图通过各种手段将其置于自己的控制之下；然而，控制它可能会鼓励"掌握"，而这种"掌握"可能首先催生了怪物。作为一名导演，希区柯克时而欺骗我们，使我们陷入一种自我意识、无能为力的视觉魅力同谋；时而通过摄像机（和故事的）猫捉老鼠的游戏来完成他自己的魔法事业。哈特曼认为尽管摄影机受到无形的引导，但我们却无法摆脱与它的共谋。它表达了我们自己的自动行为：将其视为一种令人困惑且错综复杂的反常行为，想要停止但又无法停止。

哈特曼认为电影观众的观看态度也是我们文化中大多数人的观看态度。通过希区柯克的操纵，我们通过决定谁应该生或死——也就是说，我们应该在何时以及多长时间内认同舞台上的角色——理解了我们作为视觉消费者内在的冷酷和文化上的冷静。哈特曼觉得目前除特殊学校外，视觉艺术并不是课程的重要组成部分，我们很少创造性地使用我们的眼睛，也不被鼓励去思考。哈特曼认为将视觉媒体边缘化的教育体系必然会让学生变得更加被动和容易受到影响。哈特曼重视视觉教育也重视阅读，认为我们应该将阅读与电影、电视和艺术的研究联系起来，因为它们也是文本。

哈特曼由此提到亨利·列斐伏尔（Henri Lefebvre）的四个观点：（1）是听觉与视觉有相互意义，听觉获得更大能力解释视觉感知，视觉也有能力来解释听觉感知。感官抛弃直接性，引入了中介，将抽象与直接结合成"具体"。在实践中，对象变成了符号，"第二自然"取代了第一自然。（2）关于参照物的衰落，即"所有的参照物都消失了，剩下的就是记忆和对参照系的需求"①。列斐伏尔之所以这么总结是因为所有参考中只剩下两处，一个是文化最高领域的哲学，另一个是最琐碎、最平常的日常生活，由于以日常生活作为参考是令人难以忍受的，所以就只剩下高等文化这一

---

① Henri Lefebvre, *Everyday Life in the Modern World*, London：The Athlone Press, 2000, p. 116.

个参考物。(3)我们被空虚所包围,"这是一个充满了迹象的空虚! 元语言取代了缺失的城市"①,此现象让列斐伏尔叹息。(4)"现在的自我实现是一种没有历史的生活——完全是司空见惯的生活,但要尽快被忽视和逃避。"②

哈特曼结合前人的观点评价说:我们现在面临着一种新的、准宗教的日常生活的双重性,一种真正的不真实性,它在现代社会产生了难以忍受的孤独感。我们学会了将图像和文字去个性化,将它们像任何其他商品一样进行商品化。现在的日常生活似乎和其他生活一样缺乏创造力。侦探小说,尤其是其电影化的体现,暗示了赋予日常生活以"严肃性"的愿望和困难。侦探电影具有幽灵般的煽情色彩,其中每一个细节都可能是人类目的的明显标志,从而激发了偷窥狂的想象力;由此,新的幽灵也侵入了我们关于隐私或内在的概念。希区柯克向我们传达了这种缺乏真实隐私或内心的东西。对于我们是否还能找回日常的浪漫,哈特曼认为一旦感官成为理论家,一旦理论成为具体和周围世界的一部分,忽视它并依靠某种自然和本能的安慰来恢复原始感知将是致命的。所以我们所能做的只是教育感官,教育它们通过主动而不是被动的理解来抵抗媒体,从而从媒体中夺回属于我们自己的东西③。

---

① Henri Lefebvre, *Everyday Life in the Modern World*, p. 135.

② Henri Lefebvre, *Everyday Life in the Modern World*, p. 122.

③ Geoffrey H. Hartman, *A Critic's Journey: Literary Reflections, 1958—1998*, pp. 193 - 194.

第七章 "耶鲁学派"与中国文论及文学批评

第一节 "耶鲁学派"的启示

德·曼、哈特曼、布鲁姆与米勒曾在美国与当时的国际具有广泛影响,而且他们的理论研究与方法也被此后新历史主义、女权主义、后殖民等许多新兴的批评流派所吸纳,成为美国批评理论不可分割的一部分。在当今全球化的时代,学术研究需要有国际化的视野,因此对"耶鲁学派"的研究依然具有理论与实践意义。

(一)"耶鲁学派"对中国当代文论的启示

"耶鲁学派"对中国文论的启示,借鉴已有研究成果,可以总结为如下方面:(1)深入研究"耶鲁学派"有利于实现"理论交锋和国际交流"①;(2)有利于了解中国后现代文论;(3)有利于结合我国理论资源及作品和文学现象就国际文论界的热点问题深入探讨,产生洞见。例如对文学价值的探索,文学阅读对解读文化现象的价值,南京大屠杀见证文学与创伤研究,文学对命运共同体和铸牢中华民族共同体意识的意义等。

德·曼、哈特曼、布鲁姆与米勒除了理论资源贡献外,他们的研究方

---

① 王宁:《耶鲁批评家对中国当代文学批评的启示》,《中国图书评论》2008 年第 11 期。

法对我们也有重要的借鉴意义。(1)理论与批评相结合。哈特曼在《荒野中的批评》中便倡导理论与批评相结合。哈特曼不仅如此提倡,而且也将自己的理论主张贯彻在自己的批评实践中。不仅哈特曼,德·曼、布鲁姆与米勒的文章也基本都是理论与批评实践相结合。(2)立足于本国理论与批评的现状。正如哈特曼和德·曼多次强调的,理论依赖文本,而文本通常属于专门文化和民族。所以我们的理论也需要立足于我国的文学作品与文学现象。(3)坚持经典研究,以文本分析为基础。虽然当今学术研究呈现多元化,即使文学研究内部也包罗万象;不过无论从事怎样的研究,依然需要踏踏实实的文学细读能力,以文本为基础,有的放矢。(4)国际化视野,汲取国外优秀理论成果,尝试新的理论视角与方法。德·曼、哈特曼、布鲁姆与米勒理论的共同点是兼顾欧陆哲学与英美本土批评资源。以米勒为例,在其学术生涯中,便包容了现象学、解构主义、言语行为理论、文学空间理论,共同体研究,媒介研究等。这些理论资源使他在文学作品解读上不乏洞见。

(二)比较诗学视域下的耶鲁学派批评理论与
中国古代文论

20 世纪 80 年代中后期,我国学者开始倡导立足于本土文学理论与话语的"双向阐发"研究,并涌现出大量的优秀成果;例如《中西比较诗学》《中西美学与文化精神》《中西比较诗学体系》等。那么德·曼、哈特曼、布鲁姆、米勒等人的理论与中国古代文论是否也可以进行双向阐发研究呢?郑敏的专著《结构—解构视角:语言·文化·评论》给我们以启发,尤其是以下观点:(1)"踪迹"、不可言说理论与老子的"道""无生有"有相似之处[①];(2)德里达式自由与老庄的自在是值得讨论的问题[②];(3)

---

① 郑敏:《结构—解构视角:语言·文化·评论》,清华大学出版社,1998,第 2 页。
② 郑敏:《结构—解构视角:语言·文化·评论》,第 37 页。

德里达与老庄对"知"的认知相似,但对此采取的态度不同①;(4)培养发展汉语文化原有的精神实质是文化建设重要课题②;

此类散见在专著中的比较研究还有很多,例如昂智慧在《文本与世界》中的第四章第二节便探讨了德·曼与庄子的语言观。昂智慧在对比阅读中重点论述了德·曼与庄子在如下几个方面的思考:(1)语言与实在的关系。语言与实在的关系是否是非本质性的,语言是否能传达事物与人的心意。(2)寓言。寓言的指称形式与指称意义的关系,寓言意义是否有无限解释的可能性。(3)超越语言。是否有超越语言的可能性,如果有,又有哪些途径③。

除了专著中的章节外,《毛氏父子对〈三国志演义〉的"比类而观"及其"重复"理论的现代意义》《诗的误读与"夺胎""换骨""点铁成金"——黄庭坚与布鲁姆诗论的比较》《文学批评主体性的张扬——金圣叹、罗兰·巴特、希利斯·米勒文学批评观之比较》等论文也体现了对此问题的思索。李桂奎认为毛纶、毛宗岗父子在评《三国演义》时除了明确提到的"重复"外,其所用的"相类""相似""相映""互相映像""遥遥相对"也都属于"重复"的叙事理论。这些点评与米勒的重复理论在深入传统、立足经典文本、重视结构功能等方面具有共通性④。

(三)"耶鲁学派"批评理论与中国文学批评

"耶鲁学派"对中国当代作家的影响主要通过两种方式:第一种方式是"耶鲁学派"对西方作家有影响,这些作家又对我国作家作品创作产生影响;第二种方式是很多当代作家主动将国际有影响的理论纳入自己的

---

① 郑敏:《结构—解构视角:语言·文化·评论》,第40页。
② 郑敏:《结构—解构视角:语言·文化·评论》,第81页。
③ 昂智慧:《文本与世界》,上海人民出版社,2009,第227–240页。
④ 李桂奎:《毛氏父子对〈三国志演义〉的"比类而观"及其"重复"理论的现代意义》,《社会科学》2017年第2期。

思考与创作中,尤其是有些作家具有双重身份,既是作家又在高校从事文学批评研究。作品与批评息息相关。我国一些学者用"耶鲁学派"的理论分析中国当代文学与影视作品已取得很多成果,例如《以米勒的重复理论解读小说集〈青衣〉》《〈透明的红萝卜〉"重复现象"解读》《保罗·迪曼的解构观与影片〈红高粱〉》。在这些论文中,最有影响力的是郑敏的论文。郑敏借用德·曼的换喻与隐喻结构发现:隐喻轴上的共同特征是暴力,换喻轴上各种符号是暴力的象征符号,最突出的表现暴力的符号是红色;并认为在作品中如果换喻与隐喻协调是艺术的成熟,反之则会出现败笔 ①。郑敏对《红高粱》中败笔的分析非常有洞见。从目前的研究状况看,在运用"耶鲁学派"理论开展的文学批评中,对当代文学作品与影视作品的分析要远远高于古代文学作品,那么"耶鲁学派"与中国古代文学相碰撞会有哪些发现呢?《布鲁姆诗学影响理论下——〈龟虽寿〉诗歌分析》是一种有效的尝试。笔者在借鉴已有学者研究成果的基础上,尝试运用布鲁姆、米勒的理论来赏析中国古代和当代的文学作品。

第二节　布鲁姆的"互文性"阅读和《聊斋志异·叶生》

互文性是西方重要的文论术语,T. S. 艾略特、朱莉娅·克里斯蒂娃、布鲁姆等学者都对互文性理论的发展有所贡献。克里斯蒂娃认为"互文性"包括三方面的内容:一方面是文学文本间的借用与典故,另一方面是文学文本与其他非文学文本的转化,再一方面是无意识的引用。布鲁姆认为任何一部文学作品都以互文性存在,其基础是前人已有的杰作。布鲁姆 2018 年的新作《李尔王:权威的伟大形象》运用互文性理论,通过将《李尔王》与莎士比亚其他作品、前人作品、圣经、爱尔兰传说以及莎士比

---

①　郑敏:《结构—解构视角:语言·文化·评论》,第 197-208 页。

亚时代的社会状况进行互文性阅读,揭示《李尔王》的重要价值。本文借鉴布鲁姆的方法从母题、典故、社会历史互文和孤愤情怀四方面对《聊斋志异·叶生》进行互文性阅读。

《聊斋志异·叶生》涉及知己知遇和鬼神报恩两个母题。小说中三次提到知己,分别是落榜后觉得愧负知己,指导丁公儿子中举后对丁公说得一知己可无憾,以及"异史氏曰"中的"魂从知己"。"异史氏曰"中的"高山流水"明确指出了出自《吕氏春秋》中伯牙鼓琴的典故。与"高山流水"同样著名的还有出自《战国策》的"士为知己者死"[1],而此典故也出现在《连城》与《石清虚》中。知己指志同道合、相互理解、患难与共的朋友,知遇侧重赏识、优待和提携。小说中"伯乐伊谁"的伯乐为秦穆公时代的人,善相马,后以此喻善于识才之人。据不完全统计,到清代,知己知音在作品中出现约 2933 次,伯乐约 95 次。蒲松龄自志中的"知我者,其在青林黑塞间乎"表达了对知己的渴望。知音难觅,何以酬知己,其一便是报恩。

鬼神报恩反映了儒家的"以德报德"以及民间"报恩"文化。《搜神记》中的《青洪君》与《丁姑祠》中的报恩都是使其富有。唐传奇的《任氏传》《柳毅传》《李章武传》则是以身相许式的报答。《聊斋志异》中有以物为报答的,如《王六郎》《雷曹》;有以婚姻为报答的,如《神女》《梅女》《青娥》《聂小倩》。不过除了这两种报答外还有两种报答方式,一是投胎为恩人的儿子,例如《褚生》中的褚生为感谢吕先生无偿授课而投胎为其儿子;再一种则是"魂从知己",如《叶生》中的叶生魂随丁县令,并教丁县令的公子读书。

小说中的文本互文涵盖经史子集至少二十二篇。这二十二篇引文大致分为五类。一是对命运的探讨。叶生文章让人击节称叹,却屡试不第,对此叶生认为自己功名未就并非文章庸劣,而是如项羽战败是非战之罪;

---

① 刘向集录:《战国策》上,缪文远校注,缪伟、罗永莲译注,中华书局,2012,第 501 页。

蒲松龄则引用杜甫《天末怀李白》中的"文章憎命达,魑魅喜人过"①表达对叶生科举不中的愤慨。二是价值观的探讨。面对命运不公,该如何生活涉及价值的选择。世俗人会想方设法"发利市",以便"富贵还乡"。蒲松龄通过引用《诗经·邶风·静女》表达傲骨嶙嶙、自珍自爱的意愿;通过化用《礼记·曲礼》表达对礼义的坚守;通过引用《庄子·让王》"道之真以治身;其绪馀以为国家"②显示帝王功业只是圣人余事,君子本不该受功名等外物奴役。三是对社会现实批判。虽然叶生最终看淡功名,可蒲松龄还是对当世贤才被埋没、世人多以势利之眼看人表示愤慨。作者化用《楚辞·卜居》黄钟毁弃、瓦釜雷鸣和《韩非子·和氏》中春秋楚国人卞和得璞献之厉王、武王,却被以为诳,被刖双足来表达德才俱优之人的悲惨境遇,甚至鬼都揶揄不得意的人:"吾但见汝送人作郡,何以不见人送汝作郡耶?"③因此,作者颂扬如《搜神后记》中丁令威和小说中丁乘鹤那般爱民如子、敢作敢为并识才惜才的官员,并渴望生死跟随这样的人。第四类是对真情的颂扬。面对现实的功利,真情难能可贵,作者赞扬张倩女守诺不攀附父亲幕僚而宁愿离魂追随王宙的爱情④,和张敏与高惠因相思而梦中找寻的友情⑤。第五类是文人生活的艰辛。文人平时生活需耐得住寂寞,耐得住月下对影方能成三人的苦读;为了章句在篇,如茧之抽绪,文人往往需要如李贺般呕心沥血、披肝沥胆。而如此苦读却并不一定成功,科举失败为很多文人留下心理阴影,所以才有柳冕应举忌讳"落"字,称安乐为安康。一句"秀才康(落榜)了也"背后是众多文人的辛酸。小说中的叶生在落榜后嗒丧而归,形销骨立,痴若木偶。不中举则没有可能实现自己的理想,作者用抱刺于怀、三年灭字来表达失意文人的无望与苦楚。

---

① 杜甫:《杜甫诗选》,谢思炜评注,人民文学出版社,2015,第138页。
② 庄子:《庄子集释》,郭庆藩撰、王孝鱼点校,中华书局,2004,第971页。
③ 刘义庆著,刘孝标注:《世说新语》,上海古籍出版社,2013,第313页。
④ 鲁迅校录:《唐宋传奇集》,浙江文艺出版社,2018,第28-32页。
⑤ 萧统编,李善注:《文选》,中华书局,1977,第295页。

《聊斋志异》体现了对史传叙事与传奇叙事的继承与发扬。冯镇峦说:"此书即史家列传体也,以班马之笔,降格而通其例于小说……《聊斋》以传记体叙小说之事,仿史汉遗法,一书兼二体,弊实有之,然非此精神不出,所以通人爱之,俗人亦爱之,竟传矣。"①鲁迅称《聊斋志异》是"用传奇法,而以志怪"②。从冯镇峦和鲁迅的观点可了解《聊斋》沿袭了传奇与史传相通的叙事传统,又发展了传奇的虚构性。《聊斋》中的史传叙事传统主要体现在如下三方面:一叙事结构上的体现。首先是介绍姓名、籍贯、身世,接着以人为中心,按故事时序叙述人物经历,如"淮阳叶生者,失其名字。文章词赋,冠绝当时;而所如不偶,困于名场"③;其次是仿史记中的"太史公曰",传奇中叙述者评论,在结尾有"异史氏曰"的评论。二是以人物为中心的传记式结构模式,此篇虽然题目中不带传记字样,但却以"叶生"为题,是对叶生生平连续完整的叙述。三是继承了《史记》以命意为结构枢纽的传统,如此篇小说的命意是"孤愤"。《聊斋》继承发展了传奇的虚构意识。叶生直到最后衣锦还乡才由其妻子之口揭示出其已死四年。叶生也成了知恩图报的鬼书生的代表,拓宽了以往只是人鬼恋且鬼是女鬼的模式。

《叶生》作为文言短篇小说,其互文还体现在对诗歌的借鉴,这种借鉴主要体现在三方面:一是意象和意境的借鉴,如美好的女子;二是用典,如"鸡鸣戒旦"等典故的引用;三是诗经、楚辞、汉赋体例的应用,如小说最后的"同心倩女,至离枕上之魂;千里良朋,犹识梦中之路。而况茧丝蝇迹,呕学士之心肝;流水高山,通我曹之性命者哉!嗟乎! 遇合难期,遭逢不偶。行踪落落,对影长愁;傲骨嶙嶙,搔头自爱……侧身以望,四海无家。"④兼有诗经中常见的四字句式、楚辞中的感叹词、汉赋中的四六骈偶。

---

① 蒲松龄著,冯镇峦评:《聊斋志异:冯镇峦批评本》,岳麓书社,2011,第11-12页。
② 鲁迅:《中国小说史略》,商务印书馆,2011,第194页。
③ 蒲松龄著,冯镇峦评:《聊斋志异:冯镇峦批评本》,第22页。
④ 蒲松龄著,冯镇峦评:《聊斋志异:冯镇峦批评本》,第23页。

《叶生》中社会历史的互文既有作者的自画,也有清代科举制度弊端的真实映射。叶生文章冠绝当时却困于名场,蒲松龄"文章风节著一时",却从 19 岁考到 51 岁都没有中举,直到 72 岁才循例有贡生之名。小说中对叶生科考不中概括为文章憎命,蒲松龄曾写诗表达憎命文章是孽、耽人辞赋成魔;叶生知道落榜后嗒丧而归,蒲松龄 48 岁应乡试因越幅被黜写词嗒然垂首而归,无颜见江东父老;叶生受丁乘鹤赏识,蒲松龄也受淄川知县费炜祉、山东学政施闰章和王渔洋赏识,并因落榜而觉愧对王渔洋的称赞。清代科举制弊端颇多,从《聊斋》中能了解到的便有时艺规则死板、科场腐败和考官衡文不公。

《叶生》中体现的孤愤情怀是中国精神气脉的一部分。蒲松龄在《聊斋自志》中说:"浮白载笔,仅成孤愤之书①。蒲松龄南游时写过《感愤》,其中"新闻总入《夷坚志》,斗酒难消磊块愁。"②蒲松龄《九月晦日东归》一诗说:"敢向谪仙称弟子,倘容名士读《离骚》。"③从蒲松龄的作品可知,其孤愤情怀是对屈原、韩非、司马迁、李白精神气脉的继承。屈原具有政治理想和政治才能,但在强大的保守势力下,不屈服、不放弃自己的原则与抱负,只有"独永叹乎增伤";韩非子的《孤愤》则表达了对重臣独揽大权,正直之士不被重用、被诬陷,法制败坏、国将不国的忧虑。德才兼备的文人椎心泣血之苦铸就了孤愤情怀。

综上所述,通过对《叶生》的互文性阅读,从手法上可以看出《叶生》传承并拓展了史传与传奇的写作手法,从主题上展现了传统知识分子坚毅的品格,从文化上表现了知恩图报与孤愤情怀。

---

① 蒲松龄著,冯镇峦评:《聊斋志异:冯镇峦批评本》,第 1 页。
② 蒲松龄著,路大荒整理:《蒲松龄集》,中华书局,1962,第 475 页。
③ 蒲松龄著,路大荒整理:《蒲松龄集》,第 563 页。

第三节 布鲁姆崇高诗学视域下的
《于少保萃忠全传》

崇高既是诗学中尤为重要且充满活力的范畴,也是评价一般文学作品的重要标准。古希腊作家朗基努斯唯一流传的作品便是《论崇高》,在这部著作中,他从多个角度论述崇高的价值。从读者的角度,"真正崇高的文章自然能使我们扬举,襟怀磊落,慷慨激昂"①;从文本的角度,崇高的风格需要庄严伟大的思想、慷慨激昂的热情、辞格的藻饰、高雅的措辞、尊严和高雅的结构、恰当的题材选择和良好的语言组织②。朗基努斯赞扬《荷马史诗》充满崇高的良好例证,如把船员面对不断袭来的巨浪、始终处于毁灭边缘的情景描写得惊心动魄;从作者的角度,如果人因利欲在冷漠中虚度时光,既不奋发有为,又无雄心壮志,那便不能出于热情和高尚的动机造福世人③。著名文学批评家哈罗德·布鲁姆不止一次地说自己从年轻时便是朗基努斯式的批评家,并且说"我并不介意别人把我描绘成一个'崇高'派理论家"④,他认为自己进行了将近六十年的朗基努斯式的批评。

布鲁姆的崇高诗学以朗基努斯为基础,《影响的焦虑》(1973)、《神圣真理的毁灭:〈圣经〉以来的诗歌与信仰》(1989)、《西方正典》(1994)、《天才:一百位创造性心灵的典范》(2002)、《影响的剖析》(2011)、《神魔知道:文学的伟大与美国式崇高》(2015)、《记忆附身》(2019)体现了布鲁姆崇高诗学一步一步地发展。上述著作从多个方面阐释了布鲁姆所理

---

① 亚里士多德等:《缪灵珠美学译文集》第1卷,缪灵珠译、章安祺编订,中国人民大学出版社,1998,第82页。
② 亚里士多德等:《缪灵珠美学译文集》第1卷,缪灵珠译、章安祺编订,第83页。
③ 亚里士多德等:《缪灵珠美学译文集》第1卷,缪灵珠译、章安祺编订,第124页。
④ 哈罗德·布鲁姆:《影响的剖析:文学作为生活方式》,第19-20页。

解的崇高诗学:意志和道德的崇高,作品中的失落与悲情,作品对读者的震撼,作品的他异性。布鲁姆对崇高的理解完全可以作为一种分析的视角,我们可以用它来分析中国的优秀传统小说,例如用来分析《于少保萃忠全传》的崇高。

《于少保萃忠传》是我国明代通俗小说。该书有两个版本:一是完成时间较早的精抄本(现藏于北京师范大学图书馆)。抄本提到该书的撰述、辑著者有孙高亮(字明卿、怀石)、沈士儼,批评者有沈士修、沈国元(字飞仲)、沈士俊、沈肇森、凌萃征(字聚吉)、沈懋允。二是刊刻本,署名"钱塘孙高亮明卿父纂述 檇李沈国元飞仲父批评"(现藏于中国国家图书馆和浙江省图书馆)。精抄本与刊刻本都是十卷七十回。《于少保萃忠全传》则是十卷四十回,它是《于少保萃忠传》的节编本。因节编本情节紧凑、文字简洁更具有可读性,更广为流传,所以本文选文出自节编本。

于谦具有崇高的道德意志,这体现在如下方面:首先是一生秉持忠义。于谦16岁(永乐十二年,即1414)在学校参加习仪拜牌的赞礼时,因满腔事君忠义便直接喝出宪官失仪。19岁时写诗表达为国为民的志愿。21岁以诗"千锤万凿出深山,烈火焚烧若等闲。粉骨碎身全不惜,要留清白在人间。"①表达愿为国为民肝脑涂地和坚守忠义的气节。23岁(1421)殿试后在广东犒察官军功过时先行私访,然后赏罚严明,被都御史称赞廉明仁慧。25岁处理夹带私盐、肃清河道时,不避权贵。28岁(1426)随明宣宗平定汉王之乱,斥责汉庶人言辞严凛,声若洪钟。后巡河南山西,赈济饥荒得宜,设医药局,设社学,治黄河,百姓感恩,泽被后世。于谦任巡抚十多年,从未馈送当道者。其次是直道而行,既往不咎。王伟曾密奏劾疏于谦,而于谦知道后亦厚待王伟,无纤毫芥蒂。再次是不以私情昧公义,戒饬并劾奏石亨。

崇高的道德意志有助于战胜可怕的东西,"战胜可怕的东西的人是伟大的。即使自己失败也不害怕的人是崇高的"②,在席勒看来黑暗、不

---

① 孙高亮:《于少保萃忠全传》,人民文学出版社,2006,第25页。
② 席勒:《席勒美学文集》,第176页。

确定的东西、神秘的东西、掩藏的东西都属于可怕的东西①。毫无疑问，拥有崇高道德意志的于谦就是这种伟大的、无所畏惧的人。于谦无畏可怕之物体现在三方面：一是勇于面对命运，二是不畏强大的势力，三是不畏死亡。于谦勇于面对命运，他在二十岁时听外婆的谶语而明白自己可能不得善终，即使如此依然表明"吾若得尽忠报国，死何足惧哉！"②于谦不畏强大的势力，他不畏强盗、不畏强权、不畏强敌。巡例经过太行山，盗贼持亮如白昼的火炬和枪刀器械冲来时，手下人都惊恐地聚在一起而缓缓前进，于谦则大声叱责盗贼并劝其改过自新。面对当权太监王振，于谦当众斥责其不该擅乘四明车辇。面对土木之变，于谦临危受命、知人善任、调兵遣将，最终退敌寇，迎回太上皇。于谦不畏死亡，当石亨和徐有贞诬陷于谦迎立外藩而下狱判处决时，于谦正色就刑。这些无畏的事例显示了于谦的崇高。

　　除了于谦，《于少保萃忠全传》还塑造了其他不畏生死、坚守正义的忠臣、好汉和烈妇。土木堡之变时，坚守正义的忠臣层出不穷：翰林刘球因忠耿弹劾专权太监王振被施以恶刑而死。在与瓦剌的战争中，平乡伯陈怀身中五箭依然督战直至身亡；成国公朱勇在无援兵的情况下苦战一日一夜，命亲兵指挥伍宣突围后自刎而死；伍宣为了劝皇上回附近关隘，身中二十余箭，拼死杀回，大骂王振误国后自刎而死；王佐、张辅、曹鼐、张益都死于土木之战。赵荣与王复不畏凶险前往敌营探看太上皇境况。高盘为了传递消息将羊皮旨书缝入自己左臂中。郑当柱、郝回龙因张秋洪水，为众而舍生。朵而因哭祭于谦被上司痛杖后，第二日一如既往。曹钦叛乱时，逯公迎敌被乱搠而死，寇深、刘安、吴瑾因大骂曹贼而被杀。作为文官的工部尚书赵荣也挺身杀贼。除了忠臣，坚守忠义的好汉也不乏其人：通州众军听于谦之言后皆愿奋死以报效朝廷；在赵荣的感召下千名好汉皆仗勇杀贼。除此之外，小说描写了作为反贼的曹钦，但也描写了作为

---

① 席勒：《席勒美学文集》，第178—180页。
② 孙高亮：《于少保萃忠全传》，第26页。

烈妇的曹钦之妻贸氏。贸氏谴责其夫和冯益不该意图反叛,并在被朝廷赦罪的情况下因不能阻夫为恶而自刎而死。

《于少保萃忠全传》从问世起便深深地感染了读者。林从吾作为小说的早期读者,既提到自己对此小说的赏识,希望"为翼忠者劝",又提到此书雅俗共赏,"庶田夫野叟、粉黛笄祎、三尺童竖,一览了了,悲泣感动,行且便四方"①。历代读者无不痛恨奸臣陷良误国,为于谦等贤臣的死亡义愤填膺、悲不自胜,同时为诸忠臣的赤胆忠心而感动、振奋。

《于少保萃忠全传》在文体方面的创新体现在三方面:一是用纪传体而非编年体的方式写历史演义小说,且主要写个人事迹而非群像。二是写本朝人物,而不是悠远的历史人物。于谦出生于1398年,去世于1457年;《于少保萃忠全传》最后完成于1590年,与作者去世只相隔一百年。此书之后涌现一些描写时事的小说。三是小说中所描写的事件,包括灵异事件都有所本,其所本或史实或民间传说。如于谦借儿子的目光现形朝见皇帝便改编自田汝成的《西湖游览志馀》(1548年)。

席勒曾说,没有崇高,我们有可能忘记自己的尊严,丧失性格的朝气,忘却永恒的使命和祖国②。《于少保萃忠全传》体现了崇高的方方面面,哪怕清廉辛劳不得善终也要为国为民的崇高思想,不畏强权不畏死亡的崇高意志,赤胆忠心的热情。这一切为我们留下不可磨灭的印象,豁达我们的心胸,昂扬我们的精神,唤起我们对伟大崇高的渴望。于此,《于少保萃忠全传》可谓经典。

第四节　共同体的失落与找寻
——读刘震云《一句顶一万句》

刘震云创作的《一句顶一万句》在2009年出版当年便荣获《人民文

---

① 孙高亮:《于少保萃忠全传》,第211页。
② 席勒:《席勒美学文集》,第193页。

学》和《当代》长篇小说最佳奖和小说学会年度排行第一名,并于2011年荣获第八届茅盾文学奖。而且在2013年12月30日,"当代·长篇小说年度论坛"举行的"五年五佳"评选中以最高票数获五年最佳奖。《一句顶一万句》不仅在专业领域内获得认同,而且拥有众多读者并具有广泛的国际影响。对于这部作品具有如此声誉的原因众说纷纭,有的认为其反映了中国式孤独;有的认为其体现了乡土经验;有的认为其书写了平民精神困境,还有人认为其折射了民族文化心理。然而让笔者印象最深的还是其描绘的传统共同体的失落,与人们对"说得着"的找寻。

人普遍具有处于共同体中的需要。卡夫卡《城堡》中的K明确地说:"我渴望拥有一个家,一个工作岗位,一份真正的工作。我的未婚妻可以在我做其他生意时接管我的工作。我将娶她并加入进共同体中。"[1]那么什么是共同体呢?斯蒂文斯在《秋天的光环》中写道:"以工作的方言,这片无瑕之土的方言/而非罪恶之梦的谜团/我们相互思念/我们整天老守田园/相互熟悉,体魄康健/而对于他们,异国他乡/比礼拜日还要怪异/相同的思想使我们成为兄弟/同胞兄弟般地成长,成长/仿佛在美丽的蜂房上滋养/我们这生活的戏剧—我们无尽的梦乡。"[2]米勒认为斯蒂文斯这首诗囊括了传统共同体所具有的鲜明特征,即生活在同一田园上,拥有同样的集体经验、相同的思想和共同的方言,而且相互熟悉[3]。米勒对于传统共同体的这种理解与威廉斯有相似之处。威廉斯在《关键词》和《乡村与城市》中都表明,建立在直接性与区域性上的共同体是"充满感情的""从来没有负面的意涵",而且即使在糟糕的时代"世代的定居使友好而亲密的关系延续在共同体中。"[4]

---

① Franz Kafka, *The Castle*, trans. Edwin and Willa Muir, New York: Alfred A. Knopf, 1951, pp. 242–243.

② Wallace Stevens, *The Collected Poems of Wallace Stevens*, pp. 417–420.

③ J. 希利斯·米勒:《土著与数码冲浪者》,载易晓明编《土著与数码冲浪者——米勒中国演讲集》,吉林人民出版社,2011,第6–9页。

④ 雷蒙·威廉斯:《关键词:文化与社会的词汇》,刘建基译,生活·读书·新知三联书店,2005,第81页。

米勒和威廉斯对传统共同体的界定,得到学者们的广泛赞同。那么,在《一句顶一万句》这部小说中是否存在这样的共同体?我们从最容易成为共同体纽带的地域、行业和宗教这三方面来考虑。延津和沁源是小说中主要人物的故乡和故事发生的主要地点。出生于延津的刘震云在小说开篇为我们展示了生活在延津的卖豆腐的老杨和赶大车的老马等村民的生活。他们生活在同一地区、拥有同样的方言和集体经验并且相互熟悉,那么他们之间是否构成传统的共同体呢?

首先可以考察能结为共同体的最小单位——家庭。上部《出延津》记主要围绕着改名为吴摩西的杨百顺为何要出延津。杨百顺之所以想离开家是因为与父亲老杨和兄弟不和。老杨希望自己的孩子完全听自己的,并顺自己的意愿继承家里的豆腐铺,所以会让还在发烧的杨百顺去找羊,会在决定谁去上"延津新学"时用计策。其实不仅杨百顺,另两个儿子杨百业、杨百利也都不喜欢自己的爹,都想脱离老杨。而且他们之间并不和睦,当杨百顺挨打时,他的兄弟在一边偷笑。当很多小事导致的怨恨越积越深时,杨百顺曾在心里想杀老马和自己的爹与弟弟。由于与家人有隔阂,所以杨百顺无论遇到挫折还是结婚甚至远走他乡,都没有想再回自己的家看看。老杨家的这种情况并非偶然,例如铁匠老李不记外人的仇,却只记娘的仇。老李经常在打儿子后哼曲,以至于杨百顺可以通过老李是否哼曲来判断李占奇是否挨打了。还有姜记弹花铺的三兄弟之间也互相说不着。而这种说不着的情况不仅出现在父子、兄弟之间也出现在婚姻中。例如吴摩西和妻子吴香香不亲。吴摩西觉得比让他去杀人更让人头疼的是两人说不到一起。吴香香瞧不起吴摩西不会说话,不仅和杨百顺没有话说,而且当杨百顺挨打后还唆使他去杀人,并指使杨百顺出门贩葱。尽管杨百顺很顺从,可吴香香依然和邻居老高私会并最终和老高私奔。而像杨百顺这样夫妻间没话说的例子还有很多,例如老裴和妻子老蔡不说话,哪怕老蔡当面骂他或把老裴挨骂当笑话讲,老裴也不还嘴。还有老汪的妻子银瓶不论说什么,老汪不听也不答。

亲情如此,那么在《一句顶一万句》中的延津是否有亲密的友情和师徒之情呢？先看友情，以老马和老杨为例，别人都以为老马和老杨是好朋友，老杨说起朋友总是首先提起老马。可是老马却从心底看不起老杨。老马不仅跟老杨不过心，而且还厌烦老杨和他过心。每次当老马信任地请他提建议时，他都为了敷衍而提违心的建议，例如建议老杨让儿子上"延津新学"。这种友情的缺失出现在各个年龄段。杨百利和牛国兴当初曾好得形影不离，可当两个人因共同爱好"喷空"的话题有矛盾后，两个人的友谊也出现了裂痕。当杨百利为牛国兴送信给二妞被抓时，杨百利很快就供出了牛国兴。因此两个人的心里更加隔阂，并不再是朋友。再看师徒关系，私塾的老汪因为感觉学生听不懂，所以讲着讲着就不讲了；而学生因为听不懂，或者和老师作对、或者旷课。松散的师徒关系如此，那么紧密的师徒关系呢？杨百顺离家后经由老裴介绍成为杀猪老曾的徒弟。当他们熟了的时候，也能相互说点心腹话。可当老曾娶妻后，便与徒弟越来越生疏了。后来老贺与老孔为了报复老杨便将杨百顺抱怨师娘的话添油加醋地说给老曾的后妻。而当老曾的后妻把话再传给老曾时便完全不是当初杨百顺说的内容了，这导致老曾赶走徒弟杨百顺。由此也可看出师徒关系的脆弱。

　　总的来说，在《一句顶一万句》中，世代的定居并没有使亲密的关系在共同体中延续，而这种情况不仅出现在河南延津，也出现在山西沁源和陕西咸阳。例如被两次转手卖到山西的巧玲当初与她养母说不着，后来与丈夫牛书道说不到一块儿，与孩子也说不着。李克智从小就和他爸说不着。巧玲的儿子牛爱国与妻子庞丽娜之间有隔阂，这种隔阂不具体，而是两人见面没有话说，"一开始觉得没有话说时两人不爱说话，后来发现不爱说话和没话说是两回事。不爱说话时心里还有话，没话说是干脆什么都没有了"。[①] 牛爱国在知道庞丽娜和开照相馆的小蒋有暧昧后，企图用经常做庞丽娜爱吃的鱼来挽回她的心，可庞丽娜还是和小蒋私会，并最终和自己的姐夫私奔。牛爱国与曾经的好朋友冯文修友谊破裂也由于他

---

① 刘震云：《一句顶一万句》，长江文艺出版社，2009，第219页。

们醉酒后言语有失和老肖两边传话。牛爱国其他曾经的好朋友冯文修、杜青海、陈奎一在牛爱国后来遇到困难时也并没有给出妥善的建议。小温与小周掰了不是因为钱,而是因为一句话。改名为罗长礼的杨百顺在咸阳和老伴和儿媳之间也说不着。由此可以看出,以地域为纽带的共同体已基本解体。那么是否存在以行业或宗教为纽带的共同体呢?

小说中的染坊可以说得上是一个行业。在染坊中,大家一起染布,一起吃饭。然而这种共同的生活并没有拉近彼此的距离,反倒是每个人都有各自的心思。例如掌柜老蒋的小老婆和其中的一个伙计有暧昧。管家老顾和老蒋虽然是亲戚,却也并不真心。老蒋不在时,工作上无论是消极怠工还是偷奸耍滑这种该管的事情,老顾都不管,却喜欢掺和伙计之间传闲话,并在传话时把一件事说成八件事,以致背地里大家都恨他。而十三个伙计来自五个地方,却按照能否说得来而分成六伙。杨百顺为了保住自己挑水的位置和哪个人都不亲近,可最后却由于老蒋养的猴子因他跑了,怕老蒋不说话、而不得不离开染坊。

按理说,有共同信仰的宗教共同体本应很稳固。可在教会中,延津的老詹和开封教会的会长老雷在教义上有分歧而导致两个人有隔阂。老雷一直想把延津教会取消合并到其他教会中。所以老詹在教堂先后被县长小韩和老史霸占时,也不和老雷说。由于老雷想让延津天主教会自生自灭,于是给的经费也一年比一年少,只够养活老詹一个人。而当老詹死后,他们发吊唁的收件人还是老詹。老雷之所以敢这样对老詹还和老詹信徒少、只有八个有关;而老詹之所以信徒少在一定程度上与其言语表达不清有关。

从上述例子可以看出传统共同体在各方面都处于瓦解的状态中。这是不是应验了让·吕克·南希所说的"无功效共同体"呢?南希之所以说无功效共同体是因为在他看来每个人都是独特的,因为这种"他异性",每个人都有不可分享的秘密,也就无法彼此交流,因此彼此间无法相互理解,也就没有社会纽带和集体意识①。对于这一观点,德里达、布朗肖和林吉斯以及希利斯·米勒都在某种程度上表达了对此的认可。虽然《一句顶一万句》展现了传统共同体的失落和很多人之间的说不着,但在小说中还有"说得着"的例子。

"说得着"是这部小说的关键词之一。对于"说得着",可以简单理解为什么都可以说、说什么都开心;而且有说不完的话,无论是几天还是几十天,只要在一起就可以一直说到深夜。通读小说可以发现"说得着"可以发生在有血缘关系的亲属和无血缘关系的情人与朋友之间。吴摩西和巧玲能说得着,正因为能说得着,与妈妈顶嘴的巧玲与吴摩西不顶嘴,而且在吴摩西生气出走后将吴摩西找回来②。被改名为曹青娥的巧玲与吵了半辈子架的养母在养母七十岁后能相互说得着,"两人说得着,就有说不完的话。正因为过去说不着,现在更说得着。曹青娥不管住三天,住五天,或住十天,两人每天说话都到半夜。两人什么都说"③;当曹清娥不得不坐长途汽车回自己的家时,她们不仅路上边走边说,而且会一直说到最后一班长途汽车发车。这些都属亲属之间"说得着"例子。类似的例子还有曹青娥与孙女百惠;百惠与其伯伯宋解放;杨百顺与孙子罗安江。牛爱国与章楚红是情人,"牛爱国与谁都不能说的话,与章楚红都能说。与别人在一起想不起的话,与章楚红在一起都能想起。说出话的路数,跟谁都不一样,他们两个自成一家。两人说高兴的事,也说不高兴的事。与别人说话,高兴的事说得高兴,不高兴的事说得败兴;但牛爱国与章楚红在一起,不高兴的事,也能说得高兴。"④姜虎与老布和老赖是朋友,姜虎贩葱不仅是为了贩葱,更是因为和老布、老赖"说得着"。

阅读《一句顶一万句》,会发现说不来与"说得着"在人们生活各方面

---

① Jean-Luc Nancy, *The Inoperative Community*, translated by Peter Connon, Lisa Garbus, Michael Holland, and Simona Sawney, Minneapolis: University of Minnesota Press, 1991, p. 29.

② 刘震云:《一句顶一万句》,第 163 页。

③ 刘震云:《一句顶一万句》,第 316-317 页。

④ 刘震云:《一句顶一万句》,第 306 页。

的重要性。例如老杨埋怨老李的酒席吃得不痛快的原因不是酒席不丰盛,而是和旁座的老杜说不来。又如竹业社掌柜老鲁和染坊老蒋一起贩茶时因为说不到一起,后来各自从事不同的行业并还反感彼此。再如牛爱香之所以迟迟没结婚是因为谈了十多个,却没一个说得来。说不来,还导致很多夫妻间隔阂,以致离婚等。更严重的是因为言语上的不和甚至想杀了对方,例如老裴便曾想要杀蔡宝林。既然说不来与"说得着"在很大程度上左右着亲情、友情和爱情,那么是否可以以"说得着"为基础来建立新的共同体呢?

当吴摩西发现和自己"说得着"的巧玲被拐骗后,觉得自己以前所有的坎坷加起来都比不上巧玲丢了。他为了找巧玲一个下午跑了一百二十里,并在开封水米没打牙地找了两天一夜,寻遍了相国寺、龙庭、清明上河街等地方。在没有找到希望的情况下又在开封的大街小巷,在郑州、新乡、汲县、安阳、洛阳等周边能找的地方找了三个月,而且回到郑州,每天扛完大包后仍到火车站附近找巧玲,并在后来有孙子后也还惦记巧玲,以致其孙子曾到延津打听巧玲的下落并希望能见到巧玲、转告吴摩西临终前想对巧玲说的话①。牛爱国为了将自己的心腹话告诉和他"说得着"的章楚红觉得就是出人命也值得,因此牛爱国为了找到章楚红,决定去张家口找章楚红的好友焦淑青,再找到章楚红的老家打听她的去处和电话。通过这两个执着寻找的例子,可以看到以"说得着"为基础建立共同体的可能性。

《一句顶一万句》无论从题目还是内容都在提醒我们关注言语。为什么言语在人的生活中具有重要作用呢?只是因为语言可以描绘自己和世界,并能够作为传情达意的工具吗?很多哲学家都注意到语言与我们的存在和意义密切相关。海德格尔说"语言是存在的家"。社群主义代表人物泰勒在其著作中也明确地说:"我们是靠表达而发现生活意义的。而现代人已敏锐地了解到我们的意义多么依赖于我们自己的表达力。在

---

① 刘震云:《一句顶一万句》,第200-203页。

这里,发现既依赖于创新,也与之相交织。发现生活意义依赖于构造适当的富有意义的表达。"①这也解释了为什么"说得着"和说不到一起具有如此的影响。除此之外,泰勒还曾简单提及"我们要意识到,我们用语言可以做什么事情"②。对于语言的施为作用,德里达和米勒有更详细的论述。

德里达于 1976 年在弗吉尼亚大学举办的研讨会上说《独立宣言》以"各殖民地善良人民的名义"发表,并声称"联合一致的殖民地",不过在《独立宣言》发表之前,并不存在作为统一实体的美国人民;是《独立宣言》文件本身促使人民作为联合在一起的人民而存在,正如其作用是联合十三个独立的殖民地③。米勒借鉴了德里达的观点,并以形象的例子强调语言的施为作用。米勒指出在美国,当一个保守党政治家说"美国人民并不需要政府管理的全民医疗保险"或"美国人民想要萨达姆侯赛因免除职权";虽然这看起来像是陈述事实,其实是企图使其伪装成陈述的局面成为现实④。由此可以看出在某种程度上言语有助于社会规约的建立。既然言语不仅有利于在微观方面促成"两个人的共同体",又有可能在宏观上促成更大规模的共同体;需要进一步考虑的便是如何更好地发挥言语的这种施为效果。例如个人之间的交往,以语言交流作为解决问题的方式,在交流上注意自己的语言可能产生的效果;在政府与个人之间,政府建立和民众交流的有效渠道,在制定和提出某些内容时充分考虑是否能够说到民众的心里,让民众有"说得着"的感觉,以此促进和谐社会的构建。

---

① 查尔斯·泰勒:《自我的根源:现代认同的形成》,韩震译,译林出版社,2001,第25 页。

② 查尔斯·泰勒:《自我的根源:现代认同的形成》,第 757 页。

③ Jaques Derrida, *Declarations of Independence*, trans. Tom Keenen and Tom Pepper, *New Political Science* vol. 15(1986) :7.

④ J. Hillis Miller, *Literature as Conduct:Speech Acts in Henry James*, New York: Fordham University Press,2005,p. 7.

附录一:希利斯·米勒教授访谈录

Wang: A lot of Chinese scholars think that your literary studies falls into three important periods, the first period is phenomenology, the second is deconstruction, and the third is speech act theory. Do you agree with this division?

Miller: Sure. er, I said that there was a certain amount of overlapping, for example, the first period that you talked about was governed by an idea that close reading of literature is a good thing. So it is a kind of, even though the influence was from Georges Poulet and those people, nevertheless, it was still heavily influenced by the new criticism, and that I never give up. That goes on to all three those periods. And I was thinking about th the other day, I had been reading a work by my old friend and colleague Wolfgang Iser who used to teach here. He is a long, long friend of mine who died on March 2, a few years ago. I have to give a lecture about him in his honor in Konstanz which is his home university in July. So I started reading some of his stuff. What attracts me as very strange and certainly radically different from my own, because Iser begins from the abstraction. What a little to me like abstract question, you know, about what is fiction, what is imagination, and so on. One of his last books was called *The Fictive and the Imaginary*. Though he does reading works of literature, there are two examples. This is very complicated and fascinated theoretical reflection and very learned. I mean he knows the whole history of the term, imaginary, all the way from Aristotle down to Lacan, etc. very learned. I always begin from the other end. From the beginning and I think I am fascinated by literary theory and read it with great pleasure and benefits, etc. But I don't think theory for me is an end itself. It is useful only as a help to reading works of literature. So I start from works of literature, at the bottom, so to speak, with questions, and this is still the first question that I had at the very beginning. Because literature seems to me, I began as physics major and shifted from physics to literature, little of my sophomore year at college. I can remember very distinctly that I was fascinated by literature then and still does, its very strange use of language, really weird and its strangeness seems to me require some explaining. What does this word mean, what is it use, what good it is, how does it work. That is what speech act theory would already been explicated, because the question what does it mean is not the same as how does it work. What good it is would see the work of literature as a kind of speech acts, a kind of performative, does something to me, or to every reason. And that is still my interest, my predominating interest. So I came to the literature away from the outside, or because that is not mean I didn't have any literary education. My mother was a school teacher, let me see, and I read lots of children's books and so on and so. I was not a totally dumbbell about literature. When I went to college, but I didn't have, I wasn't inside the literature the way some people are. For example I went to Oberlin College. I got into Oberlin College and I discovered that there were all of these students knew immensely more about literature than I did. I never heard of T. S. Eliot. That was new to me and the teaching I got at high school, that I had one good teacher of literature. That is all. He is a teacher who teaches American literature. But mostly he talked was names of major works of American literature. So I knew that there was somebody named St. Jean de Crèvecoeur in the 18th century who wrote a book called *Letters from an American Farmer*, but I never read it, because we didn' t. This is a way of saying that I am afraid that it's still true that literary teaching, teaching literature that you get at American high schools isn't all that good. Really it wasn't very helpful. So I was left with when I got into college, where the teaching was pretty good that I was listening. When I shifted into English, there are lots and lots of English courses. But still puzzled and I remembered the poem that would seem to me to exemplify this problem. I've read about it this summer. It is a poem by Tennyson, a short poem, the famous poem that one of the lyrics in *The Princess* called the poem *Tears, Idle Tears*. It is a wonderful poem. And I looked at this and remembered as physics major and suppose to say the truth and use language in an uncomplicated way. This poem says

Tears, idle tears, I know not what they mean,

Tears from the depth of some divine despair

Rise in the heart, and gather to the eyes,

......

And thinking of the days that are no more.

So I looked at this poem and said what in the world does this mean? What does he mean by these idle [tears]? Why these tears idle? Why did he say "tears idle, tears idle, I know not what they mean"? I didn't know what they mean either. The poem is very beautiful. There is no doubt about that. And "tears from the depth of some divine despair", what does that mean divine despair? It must mean despair of some God, what God? Why Gods are not supposed to be despair, what does this god despair. In other words, I had dozens of questions. It seems to me, about these just a few lines. It is a total poem. It seems to me that just read the poem out to students that teacher often do is just to say how beautiful this is. Yes, I agree. It is beautiful. But what does it mean? And what good it is for me to read it? I have to figure it out. So I spent my whole life worrying about that. So I am interested in speech act theory as it is. Both Paul de Man and Jacque Derrida about the same time began to propagate speech act theory. And to some degree, [the] core was Austin's language, and it was to be helped to answer these questions by shifting the questions a bit from what is the poem mean to what is the poem do and what is the sense of performative? What is the use of performative language? So that is why I wrote *Speech Act Theory in Literature*, because I want to explore the presents within literary works, especially novels of performative language, such as promises, a sort of standard speech acts that Austin talks about. Promise is one of his paradigmatic speech acts. As we talk about legal language as a will, a lot of novels involve wills. Here is an example; I have bequeathed my watch to my brother. Austin typically says, well, this would be felicitous speech act if it really work as long as you really have a brother and you really have a watch to bequeath to him, if you don't have a watch, then it is an infelicitous speech act. And it has to be for a legal will, it has to be signed at the presence of witness and so on to make it work, as actually ending up with your brother getting your watch. That's one of the first examples he gave. So in my Victorian novels, which is the field that I am supposed to write something about. The force of the speech acts, they are really of, I may say, there are two different kinds. There are lots of wills, novels often has to do with the transfer of properties, who is going to heir the property. And the other thing they have to do with is cultural belongings. It is certainly a major example of performative. It's not so much a proposal of marriage as the acceptance from the woman says I will, I will marry you. That's a very powerful speech act, because which leads to the establishment of a new family, children, and changes, and loss of heritage. That is why Victorian novels were so fascinated by that question, because unmarried woman in that culture was unpredictable. You know when she was going to marry, she would always make changes in the distribution of property and rank. So many Victorian novels have to do with either a woman who is high rank, who marries somebody of lower rank against everybody's suggestion or the reverse. Somebody male who is high rank, who falls in love with a commoner and marries her, that is shortly true. What's happening in Victoria period was a kind of gradual diminishment of class distinctions. This happens much more than anything, through marriages to cross class lines. It is very hard to explain this to American students. It is not because the United States is not a class society. It is, but the class doesn't work quite in the same way. We don't have the aristocracy. So try to explain why can't work so and so, marry a farmer's daughter, what is the problem, they will say. In the United States, this is not a problem. But in that culture, it really was a problem. So it is a very different culture, just as, let's say, take a great novel like Henry James's *Golden Bowl*, which all turns out to be the fact that the Italian prince who has a high rank, but he hasn't money and he is in love with Charlotte, who also doesn't have any money. And they are really in love, but they can't marry, because in that culture, you couldn't marry without money. Because the idea, the prince will go out, get a job and work for a living was impossible. He could marry somebody who had money or inherited money like Maggie, let's say, the heroine of that novel. But he could not marry somebody out of money. And when you try to explain that to American students, American students would say I didn't see the problems. Of course they can marry and they can both go out and get a job and work somewhere. I explained that no, in that culture, you couldn't do that, and it is the presupposition of James' novel, the novel doesn't make any sense without that assumption, the prince and Charlotte can do the obvious thing, and that is marry, and he can't do the obvious thing which is to work for a living. That is weird.

In this country, so everyone has responsibilities, not at this point so much as the unemployment changes things a little. But I remember my own case. When I married quiet young, when I was still at graduate school, and you could say, boy, that was responsible. It never occurred to me, that I would have got any problem, getting a job, and being able to support a family. That was just taken for granted that I would get a PhD and I would get a job. The only difference was that I was already what we called frequently in the United States in these days "going with". We both went Oberlin. We were students there together. "Going with somebody" meant going to the movies with him, drinking Coco-Cola because there was no alcohol allowed. We were all very innocent. But we did have a long conversation when I was changing from physics major to English major. I would say, "Dorothy, this really involves poverty. Are you willing to live in a cottage with me? [It's] very small and common?" Then Dorothy said, "Yes, I am." She was to be sure a tremendous help then encouraging me to do what I want to do. It hasn't turned out that way, the cottage, I mean. It appeared being a physics major even in those days is more certain a career to have a good income than being an English teacher. So I don't know how Dorothy worked out. I worked out having her as a wife. So that's the answer to that [question].

Wang: There are some specialists who have engaged themselves in the studies of speech act theory in literature in the States. Mr. Miller, you are the most eminent scholar in this academic field. What is your comment on the significance of the studies of speech act theory in literature?

Miller: As you know, in my opinion and in that of a lot of other people, the propagation of speech act theory by literature theory in the United States was a big event. One of my heroes is still Austin, I think, Austin's *How to Do Things with Words* is a marvelous book, very witty, very funny and very wise. It is a funny book. He must be a strange person. I know my old college and friend at Yale Paul de Man was at Harvard at the time that Austin gave those [lectures]. *How to Do Things with Words* was a series of lectures at Harvard. De Man said that, he, Austin was known as a very strange Englishman who was giving a collection of completely and very incomprehensible lectures. So a lot of people didn't know what he was talking about. But there was an interesting

257

confluence at the Harvard at that moment. My PhD was at Harvard at 1952. So I was gone. I missed Austin because those lectures were given at 1954. Paul de Man was also at Harvard, but later on. But he was a junior fellow there which was a special kind of privilege that you can have three years to do your own work. But the year that Austin gave the lectures, he was not there. He was at Ireland studying Yeats. So he never met him, even though speech act theory is very important for Paul de Man, as you know, and the other person was also there for years, but I think not the same year with Derrida. Derrida also spent years at Harvard. So, all of us, all those four people were there, but never quite at the same time. So I didn't meet either Derrida or de Man until later, because I was gone by the time they came just a year or two later. And all of them were at Harvard. Say, Harvard is the Beida of the United States. I hope speech act theory gets widely used in China. It is absolutely original, spectacularly power-ful idea. There are certain uses of words which don't name something, but make something happen.

I think it was a revolution, because it gives you much higher power to rec-ognize the way language actually works, because traditional Western linguistics would assume that the primary function of languages to be referential, and that you would make distinction between true and false sense, and that would make more complicated by a lot of very important work, on figurative language, irony and that kind of thing. Nevertheless, this idea of language is performative, as actually doing something, was not saying it like Western theory. Like every-thing in the Western intellectual tradition, you could argue that Aristotle, for example, that the thing in Aristotle's *Rhetoric* which anticipates speech act the-ory even though he didn't really use Austin's terminology. The term performa-tive is an invention of Austin, but you can say Aristotle's *Rhetoric* distinguish between forensic and legislative and epideictic use of language, all three of those, now we could say, have a performative aspect. Legislative language, passes laws, infects somebody say I declare, it isn't a law, it is performative. It doesn't name something, but makes something happen. Epideictic which is praise-and-blame use of poetry, *My love is like a red red rose*, pretty poetry that praises the beauty of woman, would be a silly example that also has performative aspect because the way by saying the woman is beautiful is in a sense which you make her beautiful. I declare this woman that I love so much is really beautiful. That's performative. Aristotle did not quite say that. And the forensic, is one of Austin's big examples. He keeps going back to law and order. He says one of his examples is to legal terminology. It talks about lawyers. So he recognizes that the legal language which would be the forensic. It is full of performatives. For example once a judge says I sentence you, that doesn't name something. It makes something happen. It is performative. So Aristotle would like, Aristotle was a very wise man. But he didn't have Austin's terminology. Austin mentions as one of his predecessors, only Immanuel Kant, he mentions briefly at one point. But he doesn't mention Aristotle so far as I remembered. Not I think because he is hiding it, but because as he says in *How to Do Things with Words*, he has some difficulty deciding what word to use. So the performative was not a word, when I use computer and when I type the word performative, so it doesn't recognize it as a word. It underlines it red. It is not the computer's dictionary. It is a non-word.

Wang: It is said that the publication of Richard Ohmann's "Speech acts and definition of literature" in 1971 marked the first attempt to put the speech act theory into the discussion of literary theory. And in the past 40 years, the study of literary speech act theory underwent three stages in its development: the period of the 1970s, during which eminent researchers include Searle, Barbara Smith, Martin Steinmann; the period from the end of the 1970s to the middle of the 1980s, during which the famous scholars are Fish and Pratt; and the period from the middle 1980s to now, during which the famous scholars are Derrida, de Man, Shoshana Felman, Hillis Miller. What's your comment on this division of the development of literary speech act theory? In your opinion how is the third period distinguished from the other two?

Miller: I suppose that is a good enough rough division into "stages," but each one of these scholars, even those said to be in the same "stage," differs from all the others, Searle from Smith, Fish from Pratt, me from de Man, Derrida, and Felman, etc. I think it might be best to concentrate on what is distinctive about the speech act theory of each rather than attempting to categorize in stages, however tempting that might be. And all of these scholars need to be measured by their relation to Austin's *How to Do Things With Words*. I think it is to some degree true that all those in your third stage saw speech acts as quite complex and problematic, though each did so in a different way, but so did Austin, as I tried to show in Speech Acts in Literature. I also strongly believe that if we are talking about "literary speech act theory" the actual results in talking about works is what counts, i. e. de Man's reading of Rousseau in "Promises (Social Contract)," or Derrida's reading of Celan in Schibboleth: For Paul Celan. Literary theory is valuable only insofar as it leads (performatively!) to good readings of literary works.

Wang: Does "the author's act of writing" include his or her conceiving? If it does, how should we understand this conceiving act as a conduct? In addition, can we take "the speech acts" uttered by "the narrators and characters in a work of fiction" as a particular type of speech act, because these "speech acts" are different from the speech acts in our actual everyday communications in that these narrators and characters in the work of fiction are doing things with words just as what the writer has made them to do?

Miller: I don't think so. A speech act is a public use of words to do something, to make something happen. "Conceiving," if I understand what you mean by that word, is a private set of thoughts that, as private, can have no speech act function. I can think privately all sorts of things, but they have no function as "conduct" until they are somehow expressed in language in the outside world and received by other people, made public. Yes, they are certainly different in that way, that is, the author invented what they say. But perhaps the most important difference is that speech acts by narrators and characters are spoken in an imaginary world. Their interest is in the way they provide models or paradigms of the way speech acts might function in the "real world". It is only in the imaginary world of James's *The Wings of the Dove* that Kate Croy's promise to Densher ("I engage myself to you for ever.") , and her subsequent breaking of that promise, have performative force. However, as James cogently argues, our reading of the novel, with full awareness that it is a fiction, can do something to us as readers, give us a better idea of how speech acts in everyday life work and even persuade us to act differently in our "actual everyday communications".

Wang: May I know your opinion about the relationship between unconsciousness, intention and performative speech?

Miller: I don't think Derrida meant to identify intention and the unconscious, since intention, for Austin and for scholarly thought in general, means conscious decision to do something or other, as in "I intend to answer your questions as best I can. " Derrida's point is that Austin (and Searle) don't allow for the psychoanalytic (Freudian) notion of unconscious desire to do something, and taking that into account would complicate what Austin says quite a bit. But the Freudian unconscious is not at all the same as Derrida's wholly other. That whole section in Derrida on "intention" is quite difficult. I have tried to explain it as best I can, but you need to read and reread it and do

261

the best you can in your turn. The whole issue is made more difficult by the difference between the English meaning of "intention" and the Husserlian, phenomenological, meaning of intentionality, as the general orientation toward meaning of a set of words. It's also complicated by the way Austin wavered, as I say in my reading of him, between saying a "felicitous" performative requires that the speaker of it must intend to make a promise, a bet, or whatever, and saying that it doesn't matter what I "intend." If I say the words, "I promise so and so" those words have force regardless of my intention. See Austin's eloquent paragraph on "welshers on bets," etc.

Wang: On page 153, *Speech Acts in Literature*, you've stated that "as de Man makes clear on the next page, narrative is performative while theory is constative." Does that mean that de Man agrees with the division of performative and constative?

Miller: I certainly agree with that division. A performative utterance is a way of doing something with words. It is not true or false, but felicitous or infelicitous, that it, it works or it doesn't. A constative statement asserts something about the real world. It is either true or false. Theory, as its etymological connection to "clear-seeing" suggests, is supposed to be committed to truth-telling. It is either right or wrong. Narrative is like history-writing, a putting together of supposed facts to make them tell a story. That "putting together" is performative, since the facts don't intrinsically have that ordering, performative for example in the political world, where a certain narrative of past events might lead me to vote in one way or another. As my p. 153 attempts to make clear, however, "Any text ⋯⋯ is both constative and performative through and through." A history claims to be a constative report of the way things really happened, while at the same time always having a performative dimension by being a "putting together to make a story" and leading me to believe and act in one way or another.

Wang:May I share your opinion about felicitous speech acts and infelicitous ones? What's your opinion about the relationship between ideological apparatuses and context or convention? Do you use felicitous and efficacious in the same sense?

Miller: Yes,"felicitous" and "efficacious" mean more or less the same thing,that is,both are adjectives modifying "speech act" and indicating that the speech act works,does something with words,though Austin's irony is lost in my word "efficacious. " "Felicitous" is J. L. Austin's word for speech acts that work,that are efficacious,that succeed in doing something with words. Since it is his word,I sometimes put it in quotation marks to indicate that it is a citation. The word is an ironic joke by Austin,since "felicitous" means "happy" and it is ironic,for example,to call the judge's words in a courtroom,in the proper circumstances,"I sentence you to six months at hard labor," a "felicitous" speech act. It is hardly "happy" for the defendant to receive such a sentence. Nevertheless,Austin would call it felicitous,since it beings about what it says,so that the defendant is now sentenced to six months at hard labor.

That the judge,or any other utterer of a performative,a speech act,must be the right person in the right circumstances,is essential to Austin's theory of speech acts. An infelicitous speech act,for him,would be one spoken by the wrong person in the wrong circumstances at the wrong time. Austin's example is of an unauthorized person who stands by a great new British warship and says,"I christen thee the Joseph Stalin. " Austin says the ship would not be named "The Joseph Stalin" (wrong person, wrong circumstances) and it would therefore be an infelicitous speech act. My book (*Speech Acts in Literature*),both expounds Austin's theory and,in discussions of speech act theory in de Man and Derrida, complicates it, for example by agreeing with Derrida that "the context can never be saturated," that is, that you can never be sure that it is the right person speaking at the right time in the right circumstances. Austin's book already recognized that.

One form of that complication I discuss is the way "felicitous" speech acts are contaminated by infelicitous ones, parasitic on them, that is, drawing support from them, as a parasite depends on its host. For example ordinary speech acts are contaminated by literature, as in Austin's many uses of literary allusions in his examples of supposedly felicitous speech acts.

"Ideology," I have learned from talks I have given over the years in China, has a somewhat different (and I gather more positive) connotation in China from what it has in the West. For us Westerners, following Althusser (a French Marxist) and Marx himself in The German Ideology, ideology names a mistaken belief that is not recognized to be mistaken and therefore may be acted on foolishly, often with disastrous consequences. An example would be the belief by many in the Republican Party in the United States these days that cutting even further the taxes of the rich and of corporations and at the same time cutting government spending for Social Security, health care, education, and climate change mitigation will create millions of new jobs for the unemployed and underemployed (25 or 30 million unemployed or underemployed in the US at this point). This disastrously fallacious, fatuous assumption, sometimes called the "trickle down" theory, has been proved wrong over and over. Nevertheless, countries in the Euro-zone are throwing themselves over the cliff, bankrupting themselves, destroying their economies, by acting on these ideological mistakes, and even President Obama in the United States is going along with the demands of the Republicans that he act on these illusions.

Ideology differs from context or convention in more overtly involving dangerous mistaken beliefs. "Context" names the whole social surroundings and "convention" names the ordinary way people act and judge, many of which are not, strictly speaking, ideological illusions, for example the now old-fashioned convention that women should wear skirts and men trousers. Ideological sexist assumptions certainly lie behind this convention, but the convention and the ideology are not the same thing, though they are certainly closely related.

Wang: On page 187, *Speech Acts in Literature*, you wrote: "A wish must be 'expressed', turned into a speech act, if it is to be efficacious, just as an e-motion or passion does not make anything happen until it is externalized in sign of some sort." In your opinion, what is the relationship among intention, wish, emotion and passion?

Miller: My assertion was fairly simple and obvious. If my wish, emotion, or passion remains completely secret, not uttered or expressed outwardly in any way, not even by a minimal gesture or eyeblink, it does not change anything but the way the person feels. The four words you list are used in different ways in English, though there is some overlapping. As you know, the meaning of a word is its uses. "Intention" can name a secret decision, one not shared with anyone, or it may be expressed. You say to yourself, silently, "I really do in-tend to take that book back to the library," or you might say to your friend, "I intend to be there at 3 o'clock Tuesday." A "wish" is, obviously, a desire that something or other will happen, as in "I wish Susan would answer my email. My point was that a silent wish cannot be a "felicitous" speech act, since no one, Susan included, is a mind-reader and can see what I am wishing unless I express it in some way. "Emotion" names the whole range of feelings: hate, love, happiness, exasperation, anger, and so on, a long list, My point was that unless I express my emotion in words or other signs it remains hidden and therefore does not have any effect on the world. If "emotion" is one of the broadest and most general words for feelings, "passion" has today a suggestion

of strong feelings. One is "passionately" in love, or has a "passion" for water
—skiiing, or for reading George Eliot's novels. These are not just emotions, but
really strong emotions, perhaps overmastering ones. The word "passion," how-
ever, still retains its older overtone of "suffering," as when we still speak of
Christ's "Passion" on the Cross. You do not choose a passion. It is something
that happens to you, that takes you over, as in the global passion in many peo-
ple, these days, have for computer games or for Facebook. Like wishes or emo-
tions, however, passions must be expressed outwardly to have effects in the
world. I may passionately love someone, but that will change matters only if I
get my courage up and express my love in one way or another. It need not be in
words. A gift of flowers or candy to my beloved can be a kind of speech act, as
in Austin's example of the judge who condemns a man to execution not through
words but by putting on a black cap.

Wang: I am interested in your forthcoming books: *The Conflagration of
Community*: *Fiction before and after Auschwitz* and *The Future of Theory*, *De
Man and Benjamin*. Would you mind giving me some information about the two
books? And how did you read the fiction before and after Auschwitz?

Miller: There're three books coming out, no less than three. There are
different stages. One of them, none of them have much to do with speech acts,
one of them is called *The Conflagration of Community*: *Fiction before and after
Auschwitz*. It is a book not absolutely but to some degree about holocaust fic-
tion. It has three chapters on Kafka, Kafka's novels; then a section on some
holocaust novels, with a specially long discussion of a novel by a Hungarian
novelist named Kertesz, Imre Kertesz, he won the Nobel Prize especially for a
book called *Fatelessness* which is holocaust novel; and then there is a chapter
on Tony Morrison's *Beloved*. So what I am interested in, the only thing of all in
the American history, it is all close to the role of holocaust in Germany or Ger-

266

man speaking Europe, would be slavery in the United States. So our understanding of slavery helps a little. They are not the same, an awful lot of black people died here from lynching and so on. But that wasn't the liberal attempt. Generally, say, nevertheless, slavery is our historical burden. So it seems to me reasonable. And Kafka, Kafka's novel can be read as an extraordinary kind of anticipation of a holocaust, since he was a Jewish writer. Especially, a wonderful novel is usually called *Amerika*, A, M, E, R, I, K, A. But that was not its name for it. It really called *The Man That Disappeared*. In German die verschwinden, the disappeared one, which has a sinister meaning nowadays, because "disappeared" is a word that was used as a Spanish version for people of Argentina or Uruguay during the bad times there. It is still be used in a sense as some people who have been picked up by the police, disappeared and never heard. They disappeared, so the disappeared one, die verschwinden , so that is one book.

The second book is very different, a second book which is a book about George, two novels by George Eliot which is *Adam Bede* and *Middlemarch*. To some degree, [it's] rewriting a collection, part of that is about *Middlemarch* that I published over the years. It does have some speech act stuff in it, but I think it is going to be called rhetorical reading or something like that, just an attempt to read those novels with some theoretical background. And that I'm sorry I haven't got the contract that it would be published. The first one is essentially done. It is in press. It comes from the University of Chicago in the August 1, I've done the index and I went over the proof. After all those hateful [work], you will hate the book and you don't want ever to see it again. The other one will be 2012, the Eliot one. That's quite short, obviously. The Conflagration Community one is quite a long book, a big book, with 300 pages or something like that.

And the third book is a collaborative book written with two friends and colleagues, one of them is a student of mine, Tom Collen, who often goes to China by the way; and the other collaborator of the book is also going to be in both Nanjing and Yangzhou this summer in June. I am to be getting to get some lectures. We are going to both of these universities. One of the forums is about this book. This book is called theory and disappearing future. It is a little hard to describe, but one of the things it is about is the essay by Paul de Man about Walter Benjamin, text and translator. My essay is really that will be given at the seminar here, that is the second seminar. I'll use part of that long essay. That book is essentially finished. It is about to go to production. It will be published by Routledge in England. This university, actually, they don't have it yet, de Man, let's say, the text and translator he gave at Cornell University, and never wrote down and published. And I happened to have a notebook that de man gave me that has the notes that he used. We are going to produce 11 pages of notes, and the transcription of those notes. So it is about Walter Benjamin, and is also about Paul de Man, and about what is the use of theory maybe about today, etc. But I can speak for my two colleagues at Cornell. So that is all three books. They will all be out next year, within the next year. The first one this summer. The other two probably a year from now, both of them. If you give me your address, I will be glad to send you copies of these books.

Wang: Now you are still working very hard. So many scholars are expecting your new works. What could be the fourth period of your research work?

Miller: If I knew, I will tell you. I think there is a sort of answer. It exposed in those three books also and the seminar that I am going to be giving. I become anxious about the future of literature studies that I have given my whole life to. Especially here in the United States. So I think a lot about why this has happened. Why there is less interests in literature and how literary study might be somehow maintained. How you go about justifying it. That is the subjects to these seminars, because there has been a big change. In United States, in 1970, 8 percent of American undergraduate students majored in English. That is not a huge mount, but it is almost one of ten. Now that number is down to 4 percent. Only half as many people major may take courses. And as you know, if you know anything about it, many departments of English in the United States are not really the departments of English anymore. They don't teach traditional English literature, they teach cultural studies or film or something else. I am not against this. I just want to understand it. Why this is happening. And what individual role there might be for studying literature. It is also a serious question. What should universities and colleges do in this rapid change? Some of them are today were started out with some reflection about that. So the answer is that would probably be the fourth period. That is sort of, let's say, political reflection. It is present in moderate in other all those three books, less probably in the Eliot one. It is still there. And many people in the United States are asking this question, why literature. I think whatever anybody says, literature plays much smaller and smaller social role in the United States in forming. My comparison would be the Victorian period; middle class people at any way read novels partly because they were enjoyable. They were distributed publish and parts so on and so. It's a whole material culture thing behind that. But it is really reading novels that they learn how to behave in culture of the marriage. They learn part of the ethical. In other words, they learn the ideology of the middle class came from novels. That I think it is the one of the case. You couldn't really say that reading literature is what forms the e-source of an American citizen. What does form it? Television, film and all those other media, facebook, twitter. Whatever people say about how you can read Shakespeare and at the same time playing computer games; that is the other thing. I had my wife to look over. I think I become a specialist in computer games, because they have enormously influence on the way people thinking. Well, it is always commercialized, to some degree more so than it used to be. But books store still cost all that much. They cost very little on Kindle, which is another big question if you say, the meaning of the Victoria novels intended to some degree is a kind of paper, the banding, all that material culture stuffing. What's the difference it would make, if you read a book on Kindle or you read it in a digitalized form. I am sure it makes serious difference. But it is very hard to put your figure on what the difference it is. It is the same words. But, well, I know part of the answer. I make a lot use of the digitalized literature; because almost anything you want is available in digitalized form, George Eliot's novels, for example. I don't have to read those on a book. I am also fascinated to find that it is difficult for me read books on a computer screen. It is hard. Nevertheless, there is one thing that I do use digitalized books for. That is their searchable. And the search possibility really does change the relationship. I am writing about and teaching a novel and I got interested in a certain word. I used to be, if you have to try to remember, how many times and where this word was used. Now you can go online, input that word, and it will give you all the places was used. Even if you are a depth reader, and pay attention to those, you might miss one. Now, you can be sure. Then I give you an example of that, which is Henry James' *The Wings of the Dove*, When Densher, the hero is introduced to Lord Mark, Who is a , and Densher is a journalist. So it is a class thing you get. Lord Mark when he is introduced by Kate, who is the woman that Densher loves, and Lord Mark too, so it is triangle. So what Mark doesn't say, as we talk, just say "I am pleased to meet you, how do you do". He just says "oh" and then there is a whole paragraph in which James in the indirect discourse or free indirect discourse, which really what it is, I don't know. Gets you inside Densher's line. Densher said to himself, wasn't the "oh" of an idiot. A lot of expensive education that go out into that "oh", etc. It is a whole paragraph. So you get interested in "oh". Then you discover if you trace the uses, which you can easily do is with the computer. The 7 or 8 crucial uses of the "oh". You discover among other things that Densher captures the habit of saying oh. And the famous and the very end of the novel, where Densher and Kate are separating forever, where Kate says that I will marry you in a minute, if you can say you are not in love with Milly's memory. Milly, he is pretended to make love to her. She then died. Because she had a lot of money, the idea was to get her money. They knew she would die, then Kate and Densher could marry. What happened is Densher, despite himself, so to force familiar, is in love with her memory. So Kate says that I will marry you in a minute, if you can say you are not in love with her memory. And he says "oh, her memory". So if you watch for those "oh" s, you pick them up and you say this is the last page of "oh", just this much language left. Then you can see that in a way the whole, all those "oh" s were preparation for this final collecting "oh". The signal is separation, permanent separation between them. It's very powerful, very moving. I would say, it is a speech act, "oh", very powerful, but it doesn't fit Austin's. It's usually been an example of speech act. It is clearly performative, but doesn't fit Austin's distinction. So you have to. And Austin is very smart. He allows for anonymous speech acts. So you can't just say, well, it must be a first person, Pronouns with an active verb, I promise, I bet or whatever. Austin's example typically is very funny and smart. He says you are standing with somebody on the edge of the field and you see this enormous bull and it is about to charge, the huge animal, and you don't say this would be a performative speech act, I warn you, I warn you that bull is about to charge, you just say "bull". It doesn't fit the para. Nevertheless it is performative. And the "oh", would be sort of like that, so it is also a good example of how useful speech act theory is, because it helps you to understand what is going on with that "oh". But the fact that it is available online means you can be sure that you haven't missed any "oh" s. That is really useful. But it changes my relationship to the book. Because now I know the existence of cyberspace, founding around out there somewhere in cyberspace, then I can do things with it, and, yes, I did, cut and paste, I could change the online version. It wouldn't stick, but I could deform it in some way. I can certainly. I don't have to copy out long passages. So I can abstract and put them in line. Let's say I can definitely make it longer, because copying out is boring. So it really does change the existence and it always all that time, the obvious tool for person, like me or like you. The fact is that you got this machine which is very different from holding a book. That is why I found it is so difficult. It is sort of stuck there. So that is my forth period.

附录二:文学伦理视域下爱伦·坡短篇小说中的尊严议题

20 世纪 80 年代文学伦理批评再度活跃在学界,布斯、努斯鲍曼(Nussbaumer)、米勒等学者都不乏伦理批评的精彩文章。米勒在《文学伦理学》中论及伦理时刻的四个维度,其中一个重要的维度是作品中人物的伦理选择和行为。爱伦·坡短篇小说中人物的伦理选择提供了很多值得思考的伦理议题,其中便有对尊严冲突的讨论。本文主要以爱伦·坡的《一桶蒙特亚白葡萄酒》(*The Cask of Amontilado*)、《跳蛙》(*Hop-Frog*)《你就是那个人》(*Thou art the Man*)等短篇小说为例,从分析尊严冲突的起因和解决方式来探讨爱伦·坡尊严观的现实意义与启示。

一、尊严冲突的起因

在爱伦·坡的短篇小说中,尊严,具有举足轻重的作用。尊严受到侮辱可以使人有勇气反抗撒旦,也可以使人行凶杀人。例如《一桶蒙特亚白葡萄酒》开篇便是"对福尔图纳托加于我的无数次伤害,我过去一直都尽可能地一忍了之;可当那次他斗胆侮辱了我,我就立下了以牙还牙的誓言。"①爱伦·坡在这篇小说中主要讲述了蒙特雷索如何谋杀福尔图纳托的故事,而谋杀的动机便是感到自己尊严受到侮辱。

在这篇小说中,爱伦·坡没有具体交代福尔图纳托怎样的言行让蒙特雷索感觉受到侮辱,但他给我们两条线索:一是当福尔图纳托以古怪的

① Edgar Allan Poe, *Complete Stories and Poems of Edgar Allan Poe*, New York: Double-day, 1984, p. 191.

手势扔喝光的酒瓶,蒙特雷索表示不理解时,福尔图纳托说蒙特雷索"那你就不是哥们";可当蒙特雷索说自己是兄弟会成员时,又说"你? 不可能!"二是当蒙特雷索再次提到卢切西时,福尔图纳托打断蒙特雷索的话,说卢切西是笨蛋。由此我们可以推测也许是福尔图纳托本人所处的优越的地位以及对自己能力超越他人的自信曾经让敏感的蒙特雷索产生了被瞧不起的感觉。

与此相比,爱伦·坡的其他一些短篇小说明确交代了怎样的言行会让人感到尊严受到侮辱。例如在《德洛梅勒特公爵》(*The Duc De L'ome-lette*)中,当众魔之王撒旦命令公爵脱去身上的衣服时,公爵说"我不会忍气吞声地忍受侮辱! ——阁下! 我一有机会就将报仇雪耻!"①并拿起剑要与撒旦较量剑术。公爵之所以感到尊严受到侮辱是因为他觉得撒旦侮辱了其人格。

《故弄玄虚》(*Mystification*)中,在冯·荣格男爵举办的酒宴上,当男爵发表完关于决斗礼仪的见解,郝尔曼详细阐述反对的理由及男爵答辩后,郝尔曼说"尽管你的见解基本正确,但其中许多要点有损你的名誉,也使你身在其中的学校蒙受耻辱。它们在好些方面甚至不值一驳。阁下,如果这不算冒犯的话,那我还想说,阁下,你那些见解让人很难相信出自一位绅士之口。"②男爵认为郝尔曼说其见解不是出自绅士之口是直接的冒犯,是对其名誉的侮辱。

在《你就是那个人》中,古德费洛费尽心思并不惜杀害自己的"知心朋友"来陷害其侄子彭尼费瑟尔先生,主要原因是彭尼费瑟尔先生当着他人的面将其打倒在地。这种举动不仅让其身体权受到伤害,而且也使其当众出丑,影响了个人形象;所以古德费洛被打倒时情不自禁地嘀咕说"君子报仇,十年不晚"③。

而在《跳蛙》中,我们看到,作为小丑的跳蛙和特里佩塔在宫廷中受

---

① Edgar Allan Poe, *Complete Stories and Poems of Edgar Allan Poe*, p. 433.
② Edgar Allan Poe, *Complete Stories and Poems of Edgar Allan Poe*, p. 338.
③ Edgar Allan Poe, *Complete Stories and Poems of Edgar Allan Poe*, p. 228.

到国王和七位大臣多种类型的侮辱。首先，"跳蛙"这个外号本身就是对人的一种侮辱。跳蛙和特里佩塔因为矮小被常胜将军从他们的家乡强行掠来，献给国王作为礼物。国王常拿他们的矮加以取笑，并从跳蛙因为双腿畸形而不得不一半跳和一半扭的步态获得乐趣。其次，国王喜欢违背跳蛙的意愿，强迫其喝酒，使其当众出丑。例如在跳蛙生日那天，国王先以"为你家乡故友的健康"为名强迫跳蛙喝酒，且美其名曰"快活快活"①；当跳蛙不情愿地喝下一杯酒后，不顾跳蛙的叹气和已经夺眶而出的辛酸的泪水，命令和威胁跳蛙继续喝酒。再次，当特里佩塔为跳蛙跪下求情时，国王不仅猛地推开特里佩塔而且还将整杯酒泼到特里佩塔脸上。所以跳蛙在复仇成功后明确地说他报复的原因是国王毫无顾虑地打柔弱的女子，而七位大臣也煽动国王做此凌弱之事。

通过上述分析可知，爱伦·坡短篇小说中涉及到的侵犯尊严的行为包括四种类型：因阶级、种族、残疾等身份被歧视；身体伤害；精神以及名誉羞辱；被漠视，不被尊重、认同与理解。

二、尊严冲突的解决方式

爱伦·坡为我们提供了尊严受到侮辱的种种例证，也为我们提供了解决尊严冲突的种种方式，例如解释、斗智与谋杀。第一种为解释，即给对方解释和表达观点的机会，并聆听对方的观点。在《被用光的人》(*The Man That Was Used Up*)中，"我"认为西尼维特先生不直接回答史密斯准将是什么人，而是说"也不是一个月亮上的人"是明显的侮辱；对此"我"采取的行动是愤然离去，并要求对方对无礼行为加以解释。在《故弄玄虚》中，郝尔曼认为冯·荣格男爵砸自己在镜中的影像是一种侮辱，对此，他写信要求男爵对此事先作出解释，如果男爵拒绝解释则将以决斗来解决。最终男爵引经据典地解释说服了郝尔曼，两人友好和解。

---

① Edgar Allan Poe, *Complete Stories and Poems of Edgar Allan Poe*, p.285.

第二种为斗智,即在法律允许的范围内,运用自己的智慧来使对方承担罪责。在《被窃之信》(*The Purloined Letter*)中,D 大臣曾在维也纳做过有损于迪潘尊严的事,迪潘当时并没有采取任何行动,而只是平静地说自己不会忘记。所以当 D 大臣偷窃了一封重要的信,而警察局长 G 先生向其征求意见时,迪潘巧妙地用自己仿制的信换出了 D 大臣偷窃的那封信,而且在仿制的信上写下"如此歹毒之计,若比不过阿特柔斯,也配得上堤厄斯忒斯"①。迪潘如此做不仅导致 D 大臣在政治上彻底灭亡,而且也击败了 D 大臣一贯自信的博学多才。

第三种则为谋杀,即以多种方式使侮辱自己的人失去生命。谋杀作为最极端和激进的报复方式,却在爱伦·坡的小说中出现的频率最高。在《你就是那个人》中,古德费洛为了报复彭尼费瑟尔先生,先是杀害了他的叔叔沙特尔沃思先生,接着说服众人随着他一起寻找失踪的沙特尔沃斯先生。正是因为他的引导和提供的证据,以及他利用一切机会强调彭尼瑟尔是富有的沙特尔沃斯的继承人使陪审团宣布彭尼费瑟尔犯有"一级谋杀罪",该判死刑。在《跳蛙》中,跳蛙首先使国王与七个大臣愿意在舞会上穿裹着麻且浸透柏油的紧身衣裤装扮猩猩并彼此用铁链拴在一起。接着跳蛙在舞会上成功地将他们吊在灯链上,并使灯链离地三十多英尺,之后用火把点燃国王身上裹的麻,将他们活活烧死。在《一桶蒙特亚白葡萄酒》中,蒙特雷索德利用福尔图纳托自认是品酒行家的弱点,恭维福尔图纳托,并用激将法,使其不顾自身的健康也要去蒙特雷索的地窖帮忙鉴赏蒙特雷索买到的是否是正宗的蒙特亚白葡萄酒。借此,蒙特雷索德将福尔图纳托锁在花岗石墙上后,用石块和灰泥将其活活封死在地窖石壁的凹洞中。

通过以上作品,可以归纳出以下四点,即:一,在某种程度上受侮辱的程度与报复的程度相关,例如跳蛙及同伴长年累月受到国王和大臣的各种侮辱,所以才不再忍耐,而将国王与大臣烧死。二,采取极端杀人方式

---

① Edgar Allan Poe, *Complete Stories and Poems of Edgar Allan Poe*, p. 138.

作为报复手段的人，往往要么处于社会的底层，要么是失势的人；像蒙特雷索的家族曾是有徽章的大家族，而他也曾受人敬慕和爱戴，可如今他只有在自己家的地窖中，在福尔图纳托醉酒的情况下才敢斗胆拉着福尔图纳托的胳膊。而古德费洛自己连一美元都没有，每天都去沙特尔沃思先生家蹭早餐和晚饭。跳蛙则是穿花衣服、带铃铛、专被取乐的小丑。三，以谋杀作为报复手段的人，最终也多选择以坦白来摆脱内心承受的煎熬，像古德费洛便在坦白自己的罪行后倒下死去，而蒙特雷索也于五十年后坦白了自己的罪行，并希望死者可以安息。四，尊严对于每个人，无论其身份、地位、种族、国别和所处的时代，都同样重要。被从所谓"蛮荒之地"掠来的跳蛙大致处于 1747—1848 年；古德费罗生活在 19 世纪某个说英语的国家；出自匈牙利的荣格男爵的故事发生在 19 世纪的德国；德洛梅勒特公爵的故事发生在法国。

三、爱伦·坡尊严观的启示：反思"漠视"与 重思"理性"

爱伦·坡小说中精巧的设计让小说情节跌宕起伏、引人入胜。在矛盾冲突的起因中，漠视也是一个重要因素：社会地位、财富或情感上优越的一方不加思考的、傲慢的漠视会导致劣势一方在受压抑、被压制、不对等的情况下对优势方愤恨与恼怒。在这种意义上，爱伦·坡的著作让我们重新反思"漠视"的伦理价值、社会价值。

提及尊严冲突，通常让人想到行为上的打耳光、下跪和语言上的各种辱骂，而很少会想到漠视。在《被用光的人》中，爱伦·坡塑造的"我"很好奇为什么大家都称史密斯准将为"约翰 A. B. C. 史密斯"。小说中的"我"五次想了解史密斯准将的情况，可都没能如愿。当"我"向好友咨询史密斯的情况时，也仅是被回答他"也不是一个月亮上的人"[1]。正是这

---

① Edgar Allan Poe, *Complete Stories and Poems of Edgar Allan Poe*, p. 355.

样的回答让"我"感到是"明显而纯粹的侮辱",所以要求我的好友就其非绅士的无礼行为做出解释。"我"之所以感觉受到侮辱是因为我的问题被漠视,没有得到恰当的反馈。

唐娜·希克斯(Donna Hicks)2013年出版的《尊严》(*Dignity*)一书明确将漠视纳入考量的范围。在《了解》一章,唐娜以自己为例,讲述了在一次会议上,主持人组织对每个发言人的发言进行讨论,却唯独跳过了她的问题。唐娜说她当时不知所措,觉得受到彻头彻尾的羞辱,哪怕其他人员在会议间歇期对没有讨论她的发言表示遗憾,她依然觉得自己尊严受到的伤害难以改变。随后唐娜又列举了她和她同事促进巴以对话期间的一个例子。在此对话中,一位发言人说出自己的看法,可是其他人若无其事地讨论,好像没有听到他说的话。当这位发言人再次找机会表达自己的意见后,还是没有人理会。几分钟后这位发言人便离开了会场,随后他对唐娜说:"这种对我们是谁之本质,以及我们究竟在想些什么缺乏根本尊重的状态,让我极为厌恶。"[1]唐娜在书中说当时她并没有把这当成是对尊严的侵犯,不过在经历了越来越多的这种情况后,唐娜意识到其实在政治谈判中把他人当成微不足道的人对待,也是对尊严的攻击,会极大阻碍人们探求和平的进程。[2]

结合马斯洛的需求层次理论也有助于我们反思"漠视"。马斯洛1943年在《心理学评论》上发表的论文《人类动机论》(*A Theory of Human Motivation*)将人的需求分为生理需求、安全需求、社交需求、尊重需求和自我实现需求[3]。其中尊重的需求又分为内部尊重和外部尊重。内部尊重指人自身是否有信心有胜任感和独立自主的感觉。外部尊重指一个人希望受到别人的尊重、信赖和好评。我们所说的"漠视"便是外部尊重不仅没有得到满足,反而受到损害。这种外部尊重的损害有时还会进而损

---

① 唐娜·希克斯:《尊严》,叶继英译,中国人民大学出版社,2016,第82页。

② 唐娜·希克斯:《尊严》,第83页。

③ A. H. Maslow, "A Theory of Human Motivation," *Psychological Review* 50, No. 4 (1943):370–396.

害内部尊重。当人无法得到外部尊重时,很可能产生的反应要么是对对方的愤怒,要么是对自己能力的怀疑,而这两种反应,无论哪种都无助于产生良好的社会效应。

爱伦·坡的短篇小说不仅显示了对"漠视"的关注,也引起我们对"理性"的重思。在《一桶蒙特亚白葡萄酒》等小说中,当人尊严受侮辱后并非当时便冲动地去杀人,而是缜密地设计出让对方失去生命的方式。毫无疑问,这是一种理性的设计和计算。随之而来的思考是:如何才能避免使理性成为作恶的工具?

意大利神学家、哲学家乔瓦尼·皮科·德拉·米兰多拉(Giovanni Pico della Mirandola,1463—1494)较早将理性与尊严结合起来思考。皮科写于1486年的演讲稿《论人的尊严》被誉为"文艺复兴的宣言"。皮科演讲稿的前两部分主要阐述人为什么有尊严以及如何获得尊严。皮科公开表明在世间万物中人最具尊严,是最值得赞叹的生灵。人之所以值得赞叹在于人具有自由意志,人可以根据自己的欲望和判断,自由选择决定,将自己塑造成任何形式。① 根据皮科所说的 "以对道德的知识抑制情感的冲动,以辩证法驱散理性的阴霾,就像洗去无知和邪恶的污浊,我们的灵魂就能得以净化,免得情感放肆冲撞或者理性在某一时刻轻率地偏离正轨。"② 以及"不要因为慵懒怠惰,无所事事而丧失灵魂借以度量、判断和考察万物的理性能力;相反,我们要勤勉地以辩证法的训练和规范不断指导并激发这种能力"③,可以看出皮科认为通过自然哲学与道德哲学的净化、辩证法的规范,凭借理性才能实现人的尊严的最佳状态。皮科关于理性与辩证法的观点受益于古希腊哲学,尤其是柏拉图的见解。

柏拉图将灵魂分为三部分,即理性、欲望与激情。理性部分负责思考和推理,欲望部分则是感觉例如爱、饿、渴等各种欲望。激情是我们借以

---

① 皮科·德拉·米兰多拉:《论人的尊严》,顾超一、樊虹谷译,北京大学出版社,2010,第 25 页。

② 皮科·德拉·米兰多拉:《论人的尊严》,第 42 页。

③ 皮科·德拉·米兰多拉:《论人的尊严》,第 65 页。

发怒的那部分①，像人会因为受到不公正的待遇而激动发怒，会为自己的欲望超过理智而骂自己，例如勒翁提俄斯，他有想看尸体的欲望，而他为自己有这种欲望而感到愤怒。柏拉图认为"激情如果没有被坏的教养方式所败坏的话则是理性的天然辅助者"。② 由于理性是智慧的，应该起领导作用，而如果理性失去了领导作用，则会受制于人的主导性欲望。柏拉图认为当爱好荣誉的统治者的儿子把爱财原则奉为神圣时"理性和激情会被迫折节为奴。理性只被允许计算和研究如何更多地赚钱，激情也只被允许崇尚和赞美财富和富人"。③ 因此柏拉图称能使欲望、激情服从理性的领导，三者和谐相处的才为节制的人。如何才能使理性在灵魂中居于主导地位，才能使理性、激情和欲望三者和谐一致呢？这便需要依靠辩证法或辩证思维。

柏拉图认为辩证法可以让人懂得在研究一句话的时候辨别不同的含义，而不是仅仅在字面上寻找矛盾处。例如关于具有不同禀赋的男女是否应该有不同的职业这个问题，柏拉图认为懂辩证法的人会去思考不同禀赋与同样禀赋是什么意思，对不同禀赋的人给予不同职业是什么意思，由此看到禀赋同异与行业同异相关联，最后得出具有同样本领的男性和女性可以从事同样的职业。辩证思维是要通过推理而达到每一事物的本质，并且理解善的本质。而善的本质在于引导灵魂的最善部分看见实在的最善部分。所以真正的"辩证法家"的目的是真理，由于其能够在事物的相互联系中认识事物，知道每一事物所应处的位置，由此便不会让欲望统治灵魂。

四、爱伦·坡尊严观的启示

从爱伦·坡短篇小说展示的不同时期、不同阶层以及不同修养的人

---

① 柏拉图：《理想国》，郭斌和、张竹明译，商务印书馆，1986，第 165 页。
② 柏拉图：《理想国》，第 167 页。
③ 柏拉图：《理想国》，第 326 页。

面对尊严冲突采取的不同方式可以了解，一部分尊严冲突可以用法律手段来解决，另一部分冲突则需要依靠个人修养来协调。而个人修养的提高则与教育密切相关。

爱伦·坡短篇小说既涉及立法也涉及司法公正。例如《跳蛙》《一桶白葡萄酒》和《你就是那个人》中的小人物之所以在尊严受侮辱时采取高强度报复行为的部分原因在于，在其所处的时代找不到合法的途径来抗议。由此可以看出，一个国家如果能够立法或制定相应政策保护弱势群体，使其免受排挤、受歧视，并能完全融入社会共同体中则可减少尊严冲突。《你就是那个人》让我们看到当时司法机构的无能，因为无论是警察还是法庭都听任古德费洛的引导，没有经过缜密的调查取证便宣判彭尼费瑟尔死刑。正是司法机构一贯无能才使古德费洛发现有可乘之机并大胆地行此恶行。如果司法机构一贯公正有效则不仅能使受侮辱者乐于通过正当的法律手段解决问题，而且也可以使作恶者在行恶事前和行恶事时有所忌惮。

避免尊严冲突不仅需要完善的法律以及司法公正，而且同样需要普法宣传。通过普法宣传使公民了解 1945 年《联合国宪章》的序言，1948 年《世界人权宣言》序言及第一条，1966 年《公民权利和政治权利国际公约》第 7 条，以及 1993 年世界人权大会通过的《维也纳宣言和行动纲领》序言，我国宪法第 38 条、民法 101 条和刑法 246 条等多则条款都致力于保护人的尊严，强调尊严是人的权利，是不分年龄与种族的。对于这些法律的了解既有利于公民运用法律手段维护自己的尊严，也可以减少损害他人尊严事件的发生。

爱伦·坡的小说向我们呈现了不同程度的侮辱。像《故弄玄虚》中男爵所受的侮辱以及《用光了的人》中"我"感觉到的侮辱程度较轻，因此他们采取了比较和缓的解决方式。在现实生活中，很多尊严侮辱的案例无论是就事件本身，还是社会影响上都没有达到可以定罪的程度。对于这类侮辱，可以有不需要诉诸刑法和民法的多种途径的解决方式。这虽可以包括有他人介入的调和方式，不过更主要的是依赖个人修养。那么如何广泛地提高公民的修养呢？这可以从教育方式以及教育内容两方面来看。

从教育方式上看，注重儿童教育。柏拉图对孩子教育的强调贯穿在《理想国》之中，例如在第二卷中说"开头最重要，幼小柔嫩阶段想塑成什么型式，就能塑成什么型式。"①柏拉图认为之所以早期教育重要是因为早年接受的见解不易更改；从小开始的连续模仿会成为习惯，成为第二天性，影响言行和思想；受恰当教育的人会自觉地反感丑恶，而且长大后会更欢迎美与善。对于教育的方式则是使儿童接受好的文艺教育，例如听优美高尚的故事，看优美与理智的建筑或艺术品；参加符合法律精神的游戏；用做游戏的方法学习；促进孩子从小模仿勇敢、节制、虔诚、自由的人；使学习的内容符合其年龄的接受能力。借鉴柏拉图的观点，我们可以使个人修养教育从幼儿园到高等教育中皆有所体现，而且以丰富的形式展开。

在教育方式中很重要的一方面是个体对自己的终身教育。柏拉图和孔子都认为教育是终身的，教育的目的在于自我完善。儒家的成人，并非年龄上的成人，而是成为具有仁、义、礼、智、信等美德的人。因此个人即使不在教育体制中，也应继续自我教育，自我教育的内容不仅包括知识，也包括道德修养的培养与美德的践行。

教育的内容可以从微观和宏观两方面来看。从微观上，无论我国古代还是西方都有众多与此直接相关的思想，例如"推己及人""以直报怨"与"谨言慎行"。如果个人能换位思考，在说话做事前思考自己的言行可能带给他人的影响，以及自己是否愿意被这样对待，则可在很大程度上避免伤害他人尊严。当个人尊严受到伤害时，"以直报怨"为我们提供了可借鉴的解决方式。"以直报怨"并非"以怨报怨"，不是鼓励受侮辱的人以同等的方式回击，而是强调以类似旁观者的不偏不倚的态度看待问题，以公正合理的方式解决问题。《礼记·缁衣》："君子道人以言而禁人以行，

---

① 柏拉图:《理想国》,第71页。

故言必虑其所终,而行必稽其所敝,则民谨于言而慎于行。"①谨言慎行既可避免伤害他人尊严,也可避免不当的抗议行为。柏拉图在《理想国》的第一卷通过与珀勒马霍斯的讨论而明确地说任何形式的个人伤害都是不正确的,哪怕对方是你的敌人。柏拉图在《理想国》中将"节制"列为城邦四美德之一,其中既包括遵从法律,也包括"正确而有益"的行事。

从宏观上看,教育的内容可大致包括法律教育、哲学教育与艺术教育。在法律教育中除了上文所提到的法律条文教育还应包括尊严教育。唐娜·希克斯认为,很多造成尊严伤害的侵犯行为是因为我们没有受过有关尊严理念的教育,其中便包括每个人都拥有尊严,即使犯过错。哲学教育则既包括孔子、柏拉图、康德等学者著作的阅读也包括辩证法的训练。哲学教育不仅有助于培养我们的理性思维,也可促使我们不仅将注意力放在赚钱等可变世界上,而且关注我们的灵魂与善。提到艺术,不仅因为柏拉图和孔子重视,而且因为,即使普通的读者在欣赏好的艺术作品时,也能够体会到艺术带给人的和谐。

---

① 孙希旦撰,沈啸寰、王星贤点校:《礼记集解》,中华书局,1989,第 1324 页。

主要参考书目

一、英文部分

（一）德·曼论著

de Man, Paul. *Allegories of Reading*: *Figural Language in Rousseau, Nietzsche, Rilke, and Proust*. New Haven and London: Yale University Press, 1979.

de Man, Paul. *Blindness and Insight*: *Essays in the Rhetoric of Contemporary Criticism*. Minneapolis: University of Minnesota Press, 1983.

de Man, Paul. *The Rhetoric of Romanticism*. New York: Columbia University Press, 1984.

de Man, Paul. *Critical Writings* 1953–1978. Minneapolis: University of Minnesota Press, 1989.

de Man, Paul. *The Resistance to Theory*. London: University of Minnesota Press, 2002.

（二）哈特曼论著

Hartman, Geoffrey. *Beyond Formalism*: *Literary Essays 1958–1970*. New Haven and London: Yale University Press, 1970.

Hartman, Geoffrey. *Wordsworth's Poetry 1787—1814*. New Haven and London: Yale University Press, 1971.

Hartman, Geoffrey. *Criticism in The Wilderness: The Study of Literature Today*. New Haven and London: Yale University Press, 1980.

Hartman, Geoffrey. *Saving the Text: Literature/Derrida/Philosophy*. Maryland: The Johns Hopkins University Press, 1982.

Hartman, Geoffrey. *Easy Pieces*. New York: Columbia University Press, 1985.

Hartman, Geoffrey. *The Longest Shadow: In the Aftermath of the Holocaust*. Bloomington and Indianapolis: Indiana University Press, 1996.

Hartman, Geoffrey. *A Critic's Journey: Literary Reflections 1958−1998*. New Haven and London: Yale University Press, 1999.

Hartman, Geoffrey. *A Scholar's Tale: Intellectual Journey of a Displaced Child of Europe*. New York: Fordham University Press, 2007.

(三) 布鲁姆论著

Bloom, Harold. *The Anxiety of Influence: A Theory of Poetry*. New York: Oxford University Press, 1973.

Bloom, Harold. *Poetry and Repression: Revisionism from Blake to Stevens*. New Haven: Yale University Press, 1976.

Bloom, Harold. *Poets and Poems*. Chelsea: Chelsea House Publishers, 2005.

(四) 米勒论著

Miller, J. Hillis. *Charles Dickens: The World of His Novels*. Cambridge: Harvard University Press, 1958.

Miller, J. Hillis. *The Form of Victorian Fiction*. Cleveland: Arete Press of Case Western Reserve University, 1979.

Miller, J. Hillis. *Fiction and Repetition: Seven English Novels*. Cambridge: Harvard University Press, 1982.

Miller, J. Hillis. *The Ethics of Reading*. New York: Columbia University Press, 1987.

Miller, J. Hillis. *Versions of Pygmalion*. Cambridge: Harvard University Press, 1990.

Miller, J. Hillis. *Victorian Subjects*. Hertfordshire: Harvester Wheatsheaf, 1990.

Miller, J. Hillis. *Ariadne's Thread*. New Haven: Yale University Press, 1992.

Miller, J. Hillis. *Topographies*. Stanford: Stanford University Press, 1995.

Miller, J. Hillis. *Reading Narrative*. Oklahoma: Oklahoma University Press, 1998.

Miller, J. Hillis. *Speech Acts in Literature*. Stanford: Stanford University Press, 2001.

Miller, J. Hillis. *On Literature*. London: Routledge, 2002.

Miller, J. Hillis. *Literature as Conduct: Speech Acts in Henry James*. New York: Fordham University Press, 2005.

Miller, J. Hillis. *For Derrida*. New York: Fordham University Press, 2009.

Miller, J. Hillis. *The Medium Is the Maker: Browning, Freud, Derrida and the New Telepathic Ecotechnologies*. Brighton: Sussex Academic Press, 2009.

Miller, J. Hillis. *The Conflagration of Community: Fiction Before and After Auschwitz*. Chicago: The University of Chicago Press, 2011.

Miller, J. Hillis. *Reading for Our Time*. Edinburgh: Edinburgh University Press Ltd, 2012.

Miller, J. Hillis. *Thinking Literature across Continents*. Durham and London: Duke University Press, 2016.

(五) 其他英文著作

Blake, William. *The Complete Poetry and Prose of William Blake*. New York: AnchorBooks a division of Random House, Inc, 1988.

Brooks, Cleanth. *The Well Wrought Urn*. New York: Reynal &Hitchcock, 1947.

Cavell, Stanley. *The World Viewed*. Cambridge: Harvard University Press, 1979.

Derrida, Jacques. *Acts of Religion*. New York and London: Routledge, 2002.

Dickens, Charles. *Pickwick Papers*. New York: Dell Publishing Co. , Inc, 1964.

Gaskell, Elizabeth. *Cranford*. Oxford: Oxford University Press, 1998.

Giraudoux, Jean. *Duel of Angels*. Christopher Fry, trans. . London: Methuen &Co Ltd, 1958.

Hemingway, Ernest. *The Snows of Kilimanjaro and Other Stories*. New York: Scribner, 2002.

Imre, Kertész. *Fateless*. Tim Wilinson, trans. . London: Vintage Books, 2006.

Kafka, Franz. *Amerika*: *The Missing Person*. Mark Harman, trans. . New York: Schocken Books, 2008.

Kafka, Franz. *The Castle*. Edwin, Willa Muir, trans. . New York: Alfred A. Knopf, 1951.

Kott, Jan. *Shakespeare Our Contemporary*. Boleslaw Taborski, trans. . New York: Anchor Books Doubleday&Company Inc. , 1964.

Lang, Berel. *Act and Idea in the Nazi Genocide*. Chicago: University of Chicago Press, 1990.

Lefebvre, Henri. *Everyday Life in the Modern World*. London: The Athlone Press, 2000.

Macdonald, Ross. *The Underground Man*. New York: Alfred A. Knopf, 1971.

Macdonald, Ross. *The Goodbye Look*. New York: Alfred A. Knopf, 1969.

Matthew, Arnold. *The Poems*. London: Longmans, 1965.

Pater, Walter. *Studies in the History of the Renaissance*. London: Macmillan, 1873.

Pater, Walter. *Appreciations*. London: Macmillan, 1889.

Pater, Walter. *Plato and Platonism*. London and New York: Macmillan, 1893.

Pater, Walter. *Miscellaneous Studies*. London and New York: Macmillan, 1895.

Pater, Walter. *The Renaissance: Studies in Art and Poetry*. London and Glasgow: Collins Clear-Type Press, 1961.

Patricia Parker, Geoffrey Hartman, ed. . *Shakespeare and the Question of Theory*. New York and London: Methuen, 1985.

Poe, Allan. *Complete Stories and Poems of Edgar Allan Poe*. New York: Doubleday, 1984.

Proust, Marcel. *Remembrance of Things Past*. Trans. C. K. Scott Moncrieff. New York: Random House, 1934.

Richards, I. A. . *Principles of Literary Criticism*. London: Kegan Paul, Trench, Trubner&Co. Ltd. , 1928.

Richards, I. A. . *Practical Criticism: A Study of Literary Judgment*. London: Routledge, 2001.

Schlegel, Friedrich. *Friedrich Schlegel's Lucinde and the Fragments*. Minneapolis /London：University of Minnesota Press，1971.

Shelley. Shelley's *Prometheus Unbound*. Seattle：University of Washington Press，1959.

Spiegelmann，Art. *Maus*：*A Survivor's Tale*. New York：Pantheon，1997.

Stevens，Wallace. *The Collected Poems of Wallace Stevens*. New York：Alfred A. Knopf，1971.

Trollope，Anthony. *An Autobiography*. London：Oxford University Press，1961.

Wordsworth，William. *The Collected Poems of William Wordsworth*. London：Wordsworth Editions Ltd，2006.

(六)其他英文论文

Brooks，C. *Irony and Ironic Poetry* [J]. College English，1948(IX)：231-237.

de Man，Paul. *Time and History in Wordsworth* [J]. Diacritics，1987(4).

Derrida，Jacques. *Declarations of Independence* [J]. Tom Keenen，Tom Pepper，trans. New Political Science，1986(7).

Maslow，A. H. *A Theory of Human Motivation* [J]. Psychological Review，1943(4)：370-396.

Miller，J. Hillis. *The Still Heart*：*Poetic Form in Wordsworth* [J]. New Literary History，1971(2).

二、中文部分

（一）译著

保罗·德曼.解构之图.李自修等,译.北京:中国社会科学出版社, 1998.

保罗·德曼.阅读的寓言——卢梭、尼采、里尔克和普鲁斯特的比喻语言.沈勇,译.天津:天津人民出版社,2007.

杰弗里·哈特曼.荒野中的批评:关于当代文学的研究.张德兴,译. 天津:天津人民出版社,2007.

哈罗德·布鲁姆.西方正典.江宁康,译.南京:译林出版社,2011.

哈罗德·布鲁姆.神圣真理的毁灭:《圣经》以来的诗歌与信仰.刘佳林,译.上海:人民出版社,2013.

哈罗德·布鲁姆.如何读,为什么读.黄灿然,译.南京:译林出版社, 2015.

哈罗德·布鲁姆.影响的剖析:文学作为生活方式.金雯,译.南京:译林出版社,2016.

哈罗德·布鲁姆.短篇小说家与作品.童燕萍,译.南京:译林出版社, 2016.

哈罗德·布鲁姆.剧作家与戏剧.刘志刚,译.南京:译林出版社, 2016.

哈罗德·布鲁姆.史诗.翁海贞,译.南京:译林出版社,2016.

哈罗德·布鲁姆.小说家与小说.石平萍,刘戈,译.南京:译林出版社,2018.

J.希利斯·米勒.跨越边界:翻译·文学·批评.单德兴,编译.台北:

高雄书林出版有限公司,1995.

J.希利斯·米勒.重申解构主义.郭英剑,译.北京:中国社会科学出版社,1998.

J.希利斯·米勒.解读叙事.申丹,译.北京:北京大学出版社,2002.

J.希利斯·米勒.文学死了吗.秦立彦,译.桂林:广西师范大学出版社,2007.

J.希利斯·米勒.小说与重复.王宏图,译.天津:天津人民出版社,2008.

J.希利斯·米勒.土著与数码冲浪者——米勒中国演讲集.易晓明,译.长春:吉林人民出版社,2011.

J.希利斯·米勒.共同体的焚毁——奥斯维辛前后的小说.陈旭,译.南京:南京大学出版社,2019.

埃斯库罗斯.埃斯库罗斯悲剧六种.罗念生,译.上海:上海人民出版社,2016.

索福克勒斯.索福克勒斯悲剧五种.罗念生,译.上海:上海人民出版社,2016.

欧里庇得斯.欧里庇得斯悲剧五种.罗念生,译.上海:上海人民出版社,2016.

柏拉图.理想国.郭斌和,张竹明,译.北京:商务印书馆,1986.

亚里士多德等.缪灵珠美学译文集.缪灵珠,译.北京:中国人民大学出版社,1998.

让-雅克·卢梭.论语言的起源.洪涛,译.上海:上海人民出版社,2003.

让-雅克·卢梭.卢梭全集(第4卷).李平沤,译.北京:商务印书馆,2012.

康德.判断力批判.宗白华,译.北京:商务印书馆,1996.

尼采.偶像的黄昏.周国平,译.北京:十月文艺出版社,2019.

海德格尔.在通向语言的途中.孙周兴,译.北京:商务印书馆,1997.

海德格尔.依于本源而居——海德格尔艺术现象学文选.孙周兴,编译.杭州:中国美术学院出版社,2009.

莎士比亚.第十二夜.朱生豪,译.北京:世界图书出版公司,2013.

莎士比亚.李尔王.朱生豪,译.北京:世界图书出版公司,2014.

莎士比亚.莎士比亚十四行诗.屠岸,译.北京:外语教学与研究出版社,2016.

莎士比亚.亨利四世.傅光明,译.天津:天津人民出版社,2020.

马塞尔·普鲁斯特.追忆似水年华.李恒基,桂裕芳等,译.南京:译林出版社,2008.

华兹华斯.华兹华斯抒情诗选.谢耀文,译.南京:译林出版社,1991.

华兹华斯,柯尔律治.华兹华斯、柯尔律治诗选.杨德豫,译.北京:人民文学出版社,2001.

华兹华斯.华兹华斯诗选.杨德豫,译.北京:外语教学与研究出版社,2016.

华兹华斯.华兹华斯叙事诗选.秦立彦,译.北京:人民文学出版社,2017.

华兹华斯.序曲或一位诗人心灵的成长.丁宏为,译.北京:北京大学出版社,2017.

华兹华斯,柯勒律治,雪莱.十九世纪英国诗人论诗.刘若端,译.北京:人民文学出版社,1984.

华兹华斯等.英国湖畔三诗人选集.顾子欣,译.长沙:湖南人民出版社,1986.

席勒.席勒美学文集.张玉能,编译.北京:人民出版社,2011.

济慈.济慈诗选.屠岸,译.北京:外语教学与研究出版社,2018.

托马斯·哈代.还乡.张谷若,译.北京:商务印书馆,2022.

特罗洛普.弗莱姆利教区.周定之,译.海口:南方出版社,2001.

乔治·艾略特.米德尔马契.项星耀,译.北京:人民文学出版社,1987.

惠特曼.我自己的歌:惠特曼诗选.赵萝蕤,译.广州:花城出版社,2016.

托尼·莫里森.宠儿.潘岳,雷格,译.海口:南海出版公司,2013.

托马斯·基尼利.辛德勒名单.冯涛,译.上海:上海译文出版社,2011.

伊恩·麦克尤恩.黑犬.郭国良,译.上海:上海译文出版社,2018.

狄金森.狄金森全集.蒲隆,译.上海:上海译文出版社,2014.

莱昂内尔·特里林.诚与真.刘佳林,译.南京:江苏教育出版社,2006.

弗兰茨·卡夫卡.审判.文泽尔,译.天津:天津人民出版社,2019.

乔治·普莱.批评意识.郭宏安,译.南昌:百花洲文艺出版社,1993.

沃尔特·佩特.文艺复兴.张岩冰,译.桂林:广西师范大学出版社,2000.

迈克尔·格洛登,马丁·克雷斯沃斯,伊莫瑞·济曼.霍普金斯文学理论与批评指南.王逢振等,译.北京:外语教学与研究出版社,2011.

茵加登.对文学的艺术作品的认识.陈燕谷,译.北京:中国文联出版社,1988.

D.C.米克.论反讽.周发祥,译.北京:昆仑出版社,1992.

瓦尔特·本雅明.德国浪漫派的艺术批评概念.王炳钧,杨劲,译.北京:北京师范大学出版集团,2014.

埃德蒙·伯克.关于我们崇高与美观念之根源的哲学探讨.郭飞,译.郑州:大象出版社,2010.

豪斯曼.豪斯曼诗选.周煦良,译.北京:外语教学与研究出版社,2014.

特奥多·阿多尔诺.阿多尔诺基础读本.夏凡,编译.杭州:浙江大学出版社,2020.

雅克·德里达、基阿尼·瓦蒂莫主编.宗教.杜小真,译.北京:商务印书馆,2006.

博拉朵莉.恐怖时代的哲学——与哈贝马斯和德里达对话.王志宏,译.北京:华夏出版社.2005.

杰西·祖巴.纽约文学地图.薛玉凤、康天峰,译.上海:上海交通大学出版社,2017.

唐娜·戴利,约翰·汤米迪.伦敦文学地图.张玉红,杨朝军,译.上海:上海交通大学出版社,2017.

迈克·杰拉德.巴黎文学地图.齐林涛,王淼,译.上海:上海交通大学出版社,2017.

约翰·唐麦迪.都柏林文学地图.白玉杰,豆红丽,译.上海:上海交通大学出版社,2017.

布雷特·福斯特,哈尔·马尔科维茨.罗马文学地图.郭尚兴,刘沛,译.上海:上海交通大学出版社,2017.

布拉德利·伍德沃思,康斯坦斯·理查兹.圣彼得堡文学地图.李巧慧,王志坚,译.上海:上海交通大学出版社,2017.

雷蒙·威廉斯.关键词:文化与社会的词汇.刘建基,译.北京:生活·读书·新知三联书店,2005.

查尔斯·泰勒.自我的根源:现代认同的形成.韩震等,译.南京:译林出版社,2012.

(二)译文

保罗·德曼,周颖.美国新批评的形式与意向[J].外国文学,2001(2).

希利斯·米勒,金衡山.数据复制时代的文化批评工作[J].外国文学,1996(3).

希利斯·米勒,陆小虹.许诺、许诺:马克思和德曼的关于言语行为、文学和政治经济学诸理论之异同[J].马克思主义美学研究,2001.

希利斯·米勒,生安锋.从主权与无条件性看德里达的"整体性他者"[J].清华大学学报(哲学社会科学版),2005(2).

希利斯·米勒,王逢振.文学中的后现代伦理:后期的德里达、莫里森和他者[J].外国文学.2006(1).

阿多尔诺,孙文沛、邓晓芒.奥斯维辛之后的教育[J].现代哲学.2015(6).

(三)专著

马驰.叛逆的谋杀者——解构主义文学批评述要.北京:中国人民大学出版社,1990.

郑敏.结构—解构视角:语言·文化·评论.北京:清华大学出版社,1998.

马新国主编.西方文论史.北京:高等教育出版社,2008.

昂智慧.文本与世界——保尔·德曼文学批评理论研究.上海:上海人民出版社,2009.

刘震云.一句顶一万句.武汉:长江文艺出版社,2009.

王凤.杰弗里·哈特曼文学批评思想研究.北京:中国社会科学出版社,2013.

朱立元主编.当代西方文艺理论.上海:华东师范大学出版社,2014.

梅新林、葛永海.文学地理学原理.北京:中国社会科学出版社,2017.

(四)论文

钟良明."为艺术而艺术"的再思索[J].外国文学评论.1994(2).

李淑言.解构主义者谈解构主义——希利斯·米勒访谈录[J].国外文学.1995(3).

罗选民、杨小滨.超越批评的批评——杰弗里·哈特曼教授访谈录(上)[J].中国比较文学.1997(3).

罗选民,杨小滨.超越批评的批评——杰弗里·哈特曼教授访谈录(下)[J].中国比较文学,1998(1).

张再林.从"视域"到"共呈"[J].西北大学学报(哲学社会科学版).2000(3).

支宇.复义——新批评的核心术语[J].湘潭大学学报(哲学社会科学版).2005(1).

王宁.耶鲁批评家对中国当代文学批评的启示[J].中国图书评论.2008(11).

谢琼.从解构主义到创伤研究——杰弗里·哈特曼教授访谈[J].文艺争鸣,2011(1).

李桂奎.毛氏父子对《三国志演义》的"比类而观"及其"重复"理论的现代意义[J].社会科学.2017(2).

熊净雅.利维斯"实践中的批评"之渊源与内涵[J].国外文学.2018(3).

徐蕾.描绘他人:重访艾丽丝·默多克的道德现实主义[J].英语研究.2021(13).

后 记

我的第一本专著《希利斯·米勒的文学言语行为理论研究》是在博士学位论文的基础上修改完善而成。第一本专著的出版离不开我导师的推荐与周延良教授提供的宝贵机会。鉴于上本专著的重心局限于希利斯·米勒的文学言语行为理论,所以本书扩大了研究范围,不仅包括希利斯·米勒各个时期研究的精华,而且也包括德·曼、哈特曼与布鲁姆的研究成果。研究范围的扩大导致研究难度的增加,因为我所研究的任何一位学者都是著作等身,而任何一位学者仅仅某一阶段的研究就值得写一本专著。既然无法在一本专著中面面俱到,所以我想将重点放在他们共同关注的内容、以及他们的最新研究成果上。虽然写作的内容缩小了,然而研究的难度却丝毫没有降低。初读德·曼与布鲁姆的某些著作,有些时候有点抵触心理,不过抵触的原因却不同,对布鲁姆有些内容的抵触是源于观点的不同,而对德·曼的抵触则是源于众多术语的深奥。然而从事文学批评的渴望战胜了抵触,于是开始一遍遍阅读自己不理解的地方,就在这反复的阅读中,似乎渐渐有了头绪。然而如此程度的理解也许并没有达到出书的水平,所以我非常忐忑,为本书的一些不足之处而忐忑。

这本书的不足之处主要有以下几点:(1)研究内容不够全面,没能包括德·曼、哈特曼、布鲁姆和米勒全部著作的全部精华。(2)对某些思想的理解还不够透彻,部分内容在语言表达上有些生拗,不够通畅。(3)本书主体部分多是对德·曼、哈特曼、布鲁姆、米勒理论与批评的介绍,评析相对缺乏。面对经典以及杰出的文学批评,笔者有些唯恐自己理解不深,便只有尽量少妄言。(4)从动笔到完稿,此书经历了两年的时间。由于当初在撰写每一章节的时候,都是以独立论文的形式进行的,于是成书后发现部分介绍偶尔有重复。(5)关于写作涉及的部分参考文献,有些地方个人理解与已有译本不同,所以在引用时有轻微改动,却没有逐一说明。除以上几点外,本书也许还有一些不够精准或可以商榷之处,还望专家学者包容、指正。

在拙稿即将出版之际,我要特别感谢我的导师曾繁仁教授;是我的导师首先给了我实现梦想的机会,让我有幸成为曾门的一员。在读书期间,导师更是给了我们无微不至的支持、指导与帮助,老师鼓励我们拓宽视野,参加国际学术会议,到国外访学;在我热衷于翻译时,老师指导我如何将兴趣与论文写作相结合;每次当我遇到各种问题时,老师都会及时地予以帮助,还记得老师曾经夜晚十点问我论文进展情况、是否有困难。当我毕业即将工作时,老师又结合亲身经历指导我如何备课、讲课。可以说读博士起的每一成长阶段都有老师的关心相伴,特别感谢老师在我成为母亲后依然一次次鼓励我潜心治学,并给我提出诸多宝贵的建议。

除了导师外,还有很多师友在我成长的路上给予我很多帮助,感谢山东大学文艺美学研究中心的诸位教授,加州大学的希利斯·米勒、艾朗诺教授,北卡罗兰纳大学的里夫教授与约翰·麦高恩教授,硕导支宇教授及硕士时任课的诸位老师。感谢我的师哥师姐以及我的好友,尤其是民航大学的鄢佳老师帮我查找文献。

感谢天津师范大学文学院各位领导与同事所给予我的帮助与照顾。感谢李静书记、赵利民院长等领导一直关心、支持我;感谢教学督导组赵建忠等教授在科研与教学中给予我的指导,赵教授高效的工作方式、严谨的治学态度、敬上和中护下的处世原则让我敬佩;感谢我们文论写作教研室的各位老师,尤其感谢张静静老师在各方面对我知无不言。

感谢我的父母与我的爱人,感谢父母为我的成长所付出的一切,感谢我的爱人在我需要写作时承担起照顾孩子的重任,并帮我校对初稿、提出修改建议。

值此拙稿即将付梓之际,我要向为此书出版付出辛勤劳动的编辑和出版社的所有工作人员致以诚挚的谢意。